ELLA MARCS

Lieber den SPATZ in der Hand als gar keinen VOGEL

ROMAN

Lektorat/Korrektorat: Lea Korte · www.romanschmiede.de;
Susanne Jauss · www.jauss-lektorat.de

Covergestaltung:Zero Werbeagentur, München unter Verwendung von Motiven von Shutterstock · www.zero-wa.de

Satz & Layout/E-Book: Gabi Schmid · www.buechermacherei.de

Fotos: Privat

Grafiken/Illustrationen: # 163532428, #275723788, #167735958, #238597879, #212940413, #159502724, #304989322, #336341470 | AdobeStock; #1680943363, #419755549 | Shutterstock

1. Auflage

978-3-9821934-0-3 (Print amazon)

978-3-9821934-1-0 (Print)

978-3-9821934-2-7 (E-Book)

Inhaltsverzeichnis

Kiras To-do-Liste:
Punkt 100: 8.30 Uhr Lagebesprechung Hochzeit mit Jasmin, Robert und Mutti
Punkt 99: 9.00 bis 15.00 Uhr Einladungen adressieren und zur Post bringen
Punkt 98 bis 96: Termine vereinbaren Cateringservice, Zeltverleih und Liveband
Punkt 95: E-Mail: Bestätigung Festsaal Golfclub
Juni
Montag
1
20 Tage bis zur Hochzeit

Kapitel 1

Eigentlich wäre es cool, wenn ich durch den Erdkern fallen und auf der anderen Seite der Welt wieder herauskommen könnte. Aber nur, wenn ich ganz sicher wäre, dass sich dort das Festland von Neuseeland befinden würde und nicht das fünftausend Meter tiefe Tasmanische Meer – was wiederum uncool wäre. Ja, ich redete wirres Zeug.

Aber wen wunderte das nach sieben Stunden Adressenschreiben? Und ja, ich hatte zu viele Reiseführer über Neuseeland gelesen, schließlich wäre ich fast mit meinen Freunden und meinem Verlobten Ingo dort hingeflogen. Jetzt aber waren sie ohne mich unterwegs, und ich saß am Esstisch meiner Eltern in den Bergen des Sauerlandes und vor den Bergen von fast dreihundert Briefumschlägen.

Und das alles nur, weil meine hochschwangere Schwester Jasmin ihren Zukünftigen doch noch hatte überreden können, sie zu heiraten. Was ja eigentlich kein Problem gewesen wäre, hätte sie nicht darauf bestanden, unbedingt eine Märchenhochzeit zu feiern – und das unbedingt vor dem Geburtstermin ihres Sprösslings, ergo in gerade mal drei Wochen.

Das hatte letzten Endes dazu geführt, dass der Flieger nach Neuseeland ohne mich gestartet war und ich mich in der Rolle einer dieser unglückseligen Hochzeitsplanerinnen wiederfand, die in Seifenopern am Ende immer ihren Traummann treffen oder mit dem Bräutigam durchbrennen. Doch das kam für mich beides nicht infrage, denn ich hatte meinen Mr Right schon längst gefunden.

Auch die Braut hatte bis auf ihre Optik nur wenig mit diesen zarten, hilflosen Wesen im Film gemein, denn wenn jemand wusste, was sie wollte, dann war es Jasmin. Dieses Gen hatte sie eindeutig von Mutti geerbt, und ich wünschte, ich hätte wenigstens ein halbes davon abbekommen, denn dann würde ich jetzt nicht hier sitzen und mir die Finger wundschreiben.

Ich streckte meinen vom langen Sitzen verspannten Rücken. Eigentlich wollten Jasmin und Mutti mir helfen, aber dann hatten sie plötzlich unaufschiebbare Dinge zu erledigen gehabt. Das wunderte mich irgendwie nicht weiter, denn so lief das hier leider meistens. Mein Blick fiel auf unsere Katze Lady, die mich vom Fensterbrett aus mit mitleidigem Blick musterte. Sie hatte ja recht. Warum war ich eigentlich immer die Dumme? Schon wieder *eigentlich* … Sobald das Wörtchen *eigentlich* ins Spiel kam, schien der Ärger vorprogrammiert.

Das Piepsen meines Smartphones riss mich aus meinen Gedanken. Es war eine Nachricht von Sabin.

SABIN:
Sechsunddreißig Stunden Flug. Sind im Paradies angekommen! Du fehlst, Mutter Teresa. Übrigens: Diese Pamela ist dumm wie Toastbrot. Wie kommt Ingo an so eine Tussi?

ICH:
Das ist irgendeine ehemalige Kommilitonin. Ich bin froh, dass sie so schnell einspringen konnte. Und ganz sicher hat sie auch ihre guten Seiten.

SABIN:
Wenn, dann höchstens die Vorderseite: Körbchengröße Doppel-D und aufgespritzte Lippen. Gehe jede Wette ein, dass du es schon bereust, nicht hier zu sein.

ICH:
Was hätte ich denn machen sollen?

SABIN:
Einfach mal Nein sagen! Dein Heiligenschein leuchtet bis hierher. Oh, es geht los zum Hotel. Melde mich später, Spatz!

Grinsend legte ich das Handy zurück auf den Tisch. Sabin hackte garantiert das nächste halbe Jahr darauf herum, dass ich nicht mitgefahren war. Aber sie hatte ja auch keine Schwester – und ich ungerechterweise gleich zwei davon. Familie ging eben vor.

Seufzend nahm ich einen neuen Briefumschlag, setzte die Feder an und beugte mich wieder über die Liste. Die letzten beiden Adressen waren von Hand daruntergesetzt worden: Rudi Piepenkötter und Tante Elli, seine Fast-Exfrau. Na, ob das so eine gute Idee war?

Auf Papis Sechzigstem hatten die beiden während eines aus dem Ruder gelaufenen Streits den halben Porzellanbestand des Hotels zerlegt. Aber mir sollte es gleich sein. Schnell schrieb ich noch die beiden Adressen. Hauptsache, ich war endlich, endlich, endlich fertig. Halleluja!

Ich legte den Stift beiseite und begann, die Umschläge in zwei Kartons zu schichten. Anschließend verschloss ich sie sorgfältig mit dem Deckel, damit Jasmins Bräutigam sie unversehrt zur Post bringen konnte, und zwar, wie ein Blick auf die Standuhr mir offenbarte, eigentlich genau jetzt. So weit der Plan – nur das Wort *eigentlich* machte mir Sorgen.

Von nebenan erklangen Muttis und Jasmins Stimmen. Meine kleine Schwester kam herein und schob ihren wassermelonengroßen Babybauch vor sich her. Sie sank auf den Stuhl mir gegenüber, strich den Blondschopf zurück und stöhnte: „Kira, du ahnst nicht, was ich durchgemacht habe!"

Ich wusste jedenfalls, was sie nicht durchgemacht hatte: stapelweise Hochzeitseinladungen zu adressieren.

„Meine Schwiegermutter in spe hat mich einfach nicht mehr von der Strippe gelassen", erzählte sie weiter. „Sie findet es ja so vorbildlich, dass ich schon drei Monate nach ihrer fleisch- und zuckerfreien Diät lebe."

„Sie muss dich mit einer anderen Braut verwechseln", erwiderte ich.

Sie verzog das Gesicht. „Du bist ja so witzig."

„Hast du eigentlich keine Angst, dass sie irgendwann mitbekommt, wie du tonnenweise Schoki und Burger in dich hineinstopfst?“

Jasmin winkte ab. „Ich passe schon auf, dass sie nichts davon merkt.“

„Das nennt man lügen, Schwesterherz.“

„Ach was, das ist höchstens geschummelt. Ich werde den Teufel tun, sie kurz vor der Hochzeit noch zu verstimmen.“

„Übrigens: Wenn du willst, dass zur Hochzeit auch Gäste kommen, sollte dein Robert allmählich mal auftauchen und zur Post fahren. Ab übermorgen streikt die Postgewerkschaft, und dann kommen deine Einladungen erst nach der Hochzeit an. Also, wo steckt er?“

„Moment, ich frag ihn mal eben.“

Während sie auf ihrem Smartphone herumtippte, nahm ich die wuchtige Brille ab, rieb mir die brennenden Augen und setzte die Glasbausteine anschließend wieder auf.

Jasmin musterte mich abschätzig. „Du siehst echt gruselig aus. Wen willst du denn mit dieser Monsterbrille und den Pennerklamotten erschrecken?“

„Na dich! Und überhaupt: Die Brille ist nicht gruselig, sondern notwendig. Was übrigens daran liegt, dass ich letzte Nacht die ganzen Adressen recherchieren musste und dank dieser Einladungen noch nicht mal zum Umziehen gekommen bin. Zum Glück hatte Mutti diese alte Brille noch in ihrem unendlichen Archiv. Meine Kontaktlinsen würden mir heute nämlich die Hornhaut wegbrennen, und dummerweise ist meine Ersatzbrille gerade mit Ingos Koffer in Neuseeland gelandet. Aber das ist eigentlich unwichtig. Wichtig wäre, dass Robert jetzt endlich mal auftaucht.

„Das alte Spiel“, ertönte Muttis Stimme aus dem Nebenraum. „So ist das nun mal als Selbstständiger: selbst und ständig! Ich kenne das noch von eurem Vater.“

„Er hat mir aber versprochen, dass er heute pünktlich ist“, murrte Jasmin.

„Das behaupten sie immer, aber daraus wird nie was. Gewöhn dich schon mal dran!“ Mutti betrat das Wohnzimmer und ging in Richtung Fensterbank, um ihre Pflanzen zu betütteln, mit denen sie – anders als mit uns Kindern – schon mehrere Preise gewonnen hatte.

„Ich hab übrigens mit Iris aus dem Golfclub gesprochen“, fuhr Mutti fort. „Sie lässt extra für dich Umstandsbrautkleider kommen und erwartet uns morgen früh in ihrer Boutique zur Anprobe.“

„Dann kann ich nur hoffen, dass sie etwas Brauchbares gefunden hat. Ihr ahnt gar nicht, was für Säcke man uns Schwangeren zumutet. Das sieht ungefähr so aus wie das, was Kira da anhat. Bevor ich das trage, gehe ich lieber nackt.“

Ich seufzte. „Dann sollte ich dir vielleicht noch einen Bodypainter engagieren. Trotzdem müssen wir uns zuerst einmal um die Einladungen kümmern. Wer bringt die denn jetzt weg? Die Post schließt um sechs!“

„Frag doch Papa“, schlug Jasmin vor.

„Euer Vater würde noch nicht mal auf seine Sportsendung verzichten, wenn jemand von uns aus den Augen blutet!“ Mutti goss seelenruhig ihre Blumen. „Ich kann auch nicht fahren, weil er sonst sein Abendbrot nicht pünktlich auf den Tisch bekommt. Und den Aufstand, den er dann macht, wollt ihr nicht erleben!“

„Es lebe die Emanzipation.“ Jasmins Handy piepste. „Na super, Robert steht im Stau!“

„Tja, Jasmin, dann musst du fahren“, sagte ich zu ihr.

Doch Mutti rief: „Bei dieser Hitze willst du das arme Kind rausjagen?“

„Aber es geht ihr doch gut.“

„Das kann in einer Schwangerschaft blitzschnell umschlagen!“

„Ehrlich gesagt sehe ich derzeit öfter mal Sternchen“, seufzte Jasmin, die sich mit einem Mal schwächlich anhörte und eine Leidensmiene aufsetzte.

Ich starrte sie empört an. „Soll ich euch mal sagen, wie es nach diesem Einladungsmarathon vor meinen Augen aussieht? Ich will einfach nur duschen und dann schlafen!“

Mutti ließ ihre Blumen links liegen und streichelte Jasmins Stirn. „Wenn die Briefe auf der Post sind, ist doch alles erledigt für heute! Du solltest allerdings sofort losfahren, - Kira-Spätzchen."

„Mutti!" Ich rang mit den Händen. „Das kann nicht dein Ernst sein. In diesen Klamotten gehe ich nicht auf die Straße, aber zum Umziehen ist es zu spät. Und dann diese Brille! Ich sehe aus wie Puck die Stubenfliege."

Mutti bedachte mich über den Rand ihrer eigenen Brille mit diesem besonderen Blick, der mir klarmachte, dass mir alles Jammern nichts nützte: Ich hatte verloren. Stöhnend schnappte ich mir die Kartons und lud meine Handtasche mit den Autoschlüsseln noch obendrauf. Als ich den wackeligen Turm an den Blumentischchen vorbei durch den Flur balancierte, hörte ich Mutti mir hinterherrufen: „Pass auf, dass du mir meine Begonien nicht runterschmeißt."

„Wie könnte ich das wagen, Mutti", knurrte ich und verpasste der Haustür von außen einen kräftigen Tritt.

... immer noch Montag, 1. Juni – 17.40 Uhr

Auf dem Weg zu meinem Wagen bemerkte ich die schwarzen Wolkentürme, die sich über den Bergen zusammenzogen. Ein Gewitter war genau das, was in meiner heutigen Gute-Laune-Sammlung noch fehlte.

Ich stieg ein und trieb meinen guten alten VW Käfer zur Eile an, aber er zuckelte wie immer in seinem eigenen Tempo über die Sauerländer Hügel in Richtung Postamt – und direkt auf die grummelnde Wolkensuppe zu. Viel größere Sorgen aber bereitete mir die Uhr im Armaturenbrett, die Viertel vor sechs zeigte. Das würde knapp werden.

Erst um zehn vor sechs passierten wir das Ortseingangsschild, und ab hier lief der Feierabendverkehr nur noch im Stop-and-go-Tempo. Überall um mich herum flammten die

Scheinwerfer auf, und auch ich schaltete das Licht ein. Himmel, ging das nicht schneller? Ich trommelte aufs Lenkrad, aber das Einzige, das sich beeilte, war die Anzeige der Uhr.

Fünf Minuten später lichtete sich der Verkehr, und das Postamt kam in Sicht. Ich atmete auf. Vier vor sechs. Jetzt nur noch einen Parkplatz finden. Das Glück war mir hold: Auf dem Seitenstreifen entdeckte ich eine Parklücke. Ich schickte dem lieben Gott ein Dankeschön, fuhr vor die Lücke und legte den Rückwärtsgang ein. Mit einem Blick über die Schulter begann ich einzuparken. Kaum hatte ich einen Meter zurückgesetzt, da blendeten zwei Scheinwerfer hinter mir auf. Die Lichter kamen schnell näher, schwenkten dann plötzlich nach rechts auf meinen Parkplatz und erloschen. Für Sekunden blieb ich perplex sitzen und starrte den Wagen an, dessen Fahrertür aufklappte. Ein Mann in Karohosen und pinkfarbenem Poloshirt stieg aus.

Ich zerrte mir den Gurt vom Leib und sprang aus dem Wagen. Böse. Sehr böse. Doch der SLK-Fahrer ignorierte mich und steuerte direkt auf das Postamt zu.

„He, Sie!", schrie ich.

Er drehte sich um. „Wer? Ich?"

„Natürlich Sie! Das war mein Parkplatz! Ich wollte gerade rückwärts einparken."

„Das kann nicht sein."

„Was kann nicht sein?"

„Dass Sie rückwärts einparken wollten. Erstens haben Sie keinen Blinker gesetzt, und außerdem sind Sie eine Frau."

Ich schnappte nach Luft. So eine Unverschämtheit! Hinter mir hupte es.

Ich machte ein beschwichtigendes Handzeichen in Richtung der anderen Fahrer. „Moment! Ich kläre das gerade." Dann drehte ich mich wieder zu dem Verursacher des ganzen Debakels um, sah jedoch nur noch die Tür der Post zuschwingen.

So ein Mistkerl! Mit geballten Fäusten stieg ich zurück in meinen Wagen. Dort fiel mein erster Blick auf die Uhr. Verdammt! Nur noch eine Minute. Zu allem Überfluss zerplatzte ein dicker Regentropfen auf der Windschutzscheibe. Es ging nicht anders: Ich stellte den Warnblinker an und schnappte mir die Kartons vom Beifahrersitz. Als ich den Schlüssel abzog, trommelte der Regen bereits auf das Autodach. Ich hechtete aus dem Wagen, verfolgt von einem wütenden Hupkonzert – und rannte. Immer heftiger klatschte der Regen herab, dann öffneten sich endgültig die Schleusen.

Es prasselte nur so hernieder. Schon nach wenigen Metern war ich nass bis auf die Haut. Von Sturmböen getrieben wirbelten Blütenblätter durch die Luft und blieben wie nasses Konfetti auf meiner Brille kleben. Blitze zuckten über mir, und als direkt danach nervenzerfetzende Donnerschläge folgten, zuckte auch ich zusammen. Fast wäre der Kartonstapel dabei von meinem Arm gerutscht, doch ich konnte ihn retten.

Triefend erreichte ich den Dachvorsprung vor dem Eingang der Post. Als ich versuchte, die Tür aufzuziehen, drückte sie mir jemand von innen entgegen. Es war der Mercedesfahrer – so viel konnte ich trotz meiner nassen Brille erkennen. Unwillig trat ich zur Seite, ließ ihn vorbei und wollte dann durch die Tür huschen, doch der Postbeamte zog sie direkt wieder zu.

„Halt!“ Empört hämmerte ich gegen die Scheibe. „Warten Sie!“

Der Beamte auf der anderen Seite schüttelte den Kopf und deutete mit dem Schlüsselbund auf seine Armbanduhr.

„Das ist nicht Ihr Ernst! Verdammt, die Sachen hier müssen unbedingt heute noch weg!“

Er aber drehte sich einfach um und verschwand.

Fassungslos strich ich mir die Haarsträhnen aus der Stirn.

„Was ist denn so Lebenswichtiges in diesen Kartons?“

Erschrocken fuhr ich herum. Da stand ja immer noch dieser Vollpfosten von Mercedesfahrer und grinste auf mich herab.

„Vielleicht ist darin ein Ratgeber? *Richtig parken für Anfänger?*“

„Das müssen Sie gerade sagen“, fauchte ich ihn an.

„Na ja, mein Wagen steht zumindest nicht mitten auf der Straße.“

„Und meiner steht auch nur da, weil Sie mir meinen Parkplatz gestohlen haben. Sie sind schuld, wenn die Hochzeit ein

Flop wird!“ Ich riss mir die beschlagene Brille von der Nase und hoffte, dass die Gläser auf diese Weise schneller wieder klar wurden. Schließlich sah ich meine Beute gern, bevor ich sie erlegte.

„Das gibt es doch nicht. Spatzi, bist du es?“

Eine ganz böse Vorahnung machte sich in mir breit. Eilig setzte ich die Brille wieder auf – und die Erkenntnis durchzuckte mich wie ein Blitz höchstpersönlich. Das war Marc! Marc Albrecht!

„Großer Gott“, entfuhr es mir.

„Nenn mich doch einfach Marc.“ Ohne die Spur eines Lächelns musterte er mich von oben bis unten.

Das tropfnasse weiße T-Shirt und die alte Jogginghose hingen mit einem Mal zentnerschwer an meinem Körper, was aber noch nichts war gegen das Gewicht, das meine dämliche Hornbrille auf einmal zu haben schien. Da lief ich nach zwölf Jahren meinem ersten Freund wieder über den Weg und sah aus wie ein Koboldmaki nach dem Schleudergang.

„Eigentlich trage ich Kontaktlinsen“, stotterte ich. *Eigentlich …*

„Das freut mich wirklich für dich. Ein großer Fortschritt in nur zehn Jahren.“

„Zwölf Jahre“, korrigierte ich ihn und fügte schnell hinzu: „Die Brille. Die ist so alt.“

„Okay“, sagte er gedehnt. „Und sonst hast du dich auch … fast nicht verändert.“

„Wie meinst du das?“, fragte ich mit brennenden Wangen.

„Nur positiv. Du bist ein Vorbild an Gelassenheit. Kaum hundert Meter entfernt ist dein Auto das größte Verkehrshindernis seit der letzten Innenstadtsperrung, und du plauderst ganz entspannt mit mir. Respekt! Das muss man erst mal hinkriegen.“

„Oh, du … du blöder …“ Ich rang nach Worten und spähte an Marc vorbei zu meinem Auto hinüber. Im rhythmischen Takt pulsierte das Licht der Warnblinkanlage durch den Regenschleier, während sich dahinter eine immens lange Schlange von Scheinwerfern staute.

„Welches Wort suchst du? Kotzbrocken, Misanthrop, Drecksack?“

„Du kannst mich mal!“

„Heute passt es leider nicht so gut. Aber vielleicht morgen.“ Er grinste überheblich.

Wortlos rauschte ich an ihm vorbei in den Monsun hinaus – dann würde ich doch lieber ertrinken, als mich hier weiter demütigen zu lassen. Mein Gesicht glühte dermaßen, dass es mich nicht gewundert hätte, wenn der Regen auf meiner Haut verdampft wäre.

… immer noch Montag, 1. Juni – 18.10 Uhr

Kaum saß ich klatschnass im Auto und hatte die Straßensperre wieder aufgehoben, hätte ich vor Ärger am liebsten ins Lenkrad gebissen. Ungefähr tausend coole Sprüche fielen mir ein. Doch statt diesem Albrecht auch nur einen davon an den Kopf zu werfen, hatte ich stotternd wie ein Schulmädchen vor ihm gestanden. Und das wurmte mich fast noch mehr als die Tatsache, dass ich bei unserer ersten Begegnung seit zwölf Jahren ausgesehen hatte wie Mutter Flodder.

Mit durchgedrücktem Gaspedal jagte ich mein armes Auto und die Kartons, die zum Glück nur außen nass geworden waren, zurück zum Haus meiner Eltern. Dort angekommen hatte ich mich immer noch nicht beruhigt und stürmte ins Wohn-Esszimmer. Die Kartons mit den Briefen pfefferte ich auf den Sofatisch, sodass Muttis Puttenengel auf dem Spitzendeckchen nur so in die Höhe hüpften.

„Was machst du denn für einen Krach?“, maulte Jasmin. „Da versteht man ja kein Wort mehr.“ Sie lag auf der Couch und schaute irgendeinen Comedy-Schwachsinn, der just in diesem Moment mit Lachsalven garniert wurde.

„Ich habe noch gar nicht angefangen, Krach zu machen“, wütete ich, nahm meine schon wieder beschlagene Brille von der Nase und putzte sie mit meinem T-Shirt. Was natürlich sinnlos war, das war ja genauso nass. „Wolltest du dich nicht hinlegen?"

„Ich liege, Schwesterlein, ich liege. Warum bist du eigentlich so schlecht gelaunt?", fragte Jasmin, ohne den Blick von der Mattscheibe abzuwenden.

„Was haben die Kartons auf meinem Tisch zu suchen?", fragte Mutti, die in diesem Moment mit einem Tablett in der Hand aus der Küche kam. „Kira, wie siehst du denn aus? Also wirklich, Kind, du tropfst mir ja den guten Berber voll!"

Ich strich mir die nassen Haare aus der Stirn. Alles war schiefgelaufen, meine ganze Arbeit umsonst gewesen. Erschöpft sank ich in den nächstbesten Sessel, setzte mir die verschmierte Brille wieder auf die Nase und presste meine Fingerkuppen gegen die pochenden Schläfen. „Dein Berberteppich ist unser kleinstes Problem, Mutti! Marc Albrecht, dieser Vollidiot, hat mir den Parkplatz geklaut, und deswegen habe ich es nicht mehr rechtzeitig ins Postamt geschafft."

Aus dem Fernseher ertönte eine weitere Lachsalve.

„Na, dann gehen die Einladungen eben ein paar Tage später raus", erklärte Mutti seelenruhig. „Leg dir wenigstens ein Handtuch unter."

„Wie? Die Einladungen sind noch da?" Jasmin richtete sich auf und wurde so weiß wie das Sofa, auf dem sie lag. „Aber die Post will doch streiken!"

„Und ich ab jetzt auch", seufzte ich.

„Über dieser Hochzeit liegt ein Fluch." Jasmin hatte plötzlich Tränen in den Augen. „Irgendeine höhere Macht will nicht, dass ich Robert heirate."

„Rede doch nicht so einen Unsinn", versuchte Mutti, sie zu beruhigen. „Das ist nur ein kleines Problem, das wir ganz schnell aus der Welt geschafft haben, nicht wahr, Kira?" Sie nickte mir auffordernd zu.

„Bis morgen früh fällt uns sicher was ein", erklärte ich, weil Mutti es so wollte. „Zur Not fahren wir die Einladungen selbst aus."

Jasmin schniefte: „Robert hat jede Menge Kontakte. Er hilft uns bestimmt – falls er irgendwann mal wieder hier auftaucht, meine ich."

„Das wird er schon. Und vielleicht kann er mit seinen Kontakten auch gleich den Albrecht beseitigen lassen."

Mutti deutete mit einem Messer auf mich. „Dass ihr mir bloß nicht beim Abendessen von diesem Kerl anfangt, woll? Euer Vater hat bis heute nicht überwunden, was der Albrecht ihm und seiner Firma angetan hat. Er kriegt schon Blutdruck, wenn nur dieser Name fällt. Und das kommt viel zu oft vor, seitdem dieses Pack wieder in der Stadt ist."

„Wieso wieder in der Stadt?" Ich richtete mich auf.

„Was meinst du Blitzbirne denn, warum du ihm über den Weg gelaufen bist?" Jasmin wischte sich die Tränen aus den Augenwinkeln und grinste schon wieder vielsagend. „Die ganze Sippe ist zurück. Seit einem guten halben Jahr. Marc hat eine Villa am Westwall gekauft. Für seine Mutter und seine Schwester. Er selbst wohnt im Gutshof von Bauer Hubert, dem Einäugigen." Jasmin begann, sich umständlich Kissen in den Rücken zu stopfen, und ich stand auf und half ihr, eine bequeme Stellung zu finden.

„Seit einem halben Jahr schon? Wieso habt ihr mir nichts davon erzählt?"

„Weil der Überbringer schlechter Nachrichten als Erster erschossen wird", erwiderte Jasmin.

Ich zog eine Grimasse. „Was will der ausgerechnet hier? Ich meine, in größeren Städten gibt es doch viel mehr Unternehmen, die er kaputtsanieren kann."

„Angeblich hat er eine Firmenbeteiligung in der Gegend", erklärte Mutti. „Aber da kursieren so viele Gerüchte, dass man nicht weiß, was man glauben soll."

„Hmm, aber dieser alte Gutshof … das ist doch die letzte Bruchbude", sagte ich mehr zu mir selbst.

„Von wegen. Das Haus solltest du mal sehen." Mutti seufzte. „Ein echtes Schmuckstück – wirklich passend für einen großkotzigen Neureichen."

„Trotzdem kann ich mir nicht vorstellen, dass der hier einen Fuß auf die Erde kriegt. Früher wollte keiner was mit diesem Halbkriminellen zu tun haben außer seiner Gang."

„Und dir natürlich. Aber sei dir mal nicht so sicher", meinte Jasmin. „Dein Ex wird seit Neuestem sogar mit Sophia von Fürstenbruch gesehen."

„Nein!", entfuhr es mir. „Die Erbin der Burg?"

„Tja, dein Bad Boy hat es weit gebracht. Er verkehrt in der High Society des Sauerlandes."

Mir wurde einiges klar – das Auto, die Golfklamotten. Nicht zu fassen.

Eine Tür schlug zu.

„Psst." Mutti legte den Finger an die Lippen und sah uns warnend an. „Themenwechsel!"

Sekunden später kam Paps kopfschüttelnd in den Raum. „Dieses Wetter wird auch immer schlimmer. Ich habe gerade die Sturmschäden begutachtet. Bei den Mengen an herumfliegenden Ästen und Blättern kann ich im Garten glatt wieder von vorne anfangen." Er stutzte, als er mich sah. „Was ist denn mit dir passiert?"

„Ich war auch da draußen – bei den Ästen und den Blättern."

„Wolltest du nicht die Briefe wegbringen?"

„Ja, aber sie war zu spät", erklärte Jasmin.

Er brummte vor sich hin: „Wann gibt's Abendbrot?"

„Um sieben, und das seit fünfunddreißig Jahren", antworteten wir im Chor.

Paps rollte mit den Augen, nahm Jasmin die Fernbedienung weg, ließ sich in seinem Lieblingssessel nieder und schaltete das Programm weiter. Der Nachrichtensprecher berichtete über den Poststreik. Weil mich das nur noch mehr deprimierte, fragte ich Mutti, ob ich ihr noch beim Abendbrot helfen könne, aber sie schickte mich nach oben zum Duschen.

Im Flur erklomm ich gerade die ersten Treppenstufen, da schob sich Jasmin durch die Wohnzimmertür und schloss sie sorgfältig hinter sich. Dann lehnte sie sich mit einem Else-Kling-Blick über das Treppengeländer.

„Man erzählt“, raunte sie, „dass der Albrecht neben Paps’ Firma auch noch jede Menge andere Unternehmen gekauft, saniert und weiterverkauft hat und dabei unglaublich reich geworden ist. Eine richtige Heuschrecke soll er sein.“

„Als Heuschrecken bezeichnet man aber diese riesigen Investorengruppen aus Amerika.“

„Na ja, vielleicht eher eine kleine deutsche Heuschrecke. Aber in Amerika hat er das sicher gelernt.“

„Also ist aus dem armen Arschloch ein reiches geworden.“

„Meine Freundinnen schwärmen alle für ihn.“ Sie kicherte. „Ich habe ihn dummerweise noch nicht gesehen, seit er hier ist. Früher mit diesen langen Haaren fand ich ihn nicht so toll. Sieht der immer noch so aus?“

„Nein, eher wie ein anzugtragender Halsabschneider.“ Ich nahm die nächste Stufe. „Vergiss nicht, Robert wegen des Briefversandes zu fragen.“

„Mach ich, Schwesterherz. Danke für deine Mühe. Und falls er auch keine Lösung weiß, poste ich die Hochzeitseinladung einfach über Facebook, Twitter und Instagram. Das habe ich für den Polterabend auch gemacht.“

Ich erstarrte mitten in der Bewegung. „Du hast was?“

„Die Einladung zum Polterabend im Internet gepostet“, sagte sie mit einem triumphierenden Lächeln, wahrscheinlich, weil mir so was Tolles nicht eingefallen war. *Toll* war genau die richtige Bezeichnung, allerdings im Sinne von verrückt und nicht von großartig.

„Bei wem genau hast du das gepostet?“

„Nur bei meinen Freunden.“

„Und das sind?“

„Fünfhundertsechzig bei Facebook und circa zweihundert bei Twitter und siebenhundertnochwas bei Insta. Aber viele davon sind doppelt.“

„Jasmin, bist du des Wahnsinns fette Beute? Das wird ein Flashmob!“

„Ach, doch nicht hier bei uns. Da kommen höchstens drei- bis fünfhundert Leute.“

Ich ächzte. „Wo sollen die denn alle hin? In unsere Einfahrt plus Garage passen hundertfünfzig Personen. Sollen die anderen etwa im Garten zwischen Muttis Edelstauden und Paps' heiligem Koi-Karpfenteich feiern? Dann wird das nichts mit der Hochzeit, weil du bis dahin gar nicht überleben wirst."

Beleidigt verschränkte sie die Arme über ihrem Kugelbauch. „Dann feiern wir eben auf der Wiese hinterm Haus."

„Und das hast du schon mit Bauer Hubert geklärt?"

„Die Wiese gehört der Stadt, und da hat Paps Connections."

„Falsch! Die Wiese gehört Hubert."

„Du spinnst."

„Wetten?"

„Ach, du willst wetten? Wie wäre es mit deinen Manolo Blahniks als Einsatz?" Jasmin grinste hinterlistig. Sie hatte sich wie ich auf den ersten Blick in die Schuhe verliebt.

„Meinetwegen. Was hast du zu bieten?"

Sie überlegte kurz. „Ein Wochenende freie Fahrt mit dem Jaguar."

„Der gehört dir doch gar nicht." Ich sah sie empört an.

„Nach der Hochzeit schon – zur Hälfte."

„Robert killt dich."

„Das wird er nicht wagen. Dann müsste er sich allein um unser Baby kümmern. Also, was ist? Schlag ein!"

Das ließ ich mir nicht zweimal sagen, beugte mich über das Treppengeländer und schlug ein. Dann riefen wir im Chor: „Paps, wem gehört die Wiese hinterm Haus?"

„Bauer Hubert, dem alten Verbrecher", kam die prompte Antwort von der anderen Seite der Tür.

„Yes!" Ich stieß die Faust in die Luft.

Die Wohnzimmertür öffnete sich, und Mutti lugte heraus. „Wieso wollt ihr das wissen?"

„Weil Jasmin dort mit vierhundert Personen ihren Polterabend feiert."

„Vorher friert es in der Hölle", knurrte Paps.

„Jasmin, kommst du bitte mal?" Muttis Ton kannte ich nur zu gut.

„Du kommst mit!", zischte sie mir zu, aber ich zupfte bedauernd an meinem feuchten T-Shirt. Meine Schwester zog ein Gesicht, als hätte sie in eine Zitrone gebissen.

„Ach, und ich freue mich schon auf mein Jaguar-Wochenende", flötete ich.

Sie streckte mir die Zunge heraus. Ich lächelte, ganz die große Schwester, überlegen zurück. Doch dann fiel mir noch etwas ein.

„Jasmin?" Sie drehte sich in der Tür um. „Tu uns allen einen Gefallen und lösch deinen Post wieder."

Sie rollte die Augen, nickte aber und verschwand durch die Tür.

Dienstag Juni

2

Kiras To-do-Liste:

Punkt 100: Überfällig: unbedingt Einladungen wegschicken, zur Not mit Brieftauben und Drohnen

Punkt 94: Neu!! Bauer Huberts Wiese organisieren (Robert)

Punkt 93: Brautgespräch Pfarrer vorbereiten

Punkt 92: 11.00 Uhr Brautkleid kaufen, in das Jasmin auch in drei Wochen noch reinpasst

Punkt 91: 15.00 Uhr Brautjungfernkleid kaufen (Valium nicht vergessen)

Punkt 90: 16.00 Uhr Tischdeko – Keine rosa Engelchen!!!

19 Tage bis zur Hochzeit

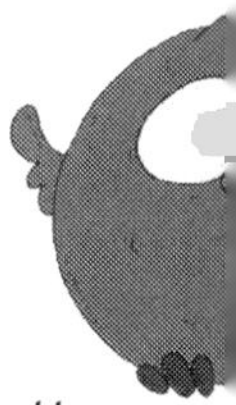

Kapitel 2

Der folgende Tag begann, wie der vorherige aufgehört hatte: Keiner machte, was er sollte, aber alle machten mit. Jasmin hatte zwar ihren Polterabend-Post aus dem Internet gelöscht, trotzdem wurde ich das Gefühl nicht los, dass dieser Termin wie ein Damoklesschwert über uns hing. Und falls sich auch meine liebe Familie Gedanken darüber machte, wie die Einladungen trotz Poststreik schnellstmöglich zu den Gästen gelangen sollten, verbarg sie das erfolgreich.

Jasmin musste sich, nachdem sie mir die Terminabsprache mit Bauer Hubert aufs Auge gedrückt hatte, erst einmal wieder hinlegen. Mutti fuhr zur Apotheke, und Paps nutzte die noch nicht ganz so schwülheißen Morgenstunden, um den Garten von den Sturmschäden zu befreien. Warum hätte sich auch irgendjemand um die Hochzeit kümmern sollen? Wir hatten doch noch neunzehn Tage Zeit! Offenbar war ich die Einzige, die angesichts dieser Flut von Aufgaben Fracksausen bekam.

Nach dem Befragen von Mr Google und einigen Telefonaten fand ich einen Privatanbieter für den Briefversand, der allerdings recht teuer war. Doch das fiel garantiert nicht weiter auf. Die Wünsche meiner kleinen Schwester waren sowieso derart kostspielig, dass andere Menschen mit diesem Budget nicht nur heirateten, sondern auch noch die Hochzeitsreise und ein Mittelklasseauto bezahlten. Robert verdiente offenbar gut mit seiner Werbeagentur. Dass Jasmin sich an den Kosten beteiligte, war jedenfalls utopisch. Ihre ewige Studiererei hatte ihr bisher noch keine Reichtümer eingebracht.

Als der Kurier gegen Mittag die Einladungen in Empfang nahm, konnte ich diesen Punkt endlich abhaken. Was hätte ich darum gegeben, die Begegnung mit Marc auch so einfach aus meinen Erinnerungen streichen zu können. Aber sie klebte in meinen Gedanken wie Harz an den Fingern. Es war ja nicht so, als hätte ich mir dieses Wiedersehen mit ihm nicht schon früher mal vorgestellt – so ungefähr tausendmal in den vergangenen zwölf Jahren.

Aber in meiner Fantasie hatte das ganz anders ausgesehen. Da stand ich nämlich in dem Moment, in dem sich unsere Blicke begegneten, in einem Pub, umringt von beneidenswert schönen Männern und nur mit einem Hauch von Stoff bekleidet. Zeitlupe – ein Windhauch fuhr durch mein Haar (okay, ein bisschen schwierig in einem Pub, aber egal) – dramatische Geigenmusik setzte ein. Marc blieb der Atem weg, weil ich so großartig aussah und so erfolgreich war (woher auch immer er das wissen konnte). Und schlagartig wurde ihm klar, dass er damals einen Riesenfehler gemacht hatte.

Tja, Backfischfantasien eben. In meinem Kopfkino-Drehbuch hatte jedenfalls nicht eine Silbe davon gestanden, dass ich bei diesem Wiedersehen Ähnlichkeit mit Catweazle im Froschteich haben würde. Um weitere Peinlichkeiten dieser Art zu vermeiden, beschloss ich, mich für die Brautboutique besonders schick zu machen, und öffnete die Türen meines Kleiderschrankes.

Kaum eine Stunde später stellte ich meinen Käfer, prall gefüllt mit einer Hochschwangeren und einer Fast-Großmutter, auf dem kochenden Asphalt des Kundenparkplatzes vor der Boutique ab. Der doppelstöckige Galerie-Glasbau wirkte neben den Supermarkthallen in der Umgebung wie ein Lipizzaner zwischen Maultieren.

Mit vereinten Kräften hievten Mutti und ich Jasmin aus dem Auto und betraten das *Fräulein Trau Dich*. Für mich hörte sich das eher nach einem Befehl an als nach einer Einladung. Aber der Name passte zur Inhaberin Iris Klottenbeck, einer ebenso resoluten wie attraktiven Frau mit wasserstoffblondem Kurzhaarschnitt. Von Mutti wusste ich, dass sie eine der Rädelsführerinnen im Golfclub war, gleichermaßen gefürchtet und angebetet. Als sie uns die Hand zum Gruß hinstreckte, entblößte sie ihre Zähne, und ich fühlte mich wie Rotkäppchen, das dem Wolf im Großmutterkostüm begegnet.

„Hallo, meine Lieben! Herzlich willkommen im Paradies für Bräute und solche, die es werden wollen", sagte sie. Beim letzten Teil des Satzes schaute sie in meine Richtung. Bestimmt hatte Mutti ihr von meiner Verlobung mit Ingo erzählt und dabei mit Sicherheit auch nicht unterschlagen, dass er der Sohn meines Arbeitgebers und Erbe eines ansehnlichen Vermögens war. Mit solchen Details konnte man im alltäglichen *Haste-was-biste-was*-Duell der Golfclubdamen ordentlich punkten.

„Bitte hier herüber." Mit einer knappen Handbewegung lud Iris uns ein, ihr zu folgen. „Unglücklicherweise habe ich später noch einen Termin."

Also, Unglück würde ich das nicht gerade nennen, dachte ich für mich.

Als hätte sie meine Gedanken erahnt, sah sie mich über die Schulter hinweg an. „Es hat sich eine Stammkundin angekündigt, die ihre sechste Hochzeit feiert. Ich glaube fast, sie lässt sich nur deswegen scheiden, weil sie meine Kleider so liebt." Wieder zeigte sie ihre Zähne. Erst jetzt wurde mir klar, dass das ein Lächeln sein sollte. Ich fragte mich, warum sich der Rest ihres Gesichts nicht mitbewegte. Ein Botox-Opfer?

Iris bat Mutti und mich, in einer weißen Sitzgruppe Platz zu nehmen, und führte Jasmin weiter zur größten Umkleidekabine, die ich in meinem ganzen Leben gesehen hatte. Beeindruckt sank ich in die Polster eines tiefen Sessels. Kuschelrock Spezial dudelte im Hintergrund, während ich meinen Blick schweifen ließ. Um mich herum strahlte alles in einem derart reinen Weiß, dass selbst das sonst tadellos Weiße meiner Fingernägel schmuddelig wirkte. Mutti ließ sich auf die vordere Kante des Kanapees nieder und schaute sich stirnrunzelnd um.

„Entspannt euch", rief Iris uns von der Kabine aus zu. „Wir kleiden Jasmin in die Modelle von Mamacocoon. Das ist mein exklusivster Partner für Umstandsbrautmode, und auch heute haben sie mir wieder ganz außergewöhnliche Modelle geliefert. Und ihr sollt jetzt nur noch genießen."

Iris klatschte in die Hände, und sofort erschien eine Leibeigene mit einem Tablett voller Champagnerflöten, die sie uns anbot, während die Chefin hinter dem Vorhang verschwand. Mutti und ich nahmen ein Glas, bedankten uns artig und nippten daran. Die junge Frau stellte das Tablett vor uns ab und verschwand ebenfalls hinter dem Vorhang. Kaum war sie außer Sichtweite, beugte ich mich zu Mutti hinüber.

„Ist dieser Laden nicht eine Nummer zu groß für uns?", fragte ich sie leise und hoffte, dass man mich hinter dem Vorhang nicht hören konnte.

„Iris ist nicht gerade billig, aber sie ist die Beste, glaub mir", raunte Mutti zurück, den Blick ebenfalls auf den Samtvorhang gerichtet. „Die Leute fahren durch halb Deutschland, nur um sich von ihr beraten zu lassen."

„Sie ist arrogant."

„Sie ist eine gute Geschäftsfrau. Etwas Gleichwertiges bekommst du vermutlich nur auf der Kö oder in der Kaufingerstraße."

„Ist Robert eigentlich klar, was für eine Stange Geld ihn diese Hochzeit kosten wird?" Dann kam mir plötzlich ein anderer Gedanke: „Oder bezahlt ihr das etwa?"

„Wo denkst du hin? Wir bezahlen nur den Polterabend."

Wie schön, dann blieb vielleicht doch noch etwas von meinem Erbe übrig.

„Und Robert schaut seiner Braut geldtechnisch nicht auf die Finger?"

„Selbst wenn er es täte, du kennst doch deine Schwester."

Ich seufzte.

„Schätzchen, sei nicht neidisch, dein Ingo macht bestimmt bald Nägel mit Köpfen. Dann bekommst du auch eine Hochzeit und ein Haus." Mutti tätschelte meinen Arm.

Ich rollte die Augen. Das war nun wirklich meine geringste Sorge.

Es dauerte nicht lange, bis der Vorhang aufging und Iris stolz das erste Kleid an meiner Schwester präsentierte. „Das hier ist ein futuristisches Modell in Wickeloptik. Es betont den Oberkörper und fällt poppig im unteren Bereich. Für selbstbewusste Schwangere, die wissen, was sie wollen. Dazu trägt sie Cinderellapumps in panaschiertem Silber."

Jasmin schaute mich mit einem unsicheren Lächeln an. „Was meint ihr?"

„Oh Schatz, das ist …" Mutti schluckte. „Mal was ganz anderes. Und so offenherzig."

Keine Frage. Jasmins Kugeln hüpften fast aus dem Bustier heraus, und ihr Bauch wölbte sich unter dem gummiartigen Glitzerstoff hervor. Dazu war der Rock vorne so kurz, dass er jedem Minirock Konkurrenz machen konnte. Um die Hüften bauschte er dank der Federapplikationen ziemlich auf, um dann seitlich und nach hinten lang und schmal auszulaufen. Aus irgendeinem Grund erinnerte Jasmin mich in diesem Kleid an eine Wachtel, die einen Golfball verschluckt hat.

Sie sah mich flehend an, und ich konnte mir ein Lachen kaum verkneifen. „Also, es ist … etwas Besonderes. Ungewöhnlich. Und die Schuhe sind toll." Aber sie hat schöne Haare, wie die Engländer sagen würden.

„Meine Liebe", mischte sich Iris ein, „das ist garantiert *der* Hingucker. Du wirst Zeichen setzen."

„Vor allem wird sich Tante Elli setzen, wenn sie dich halbnackt vor dem Altar sieht", fügte ich unüberlegt hinzu und spürte, wie Iris ihren Blick auf mich nagelte.

„Auf Wunsch setzt unsere Schneiderin an den entsprechenden Stellen etwas Tüll ein. Auch wenn ich nicht wirklich empfehlen kann, die Vision eines Designers zu zerstören."

„Vielleicht probieren wir noch ein anderes Modell?", schlug Mutti vor. Iris nickte und dirigierte Jasmin samt Gefolge zurück in die Umkleidekabine.

Zwei Stunden und acht Modelle später hatte ich die anderen Sektflöten allein geleert – und war leider immer noch unerträglich nüchtern. Iris sparte offenbar in jeder Hinsicht an Stoff. Während ich zusammengesunken in den Polstern saß, stand Mutti mit ihr vor der Umkleide und debattierte über die Kleider. Da ich wohl nicht genug Begeisterung zum Ausdruck gebracht hatte, wurde ich schon seit einer ganzen Weile ignoriert. Aber das Nonplusultra war eben nicht dabei gewesen. Von einem Kleid, das über tausend Euro kosten sollte, konnte man schließlich mehr erwarten, als dass nur ein Designerlabel dranhing. Und während ich darauf wartete, dass die Mannschaft fertig wurde, nutzte ich die ruhige Minute, um Sabin auf den neuesten Stand zu bringen.

ICH:
Wie gefällt dir Las Vegas?

SABIN:
Schatzi, hast du Fieber? Wir sind in Neuseeland auf einer Trekkingtour – erinnerst du dich?

ICH:
Weiß ich doch! Aber in Las Vegas werde ich heiraten. Und zwar in Jeans!!!

SABIN:
Wieso? Hast du Jasmins Tamtam etwa schon satt?

ICH:
Hör bloß auf – das reinste Chaos. Die Einladungen wären fast nicht rausgegangen, der Polterabend mutiert zum Flashmob, ich bin meinem Ex im Miss-Wet-T-Shirt-Look begegnet und sitze im Brautladen des Horrors fest.

SABIN:
Also alles wie erwartet. Moment – welchem Ex?

ICH:
Meinem Ex.

SABIN:
Ach, sag bloß. Warum trägt dein Ex nasse T-Shirts? Transe oder was?

ICH:
Nein, ICH hatte das nasse T-Shirt an. Er die Karohosen.

SABIN:
Dann eben schwul. Bist du dran schuld?

ICH:
Geschähe ihm recht. Hat aber eine Freundin.

SABIN:
Das kann ein Alibi sein, Schatzi. Hast du schon ein Kostüm für die Hochzeit?

ICH:
Ein Kleid meinst du? Nein, aber Jasmin bekommt gerade eins – und sieht darin aus wie eine Wachtel.

SABIN:
Das tut sie doch sowieso 😂

ICH:
Also echt! Ist mit Ingo alles in Ordnung? Er hat sich noch gar nicht gemeldet.

SABIN:
Oh Wunder. Zu beschäftigt mit Pamela und Partys. Feiert offenbar drei Wochen lang Junggesellenabschied. Keine Angst, habe meine Wachhunde auf ihn angesetzt.

ICH:
Du bist die Beste!

SABIN:
Weiß ich doch!

Als ich von meinem Handy aufsah, bemerkte ich, dass Iris auf die Uhr schaute. Außerdem kündigte sie an, dass wir jetzt zu ihrem letzten Modell für Schwangere kämen. Falls das nicht genehm wäre, könnte sie weitere Kleider kommen lassen, die allerdings nicht vor Mitte nächster Woche eintreffen sollten.

Im gleichen Moment erklang ein spitzer Schrei. Ich sah zur Galerie hoch und entdeckte Jasmin dort oben.

„Alles in Ordnung?", rief ich hinauf, während Mutti schon die Treppe hinaufeilte.

„Das ist es!", schrie Jasmin euphorisch. „Ich fasse es nicht. Das ist mein Kleid!" Sie trat einen Schritt beiseite und gab den Blick auf ein Kleid frei, das auf der Galerie als Blickfang zwischen glitzernden Schleiern und Rosenbouquets dekoriert worden war.

Ich erhob mich und ging ebenfalls nach oben, dicht gefolgt von Iris. Jasmin stand mit offenem Mund vor einem silbergewirkten Traum aus fließendem Stoff mit Schleppe. Das Kleid war im Empirestil geschnitten, hatte eine silberne Schärpe um die linke Schulter und quer über die Brust, die gleichzeitig als Träger diente, während die rechte Schulter frei blieb. Unter der Brust wurde der Stoff gerafft und fiel dort in A-Form bis zum Boden, was den Bauch halbwegs kaschieren könnte. Das Kleid war einer Königin würdig, filigran wie Schmetterlingsflügel und von bestechender Schlichtheit.

„Leider ist das ein Kleid für Nicht-Schwangere." Iris wirkte aufrichtig betrübt. Wahrscheinlich wäre auch sie erleichtert gewesen, wenn Jasmin endlich zu Potte gekommen wäre.

„Halt es mir vor, Kira! Ich muss es sehen." Jasmin stellte sich vor der Spiegelwand in Position. Ich schaute Mutti und Iris an, aber beide zuckten nur resigniert mit den Schultern. Also nahm ich den Kleiderbügel, löste ihn aus der Verankerung des Ständers und hielt das Kleid am langen Arm zwischen Jasmin und den Spiegel. Sie seufzte verzückt.

„Es ist ein Traum", gab ich zu. Das allerdings war es in jeder Hinsicht, denn bei ihrem Umfang passte sie niemals in das schmale Oberteil.

„In diesem Kleid werde ich heiraten!“, bestimmte sie verklärten Blickes.

„Es ist aus der Kollektion *White* von Vera Wang und David's Bridal. Wunderbare Modelle und durchaus bezahlbar“, betonte Iris. „Nur leider wirklich, wirklich nicht für Schwangere geeignet.“ Alle starrten auf Jasmin – und mir wurde langsam der Arm lahm. Aber der Glanz in den Augen meiner Schwester hielt mich davon ab, es wieder zurückzuhängen.

„Was nicht passt, wird passend gemacht“, bestimmte Jasmin.

„Aber Schatz, wie stellst du dir das vor?“, echauffierte sich Mutti.

„Na ja, prinzipiell ist nichts unmöglich“, erklärte Iris. „Unsere Schneiderin hat schon wahre Wunder vollbracht. Wenn jemand das hinkriegt, dann sie.“ Iris wandte den Kopf und rief die Treppe hinunter: „Eileen, hol bitte Veronica. Sie soll sich das hier mal ansehen.“

Ich nahm das Kleid in die andere Hand, schüttelte den Arm aus und überlegte, ob ich Eileen das Teil bei ihrer Rückkehr nicht einfach in die Hand drücken sollte. Aber da griff schon Jasmin nach dem Bügel und legte sich das Kleid liebevoll über den Bauch. Sie drehte sich vor dem Spiegel und strich zärtlich über den Stoff. Wenig später kam Eileen mit einer älteren Frau die Treppe herauf. Am Handgelenk trug sie ein Nadelkissen, und um ihren Hals hing ein Maßband.

Iris erklärte das Problem. Die Schneiderin betrachtete erst Jasmin, dann das Kleid von allen Seiten und wiegte sorgenvoll den Kopf. „Schwierig“, murmelte sie, ehe sie noch etwas in einer fremden Sprache, die polnisch klang, hinzufügte. „Viele Arbeit. Nehme Stoff unten weg für oben und mache Ausgleich mit Spitze.“

Jasmin nickte begeistert. „Oh ja. Egal wie, machen Sie es möglich. Bitte, ich muss einfach in diesem Kleid heiraten!“

Die Frau nickte und tätschelte Jasmins Bauch. „Wann kommen Bebe?“

„In vier Wochen.“ Jasmin lächelte versonnen.

„Bebe is sich großes Gluck. Und wann Hochzeit?“

„In drei Wochen. Schaffen Sie das?“

Wieder nickte sie, wenn auch mit erhobenen Augenbrauen. Dann nahm sie das Maßband von ihrem Hals und begann, abwechselnd Jasmins Körper und das Kleid in allen Richtungen zu vermessen. „Ich versprechen, dass wir machen fertig bis Hochzeit.“ Sie schmunzelte. „Mache Wettlauf mit Bebe, wer zuerst ist fertig.“

Machten wir das nicht alle?

Jasmin lachte, umarmte die Frau und drückte ihr einen Kuss auf die Wange. Diese grinste geschmeichelt.

„Was würde das denn kosten mit all den Änderungen?“, fragte Mutti offensichtlich besorgt.

„Ach, Charlotte, das hängt von der Stundenzahl ab. Aber ihr habt Glück: Dieses Modell ist mit fünftausend Euro für ein Vera Wang geradezu geschenkt.“

Mir fiel die Kinnlade herunter. Geschenkt war eindeutig anders.

„Bist du sicher, dass ihr euch das leisten könnt?“, raunte ich Jasmin zu.

„Ich weiß, es ist eine Sünde, aber ich kann nicht anders“, seufzte sie. „Dann gibt es eben weniger zu essen auf der Hochzeit, aber dieses Kleid muss ich haben.“

Mutti nahm Jasmin ebenfalls ins Gebet, aber ich bekam nicht mehr viel davon mit, weil mein Handy klingelte. Bestimmt Ingo! Ich wühlte das Telefon aus der Hosentasche, doch statt Ingos Name leuchtete mir Roberts entgegen. Eigenartig.

„Ja bitte?“

„Kira? Ich bin es. Es ist megawichtig!“ Eine kurze Pause, es knackte in der Leitung. „Hallo? Verstehst du mich?“ Die Verbindung rauschte, und die Worte kamen verzögert, wie bei einer Freisprechanlage im Auto.

„Nicht so gut. Warte mal.“ Ich ging die Treppe hinunter und weiter in Richtung Ausgang, wo mein Handy mir besseren Empfang anzeigte. Kurz vor der Glastür wurde dann auch das Rauschen leiser.

„Besser so?“, fragte ich.

„Perfekt.“ Robert atmete hörbar aus. „Gott sei Dank habe ich dich erreicht.“

„Ist was passiert?“

„Und ob! Die Hölle ist hier los!“, polterte er zurück. „Ich habe gerade eben den besten Anruf aller Zeiten bekommen – und den eiligsten. Stell dir vor, ihre Agentur ist pleite. Unfassbar! Und das bei einem so großen Laden. Aber jetzt haben die ein Problem und wollen, dass wir deren Job übernehmen. Doch vorher müssen wir uns bei denen präsentieren, was wir alles können und so. Und wenn sie mit uns zufrieden sind, dann übernehmen wir deren Produkteinführung zur Messe. Ein Megaprojekt! Kira, das ist meine Rettung. Allerdings schaffe ich das nicht ohne deine Hilfe!“

„Ich verstehe nur Bahnhof. Wieso retten? Und wer sind *sie*?“

„Sorry, ich bin noch völlig konfus. Es geht um eine Firma namens xTherm. Sie wollen uns sehr kurzfristig einen großen Auftrag geben, weil ihre Agentur pleite ist“, erwiderte Robert.

xTherm? Doch nicht etwa der größte Konkurrent meines Arbeitgebers und Fast-Schwiegervaters?

„Kira, ich flehe dich an! Wir müssen in einer Stunde da sein und die Agentur vorstellen, damit sie umgehend entscheiden können, ob wir den Auftrag bekommen oder nicht. Aber ich bin gerade erst bis ins tiefste Bayern gefahren und hab noch Kundentermine! Selbst wenn ich danach die Nacht durchfahre, kann ich nicht vor morgen früh wieder zu Hause sein. Dann ist es vielleicht zu spät, und die haben jemand anderen gefunden. An so eine Firma komme ich nie wieder ran! Sei ein Schatz und fahr zu Nick in die Agentur, er gibt dir unsere Standardpräsentation auf einem Laptop. Damit fährst du zu xTherm und stellst uns vor. Einfach ablesen, okay? Und wenn Fragen kommen, dann machst du das schon. Niemand anderer, den ich kenne, hat so viel Ahnung von der Solarbranche und vom Marketing wie du.“

War der Mann irre? Ich sollte aus dem Stegreif seine Agentur präsentieren? Ganz zu schweigen von den Schwierigkeiten, in die es mich sonst noch bringen könnte. Das wäre Hochverrat an meinem Arbeitgeber.

„Robert, das kostet mich meinen Job! Schick deinen Mitarbeiter hin."

„Nick ist zwar ein begnadeter Grafiker, aber den kann man unmöglich auf die Menschheit loslassen. Dieses Projekt muss xTherm wirklich unter den Nägeln brennen, sonst hätten die uns niemals angerufen. Das ist ein richtig dicker Fisch, und ich brauche diesen Auftrag, Kira! Du ahnst nicht, wie dringend. Davon bekommt dein Chef doch gar nichts mit."

Ich biss mir auf die Lippen. Erwähnte ich bereits, dass ich eine Schwäche für Menschen in aussichtlosen Situationen habe? Aber was zu viel war, war zu viel.

„Von wegen der kriegt nichts mit! Dann bin ich meinen Job los, und er verklagt mich wegen Industriespionage, Betrug und sonst was. Außerdem war ich dann die längste Zeit verlobt."

„Woher sollte dein Chef denn was erfahren? Telefoniert der täglich mit der Konkurrenz?"

Ich schwieg.

„Siehste, das merkt kein Mensch. Außerdem trittst du bei xTherm als Agenturmitarbeiterin auf. Nenn ihnen doch einfach einen falschen Namen, dann kann nichts passieren."

„Jetzt soll ich auch noch lügen! Das wird ja immer besser."

Robert seufzte und sagte dann zögerlich: „Unter uns: Die Hochzeit und das Haus … na ja, die bezahlen sich auch nicht von alleine, weißt du?"

Hatte ich es doch gewusst!

„Außerdem haben wir gerade eine Flaute", fuhr er fort. „Da ist dieser Auftrag ein Geschenk des Himmels. Es geht um verdammt viel."

Ich drehte mich um und sah Mutti mit Jasmin und ihrem Traumkleid vor dem Spiegel. Beide lachten und sahen so glücklich aus. Mist! Mist, Mist, Mist!

„Robert, du weißt nicht, was du da von mir verlangst", stöhnte ich. „Du bringst mich in Teufels Küche."

„Ich werde dir bis ans Ende meiner Tage dankbar sein. Kira,

du bist der allergrößte Schatz. Aber behalt das mit dem Engpass um Gottes willen für dich. Ich will nicht, dass Jasmin sich Sorgen macht. Sie hat mit der Schwangerschaft schon genug zu tun." Er räusperte sich. „Also, Nick erwartet dich in der Agentur. Fahr am besten gleich zu ihm, okay? Er erklärt dir alles Weitere." Es knackte in der Leitung, dann ertönte das Freizeichen.

Eigentlich hatte ich nicht Ja gesagt. Wieder so ein unglückseliges *Eigentlich*. Aber was konnte ich anderes tun, als Robert zu helfen? Und möge mir der Allmächtige beistehen, falls ich diese Geschichte vermasselte.

… immer noch Dienstag, 2. Juni – 15:35 Uhr

Auf dem Weg von der Boutique nach Hause gratulierte ich mir, wie grandios ich mich wieder in die Enge hatte treiben lassen. Als ob ich noch mehr Chaos in meinem Leben gebraucht hätte. Immerhin war ich auf diese Weise Mutti, Jasmin und diesem Brautladen entkommen.

Weit schwieriger war es allerdings gewesen, mir den Schreck über Roberts Geständnis nicht anmerken zu lassen. Ein nicht unerheblicher Teil von mir hätte Jasmin am liebsten auf direktem Wege in einen Secondhandshop gezerrt und ihr dort ein Kleid und ein Paar Eheringe vom Jahrmarkt verpasst, anstatt sie weiter in ihrer Seifenblase schweben zu lassen. Aber ich brachte es einfach nicht übers Herz. Also blieb mir nur noch die andere Möglichkeit – nämlich dafür zu sorgen, dass diese Seifenblase nicht platzte.

Zu Hause kam Paps mir im Flur entgegen – in Badeshorts, mit freiem Oberkörper und einem nassen Handtuch um den kirschroten Kopf gewickelt.

„Bist du zum Islam konvertiert?", fragte ich und konnte mir ein Grinsen nicht verkneifen.

Er brummte unwillig. „Hat mir mein Arzt verordnet. Die

Hitze im Garten hält man ja kaum aus. Und bevor ich wieder wegen so einem Quatsch aus den Latschen kippe, mache ich mich lieber mit dem Turban zum Horst."

„Wohl eher zum Achmed", kalauerte ich und ging zum Treppenabsatz.

„Und was sucht das Frollein Hochwohlgeboren hier? Solltest du nicht deiner Mutter und der Braut zur Seite stehen?"

Ich räusperte mich. „Ja schon, aber … mir ist was dazwischengekommen. Die Arbeit. Ein Meeting. Lässt sich leider nicht aufschieben. Bis nach dem Urlaub, meine ich."

„Ach ja, das kenne ich noch zu gut", knurrte er und wandte sich zum Gehen.

„Paps?", sagte ich, woraufhin er sich noch mal zu mir umdrehte.

„Wärst du so lieb und holst die beiden dann später von der Boutique ab? Ich weiß nicht, wie lange ich weg sein werde, und dann müssen sie sich kein Taxi bestellen."

Er seufzte, nickte aber dabei. „Kann mir nichts Schöneres vorstellen", murmelte er und verschwand in seinem Fernsehzimmer.

„Sie rufen an, wenn sie fertig sind", rief ich ihm noch zu, ehe ich die Treppe hinaufsprintete.

Ich duschte in Rekordzeit und tauschte das Blümchenkleid gegen das Eleganteste, das ich in meinem Koffer finden konnte: ein schwarzes Etuikleid mit weißem Brusteinsatz, das eigentlich für diesen Anlass etwas zu kurz war. Die Manolo-Blahnik-Sandalen, eine sündhaft teure Neuanschaffung für die Hochzeit und zugleich das einzige Schuhwerk, das hierzu passte, waren ebenfalls ein bisschen zu auffällig. Dafür band ich quasi als Gegenpol die Haare im Nacken zu einem strengen Knoten zusammen, der dem Müttergenesungswerk Ehre gemacht hätte, legte dezent Kajal und Lippenstift auf, und schon war ich unterwegs zu Nick.

Roberts Agentur befand sich in der Altstadt im Erdgeschoss einer Gründerzeitvilla. Drei abgetretene Steinstufen führten hinauf zur Eingangstür, die mit schmiedeeisernen Ranken verziert war. Ich drückte den Klingelknopf, und kurz darauf wurde die Tür von Roberts Mitarbeiter geöffnet.

Schon auf den ersten Blick wurde mir klar, warum Robert ihn nicht zur Präsentation schicken konnte. Ein blauer Irokesenkamm war das Einzige, was von seinen Haaren übrig war, und er besaß Tattoos und Piercings an allen sichtbaren Körperstellen. Über den Rest wollte ich gar nicht nachdenken.

Nick umarmte mich so herzlich, als wäre ich seine seit Jahren verschollene Schwester. „Mensch Kira, voll fett, dass du einspringst. Könnt ich niemals, vor so vielen megawichtigen Yuppies sprechen. Würd mir in die Butze pinkeln vor Schiss."

Rate mal, wer noch, dachte ich und folgte ihm in einen großen Raum mit stuckverzierter Decke, drei Schreibtischen und jeder Menge Staub und Chaos. Das Geld für eine Putzfrau war offenbar schon vor längerer Zeit ausgegangen.

Laut aber fragte ich: „Was meinst du mit megawichtigen Yuppies? Ich dachte, mich erwarten höchstens der Geschäftsführer und der Marketingleiter?"

„Nee, soweit ich weiß, kommt das komplette Board. Geht ja auch um eine verdammt große Sache, offenbar eine Weltneuheit."

„Ach ja? Lass dich nicht täuschen. Mein Chef regt sich seit Jahren darüber auf, dass seine Entwickler angeblich nie dagewesene Solartechnik erfinden, doch in Wahrheit sind das alte Brötchen in neuer Verpackung."

Nick ließ sich hinter einem der überfüllten Schreibtische in den Stuhl fallen, wobei die Ketten an seiner Latzhose leise klirrten. „Dann habe ich glaube ich eine Überraschung für dich. Warte, Darling, I will show you."

Er tippte auf der Tastatur herum, und an seinem riesigen Bildschirm öffnete sich eine E-Mail, über der das Banner *VERTRAULICH* prangte.

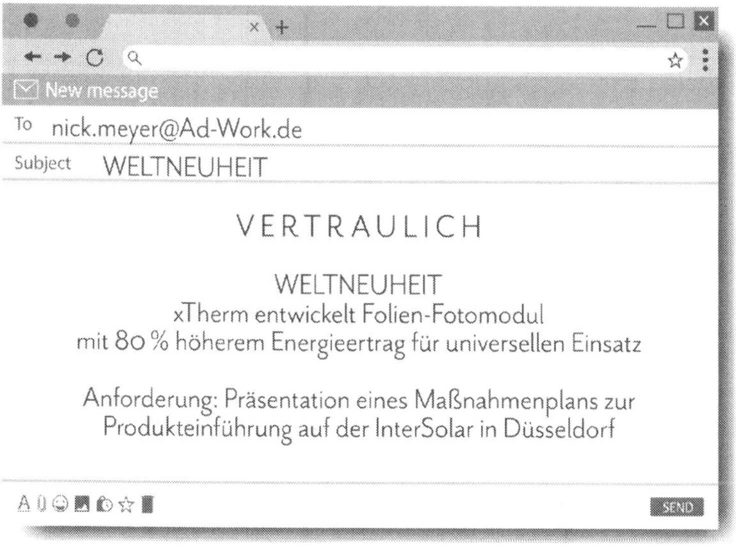

Oh. Mein. Gott. Ich hielt unwillkürlich die Luft an. Das konnte nicht wahr sein. Seit Jahren munkelte man in der Branche, dass es hierzu Versuchsreihen gab, aber niemand hatte bisher etwas Vergleichbares bewerkstelligen können. Dazu fast eine Verdopplung des Energieertrags. Das war … eine Revolution! Abgesehen davon hätte gerade ich ein so hochprekäres Betriebsgeheimnis der Konkurrenz vor der Messe nicht erfahren dürfen. Noch nicht mal, wenn man mir vorher die Zunge herausgeschnitten hätte.

„Setz dich doch", forderte Nick mich auf.

Wie praktisch, mir wurden auch gerade die Knie weich. Er hob den Papierstapel vom Stuhl neben sich. Ich ließ mich darauffallen und starrte erneut fassungslos auf die Mail.

„Also, ich hab das durchgeackert und fasse mal für dich zusammen." Nick lehnte sich entspannt zurück. „Diese Bros haben ein hippes Fotovoltaikmodul entwickelt, das fast das Doppelte an Energie aus den Sonnenstrahlen herausholt als herkömmliche Modelle. Und das alles mit Rohstoffen, die die Produktion enorm verbilligen. Im Prinzip ist das Teil wie 'ne dickere Folie. Kannste sogar biegen und so. Daraus kann man dann Dinge bauen wie die Steckdose to go, die unterwegs permanent Strom produziert. Oder Stromautos, die brauchen dann keine Tankstelle mehr, sondern kleben sich die Folie aufs Dach und fertig. Wenn das in Serie geht, ist die Energiemafia am Arsch. Hammer, woll?“

Ich nickte. Mein Chef konnte dann allerdings ebenfalls einpacken. Ob er überhaupt den Hauch einer Ahnung hatte, womit die Konkurrenz auf der Messe punkten wollte?

„Ich hab's erst nicht klargekriegt, warum die vorher so einen Megalarry machen wegen Verschwiegenheitserklärung und so, bevor die überhaupt mal 'ne Info ausgespuckt haben.“ Er wies auf den Bildschirm. „Aber als ich das hier gelesen habe, war mir alles klar.“ Nick reichte mir eine prall gefüllte Mappe. Beim Durchblättern entdeckte ich jede Menge Infoblätter über Produkteigenschaften, physikalische und elektronische Abläufe.

Ich warf einen Blick auf die Armbanduhr. „Ach verflixt, das kann ich jetzt nicht mehr alles lesen. Ich habe nur noch eine halbe Stunde bis zum Termin.“

„Solltest du aber, da stehen eine Menge wichtiger Infos drin.“

„Allein für die Fahrt brauche ich zwanzig Minuten – und das auch nur, wenn ich mich nicht wieder verfahre. Kennst du zufällig den Weg?“

„Ja klar, aber ich muss hier die Basis verteidigen, wenn der Chef nicht da ist.“ Nick holte eine Computertasche aus der Ecke, an deren Unterseite Staubflocken hingen, und schob einen schwarzen Laptop hinein. „Auf dem Notebook ist die Präsentation. Du brauchst sie im Prinzip nur starten und dann ablesen, was auf den PowerPoint-Folien steht. Ist so ein Standardteil. Du rockst das Baby schon.“

„Ich gebe mein Bestes“, murmelte ich abwesend und überflog dabei einen Ausdruck über die neuen Fotozellen.

„Wird auch echt Zeit, dass wir endlich mal was anderes machen als so Pillepalle-Kram.“

Ich sah erstaunt auf. „Pillepalle-Kram?“

„In letzter Zeit waren das nur Vereinsflyer oder mal ein Logo für den Hundezüchterverein. Da bleibt kein Geld übrig."

„Vielleicht hat die Buchhaltung Fehler gemacht."

„Unsere Zahlenperle hat Robert schon vor einem halben Jahr geschasst. Schade eigentlich, war ein süßes Mäuschen, und ich hatte immer schöne Aussichten, wenn du weißt, was ich meine." Er deutete Brüste an und zwinkerte.

Ich nickte grübelnd. Das hörte sich nicht gut an. Es wurde Zeit, mehr über Roberts kleinen *Engpass* zu erfahren. Also sagte ich: „Wenn hier so wenig los ist, dann bring mich doch eben zu xTherm. Wir können unterwegs über das Projekt sprechen, und ich fahre auch nicht in die falsche Richtung. Je besser ich vorbereitet bin, desto wahrscheinlicher bekommt ihr den Auftrag."

Nick wiegte mit dem Kopf. „Haste auch wieder recht. Aber selbst wenn du nix sagst, geben die dir den Auftrag, weil du einfach nur knallermäßig aussiehst. Komm, dann lass uns düsen."

Ich wurde rot. „Danke", murmelte ich und begab mich zur Tür. Nick schnappte sich die Tasche mit dem Laptop, und gemeinsam verließen wir die Agentur. Er verfrachtete mich kurzerhand in seinen alten Corsa, der noch klappriger war als mein Käfer, und auf ging es mit hustendem Motor und reichlich schlechtem Bauchgefühl zur Präsentation.

… immer noch Dienstag, 2. Juni – 16.30 Uhr

„Da ist es." Nick deutete durch die Windschutzscheibe auf zahlreiche Industriehallen, die hinter der Kurve auftauchten. Beim Anblick des roten xTherm-Logos rutschte mir abermals das Herz in die Hose – oder besser gesagt in mein Kleid – und es schien im Wagen noch heißer zu werden als zuvor. Ich hatte Nick während der Fahrt noch das ein oder andere erschreckende Detail entlocken können, was in der Agentur so lief oder auch gar nicht lief, dann aber beschlossen, mich vorerst lieber auf meinen Vortrag zu konzentrieren.

„Es geht um verdammt viel", hatte Robert gesagt, und das stimmte offenbar in jeglicher Hinsicht. Ich wühlte ein Taschentuch hervor und tupfte mir den Schweiß von der Stirn. Diese verflixte subtropische Hitzewelle. Andere aalten sich am Biggesee, und ich ließ mich bei diesem Mordswetter ins Feindesland jagen. Die Schilder lotsten uns am Sicherheitszaun entlang zu einem futuristischen Rundbau, in dem sich das Verwaltungsgebäude befand und der aus den umliegenden Hallen emporragte wie der Todesstern aus Star Wars. Hinter der Spiegelfront lauerte wahrscheinlich Darth Vader auf mich.

Nick steuerte den Besucherparkplatz an und ließ mich bei der Grünanlage vor dem Gebäude aussteigen.

„Ruf mich an, wenn du fertig bist. Du schaffst das! Viel Glück!" Er zeigte mir den erhobenen Daumen, und ich verzog das Gesicht zu einer Grimasse. Ich stieg aus, warf die Tür zu und sah ihm hinterher, wie er davonbrauste.

Sätze wie „das ist ganz einfach" und „du schaffst das schon" hatte ich heute entschieden zu oft gehört. Aber Teufel noch mal, irgendwie würde ich das hinkriegen. Über den Gehweg aus glatten, runden Pflastersteinen, die Gift für jeden Absatz waren, stöckelte ich hinüber zum Pförtnerhäuschen.

Mein Blick glitt zur Armbanduhr. Wenigstens lag ich gut in der Zeit, und trotz aller Aufregung war ein Teil von mir – vermutlich der geisteskranke – neugierig auf das, was mich tatsächlich hinter der Spiegelfront erwartete. Der Pförtner saß frisch wie der junge Morgen mit Hemd, Jackett und Schlips hinter der Scheibe in seinem Häuschen.

Er öffnete eine kleine Klappe auf Augenhöhe, aus der mir Kühlschrankluft entgegenströmte, und fragte mich nach den Personalien sowie dem Anlass meines Besuchs. Meine Antworten notierte er in aller Ruhe, bevor er dann jemanden über sein Headset anfunkte.

Mit jeder Minute, die verstrich, schmolzen mein bisschen Mut und Zuversicht und mit ihnen der Rest meines Stylings dahin. Ich versuchte, mir dezent den kleinen Strom Kaltluft aus dem Pförtnerhäuschen zuzufächeln, was aber auch nicht wirklich half – schon gar nicht gegen dieses nervöse Ameisengekrabbel am ganzen Körper. Der Pförtner hingegen schien keine andere Aufgabe zu haben, als mir so viele Fragen zu stellen, dass ich damit locker eine Greencard für die USA bekommen hätte. Doch schließlich überreichte er mir feierlich einen Besucherausweis und gab mir zu verstehen, dass ich bitte noch einen Moment warten möge, man werde mich abholen.

Ich befestigte den Clip an meinem schwarzen Kleid, das in der Sonne bereits zu glühen begann. Während ich wartete, überlegte ich, ob ich ihn darüber informieren sollte, dass die Proteine des Gehirns ab zweiundvierzigkommafünf Grad Celsius Körpertemperatur denaturierten. Aber das ließ ich dann doch lieber sein. Ich blieb tapfer in der Sonne stehen, obwohl mein Kopf einem Dampfkochtopf kurz vor der Explosion glich, nur um keine weiteren Fragen zu riskieren und damit meine Einreise nicht zu verzögern.

Als ich meine Sinne schon schwinden sah, tauchte ein bulliger Mann im Anzug auf, der sich knapp als Sicherheitsbeauftragter Tom Berthold vorstellte. Wenigstens besaß er den Anstand, mit mir zu schwitzen. Das war es dann aber auch schon mit unseren Gemeinsamkeiten. Er bugsierte mich durch unzählige Sicherheitsschleusen, bei denen ich den Ausweis abzugeben hatte, fotografiert wurde und die Unterschrift unter eine Schweigepflichterklärung setzen durfte. Mein Handy musste ich in einer Sicherheitsbox zurücklassen. Als er dann auch noch mein Notebook konfiszieren wollte, streikte ich, denn ohne Präsentation konnte ich ja gleich wieder nach Hause gehen.

Nach endlosen Diskussionen mit Mr Security und einem Telefonat mit der Sekretärin der Geschäftsführung durfte ich dann doch – mit Notebook – in das Allerheiligste vordringen: die Kommandozentrale-Schrägstrich-Chefetage. Vollklimatisiert. Allein dafür hatte sich der ganze Irrsinn gelohnt! Meine Körpertemperatur sank wieder unter den Siedepunkt, aber dafür flatterte nun in meiner Brust ein irrer Vogel an der Stelle, wo sich sonst mein Herz befand.

An der Aufzugstür übergab mich Mr Security einer stylischen Mittdreißigerin, Typ eiskalter Vorzimmerdrache. Ihr Pagenschnitt war so exakt abgewinkelt, als sei er mit einem Geodreieck gemessen worden, und ihre Lippen leuchteten tizianrot. Nach einer tadellosen Begrüßung bat sie mich, ihr zu folgen. Nur wenige Meter vom Aufzug entfernt führte sie mich in einen Konferenzsaal und instruierte mich dabei in perfektem Hochdeutsch: „Sie haben noch fünf Minuten, um die Technik vorzubereiten. Alle gängigen Anschlüsse dafür finden Sie vorne am Pult."

Ich konnte nur hoffen, dass es so einfach war, wie es sich anhörte.

„Es wird das komplette Management anwesend sein", fuhr sie mit erhobenen Augenbrauen fort. „Das Zeitfenster der Präsentation ist fünfunddreißig Minuten inklusive Abschlussdiskussion. Bitte halten Sie sich daran. Die Manager haben alle Anschlusstermine. Den Beamer steuern Sie übrigens mit der Fernbedienung am Pult, einfach den *Source*-Button drücken. Internet bekommen Sie über unseren Gastzugang mit dem Passwort *sunpower*. Wenn Sie noch Fragen haben, melden Sie sich bitte. Viel Erfolg!"

Bevor ich überhaupt Luft holen konnte, schob sie mich in den hell erleuchteten Konferenzraum und klimperte mit ihren roten Fingernägeln auf einem Bedienpanel neben der Tür herum, sodass die Lampen über den leeren Stuhlreihen erloschen. Jetzt wurde nur noch der vordere Teil des Raumes mit der Leinwand in gedimmtes Licht getaucht, und eine einsame Pultlampe brannte auf einem Tischchen neben der Leinwand, das offenbar für den Laptop gedacht war. Als ich mich wieder umsah, war die Frau verschwunden.

Oh Gott, auf welchem Planeten war ich denn hier gelandet? Zögernd ging ich die Stufen zur Leinwand hinauf, stellte das Notebook auf dem Tischchen ab und klappte den Deckel auf. Sofort erwachte der Computer zum Leben. Das richtige Kabel für die Verbindung zum Beamer war schnell gefunden, und meine Laptop-Oberfläche strahlte von der Leinwand in den abgedunkelten Saal hinein. Das lief doch wie geschmiert. Jetzt noch den Gastzugang für das Internet – erledigt. Ich startete PowerPoint und stutzte. Da war weit und breit keine Präsentation. Vielleicht unter *Letzte Dateien?* Ich suchte im Verzeichnis und auf dem Desktop. Nichts.

Nervös tastete ich nach meinem Handy, um Nick anzurufen, aber dann fiel mir ein, dass das ja unten im Körbchen bei Major Tom lag. Ich gab als Suchbegriff *Präsentation* ein. Kein Ergebnis. Dann *Präsent,* aber es erschienen nur irgendwelche Excel-Listen. Im Stillen verfluchte ich alle Piercings, Tattoos und Haarfärbemittel auf dieser Welt, die aus Nick einen Zombie gemacht hatten und der Grund waren, weswegen er jetzt nicht an meiner Stelle stand. Aber er wäre mit seinem Körperschmuck gar nicht erst durch den Metalldetektor gekommen. Wahllos löschte ich noch ein paar Buchstaben, bis nur noch *Präs* im Suchfenster stand. Moment, da war was: eine PowerPoint-Datei namens *Präser.* Präser? Das sollte doch wohl ein Scherz sein.

Ich hörte Türenklappern und Gemurmel im Raum. Die ersten Zuschauer trudelten ein. Es wurde also ernst. Abrupt verdoppelte sich mein Herzschlag. Das Kleid klebte trotz der angenehmen Raumtemperatur an mir wie eine zweite Haut, und mein Make-up sah mittlerweile garantiert aus wie das von Batmans Joker. Und dann auch noch *Präser* … Sei's drum, ich musste es riskieren.

Mit einem Doppelklick öffnete ich die Datei und hielt den Atem an. Die Punkte am Bildschirm kreisten um einen unsichtbaren Mittelpunkt, während die Datei geladen wurde. Was, wenn das jetzt doch nicht die Präsentation war, sondern genau das, was der Name versprach? Dann wäre ich bis auf die Knochen blamiert – und das auch noch vor der Konkurrenz. An das Gesicht meines Chefs, wenn er mich jetzt sehen könnte, wollte ich lieber gar nicht denken. Auch nicht an die Kündigung, die er mir mit einem Pfeil in den Rücken schießen würde.

Stopp, jetzt nicht reinsteigern. Atmen. Tief ein und aus. Einfach nur ablesen – was auch immer da kam. Auf dem Beamer erschien das Logo der Agentur und ein *Herzlich willkommen zur Präsentation* mit dem heutigen Datum. Gott sei Dank. Ich riskierte einen Blick in den Konferenzraum, konnte aber im Gegenlicht des Beamers nur Schatten erkennen.

„Wir können dann anfangen, wenn Sie so weit sind", sagte jemand.

„Okay", krächzte ich, räusperte mich und startete die Präsentation. Nichts passierte. Shit! Mein Mund wurde so trocken, als hätte ich einen Löffel Staub gegessen. Ich hörte ein Hüsteln, jemand lachte leise. Mein irres Vogelherz klopfte bis zum Hals. Die Loading-Symbolpunkte auf der Leinwand fuhren Karussell und drehten sich eine halbe Ewigkeit, während ich den Himmel mit Stoßgebeten bombardierte.

Dann endlich begann der Vorspann, ein kurzes Imagevideo über Ad-Work, Roberts Agentur. Das gab mir gerade genügend Zeit, um meine überspannten Nerven wieder unter Kontrolle zu bringen. Schon leuchtete die erste Folie auf der Leinwand auf – der Startschuss für meinen Vortrag. Ich schloss kurz die Augen, um mich zu sammeln, öffnete sie wieder und erhob mich. Meine Wackelpuddingknie schienen mich irgendwie zu tragen.

„Guten Tag. Ich bin Ki…"

Oh Shit, ich sollte doch meinen Namen nicht nennen. „Also, ich bin von der Agentur Ad-Work und freue mich, heute hier sein zu dürfen."

„Könnten Sie bitte etwas lauter sprechen, Frau … wie war Ihr Name?", rief jemand aus dem Publikum.

„Tja, äh, Schmitz. Karin Schmitz. Gut, lauter, kein Problem", stotterte ich und versuchte, meiner Stimme einen festen Klang zu geben. Und erstaunlicherweise half das laute, klare Sprechen mir dabei, ruhiger zu werden. Ich arbeitete mich zwei oder drei Folien voran und las nicht nur die Worte, sondern erfasste so langsam auch den Sinn. Sofern er vorhanden war.

„Wir transportieren Ihre Message in alle wichtigen Medien und durch alle verfügbaren Kanäle", trug ich vor. „Zum Beispiel via E-Mail, Print, Diashow …" Moment mal. *Diavorträge* waren schon in den Achtzigern unmodern gewesen. Ich lachte beschämt. „Das ist ein Scherz meines Kollegen, der die Präsentation vorbereitet hat. Wir arbeiten natürlich mit Ultra-HD-Filmen, Multimediashows und Liveevents. Nicht zu vergessen die Social-Media-Clips."

Kein Wunder, dass die Agentur in finanziellen Problemen steckte: Mit so einem Vortrag konnte man keinen Krieg gewinnen. Noch schlimmer, ich stand als völlig unfähig da. Was sollten die Zuhörer von mir denken? Und ich hatte durchaus Vergleichsmöglichkeiten, denn noch vor wenigen Wochen war ich bei dem Abschlussmeeting zur Messe dabei gewesen, und mir fielen die zahlreichen Vorschläge unserer Agentur wieder ein, die damals abgeschmettert worden waren, obwohl ich sie genial gefunden hatte. Ich beschloss, die Folien nicht weiter zu beachten, sondern einfach mal zum Besten zu geben, woran ich mich noch erinnern konnte.

„Doch besondere Produkte erfordern besondere Maßnahmen: Stellen Sie sich vor, wir machen an Ihrem Stand eine Modenschau mit Bikinis, Hüten und weiterer Mode, hergestellt aus Mini-Fotovoltaik-Panels, die am Strand Strom für das Handy liefern. Lauter attraktive junge Damen auf einem Laufsteg. Sie erhalten den ultimativen Hingucker auf der Messe, mit dem Sie nicht nur das Fachpublikum überzeugen, sondern es auch in die Tageszeitungen und Modezeitschriften schaffen. Und wer weiß, vielleicht landen wir damit sogar den Sommertrend der kommenden Saison, wenn wir mit dem richtigen Designer zusammenarbeiten."

Ich holte Luft und begann, vor den Zuschauern auf und ab zu gehen. „Oder wie wäre es mit einer Solar-Lightshow, dazu eine Performance mit Theaterstudentinnen als Darsteller, unterstützt von einem bekannten DJ? Wenn wir schnell handeln, könnte daraus sogar der neue xTherm-Solar-Hitmix werden, den wir zur Messe als kostenlosen Download anbieten." Zu dumm, dass ich die Gesichter nicht richtig erkennen konnte, um herauszufinden, ob ich den Nerv getroffen hatte. „Man könnte auch eine Handyhülle mit Fotofolie anbieten, die den Akku permanent mit Strom versorgt. Auf diese Weise hätte man direkt Absatzmärkte generiert."

„Was davon lässt sich in der Kürze der Zeit noch realisieren?", hörte ich eine dunkle Stimme.

„Ich werde Ihnen dazu schnellstmöglich eine Liste zusammenstellen."

Mit einem Mal konnte ich mich gar nicht mehr retten vor Fragen, die ich notierte und so gut es ging beantwortete. Ich kam gar nicht mehr dazu, die Folien vorzutragen, so sehr begeisterte sich mein Publikum für diese Ideen.

Ich merkte gar nicht, wie die Zeit verflog, und war überrascht, als das Licht plötzlich anging und mich blendete. Miss Moneypenny blickte mir von der Tür aus entgegen und deutete auf ihre Armbanduhr. Erleichtert atmete ich auf und bedankte mich bei meinen Zuhörern, die ich nun das erste Mal richtig sehen konnte. Sie machten einen, soweit ich das beurteilen konnte, durchweg zufriedenen Eindruck. Ich hatte zwar immer noch ein mulmiges Gefühl, hoffte aber, dass es für eine Auftragsvergabe reichte.

Gerade packte ich den Laptop zusammen, als zwei Männer in Anzügen auf mich zukamen. Die Gesichtszüge des einen kamen mir bekannt vor, aber ich konnte weder einen Namen noch ein Ereignis mit ihm verbinden.

„Frau Schmitz?", fragte der kleinere von ihnen. Ich sah mich irritiert um, aber sein Blick blieb an mir haften. Wieso nannte er mich Schmitz? Dann fiel der Groschen.

„Oh, ja, hallo!", rief ich, lachte etwas zu laut und schüttelte seine Hand.

„Ich bin Stefan Hollweg, Marketingleiter dieses Unternehmens. Das war eine beeindruckende Präsentation, mein Glückwunsch. Darf ich Ihnen einen unserer Geschäftsführer vorstellen? Leon Albrecht."

Leon Albrecht? Etwa der Leon von den MadChaps? Marcs

Bruder? Nicht möglich! Aber eine gewisse Ähnlichkeit bestand tatsächlich zwischen dem schwarzhaarigen Jungen mit Goldohrringen, wie ich ihn in Erinnerung hatte, und diesem Dressman. Er sah unverschämt gut aus, braun gebrannt, mit einem strahlenden Zahnpastalächeln … und garantiert wusste er auch, wer ich in Wirklichkeit war.

„Hallo Kira-Karin-Schätzchen!" Er küsste mich auf die linke und die rechte Wange, wie es bei den Italienern üblich ist. „Mir hast du richtig gut gefallen. Ich bin dafür, dass wir zusammenfinden. Bei mir wäre dein kleines Geheimnis auch sicher … aber ich fürchte, *er* ist da wieder viel zu engstirnig."

Welcher *er?*, wollte ich noch fragen, aber als eine Gestalt neben ihm auftauchte, blieben mir die Worte im Hals stecken.

„Da zappelt der Spatz ja schon im Käfig", sagte *er!*

Marc! Vor Schreck verschluckte ich mich. Hustend schossen mir die Tränen in die Augen. Jemand reichte mir ein Taschentuch und klopfte auf meinen Rücken.

„Es ist nicht sonderlich clever, sich mit anderem Namen vorzustellen, wenn man einen Besucherausweis mit dem richtigen Namen trägt, Kira." Er tippte gegen das Plastikschild an meinem Revers. „Aber sei's drum. Wir beraten uns kurz, dann teilen wir dir unsere Entscheidung mit."

Ich blickte mit tränenden Augen in sein überhebliches Gesicht. Weil ich noch nicht wieder sprechen konnte, nickte ich knapp. Schweigen war ja bekanntlich auch Gold.

Marc verschwand gemeinsam mit Stefan und Leon, der mir über die Schulter zuzwinkerte. Ich sah ihnen nach, bis die Tür hinter ihnen zufiel. Was lief hier eigentlich für ein schlechter Film? Seit wann war xTherm Marcs und Leons Firma? Das hätte ich doch wissen müssen.

Spontan wollte ich erneut mein Handy zücken und googeln. Aber nein, das war ja noch in Einzelhaft. Stattdessen kramte ich den Laptop wieder hervor und suchte online nach Infos. Dort war aber nur die Rede von einem gewissen Silas Behrens als Inhaber, der in dem Ruf stand, eine Koryphäe in der Entwicklungstechnik zu sein. Dann eine kurze Pressemitteilung über einen Finanzinvestor, der sich in das Unternehmen eingekauft hatte. Weder Marc noch Leon wurden namentlich erwähnt. Doch da, im Impressum der Website standen Marc, Leon und eben dieser Silas als Geschäftsleitung. Nicht zu fassen.

Aber wieso machte er es eigentlich so spannend? Es war mehr als unwahrscheinlich, dass er mir diesen Auftrag geben würde, weil ich zur Familie Spatz gehörte und dadurch seit Jahrzehnten der Feind war. Ich seufzte tief. All die Mühe war umsonst gewesen. Robert musste sich einen anderen Kunden suchen, so leid mir das tat. Während ich meine Sachen wieder zusammenpackte, schoss mir noch ein Gedanke durch den Kopf: Wenn xTherm eine Firma der Albrechts war, dann beging ich nicht nur Hochverrat an meinem Arbeitgeber, sondern auch an meiner Familie. Ich befand mich auf doppelt feindlichem Boden. Hatte Robert das nicht gewusst?

Die Tür öffnete sich, und die drei Männer kamen auf mich zu.

„Herzlichen Glückwunsch, Sie sind im Rennen!“, rief Stefan enthusiastisch und schüttelte meine Hand. Der wollte mich wohl veräppeln!

Ich sah zu Marc hinüber, aber sein Gesicht war undurchdringlich. Dann räusperte er sich. „Die Vorgängeragentur ist insolvent, die gesamte Produkteinführung hängt in der Luft, und in weniger als drei Wochen ist die Hauptmesse unserer Branche, auf der wir unser neues Panel vorstellen wollen. Wir brauchen eine Agentur, die das Angefangene zu Ende bringt, und das schnell und zuverlässig. Könnt ihr das, Kira?“

Er ließ mich nicht aus den Augen, als wolle er mich mit seinem Blick röntgen.

Ich schluckte. Drei Wochen? Richtig, die Messe begann kurz vor der Hochzeit meiner Schwester. So gesehen war es einfach nur … Irrsinn! Marc fixierte mich immer noch. „Sag es, wenn du dir nicht sicher bist. Wir können uns keine Experimente leisten.“

Ich räusperte mich. „Sicher können wir das“, behauptete ich mit heiserer Stimme. „Wir sind ein kreatives, äußerst flexibles Team und haben schon viel heißere Kartoffeln aus dem Feuer geholt." Ich kreuzte in Gedanken die Finger hinter meinem Rücken.

„Garantiert loyal und absolut vertrauenswürdig?"

„Selbstverständlich", murmelte ich.

„Dann habt ihr den Auftrag. Stefan übergibt dir die Unterlagen, Dateien und Kontaktpersonen zu allen angefangenen Einzelprojekten. Du musst auch noch den Agenturvertrag unterschreiben, bevor du gehst. Ich erwarte dann morgen Nachmittag einen Bericht bezüglich der Maßnahmen, Zeitplan inklusive." Sprach's, drehte sich um und ging zur Tür hinaus. Plötzlich war ich mir nicht mehr sicher, ob ich Robert einen Gefallen getan oder gerade sein Grab geschaufelt hatte.

Kaum war ich zurück im Foyer, nahm ich mein Handy, um Robert anzurufen, doch der war offenbar gerade nicht erreichbar. Stattdessen sah ich eine Nachricht von Sabin.

SABIN:
Was macht die Kunst? Fast drei Uhr nachts und ich kann nicht schlafen – hab voll den Jetlag

ICH:
Das glaub ich dir. Wird bald besser. Schlimmer kann es ja auch nicht mehr werden.

SABIN:
Du sprichst von dir?

ICH:
Frag nicht.

SABIN:
Oh ne, bitte nicht schon wieder ein Was-hatte-ich-denn-sagen-sollen-Projekt. BEICHTE!

ICH:
Herrin, vergib mir, denn ich habe gesündigt.

SABIN:
Sünden machen Spaß. Deshalb muss ich als Polizistin auch so viele Verbrecher jagen – weil die alle ihren Spaß haben. Du aber hast ein Mutter-Teresa-Gen zu viel.

ICH:
Ach was, ich hab nur dem Bräutigam geholfen.

SABIN:
Du? Reicht es nicht, dass du seine Hochzeit organisierst?

ICH:
Doch, sicher. Es geht nur um eine Kleinigkeit.

SABIN:
Warum glaube ich dir das nicht?

ICH:
Du bist echt clever. Du solltest bei der Polizei anfangen.

SABIN:
Du lenkst ab. Jetzt mache ich mir wirklich Sorgen.

Juni
Mittwoch
3
Kiras To-do-Liste:
Total im Verzug wg. dämlicher Präsentation:
Punkt 91: Überfällig: 10.00 Uhr Brautjungfernkleid kaufen
Punkt 90: Überfällig: Tischdeko, Vorsicht – Mutti hat was rausgesucht (!)
Punkt 89: Helium-Luftballons + Brieftauben recherchieren
Punkt 88: Neu!! – 09.30 Uhr Robert den Auftrag ausreden
Punkt 87: 10.30 Uhr Termin Florist Brautstrauß
Punkt 86: 12.30 Uhr Festsaal: Tischaufstellung
Punkt 85: Gästebuch besorgen – Florist nach Idee fragen
Punkt 84: Schnaps für Bauer Hubert besorgen & Robert geben
18 Tage bis zur Hochzeit

Kapitel 3

„Robert, ich habe nachgedacht“, sagte ich. „Lass die Finger davon, sonst wirst du sie dir höllisch verbrennen.“

Wir, also Robert und ich, standen in der warmen Morgensonne neben meinem Käfer vor der Agentur. Weil ich meinen Wagen am Tag zuvor dort stehen gelassen hatte, musste Paps mich hierherbringen, um ihn wieder einzusammeln. Dort traf ich mich mit Robert, der die Nacht durchgefahren war und gerade eben den Vertrag studiert hatte.

Sein Anzug war noch ganz zerknittert, und er hatte dunkle Ringe unter den grauen Augen. Zusammen mit dem Dreitagebart über dem halb geöffneten Hemd war er der Typ unfreiwillige Boheme. Irgendwie konnte ich meine Schwester verstehen, dass sie ihn heiraten wollte.

Dass ich hier war, um ihm ins Gewissen zu reden, gefiel ihm offenbar nicht besonders, denn er runzelte die Stirn. „Kira, leider kann ich mir nicht aussuchen, für wen ich arbeite. Das ist ein hartes Geschäft. Und in München gab es auch nur Probleme statt neuer Aufträge.“

Ich war drauf und dran, ihn auf seine grottenschlechte Präsentation hinzuweisen, damit er zukünftig mehr Erfolg bei der Kundenakquise haben würde, verschob es aber auf später, weil er genug andere Sorgen hatte. Stattdessen fragte ich: „Hast du eine Ahnung, warum diese andere Agentur pleitegegangen ist?“

„Ich habe herausgefunden, dass die sich an der Konventionalstrafe für ein anderes Großprojekt selbst erhängt haben.“

„Du meinst, sie sind pleitegegangen, weil sie einen Vertrag nicht erfüllt haben?“

Er nickte. „Dumme Sache. Aber unsere Chance.“

„Na super!“, rief ich. „Und ich habe bei xTherm einfach unterschrieben, ohne diesen Agenturvertrag prüfen zu lassen.“

„Ganz ruhig, meine Liebe.“ Er lächelte und gähnte ausgiebig. „Das war vollkommen richtig. Ich hätte es nicht anders gemacht."

Ich atmete auf. „Wo wir gerade von Unterlagen reden …" Ich öffnete die Autotür, fischte die Mappe, die ich gestern noch ausgiebig studiert hatte, vom Beifahrersitz und hielt sie Robert hin, der sie entgegennahm. „Hier drin sind alle Ausdrucke und die Infos, die ich gestern von xTherm bekommen habe. Außerdem habe ich die besprochenen Maßnahmen notiert. Wir hatten da ein paar neue Ideen. Darüber …"

„Darüber sprechen wir später, wenn ich ein paar Stunden geschlafen und geduscht habe, okay? Ich komme dann bei euch vorbei."

Ich räusperte mich. „Ehrlich gesagt ist da noch ein viel größeres Problem: Findet die Familie raus, für wen du arbeitest, gibt das einen furchtbaren Aufstand. Auch wenn es verrückt klingen mag."

„Diese alberne Fehde zwischen euch und den Albrechts habe ich bis heute nicht verstanden." Er seufzte.

„Die versteht keiner so richtig. Paps schweigt wie ein Grab." Ich lehnte mich an meine Autotür. „Aber so viel habe ich mir über die Jahre zusammengereimt: Marcs Vater und er waren, noch bevor er Mutti kennenlernte, beste Freunde und gründeten zusammen eine Firma. Doch dann hat Paps rausgefunden, dass sein Kompagnon Firmengelder veruntreut. Es kam zum Streit. Die Albrechts behaupten allerdings, das alles sei genau andersherum gewesen. Auf jeden Fall hat Paps ihm dann seine Anteile abgekauft und allein weitergemacht. Seither sprechen unsere Familien kein Wort mehr miteinander."

„Jasmin hat mal erwähnt, dass Marcs Vater sich umgebracht hat."

„Stimmt leider. Danach stürzte dann auch noch die Mutter in Depressionen, und die Kids waren sich selbst überlassen. Das ging so weit, dass sich die Jungs zu einer Gang namens MadChaps zusammengeschlossen haben. Marc wurde später ihr Anführer. Er war sogar ein paarmal im Knast."

„Heute sind sie Geschäftsführer einer großen Firma – beeindruckende Karriere!“ Er sah mich an und runzelte die Stirn. „Warte mal … hattest du nicht mal was mit dem Älteren der beiden?“

„Richtig. Marc Albrecht war meine erste Liebe. Und du willst nicht wissen, was bei uns zu Hause los war, als meine Eltern das herausgefunden haben.“

„Soso.“ Er grinste von oben herab und stützte seinen Arm neben mir am Auto ab. „Du bist mir ein Früchtchen. Das war ja wie bei Romeo und Julia.“

Ich nickte. „Ein Happy End gab es auch nicht.“

„Also hast du die Fehde wieder angefacht? Das konnten die Familien nicht vergessen.“

„Vielleicht hätten sie es irgendwann vergessen, wäre es nicht vor sechs Jahren zum Remake gekommen: Kurz bevor du Jasmin kennengelernt hast, wollte Paps seine Firma verkaufen, konnte aber keinen Nachfolger finden. Doch dann hat ihm ein amerikanisches Unternehmen einen guten Preis geboten, ihm aber wegen eines Vertragsfehlers nicht die volle Summe ausgezahlt.

Paps hatte schon den ersten Herzinfarkt hinter sich, und Mutti hat ihn angefleht, nicht vor Gericht zu gehen, weil sie Angst um seine Gesundheit hatte. Erst später fand Paps heraus, dass Marc Albrecht der Käufer im Hintergrund war. Als er dann auch noch zusehen musste, wie Marc von den USA aus sein Lebenswerk zerstückelte, um den maximalen Profit herauszuholen, war es endgültig vorbei mit Vergeben oder Vergessen.“

„Autsch!“ Robert verzog das Gesicht. „Späte Rache ist besonders süß.“

„Wer hätte denn ahnen können, dass sie nach all den Jahren wieder hier auftauchen?“

„Und in der Chefetage von xTherm sitzen“, fügte Robert hinzu.

Ich sah ihn ernst an. „Aber das alles ändert nichts daran, dass du es dir bitte, bitte noch mal überlegen solltest, ob du diesen Auftrag übernimmst. Es spricht sehr viel dagegen.“

„Und auch sehr viel dafür. Es muss ja niemand erfahren."

„Von mir nicht, auch wenn ich kein gutes Gefühl dabei habe."

„Kira", er seufzte tief, „von diesem Auftrag hängt wirklich alles ab."

Ich sah ihn prüfend an. „Steht es denn so schlimm?"

Er zog eine Grimasse. „Na ja, geht so. Es ist nur ziemlich viel auf einmal. Das Haus, die Hochzeit, dann noch zwei Kunden, die kurzfristig abgesprungen sind. Was soll ich dir sagen?"

„Mist."

„Ja, großer Mist. Ich muss das Ding durchziehen."

„Wie willst du denn mit nur zwei Leuten dieses Projekt in drei Wochen fertigstellen? Dazu brauchst du eine ganze Fußballmannschaft mit Werbeprofis."

„Das klappt schon. Aber bitte kein einziges Wort zu Jasmin. Sie soll ihre Märchenhochzeit bekommen – und wenn ich nachts noch kellnern gehen muss."

„Dafür wirst du gar keine Zeit haben." Ich lächelte ihn an. „Du liebst sie wirklich, oder?"

„Mehr als mein Leben. Wenn es geschäftlich besser gelaufen wäre, hätte ich sie schon vor Jahren geheiratet. So aber habe ich es immer wieder hinausgezögert."

„Dann hast du mein Ehrenwort, dass ich niemand was sagen werde. Außerdem bist du mein Lieblingsschwager."

Er grinste schief. „Soweit ich informiert bin, bin ich dein einziger Schwager. Komm her." Er drückte mich an seine Brust. „Ich kann dir gar nicht genug danken für alles, was du für mich und Jasmin tust. Du bist unser persönlicher Engel." Er küsste mich auf die Schläfe. „Dein Ingo ist ein echter Glückspilz."

„Ach, hör schon auf", murmelte ich und machte mich los. Mein Handy klingelte. Es war Jasmin, die mich daran erinnerte, dass wir für den Gärtnereitermin spät dran waren. Ich verabschiedete mich eilig von Robert und düste davon. Unterwegs musste ich ständig an den Auftrag denken. Irgendwie hatte ich das Gefühl, als liefen die Dinge in eine völlig falsche Richtung.

… immer noch Mittwoch, 3. Juni – 17.30 Uhr

Mit meinem Fahrrad und zwei Flaschen Wacholderschnaps bewaffnet war ich auf dem Weg zu Bauer Hubert, dessen Hof am anderen Ende der Stadt lag. Ich schätzte, dass ich höchstens eine halbe Stunde bis dorthin brauchte.

Eigentlich wäre es Roberts Aufgabe gewesen, den Bauern zu überreden, uns die Wiese zu vermieten. Doch der Bräutigam hatte mit seinem neuen Auftrag ganz andere Sorgen, und für mich war es eine willkommene Gelegenheit, diesem Hochzeitstheater mal für ein paar Stunden zu entfliehen.

Es ging durch Wälder und an Weizen- und Gerstenfeldern vorbei. Der Feldweg war mit zahlreichen Schlaglöchern gepflastert, die ich wie bei einem Geschicklichkeitsparcours umkurvte, während die Flaschen in meinem Fahrradkorb gefährlich klirrten. Ich konnte nur hoffen, dass sie bis zum Hof überlebten, denn sonst wären meine beiden besten und einzigen Argumente dahin.

Als sich der Pfad in Serpentinen einen wirklich steilen Berg hinaufwand, trat ich kräftig in die Pedale, musste dann aber keuchend vom Fahrrad steigen und den restlichen Weg bis zum Hof hinaufschieben. Diese Sauerländer Berge hatten es wirklich in sich. Obwohl eine leichte Brise wehte und es bei Weitem nicht mehr so heiß war wie am Vortag, glühte mein Gesicht. Oben angekommen band ich meine Haare zu einem Pferdeschwanz und wischte mir den Schweiß von der Stirn. Spitzenmäßig, ich war schon erledigt, bevor ich mit Hubert überhaupt eine Silbe gewechselt hatte.

Als ich durch die Einfahrt kam, erwartete mich ein furchtbares Durcheinander. Von rostigen Traktoren über eigenartige Metallgeräte bis hin zu alten Fässern stapelte sich alles kreuz und quer. Dazwischen waren Gassen, gerade breit genug, dass ein Traktor hindurchpassen konnte. Kein Mensch hätte vermutet, dass hier der reichste Bauer der Gegend lebte. Eher sah es so aus, als benötige der Besitzer dieses Schrotthaufens psychologische Unterstützung und den Trödeltrupp. Aus einem Stallgebäude linker Hand erklang ein Geräusch von Hammer auf Metall. Ich lehnte mein Fahrrad an eines der rostigen Geräte und ging auf die Holztür des Stalls zu. Wieder erklang das Hämmern, dieses Mal lauter.

„Hallo?", rief ich und klopfte an die Tür. Keine Antwort. Ich öffnete sie, und es quietschte erbärmlich. Mir schlug der durchdringende Geruch von Mist und Vieh entgegen. Ich ging ein paar Schritte. Unsicher spähte ich ins Dämmerlicht, als die Tür hinter mir mit einem Quietschen zufiel, das eines Stephen-King-Films würdig gewesen wäre.

„Jemand da?", rief ich unsicher. Ich bemerkte eine Bewegung im Halbdunkel über meinem Kopf. Ein wütendes Zischen erklang, und etwas Weißes flog auf mich herab. Erschrocken schrie ich auf und stolperte rückwärts. Eine Federwolke attackierte mein Gesicht. Ich spürte einen stechenden Schmerz an der Schläfe. Krallen zerkratzten meine Kopfhaut. Laut schreiend schlug ich um mich. Dann war das Vieh fort. Vorsichtig blinzelte ich durch meine Arme hindurch und sah in das Gesicht eines bärtigen Alm-Öhis, der mich mit nur einem Auge wütend anstarrte. Hubert. Unter seinem Arm zappelte der inhaftierte Hahn.

„Hallo", wiederholte ich mit belegter Stimme, räusperte mich und ließ die Arme sinken. Bauer Hubert starrte mich eine Weile an, drehte sich um und verschwand mit dem Vieh. Kein guter Start. Ich überlegte gerade, ob es nicht klüger wäre, draußen zu warten, da kam der Bauer wieder zurück.

„Komm mit", knurrte er und ging, ohne auf meine Antwort zu warten, hinaus in den Hof. Ich tat es ihm nach und sah, dass er auf das Hauptgebäude zuhielt, in dessen Eingang er verschwand. Schnell holte ich die Flaschen aus dem Fahrradkorb und folgte ihm durch die Eingangstür in einen langgezogenen Flur. Hier drinnen war es im Vergleich zum Hof sogar richtig aufgeräumt. Die erste Tür auf der rechten Seite stand offen, und ich trat in eine ziemlich alte Küche, in der es nach einer Mischung aus Bauernhof, Milch und Bohneneintopf roch.

„Es tut mir leid, dass ich so unangemeldet hereinplatze, aber ich müsste kurz mit Ihnen sprechen."

Der Bauer bedachte mich und die Wacholderflaschen mit einem Seitenblick, brummte etwas und nickte dann in Richtung Eckbank. Wohl ein Hinweis, dass ich mich dort hinsetzen sollte. Folgsam ließ ich mich auf die Polster der Bank nieder und stellte die Flaschen vor mir auf den Tisch.

„Ich habe eine Kleinigkeit mitgebracht. Hoffentlich trifft das Ihren Geschmack ..." Ich verstummte, als ich seinen strengen Blick sah. Reden wurde ja auch völlig überbewertet.

Hubert kam mit dem Verbandskasten und einem fleckigen Waschlappen in der Hand auf mich zu. „Is nur'n Kratzer", knurrte er, „aber ich kann kein Ärger brauchen. Muss ma die *Verboten*-Schilder aufhängen."

„Was denn für ein Kratzer?"

„Aufer Stirn. Vom Hahn."

Er stellte den Verbandskasten auf den Tisch und beugte sich dann mit dem Waschlappen zu mir herunter. Diese leere Augenhöhle und die heruntergezogenen Mundwinkel machten ihn nicht gerade vertrauenserweckender. Ich schluckte, weil er so nah kam, bewegte mich aber nicht und atmete tief ein. Ein Fehler. Eine geballte Ladung Stallgeruch und alter Männerschweiß strömte in meine Atemwege. Ich atmete hastig wieder aus und versuchte, nicht wieder einzuatmen, was gar nicht so einfach war.

Hubert tupfte an meiner Stirn herum und sprühte etwas auf meinen Kopf. Es brannte wie der Teufel, aber ich gab keinen Mucks von mir – was ich ohnehin nicht gekonnt hätte, ohne zuvor zu atmen. Dann nahm er ein Pflaster aus dem Kästchen und klebte es an meine Stirn. Mir wurde langsam die Luft knapp. Endlich war er fertig und entfernte sich.

Ich sog tief Luft in meine Lungen. Viel besser. Hubert ging wieder zum Schrank, holte zwei große Schnapsgläser heraus und kam zurück. Dann blieb er vor mir stehen und starrte mich mit grimmigem Gesichtsausdruck an. Ich starrte mutig zurück. Eine völlig neue Art der Kommunikation.

„Mein Platz“, sagte er, und ich riss die Augen auf.

„Oh! Oh, natürlich, Entschuldigung! Das wusste ich nicht“, rief ich, sprang auf und ließ mich auf den Stuhl gegenüber nieder.

Er setzte sich ebenfalls, schraubte eine der Flaschen auf und schenkte den Schnaps bis zum Rand in die Gläser, dann hielt er mir eins hin.

„Eigentlich war der nur für Sie. Ich trinke höchstens ein Gläschen Wein.“ Angesichts seiner Miene verstummte ich allerdings und nahm das Glas. Er kippte den Schnaps in einem Zug hinunter. Dann nahm er das Blickduell wieder auf, und bedachte mich mit Missbilligung, vermutlich, weil mein Glas noch voll war.

Na gut, wenn es denn sein musste. Ich folgte seinem Beispiel und leerte das Glas in einem einzigen Zug – und verbrannte. Oh Gott! Ich schnappte nach Luft und hustete, bis mir die Tränen kamen. Das Zeug schmeckte nach Kerosin. Nicht dass ich schon mal Kerosin getrunken hatte, aber es schmeckte so, wie ich mir Kerosin vorstellte: dieselartig, penetrant, ölig und garantiert tödlich. Der Alkohol zog eine Brandspur meine Speiseröhre hinunter, landete in meinem leeren Magen, in den er, so fühlte es sich an, auch ein paar Löcher hineinbrannte. Ich wischte mir die Tränen aus den Augen, und als ich wieder klar sehen konnte, stand das Glas vor mir – erneut gefüllt. Nein! Das würde ich auf gar keinen Fall trinken. Um kein Geld der Welt, nicht einmal, wenn er mir seine Wiese und den ganzen Hof schenkte!

Hubert nahm erneut sein Glas, hielt es in die Höhe und wartete, dass ich es ihm gleichtat.

„Bitte, ich habe echt keine Übung“, krächzte ich und hustete schon einmal prophylaktisch. „Außerdem trinke ich Ihnen ja alles weg.“

„Runter damit“, knurrte er, „Dann reden wir.“

Ich zögerte. Er hob die Augenbraue über dem gesunden

Auge. Seine Ansage war eindeutig. Durchhalten lautete die Devise. Der Alkohol zeigte Wirkung, und die erste Hitzewelle durchströmte mich.

Ich nahm das Glas und hielt es hoch. Dieses Mal stieß er sogar mit mir an. Ein Fortschritt. Ich sah die Flüssigkeit in seinem Mund verschwinden und schloss die Augen. Verätzt war meine Speiseröhre schon, die merkte sowieso nicht mehr, wenn ich noch etwas Kerosin hinterherschüttete. Also hielt ich mir die Nase zu und kippte das Zeug in einem Zug hinunter. Es brannte wieder, wenn auch nicht mehr so heftig. Dort, wo vorher meine Mandeln gewesen waren, vermutete ich inzwischen rohes Fleisch. Ich schüttelte mich, und als ich die Augen wieder öffnete, hatte Bauer Hubert die Mundwinkel leicht nach oben gezogen. War das ein Lächeln?

„Ich bin hier, um Sie um einen Gefallen zu bitten“, krächzte ich, worauf sich seine Miene sofort wieder verdüsterte. Schnell sprach ich weiter: „Es ist nichts Großes … Meine Schwester heiratet, und wir wollen den Polterabend im Garten meiner Eltern feiern, aber da ist nicht genug Platz. Und dahinter ist eine Wiese, also Ihre Wiese.“ Ich hustete. „Ich wollte nur fragen, ob Sie uns ein Stück dieser Wiese ausleihen, äh, vermieten.“ Von Sekunde zu Sekunde wurde mir heißer. Außerdem sah er mich an, als wolle er mich gleich vom Hof jagen.

„Du bist doch die Kleine von der Spatz-Sippe.“

Ich lächelte ihn so strahlend an wie nur möglich. „Ja, genau. Ich hätte nicht gedacht, dass Sie mich noch kennen.“

„Ich vergesse nie jemand, auf den ich geschossen habe.“

Mir gefror das Lächeln im Gesicht. „Ach, die alte Geschichte. Ein dummer Jugendstreich. Dafür wollte ich mich immer schon entschuldigen.“ Wie sollte ich denn jetzt die Kurve kriegen? Bevor mir eine Idee kam, füllte er uns noch einen Schnaps ein. Wieder einen Doppelten. War das die Rache für den Streich von damals, oder was?

„Bitte, ich hatte doch schon zwei“, wimmerte ich.

„Ich verhandle nicht mit Weicheiern. Wenn's dir lieber ist, kannste auch gehen, woll“, knarzte er. Ich wollte weinen. Mit geschlossenen Augen kippte ich das Zeug hinunter. Was tat man nicht alles für die Familie. Erstaunt öffnete ich die Augen wieder. Kaum Brennen? Nicht mal ein Hüsteln? Ich grinste überrascht, und Hubert grinste zurück.

„So ist recht. Die Ersten gehen immer quer, aber dann läufts. Außerdem hat der Albrecht schon gesagt, er sei schuld gewesen“, erklärte er, schüttete uns noch einen ein – und schwups, eh ich mich versah, war auch dieser die Kehle hinunter. So schlecht war Kerosin gar nicht. Immerhin flogen Flugzeuge damit, und ich fühlte mich auch schon angenehm leicht.

„Marc war schuld? Woran?“, fragte ich leicht verwirrt.

„Na, euer Streich auf meinem Hof, als ich euch mit meiner Flinte verjagen musste. Er meinte, er sei der Anstifter gewesen, dass ihr da rumgestrolcht seid.“

„Ja, da ist was dran. Aber dass er so was freiwillig zugibt, ist neu“, sagte ich vertraulich.

„Der ist gar nich so verkehrt. Hab mir schon damals gedacht, aus dem kann mal was werden. Und hat einen anständigen Preis bezahlt für den alten Gutshof. Der Kerl kann Wacholder saufen wie ein Kesselflicker.“

Ach, und ich etwa nicht? Nachdem ich so tapfer gewesen war? Was Marc konnte, das konnte ich auch. Ab sofort würde ich nicht einmal mehr mit der Wimper zucken, selbst wenn der Wacholder mich paralysieren sollte.

„Lässt sich auch nich so verarschen wie sein Vatter, woll“, schob Hubert hinterher.

„Wieso wie der Vater?“

Er sah mich an, als wolle er etwas sagen, schwieg dann aber doch, füllte die Gläser nach und nickte mir auffordernd zu. Ergeben kippte ich das Höllenwasser hinunter.

Hubert wischte sich mit dem Ärmel über den Mund. „Also, ihr wollt meine Wiese.“

„Genau. In zehn Tagen. Nur für einen Abend, vielleicht noch jeweils einen Tag für Auf- und Abbau. Das wär's auch schon.“

„Geht nicht.“

„Oh bitte. Wir geben sie auch wie neu zurück.“

„Geht trotzdem nicht", brummte er und schüttete erneut die Gläser voll. Dann stützte er sich mit den Ellenbogen auf den Tisch und beugte sich vor. Ich tat es ihm gleich und so saßen wir da wie zwei Verschwörer, die den nächsten Coup planten.

„Und warum nicht?", fragte ich leise.

„Jakob-Kreuzkraut."

„Aha." Ich wartete, aber als keine Erklärung folgte, fragte ich: „Eine geschützte Pflanze, die da wächst?"

„Quatsch. Von dem Sauzeug krepieren meine Viecher. Bevor ich Heu mache, muss ich die ausstechen. Aber das schaffe ich nicht mehr vorm Krankenhaus, und der Knecht hat anderes zu tun. Vorm Mähen geht ihr mir da nicht drauf."

„Sie müssen ins Krankenhaus? Was Schlimmes?"

„Nur 'ne Männersache."

„Oh, dann ist ja gut." Ich ließ meine Fingerkuppe über den Rand des Schnapsglases kreisen. „Und wenn wir Ihnen helfen?"

Er schaute mich mürrisch an.

„Na ja, wir könnten doch das Jakobszeugs ausstechen, dann können Sie mähen, und alles ist gut."

„Stell dir das mal nicht so einfach vor. Tiefe Wurzeln, steiniger Boden. Keine schöne Arbeit."

„Egal. Bis wann müssten wir fertig sein?"

„Wenn's Wetter passt, Freitagabend, dann könnte ich Samstag mähen und Montag einfahren."

„Okay, abgemacht."

Er brummte.

„War das etwa ein kleines, brummiges Ja?" Er brummte wieder, aber jetzt konnte ich ein „Ja" verstehen und giggelte los. Dieser Teufelskerl!

„Darauf trinken wir einen!", rief ich, und dieses Mal hob ich das Glas zuerst und prostete ihm zu. „Du bist schon mächtig in Ordnung, Hubert."

Er schüttelte verlegen den Kopf. „So, Schluss jetzt. Einen trinken wir noch, und dann muss ich zum Melken." Hubert hob sein Glas. Ich bedauerte fast schon, dass unser nettes Pläuschchen ein Ende nahm.

Zu dem einen Wacholder kamen dann noch zwei weitere, während wir uns verabschiedeten. Mir war ein bisschen schwummerig zumute, aber ich fühlte mich nicht betrunken. Kein bisschen. Eher beschwingt und lebendig und euphorisch. Beim Rausgehen stolperte ich über die Fußmatte. Die lag da aber auch ganz ungünstig mitten vor der Tür.

Ich kicherte und drehte mich zum Bauern um. „Hubert, ich muss dir mal was sagen: So fies, wie alle sagen, bist du gar nicht. Alles Vorurteile", erklärte ich und tätschelte ihm tröstend den Arm, weil er plötzlich wieder so finster dreinblickte. „Das ist nur wegen dem einen Auge, weil dich das gruselig aussehen lässt. Aber unter den Blinden ist der Einäugige König! So sieht's doch aus. Tschüss und danke für alles!"

Ich drehte mich um und hätte fast die Stufe übersehen, konnte mich aber gerade noch fangen. Also echt, manchmal war ich schon ein kleines bisschen tollpatschig. Grinsend lief ich über den Hof. Die Luft war weich wie Samt und die Abendsonne wunderbar warm. War das Leben nicht wunderschön?

Ich konnte es kaum erwarten, zu Hause von meinem bahnbrechenden Erfolg zu erzählen. Die würden Bauklötze staunen. Ich nahm mein Fahrrad und schob es auf die Straße. Herrlich! Was für eine Aussicht! Die Felder waren voller Strohballen, eingerahmt von blühenden Hecken. Und das Gute war: Der Rückweg würde viel schneller gehen, denn jetzt ging es bergab. Ich schwang mich in den Sattel und rollte los, den Abhang hinunter. Der Weg war holprig und steil. Ich trat die Bremse bis zum Anschlag und fuhr vorbei an Hecken und in die erste Kurve hinein. Schon kam die nächste Kurve.

Als ich durch ein Schlagloch fuhr, rutschte ich mit meinen Ballerinas von den Pedalen ab. Plötzlich rasten Sträucher auf mich zu, ich wutschte hindurch. Dahinter öffnete sich eine steil abfallende Wiese, und ich ratterte über die Grasbüschel. Verzweifelt versuchte ich, meine Füße wieder auf die Pedale zu bekommen. Vergebens. Vor mir tauchte ein Turm Strohballen auf. Keine Panik! Handbremse! Ich zog mit ganzer Kraft, und das Rad kam endlich zum Stehen. Nur ich fuhr dummerweise weiter, und zwar im hohen Bogen über das Lenkrad auf den Turm aus Strohballen zu. Kopfüber prallte ich auf, dabei wich sämtliche Luft aus meinem Körper. Dann rutschte ich seitlich von den Ballen auf die Wiese und blieb liegen.

Vorsichtig bewegte ich Arme und Beine, öffnete ein Auge und sah Halme vor meiner Nase und einen fetten schwarzen Käfer. Igitt! Ich rappelte mich hoch. Meine Güte, jetzt war mir aber wirklich schwindelig. Ich blinzelte ein paarmal, damit das Karussell anhielt. Die Welt um mich herum kreiste wieder langsamer und wankte am Ende nur noch ein bisschen.

Ich spuckte Strohhalme aus und klopfte sie aus Kleid und Haaren. Dann hob ich mein Fahrrad auf und begutachtete es. Da war ein ziemliches Ei im Vorderrad, aber es könnte trotzdem noch funktionieren. Vielleicht sollte ich mich besser von Robert oder Paps einsammeln lassen.

Ich tastete nach meinem Handy, aber die Rocktasche war leer. Dann suchte ich die Grasbüschel ab, konnte es aber nirgends entdecken. Das durfte nicht wahr sein! Meine einzige Verbindung zur Zivilisation und vor allem zu Ingo und Sabin. Und was noch viel schlimmer war: Die ganzen Termine waren dort in der Projektplanungs-App notiert. Und zwar nur dort. Das war tagelange Arbeit gewesen, und ich würde die nie wieder hintereinanderbekommen. Verzweifelt suchte ich noch eine Viertelstunde die Wiese und den Weg ab – vergeblich. Also blieb mir nichts anderes übrig, als mich zu Fuß auf den Heimweg zu machen.

… immer noch Mittwoch, 3. Juni – 21.20 Uhr

Stunden später schob ich mein eierndes Fahrrad vom Feldweg auf die Hauptstraße. Ab hier verlief der Weg gerade und geteert. Ich würde auf gar keinen Fall weiter neben meinem Fahrrad her humpeln, schon gar nicht quer durch die Stadt. Also stieg ich auf und radelte vorsichtig los, die Königsstraße hinunter, vorbei an den gepflegten Vorgärten des Städtchens, in denen Sommerblumen ihren Duft verströmten und Rasensprenger leise tickten. Mein Kopf und mein Knie schmerzten, die Kleider waren voller Gras- und Schmutzflecken, und ein aufgeschürfter Ellenbogen pochte als spürbare Folge meines unfreiwilligen Stunts.

Ich seufzte. Statt herumzujammern, sollte ich lieber die positiven Seiten sehen. Hubert hatte uns – obwohl niemand und am allerwenigsten ich damit gerechnet hatte – seine Wiese zur Verfügung gestellt, und der Himmel belohnte mich mit einem einzigartigen Sonnenuntergang.

Eine Gruppe junger Männer, die im Vorgarten den Grill aufgestellt hatte, lud mich lautstark zu einem Bier ein. Beinahe wäre ich in Versuchung geraten, so trocken war mein Mund. Doch stattdessen winkte ich und radelte vorbei, glücklich, dass das Fahrrad überhaupt noch fuhr, auch wenn ich mir nicht sicher war, ob es noch als verkehrstauglich durchgehen würde. Ganz zu schweigen davon, dass ich selbst eigentlich noch nicht wieder verkehrstauglich war. Ich biss mir auf die Lippen. Meine Wacholderverbrüderung könnte böse Konsequenzen für mich haben, wenn man mich mit Alkohol am „Lenk-Rad" erwischte. Vielleicht war es gerade jetzt keine gute Idee, den kürzesten Weg durch die Innenstadt und an der Polizei vorbei zu nehmen.

Also bog ich bei der ersten Möglichkeit nach rechts ab in eine ruhige Seitenstraße, die über Land führte, und trat in die Pedale. Wenn ich diese Route weiterfuhr, konnte ich hinter dem Gutshof einen Haken schlagen, eine Abkürzung über das Feld nehmen, und dann war es gar nicht so viel weiter. Das war mir allemal lieber, als ohne Führerschein nach Hause zu kommen. Schließlich war mein Bedarf an Problemen und Katastrophen bereits mehr als gedeckt.

Am Stadtrand schlängelte sich die Straße einen Hügel hinauf. Mal wieder! Immer diese Berge. Ich eierte noch eine ganze Weile bergauf, bis ich völlig außer Puste am Eingangstor neben der Haupteinfahrt anhielt. In diesem Gutshof wohnte nun also Marc Albrecht. Ich gab Jasmin und Mutti recht, statt dem bedrohlichen und verfallenen Gebäude aus meiner Erinnerung stand dort jetzt ein prachtvolles Haus, eingerahmt von gepflegten Gärten und Gehwegen aus weißem Kies.

Rechter Hand ragte eine teils bewachsene Felswand empor, die bis zum Gipfel des Berges reichte. Die Außenlampen flackerten auf und tauchten die Fachwerkfassade und den Vorhof in malerisches Licht. Ich sah mich um. Hatte ich einen Bewegungsmelder ausgelöst? Vielleicht wurden die Lampen per Zeitschaltuhr oder Sensor gesteuert. Ich schaute zu den Sprossenfenstern, die wie dunkel glänzende Augen auf mich herabblickten. Ob er wohl da war? Und seine Freundin vielleicht auch?

Aufmerksam beobachtete ich die Umgebung, aber alles blieb still, bis auf das Abendkonzert der Vögel. Kein Auto weit und breit. Alle Fenster lagen im Dunkeln. Wenn ich mich wie damals als Teenie rechts am Rand der Felswand entlangpirschte, könnte ich unentdeckt zur Rückseite in den Hof gelangen und dann im Schatten der Buche, falls sie noch stand, rüber zum Haus schleichen. Da war doch nichts bei, ich wollte mir doch nur mal genauer anschauen, was Marc Albrecht aus dem alten Schätzchen gemacht hatte.

Also lehnte ich das Fahrrad an die Mauer und huschte durch das Eingangstor. Der weiße Kies knirschte so laut unter meinen Füßen, dass ich mich nervös umschaute. Auf Zehenspitzen lief ich zu den Sträuchern vor der Felswand hinüber. Dort blieb ich stehen und lauschte. Stille. Nur das einsame Zirpen einer Grille. Hier war kein Mensch. Fast fühlte ich mich, als sei ich wieder fünfzehn Jahre alt. So was Verrücktes. Auf der Höhe der hinteren Hausecke entdeckte ich den Baum, der sich majestätisch in den Abendhimmel erhob. Irgendwie rührte es mich, dass er noch da war, und schlich zu ihm hinüber.

Ich umrundete den Stamm, suchte mit den Fingerspitzen nach unseren Initialen. Da waren sie, ein Stückchen höher als früher, vernarbte Buchstaben in der glatten Rinde: KS, MA und ein Yin-Yang-Zeichen statt eines Herzens. Damals hatte Marc behauptet, dass Yin-Yang viel besser zu uns passen würde. Wir hätten gegensätzlicher nicht sein können, aber einer konnte ohne den anderen nicht existieren. Das war die schönste Liebeserklärung, die mir jemals jemand gemacht hatte. Ich strich mit dem Finger über die Einkerbung, und meine Erinnerungen entführten mich in eine längst vergangene Zeit, die mir ein wehmütiges Lächeln entlockte.

Das Geräusch eines sich nähernden Wagens holte mich in die Gegenwart zurück. Ich verbarg mich hinter dem Stamm, damit ich nicht in den Lichtkegel geriet, falls der Wagen auf den Hinterhof fuhr. Aber das Geräusch erstarb, bevor ich etwas sehen konnte. Mit angehaltenem Atem horchte ich und sah zum Haus hinüber. Eine Autotür knallte zu, dann hörte ich Schritte im Kies. Plötzlich leuchteten die Fenster im unteren Stock auf, dort wo früher die alte Küche gewesen war, in die wir heimlich hineingespäht hatten. Jemand ging am Fenster vorbei. War das Marc?

So leise wie möglich schlich ich hinüber bis unter das Fenster. Kira007 in geheimer Mission. Ich konnte mir ein Grinsen nicht verkneifen. Auf Zehenspitzen schaute ich durch die Scheibe in die Küche. Ein großer Holztisch mit mehreren Stühlen stand vor einem Kachelofen mit Sitzbank. Sehr gemütlich. Aber alles schien wie ausgestorben. Vielleicht sah ich am nächsten Fenster mehr.

Ich sank zurück auf die Füße, drehte mich um – und schrie wie am Spieß. Da stand jemand keine fünfzig Zentimeter von mir entfernt. Ich strauchelte rückwärts, und mein Hinterkopf prallte mit solcher Wucht gegen die steinerne Fensterbank, dass ich für einen Moment Sternchen sah.

„Marc!", ächzte ich. „Um Himmels willen!"

Sein Gesicht wurde vom Licht des Küchenfensters erhellt, und er starrte mich ungläubig an. Mein Hinterkopf schmerzte, und ich presste eine Hand auf die pochende Stelle.

„Was suchst du hier?", fragte er.

„Es ist nicht, wie du denkst", stammelte ich. „Ich wollte nur sehen, ob … der Baum noch steht."

„Ach, und der steht seit Neustem in meiner Küche?"

„Nein, nein. Natürlich nicht." Ich versuchte ein entschuldigendes Lächeln, aber es schien keinen besonderen Eindruck auf ihn zu machen. Marc betrachtete mich argwöhnisch, hob die Hand und zog etwas aus meinen Haaren heraus, das aussah wie ein Strohhalm. Dann beugte er sein Gesicht zu mir herunter. Ich wollte zurückweichen, aber ich hatte ja die Hauswand im Rücken. Oh Gott, was hatte er vor? Wollte er mich etwa küssen? Mein Magen schlug einen Salto.

Marc schnupperte, dann richtete er sich wieder auf. „Kira, du hast Stroh in den Haaren, stinkst nach Alkohol und siehst aus, als seist du unter einen Panzer geraten." Er sah mich streng an. „Was zum Teufel hast du getrieben? Das Fahrrad da vorne am Zaun gehört dann sicher auch dir?"

„Äh", brachte ich mit belegter Stimme heraus. Mein Gesicht brannte, und mein Herz raste immer noch vor Schreck und so. „Tja, also …" Verlegen rieb ich über die pochende Stelle an meinem Hinterkopf. Hölle, tat das weh. „Hubert und ich haben ein bis zwei Wacholderschnäpschen zusammen getrunken."

Stank ich wirklich so schlimm? Ich ließ meine Beule in Ruhe, hauchte in die Hand, schnupperte und verzog das Gesicht. Uuh, das war tatsächlich eine ordentliche Fahne. „Okay, vielleicht waren es auch vier bis fünf."

„Wohl eher viermal fünf." Marc stutzte. „Was hast du da?" Er nahm meine Hand, in die ich hineingeatmet hatte, und drehte die Innenflächen zum Licht. Jetzt sah ich es auch: Die Fingerkuppen glänzten dunkelrot. War das Blut? Mein Blut? Aber woher …

Er seufzte. „Na super, vermutlich eine Platzwunde. Als wärst du nicht schon lädiert genug. Na los, komm mit rein." Sichtlich genervt nahm er meinen Ellbogen und bugsierte mich die Treppe zur Terrasse hoch.

„Quatsch, das ist nichts", behauptete ich, aber er reagierte gar nicht darauf, sondern dirigierte mich durch den Hintereingang und einen weitläufigen Flur bis in die Küche. Dort drückte er mich auf einen der Stühle, die am Esstisch standen, während er selbst zur Anrichte hinüberging und im Küchenschrank wühlte. Kurz darauf kam er mit einer Verbandsbox und einem Gesicht wie drei Tage Regenwetter auf mich zu. Der zweite Mann, der mich heute verarzten musste. Mit dieser mürrischen Miene sah Marc Bauer Hubert gar nicht so unähnlich, nur der Bart fehlte, und er hatte natürlich zwei Augen. Ich kicherte los.

Marc knallte den Verbandskasten auf den Tisch, öffnete ihn und holte eine kleine Sprühflasche heraus. „Ja, Platzwunden machen Laune", knurrte er. „Zum Glück hat Hubert schon für die Anästhesie gesorgt."

„Du bist ja so witzig", konterte ich.

„Das höre ich ständig. Aber ich mache da keine große Sache draus."

„Und so bescheiden."

„Halt still. Ich muss das desinfizieren."

Ich spürte seine Hände in meinen Haaren. Er beugte meinen Kopf sanft nach vorne und lehnte sich dann über mich. Ich atmete flach, weil er mir so nahekam, aber anders als bei Hubert war sein Geruch nicht unangenehm. Der Duft nach Aftershave und dem Waschmittel seines Hemdes hüllte mich ein. Ich räusperte mich und sagte laut: „Zu Befehl, Herr Doktor. Aber vielleicht solltest du dich während der Behandlung lieber setzen und ich dafür stehen. Nur für den Fall, dass du wieder beim Anblick von Blut in Ohnmacht fällst."

„Immerhin hatte Hubert mich damals angeschossen. Da darf man doch mal ein bisschen in Ohnmacht fallen, oder?"

„Das ist nur ein winziger Kratzer gewesen, kaum größer als ein Mückenstich. Aua!" Ein stechender Schmerz fuhr durch meinen Hinterkopf, und ich schnappte nach Luft. „Das hast du absichtlich gemacht!"

„Ja, allerdings. Sogar gerne, denn auf eitrige Kopfwunden kann man verzichten. Außerdem falle ich nur in Ohnmacht, wenn ich mein eigenes Blut sehe. Du hast übrigens Glück gehabt. Es ist nur eine kleine Wunde und muss nicht genäht werden. Trotzdem solltest du morgen zum Arzt gehen."

Langsam ließ der Schmerz nach, und ich atmete auf. „Ist Menschen quälen eigentlich dein Hobby?“

„Ganz genau. Meine Quälquote für heute war noch nicht voll, da kamst du gerade recht.“ Er packte das Fläschchen zurück in den Verbandskasten, verschloss ihn und ging, ohne mich eines weiteren Blickes zu würdigen, hinüber zur Küchenzeile. Dort machte er sich an der Kaffeemaschine zu schaffen, wobei er mir den Rücken zukehrte. Mir fiel keine passende Erwiderung ein, und ich kam mir ein bisschen schäbig vor. Da half er mir, doch ich war so eklig zu ihm. Ach was, er war ein Mistkerl. Und in Wortduellen mit Marc hatte ich schon immer den Kürzeren gezogen.

Mit einem Mal ärgerte mich das. Wer war ich denn? Eine erwachsene Frau, die ihr Studium mit Bestnoten absolviert hatte und jetzt zu den engsten Mitarbeitern der Geschäftsführung eines großen Unternehmens zählte. Na gut, eine betrunkene erwachsene Frau, die sich gerade nicht besonders erwachsen benommen hatte …

Ich verschränkte die Arme auf dem Tisch, und mein Blick fiel auf eine Wand im Nachbarraum, an der jede Menge Schwarz-Weiß-Porträts hingen. Sieh an, eine Galerie! Ich rutschte weiter nach vorn auf die Stuhlkante und machte einen langen Hals, um einen besseren Blick darauf zu erhaschen, wer auf den Bildern zu sehen war.

„Ich zeige dir gleich den Rest des Hauses“, sagte Marc kalt, und ich zog den Kopf wieder ein. Ich sah zu ihm hinüber. In der Glasfläche der Hängeschränke trafen sich unsere Blicke. Er hatte mich beobachtet. Ich stöhnte innerlich.

Marc kam mit zwei Tassen herüber. Eine davon stellte er vor mir auf den Tisch, mit der anderen setzte er sich auf den Stuhl gegenüber.

„Also, Miss Marple, jedem anderen hätte ich jetzt einen Schnaps gegeben, aber du bist damit für heute ausreichend versorgt. Und während du bei einem Espresso ausnüchterst, erklärst du mir bitte mal, was dieser ganze Spuk zu bedeuten hat. In wessen Auftrag bist du hier?“

„Wieso Auftrag? Ich war auf dem Nachhauseweg und kam zufällig hier vorbei, das habe ich doch schon gesagt. Es hat mich interessiert, was aus dem alten Hof geworden ist. Das mit dem Baum ... okay, das war eine Schnapsidee."

„Im wahrsten Sinne des Wortes. Aber besonders logisch ist die Erklärung nicht, denn der Weg von Hubert zu deinen Eltern führt nicht an meinem Haus vorbei. Hat Robert dich geschickt? Dein Vater? Oder jemand anderes?" Sein Blick war bohrend. Fehlte nur noch die blendende Tischlampe, die er mir zum Verhör ins Gesicht hielt.

„Nein! Wirklich nicht. Ich hatte Bedenken, dass mich die Polizei anhalten könnte, und bin einen Umweg gefahren. Dann habe ich das Haus gesehen." Ich verstummte, als ich seinen Blick sah. „Du glaubst mir nicht?"

Er schüttelte den Kopf. Ich sollte wohl besser nichts mehr sagen. Schweigend starrte ich in meine Espressotasse. Dabei fiel mir wieder ein, wie durstig ich war, und hob die Tasse zum Mund.

„Und vorher warst du mit Bauer Hubert im Stroh?"

Ich prustete los, leider in den Espresso. Die Flüssigkeit schwappte hoch, traf mein Gesicht und lief den Hals hinunter. Oh Mist! Heiß! Das konnte doch alles nicht wahr sein. Marc stand auf und reichte mir kopfschüttelnd eine Serviette, mit der ich mein Gesicht und Kleid abtupfte.

„Natürlich nicht", ächzte ich hinter dem Papiertuch.

„Wie erklären sich dann das Stroh und die Flecken auf deinem Kleid?"

„Ich habe gebremst und bin in den Strohballen gelandet." Ich legte das Papiertuch auf den Tisch. „Aber ich frage mich, wieso du glaubst, mich hätte jemand zum Spionieren geschickt."

„Es gab in letzter Zeit einige unschöne Vorkommnisse. Forschungsdaten unserer Firma wurden gestohlen und tauchten bei der Konkurrenz wieder auf. Ich habe Hinweise, dass uns beispielsweise der Marktführer Grandial ausspionieren lässt. Außerdem gibt es immer wieder Hackerangriffe von chinesischen Mitbewerbern. Allein hier wurde zweimal eingebrochen und mein Arbeitszimmer durchwühlt. Seitdem habe ich Kameras und Lichtschranken installieren lassen. Ich dachte, du seist hier, weil du auch was im Schilde führst oder mit der Konkurrenz zusammenarbeitest."

Ich biss mir auf die Lippe. Wenn er wüsste, wer mein Arbeitgeber war, würde er mich in Handschellen abführen lassen. „Nein, nicht deswegen", sagte ich schnell.

„Weswegen dann?"

„Habe ich doch schon gesagt. Reine typisch weibliche und oberpeinliche Neugierde."

„Wir haben die Agentur und Robert durchleuchten lassen, weil wir keine undichten Stellen riskieren können. Ich erzähle dir kein Geheimnis, wenn ich dir sage, dass ihr nicht gerade den besten Ruf habt. Auch finanziell ist die Agentur offenbar angeschlagen. Das macht mir Sorgen."

„Oh, das war nur ein kleiner Engpass, aber der ist schon wieder vorbei. Schließlich haben wir seit gestern einen Megakunden an der Angel", frotzelte ich.

„Dein Name tauchte bei den Nachforschungen nirgendwo auf. Keine Kira Spatz, keine Karin Schmitz. Nennst du dich ernsthaft so? Allerdings steht auf deinem Personalausweis dein richtiger Name und außerdem eine Düsseldorfer Adresse. Wie erklärst du das?"

Tja, wie erklärte ich das denn? „Na ja, das ist eigentlich ganz einfach", murmelte ich. Fieberhaft dachte ich nach, wie der Satz weitergehen könnte, und nestelte am Ausschnitt meines Kleids herum, bis ich Marcs Blicke auf mir spürte. Die falschen Gesten konnten einen Lügner verraten. „Ich … ich bin noch nicht so lange da. Erst seit Kurzem. Vorher war ich woanders. Düsseldorf. Kennst du nicht." Oh Mann!

Marc sagte nichts mehr, aber ich sah ihm an, dass er nicht überzeugt war. Kein Wunder. Ich musste hier raus, bevor ich mich um Kopf und Kragen redete.

„So! Danke für deinen Ersthelfereinsatz und die Gastfreundschaft", sagte ich strahlend. Ich erhob mich vom Stuhl. Mein Kreislauf erhob sich allerdings etwas später, und ich schwankte leicht. „Dann fahr ich mal los. Wir haben ja morgen viel zu tun mit eurem Auftrag und den ganzen anderen Aufträgen von den ganzen anderen Kunden."

„Ich bringe dich", erklärte Marc und stand ebenfalls auf. „So kannst du nicht fahren."

„Ach Blödsinn, mir geht es gut! Ich kann das Fahrrad ja auch schieben", log ich und ging ein paar Schritte rückwärts.

„Vergiss es. Du landest im nächsten Graben, und morgen habe ich eine Klage am Hals wegen unterlassener Hilfeleistung. Wir nehmen den Pick-up und legen dein Fahrrad auf die Rampe."

„Bitte, Marc, ich …" Doch sein Blick ließ keine Widerrede zu und ich verstummte. Es war zwecklos.

Keine fünf Minuten später saß ich tief eingesunken im Sitz seines großen Wagens und fuhr mit ihm in die Stadt zurück. So richtig traurig war ich eigentlich nicht darüber. Mein Hintern und andere Körperteile hatten für heute genug vom Radfahren.

„Wohin soll ich dich bringen?", fragte Marc, als wir uns dem Ortsschild näherten.

„Einfach nach Hause." Ich lehnte mich zurück an die Kopfstütze. Das sanfte Geschaukel machte mich müde.

„Soll ich nach Düsseldorf fahren? Oder wo wohnst du derzeit, Spätzchen?"

„Ach so. Bei meinen Eltern."

„Aha. Nicht, dass es mich etwas anginge, aber bist du nicht etwas zu alt dafür?"

„Ist nur übergangsweise", log ich. „Wir suchen gerade eine Wohnung."

„Wir?"

„Ja, wir! Mein Verlobter und ich. Wir werden diesen Herbst heiraten", triumphierte ich, auch wenn das nicht ganz der Wahrheit entsprach.

„Mhm. Kenne ich ihn?", hakte Marc nach.

„Nicht, dass ich wüsste", wich ich aus. „Oh, sieh mal, da vorne ist es schon."

„Das habe ich nicht vergessen."

Stimmt, meine Eltern ihn aber auch nicht. „Du brauchst nicht zum Haus hochfahren, da kann man so schlecht wenden", sagte ich schnell. „Besser ich steige hier unten aus."

Kaum dass Marc angehalten hatte, hievte ich meinen geschundenen Körper aus dem Wagen. Er war ebenfalls ausgestiegen, hob mein Fahrrad von der Ladefläche und stellte es auf den Bürgersteig. Als ich es nehmen wollte, hielt er es fest. Erstaunt sah ich auf, konnte aber seinen Gesichtsausdruck im Dunkeln nicht deuten.

„Ach ja. Danke fürs Fahren. Tut mir leid, dieses Neugier-Dings. Kommt nicht wieder vor, versprochen." Marc rührte sich nicht. „Äh, ich gehe dann mal … wenn du nichts dagegen hast." Er schüttelte den Kopf und ließ mein Fahrrad los. So schnell wie möglich schob ich meinen Drahtesel die Einfahrt hinauf und drehte mich auch nicht mehr um.

Juni
Donnerstag
4
Kiras To-do-Liste:
(aus dem Kopf und Muttis Notizen):
Punkt ?: Konditor Hochzeitstorte, 8.00 Uhr laut Jasmin
Punkt ?: Florist Brautstrauß, 9.30 Uhr laut Mutti
Punkt ?: Steckprobe Brautfrisur, 10 Uhr laut Mutti
Punkt ?: 12.30 Uhr Catering Buffet Hochzeit
Punkt ?: 15.45 Uhr Anprobe Muttis Hochzeitskostüm
Punkt ?: 18.00 Uhr Planung Polterabend
Punkt ?: Termin Brautgespräch vereinbaren
17 Tage bis
zur Hochzeit

Kapitel 4

Donnerstag, 4. Juni – 12.56 Uhr

„Dieses Chicken Masala schmeckt einfach himmlisch", schwärmte Jasmin. „Und alles andere leider auch."

Verzückt betrachtete sie die Probiertellerchen, die gruppiert nach Vor-, Haupt- und Nachspeise unseren Tisch bevölkerten. Hier im Nobelrestaurant des Golfressorts sollte die Hochzeitsfeier stattfinden, und wir futterten uns zu dritt durch die Buffetauswahl.

Na ja, Jasmin futterte. Unsere große Schwester Luisa nahm die Speisen wie immer nur nanogrammweise zu sich. Und ich kämpfte mich mit meinen Wacholderkopfschmerzen durch die Gerichte, die ich geruchstechnisch ertragen konnte.

„Hähnchen geht gar nicht", belehrte Luisa uns. „Die reinste Antibiotikazucht. Darüber hat mein Kollege letzte Woche in einer zweiseitigen Reportage berichtet. Wenn schon tierisches Eiweiß, dann sind allenfalls Sushi-Kreationen mit Fisch aus nachhaltigem Fang diskutabel."

„Klar", entgegnete Jasmin, „wo Tante Elli schon anschwillt, wenn jemand in der Nachbarstraße auch nur eine Thunfischdose öffnet."

Ich schnaubte. „Tante Elli wird auf dieser Hochzeit ganz andere Probleme haben als Thunfisch."

„Wie meinst du das?", nuschelte Jasmin, den Mund voller Chicken.

„Solange sie Rudi im Visier hat, wird sie sich für das Buffet kaum interessieren."

Jasmin schluckte und sah mich entsetzt an. „Kira, bist du irre? Onkel Rudi kommt doch nicht zu meiner Hochzeit. Der weiß ja nicht mal, dass ich heirate."

„Aber sicher weiß er das! Ich habe ihm schließlich eine Einladung geschickt. Sein Name stand zusammen mit Tante Ellis ganz unten auf der Liste." Ich runzelte die Stirn. „Ich habe mich allerdings auch schon gefragt, wer das da hingekritzelt hat."

„Wer soll denn so was machen?"

„Keine Ahnung. Aber du kannst gerne nachsehen. Vielleicht erkennst du die Handschrift."

Luisa lachte amüsiert. „Na, dann wird die Hochzeit interessanter, als ich erwartet hatte. Jetzt fange ich glatt an, mich darauf zu freuen."

„Luisa, du bist so ein Miststück", fauchte Jasmin. „Aber Rudi wird sowieso nicht kommen. Er ist nicht lebensmüde."

„Unser lieber Onkel ist alles, nur kein Feigling", antwortete Luisa. „Wer weiß, vielleicht bringt er ja seine neueste Geliebte mit. Ob sie wohl schon alt genug ist, um Alkohol trinken zu dürfen?"

„Lass uns das später klären", warf ich ein, als ich Jasmins entsetzte Blicke sah, und nahm mir vor, noch mal die Gästeliste zu prüfen. In meinem Handy war ein Scan dieser Liste, und ich hätte sofort nachschauen können – wenn dieses Wunderwerk der Technik nicht noch einsam in der Wildnis des Sauerlandes herumgelegen hätte.

Das hieß: weder E-Mails, WhatsApps, Tweets noch Instagrams … und auch nicht meine in mühsamer Arbeit erstellten Termine! Jasmin und Mutti hatten mich damit beruhigt, dass sie ebenfalls das Wichtigste notiert hätten, und mich seit dem Morgengrauen von einem Termin zum nächsten gejagt – wobei sich herausstellte, dass wir entweder zu spät kamen oder an diesem Tag gar nicht hätten kommen sollen. Sobald dieses Gelage hier vorbei war, würde ich zu Huberts Hof fahren und …

„Jetzt sag doch auch mal was!" Jasmin tippte mir auf den Arm, und ich sah sie verwirrt an. Ihr Kopf war hochrot. Luisa hingegen lächelte wie eine Katze, die einen Topf Sahne ausgeleckt hatte.

„Wozu was sagen?", fragte ich nach.

„Luisa will mir ein Öko-Menü aufschwatzen", regte Jasmin sich auf. „Sie meint, das andere seien alles viel zu viele Kalorien. Dabei will sie nur meine Hochzeit ruinieren."

„Sie redet wirres Zeug", Luisa grinste. „Das kommt bei Schwangeren schon mal vor."

„Streiten hilft uns echt nicht weiter", meinte ich und rieb mir die pochenden Schläfen. „So wie ich das sehe, haben wir Veganer, Fischallergiker, gehörnte Exfrauen, greise Gigolos und Normalos unter den Gästen. Wir sollten uns Rat holen, was man in solchen Fällen auf einem Buffet anbietet. Lasst uns nicht an Kalorien denken, sondern an die Hochzeit."

„Als ob hier irgendjemand noch an etwas anderes denken dürfte als an diese unsägliche Hochzeit." Luisa schob das Mousse-Schälchen demonstrativ von sich.

„Dann geh doch!", rief Jasmin mit Tränen in den Augen. „Klugscheißer wie dich braucht niemand."

Luisa schoss zurück: „Nur weil du dir ein Balg hast andrehen lassen und es dir in den Kopf gesetzt hast zu heiraten, machst du alle verrückt und Kira und Mutti zu deinen Partysklaven. Die Ehe ist eine völlig überholte Einrichtung, die kaum noch eine Rechtsgrundlage besitzt!"

Ich sah Jasmin an, dass sie kurz vor einem Weinkrampf stand. Ihr Handy neben dem Teller vibrierte plötzlich. Tränenblind tastete sie danach und ging ran.

„Hallo Schatz", flüsterte sie in den Hörer. „Nein, alles in Ordnung, aber Luisa können wir es mal wieder nicht recht machen." Plötzlich brach sie ab. „Du willst was?!" Mit einem tödlichen Blick, der ihre Tränen schlagartig versiegen ließ, drückte sie mir das Telefon in die Hand. „Für dich", fuhr sie mich an. Dann erhob sie sich vom Stuhl, schnappte sich ihre Handtasche und watschelte in Richtung Toilette davon.

Luisa applaudierte. „Respekt! Was für ein Abgang."

„Kira?", tönte eine Stimme aus dem Telefon. Ich warf einen Blick auf das Display, auf dem nur das Wort *Schatzi* stand, und hielt es ans Ohr.

„Robert?"

„Kira, Gott sei Dank, warum gehst du nicht an dein Handy?"

„Das hab ich verloren. Was ist denn los?"

„Ich bin bei xTherm. Du musst unbedingt herkommen."

„Robert, ich habe getan, was du wolltest. Wir waren uns doch einig, dass ich mehr als das nicht machen kann, geschweige denn darf!“

Luisa runzelte die Stirn und versuchte offenbar, meinen Worten einen Sinn zu entlocken.

„Kira, bitte, die nehmen mich auseinander, wollen irgendwelche Sachen, die gar nicht in der Präsentation vorkommen. Was hast du denen denn erzählt?“

Ich wandte mich ab und sprach möglichst leise, in der Hoffnung, dass Luisa nichts mitkriegen würde. „Nun ja, ich habe einige neue Ideen reingebracht, was auch dringend nötig war. Das wollte ich dir noch sagen, aber wir konnten nie in Ruhe sprechen, weil Jasmin nichts mitkriegen durfte. Außerdem habe ich dir Notizen dazu gemacht.“

Luisa rückte näher, doch ich drehte ihr demonstrativ den Rücken zu.

Robert stöhnte. „Das darf doch nicht wahr sein. Kira, lass mich bitte nicht hängen. Ich habe schon versucht, mir einen Reim darauf zu machen, aber irgendwie blicke ich nicht durch. Bitte komm her und bieg das wieder gerade, bevor ich von Marc gevierteilt werde.“

Es raschelte und knackte am anderen Ende, ich hörte dumpfes Gemurmel.

„Ach, lass dich von diesem Großmaul nicht ins Bockshorn jagen. Der musste schon früher immer die erste Geige spielen. Erzähl ihm irgendeinen Blödsinn, und wir treffen uns später. Dann werde ich dir die Details erklären.“

„Interessant“, tönte nun eine viel dunklere Stimme aus dem Hörer.

„Hm?“, quiekte ich. Das war Marc. Shit!

„Blödsinn redet dein Chef bereits seit einer halben Stunde. Das Großmaul verliert deswegen langsam die Geduld. Mensch Kira, wir können uns solche Zickereien nicht erlauben. Also schwing deinen kleinen Hintern hierher. Oder willst du, dass wir euch am Ende wegen Nichterfüllung des Vertrags verklagen?“

Das Freizeichen ertönte. Nach einigen Schrecksekunden ließ ich das Handy sinken. Dann schnappte ich meine Handtasche. Luisa ließ mich keine Sekunde aus den Augen.

„Könntest du mir dieses Telefonat bitte mal erklären?", bat sie mit hochgezogenen Augenbrauen.

Ja, sobald mir eine gute Lüge eingefallen war. „Später. Versprochen." Ich sprang auf. „Aber jetzt muss ich los."

Meine nächste Amtshandlung bestand darin, nicht zu xTherm, sondern zu Bauer Hubert zu fahren, um mein Handy zu suchen. Noch dringender als meine To-do-Liste brauchte ich jetzt Sabins Beistand. Vielleicht war es auch eine Art Rebellion, Marcs Befehl nicht sofort zu befolgen – selbst wenn mir klar war, dass mir letztendlich nichts anderes übrig blieb. Wie auch immer, ich brauchte wirklich dringend mein Zweithirn zurück!

Um meinem Saufkumpan Hubert nicht zufällig über den Weg zu laufen, parkte ich das Auto in sicherer Entfernung zum Hof und kraxelte in Sandaletten den Abhang hinunter, bis ich bei den Strohballen angekommen war. Meine Güte, war das steil hier! Dieser Wacholderschnaps hatte meine Wahrnehmung offenbar völlig verpeilt.

Wieder suchte ich eine ganze Weile in und um die Strohballen herum, und musste dabei gleich eine ganze Armee Pferdebremsen abwehren, aber von meinem Telefon weit und breit keine Spur. Jasmins Handy, das ich unabsichtlich entführt hatte, piepste in meiner Tasche. Das war die Lösung. Ich wühlte es hervor und wählte meine Nummer. Ein dumpfes Klingeln ertönte, und als ich dem Geräusch folgte, fand ich mein geliebtes Handy zwischen zwei Heuballen. Sechs Anrufe in Abwesenheit, fünf von Robert, einer von Mutti. Die konnten warten.

Auf dem Weg zum Auto tippte ich auch schon die WhatsApp-Nachricht an Sabin.

ICH:
SOS

Keine Antwort. Ich schob noch eine Nachricht hinterher.

ICH:
Doppel-SOS!!!!!!!!!!!!!!!!!!!!!!!!!

SABIN:
Was los? War gerade eingeschlafen.

ICH:
Bin auf dem Weg zu Robert – er will mich verklagen.

SABIN:
Wieso will Robert dich verklagen?

ICH:
Quatsch, ich meine Marc! Wegen des Auftrags.

SABIN:
Du arbeitest doch gar nicht für die Agentur. Wenn, dann ist Robert fällig.

ICH:
Aber ich habe den Vertrag unterschrieben.

SABIN:
DU HAST WAS?

ICH:
Das war etwas ungeschickt …

SABIN:
Ich bringe dir das Seniorenfaltblatt „Nepper, Schlepper, Bauernfänger“ vom Präsidium mit. Kernaussagen: Unterschreiben Sie NIE NICHT NIEMALS irgendeinen Vertrag!

ICH:
Heißt das, er kann mir wirklich was?

SABIN:
Soweit ich weiß drei Jahre wegen Betrugs, höchstens fünf – aber sicher mit Bewährung. Das Essen soll gar nicht schlecht sein im Knast.

ICH:
Du machst Witze!

SABIN:
Nein, es hat wirklich einen guten Ruf.

ICH:
Scheiße! Du musst mir sagen, wie ich da wieder rauskomme. Kennst du einen guten Anwalt?

SABIN:
Leider nicht. Vielleicht sollte man VORHER NEIN sagen? Einzige und letzte Rettung: Vertrag + Kopie + Kopie der Kopie zerreißen oder verbrennen oder aufessen.

ICH:
Bei Marcs Sicherheitsfimmel ist das Ding bestimmt schon fünffach archiviert.

SABIN:
Nimm Robert in die Zange. Der hat dir das eingebrockt. Und denk dran: AB JETZT WIRD NEIN GESAGT!

… immer noch Donnerstag, 4. Juni – 14:35 Uhr

Ich ließ das Check-in bei xTherm schweigend über mich ergehen und wurde dann von meiner Busenfreundin Miss Moneypenny im obersten Stockwerk empfangen. Nach einer kurzen Begrüßung und einer frostigen Begutachtung aus hellblauen Augen führte sie mich durch den Flur der Chefetage. Wir sprachen nichts – was mir ganz recht war, denn ich malte mir aus, wie ich Marc in die Zange nehmen würde.

Wir gingen unter einem Glaskuppelbau hindurch. In der Mitte stand eine mannshohe Schieferwand, an der Wasser leise herabgurgelte. Hier war alles so overstyled und roch nach Geld. Nach viel Geld. Angeber.

Moneypenny öffnete eine Tür und trat in das weitläufige Büro. Da saßen sie an einem Konferenztisch vor dem Panoramafenster. Die sollten sich wundern. Ich holte Luft, stemmte die Arme in die Seiten und polterte los: „Wenn ihr glaubt, ihr könnt mich wie eine Dienstmagd …"

„Schhschht", machte Leon, und Robert zeigte mir mit einer Geste, dass Marc telefonierte. Aber er hatte doch gar keinen Hörer in der Hand. Als Marc den Kopf wandte, sah ich ein winziges Headset in seinem Ohr. Na prima, jetzt durfte ich mit meiner Standpauke warten, bis der hochwohlgeborene Herr sein Gespräch beendet hatte.

Währenddessen hantierte Moneypenny mit der Kaffeekanne herum und beachtete mich nicht weiter. Nur Leon zwinkerte mir verschwörerisch zu und hob die Augenbrauen, als er die Schürfwunden an meinem Knie und den blauen Fleck am Schienbein sah. Ich stand da wie bestellt und nicht abgeholt, verschränkte mit zusammengebissenen Zähnen die Arme vor der Brust und konzentrierte mich auf die Gewitterwolken, die sich nicht nur in der Ferne über den Bergen, sondern ebenfalls über Marc zusammenbrauten.

Ohne sein Telefonat zu unterbrechen, bedeutet Marc mir, neben ihm auf einer breiten Lederbank Platz zu nehmen. Ich starrte ihn mit zusammengekniffenen Augen an und zögerte. Na gut, dann bekam er seine Gardinenpredigt eben im Sitzen. Ich ging zum Tisch hinüber, ließ mich auf das Lederpolster fallen und verschränkte erneut die Arme vor der Brust, um meine Verweigerung deutlich zu machen.

Marc unterbrach sein Telefongespräch. „Emily, bitte bringen Sie Wasser und Kaffee für Frau Spatz."

Ich schaute von ihm zu Emily-Moneypenny. Sie stand in der Tür und nickte Marc mit verklärtem Lächeln zu, als hätte er sie gebeten, sich nackt auf seinen Schoß zu setzen.

„Ach, und Emily?" Erwartungsvoll drehte sie sich noch einmal um. „Sagen Sie bitte meine restlichen Termine für heute ab. Danke." In Emilys Blick flackerte es kurz, aber dann nickte sie und entschwand.

Marc und die Frauen. Ich verwettete mein Augenlicht darauf, dass sie nicht die Einzige war, der es in seiner Gegenwart so erging. Schon früher waren die Mädchen verrückt nach ihm gewesen, und da hatte er nur halb so gut ausgesehen und war ein armer Schlucker gewesen. „Er ist heiß", hatte selbst Jasmin zugegeben. Dieser Mann zog das andere Geschlecht an wie der Nordpol die Kompassnadeln, das wusste ich aus eigener Erfahrung. Auch heute bekam ich in seiner Nähe Gänsehaut, aber nur, weil ich hinter die Fassade dieses eiskalten Geschäftsmannes blickte.

Marc drückte auf den Knopf seines Headsets, dann sah er mich lächelnd an. Ich schluckte, legte mir im Geiste meine Worte zurecht und holte Luft.

Doch er kam mir zuvor: „Danke, dass du so schnell hergekommen bist. Bitte entschuldige, dass ich vorhin am Telefon so grob war. Aber ehrlich gesagt sind wir ohne deine Hilfe aufgeschmissen. Du hast diese ganzen fantastischen Ideen, kennst das Marketing und die Dienstleister, die das umsetzen können." Er rutschte ein Stück näher, legte seine warme Hand auf meine nackte Schulter und schob mit der anderen den Laptop über den Tisch zu mir herüber. „Sieh mal. Hier steht nichts von dem, was wir gestern besprochen haben. Das muss sich schnellstmöglich ändern. Du weißt genau, wie sehr die Zeit drängt."

Ich schaute auf den Bildschirm und sah einen Marketingplan, den vielleicht Robert oder Nick erstellt haben mussten – natürlich ohne meine Ideen. Ich hätte sie ausreichend briefen müssen. Mein schlechtes Gewissen brach durch. So würde die Messepräsentation dieser Weltneuheit langweiliger werden als eine Sonntagspredigt. Genau das, was ich mir wünschen sollte. Oder nicht? Ich fühlte mich auf einmal elend. Verflixte Tat.

„Kann ich auf dich zählen?", fragte Marc.

Ich sah in seine grünen Augen, schluckte erneut und nickte stumm.

Er atmete auf. „Okay, legen wir los."

„Kaffee!", klirrte Emilys Stimme neben mir. Sie stellte die Tasse etwas unsanft auf den Tisch, dann folgten ein Glas und eine Flasche Mineralwasser.

Drei Stunden später war endlich klar, welche Maßnahmen für die Messe und die Produkteinführung umgesetzt werden sollten. Auch Robert war nun voll im Bilde. Er musste daraus ein schlüssiges Konzept erarbeiten, die Maßnahmen mit dem Marketingplan abstimmen und die Deadlines klären. Auch wenn wir einen großen Schritt vorangekommen waren, war mir schleierhaft, wie Robert und Nick das in nur vierzehn Tagen fertigstellen wollten.

Aber stopp, das war jetzt nicht mehr mein Problem. Schließlich hatte ich mehr als genug auf meiner eigenen To-do-Liste stehen. Ein bisschen ärgerte mich, dass Marc mir den Wind aus den Segeln genommen hatte. Eines stand fest: Nun war der Zeitpunkt gekommen, mich endgültig zu verabschieden und allen viel Glück zu wünschen – denn das brauchten sie in den kommenden zwei Wochen wirklich.

Ich sammelte meine Unterlagen zusammen und nahm meine Handtasche, in der es plötzlich vibrierte. Mein Handy, das ich dieses Mal – oh Wunder – hatte mitnehmen dürfen, war auf lautlos gestellt. Das Display war übersät mit Nachrichten von Mutti und Luisa. Eigenartig.

Dann traf mich die Erkenntnis wie ein Holzknüppel: Ich war mit Mutti verabredet gewesen, um ihr Hochzeitskostüm bei der Schneiderin anpassen zu lassen. Vor einer Stunde. Das gab Ärger. Ich traute mich nicht, sie vor versammelter Mannschaft zurückzurufen. Das musste ich draußen erledigen – und am besten sofort, wollte ich nicht riskieren, dass sie einen Polizeitrupp mit Suchhunden nach mir losschickte. Nun noch eine mindestens zweistündige Anprobe mit meiner eingeschnappten Mutter durchzustehen, war der krönende Abschluss eines unterirdisch schlechten Tages.

Hektisch stopfte ich die letzten Blätter in meine Handtasche und wollte mich mit einem sparsamen Nicken an den anderen vorbeidrängeln, da versperrte Robert mir den Weg und zog mich an der Hand in die Gesprächsrunde hinein. Ich blieb zwangsläufig stehen, weil er seinen Griff um meine Hand nicht löste.

„Super! Übermorgen um zehn Uhr wieder hier im Büro“, sagte Leon gerade und schenkte mir ein strahlendes Lächeln. Der Süße!

„Wenn wir bis dahin alle unsere Hausaufgaben gemacht haben, sind wir ein großes Stück weiter.“ Robert lachte künstlich. Was ging mich das an? Ich wollte hier raus!

„Ich vertraue darauf, dass bei allen weiteren Besprechungen die hier Anwesenden von Anfang an erscheinen“, erwiderte Marc.

Das konnte er aber so was von vergessen. Nun kam meine Stunde. „Da wir alles Wesentliche besprochen haben, ist meine Anwesenheit nicht mehr notwendig“, konterte ich. „Macht ihr mal eure Meetings, ich arbeite in der Zeit lieber.“

Marcs Miene verfinsterte sich, aber er wandte sich an Robert, als er antwortete: „Ich dachte, ich hätte mich deutlich genug ausgedrückt. Wir planen hier keinen Kindergeburtstag, sondern die Präsentation einer Weltneuheit, in die wir ein Vermögen investieren. Ich erwarte die hundertprozentige Einsatzbereitschaft Ihres gesamten Teams." Sein Ton war knapp an der Grenze zur Unhöflichkeit.

„Um Himmels willen! Kira kommt natürlich!", rief Robert.

„Robert! Du weißt genau, dass ich nicht noch Stunden bei irgendwelchen Besprechungen verschwenden kann", zischte ich. Das konnte er sich von der Backe schminken. Ab jetzt wurde nämlich Nein gesagt.

„Sie macht Scherze", meinte Robert. „Wer uns kennt, der weiß das. Sehen Sie, daran liegt es. Sie müssen uns besser kennenlernen. Wie wäre es mit, ähm, sagen wir einem Abendessen? Montagabend? Neunzehn Uhr? Auf der Burg? Wunderbares Restaurant! Sterneküche."

Mir fielen ganz spontan mindestens zehn Möglichkeiten ein, wie ich Robert bis dahin beseitigen konnte. Oder noch besser, ich erzählte meiner Mutter, dass die Verspätung Roberts Schuld war.

„Ich fürchte, da habe ich schon eine Verabredung", warf Marc ein.

Ich atmete erleichtert auf.

„Im Sinne unserer guten Zusammenarbeit werde ich das natürlich verschieben", setzte er gleich darauf hinzu.

Ich hatte das innige Bedürfnis zu schreien und holte dafür schon mal Luft, aber Robert nahm meinen Arm und zog mich Richtung Tür.

„Prima, dann wäre das geklärt. Ich möchte nicht hetzen, aber wir müssen los", meinte er über die Schulter hinweg, und schon waren wir durch die Tür. Dort riss ich mich los und rauschte zum Aufzug. Ich sagte kein Wort, weil ich fürchtete, dass ich ihm den Kopf abbeißen würde, sobald ich nur den Mund öffnete. Doch seine Schonfrist währte nur, bis wir grußlos an Major Tom vorbei aus dem Gebäude hinaus waren. Dann konnte ich keine Sekunde länger an mich halten.

„Du mieser Verräter!", schrie ich ihn an, drehte mich um und marschierte in Richtung Parkplatz

„Spinnst du? Ich versuche, meinen Auftrag zu retten", verteidigte er sich. „Was ist eigentlich los mit dir?"

„Deinen Auftrag retten? Etwa den, mit dem ich nach der Präsentation angeblich nichts mehr zu tun haben sollte? Was sollte das dann gerade da drinnen? Vergiss es, da spiele ich nicht mehr mit. Hier – kümmere dich selbst um deinen Scheißauftrag!“, rief ich, zerrte meine Aufzeichnungen aus der Handtasche und knallte sie ihm vor die Brust. Dann stürmte ich zu meinem Wagen.

Als ich mich hinter das Steuer klemmte und meine Tasche auf den Beifahrersitz warf, rief Robert mir noch etwas zu, aber das Aufheulen des Motors schluckte seine Worte. Sollte ihn doch der Teufel holen. Ich würde lieber drei Monate in der forensischen Psychiatrie verbringen als auch nur drei weitere Sekunden mit Marc Albrecht oder seinem bescheuerten Auftrag.

Juni

Freitag

5

Kiras To-do-Liste:

Punkt 79: 10.30 Uhr Jasmin Termin Frauenarzt

Punkt 78: 10.30 Uhr Planung Junggesellinnenabschied

Punkt 77: ab 12.00 Uhr Umräumaktion wegen Brautgespräch

Punkt 76: 16.00 Uhr Huberts Acker jäten

16 Tage bis zur Hochzeit

Kapitel 5

Freitag, 5. Juni – 13.33 Uhr

SABIN:
Wenn ich Pamela die Zunge rausschneide, ist das Notwehr. Sag das meinem Anwalt zur Verteidigung!

ICH:
Warte damit bitte noch. Ich erschlage heute nämlich Jasmin nebst Bräutigam. Du musst mich erst hier wieder rausboxen, bevor du in den Knast gehst.

SABIN:
Pah! Jasmin ist nichts gegen Pams Gequassel, das man selbst mit drei Promille nicht erträgt.

ICH:
Wetten nicht? Wieso bist du eigentlich schon wach?

SABIN:
Wieso schon? Noch! Ist erst 4.56. Da geht noch ein Kiwischnäpschen vor dem Frühstück.

ICH:
Du bist verrückt.

SABIN:
Ich weiß! Mit einem Touch Genialität. Habe Pamela gerade gesagt, dass ihr Vorname ein Akronym für pummelige, armselige, minderbemittelte, einfallslose, langweilige Analphabetin ist.

ICH:
Pass lieber auf, dass DIR niemand die Zunge rausschneidet.

SABIN:
Sie sagt, ein Akronym hätte sie schon mal gehabt. Es hätte sehr wehgetan und sei kein Grund, so zu lachen.

ICH:
Du bist gemein.

SABIN:
Jetzt ist sie auf und davon. Und Ingo hinterher. Dein Kerl war auch schon mal besser drauf.

„Kira! Steck das Ding weg und kümmere dich bitte um die Tische – oder soll das den ganzen Tag dauern?“, rief Mutti und wedelte aufgebracht mit den Händen. „Dieser hier muss noch fünf Zentimeter weiter nach links. Das sieht man doch!“ Schon stürmte sie vom Wohnzimmer wieder in die Küche, wo sie seit Stunden an ihren Torten herumdokterte. Paps und ich seufzten synchron. Ich ließ das Handy in der Tasche meiner Shorts verschwinden, und gemeinsam rückten wir den Tisch gerade.

Neben hundert anderen Aufgaben, die heute auf mich warteten, scheuchte Mutti uns seit Stunden durch das Haus, um alles *perfekt* vorzubereiten. Angefangen hatte das Drama mit der Zusage des Pfarrers, uns morgen Nachmittag zum Vorgespräch für die Hochzeit zu besuchen.

Der Geistliche war erst kürzlich vom katholischen Kirchenamt eingesetzt worden, und noch hatte kaum eines seiner Schäfchen ihn kennengelernt. Er würde also noch vor seiner offiziellen Premiere am Sonntag beim Hochamt unser Gast sein. Als sei das nicht schon sensationell genug, hatte er gefragt, ob auch der Kaplan mitkommen dürfe. Mon dieu, was für eine Ehre! Mutti hatte fast der Schlag getroffen.

Nach dem ersten Schock war sie in diesen wilden Aktionismus verfallen und jammerte seitdem immerfort, was sie noch alles erledigen müsse bis zur Ankunft der „Montsignores“. Ich bemühte Google und wies Mutti darauf hin, dass ein Pfarrer allenfalls ein Hochwürden sei und der Kaplan in der Hierarchie sogar noch darunter stehe. Doch das drang nicht zu ihr durch. Sie behauptete steif und fest, der Kaplan sei mindestens so hochrangig wie ein Bischof.

Nachdem sie ihre besten Freundinnen, die Chor- und Kegelschwestern sowie den Club der Blumenfreundinnen darüber informiert hatte, verbreitete sich die Nachricht wie ein Lauffeuer, und das Telefon stand nicht mehr still. Am Ende hatten sich die meisten von ihnen mehr oder weniger selbst eingeladen, den Pfarrer bei unserem Brautgespräch, das so zu einem Kaffeeklatsch für das halbe Dorf mutiert war, kennenzulernen. Ich fragte mich, wie Jasmin und Robert mit ihm bei einem solchen Auflauf über die Hochzeit reden sollten. Und überhaupt – was erwarteten diese Leute eigentlich? Einen heißen Priester à la Ralph de Bricassart?

Weil laut Muttis Berechnungen nicht alle diese Selbsteingeladenen in unserem Wohnzimmer Platz finden würden, bauten Paps und ich in der Nachmittagshitze zusätzlich Tische, Bänke und Stühle auf der Terrasse und im Wintergarten auf. Kaum war ein Ende der Umräumaktion in Sicht, da brauste Luisa die Einfahrt herauf, sprang aus dem Auto und kam zur Terrasse herüber.

„Was macht ihr denn da?", fragte sie. „Ist die Hochzeit vorverlegt?"

„Ach Kind, was redest du. Wir bekommen morgen Besuch von unserem neuen Monsignore", rief Mutti durch das geöffnete Küchenfenster. „Rate mal, wen er mitbringt!"

„Seine Ehefrau?", fragte Luisa, ließ sich auf den Stuhl fallen, den ich vor einer Sekunde an den Tisch gestellt hatte, griff nach meinem Limoglas und leerte es in einem Zug. Sie konnte so rücksichtsvoll sein.

„Den Kaplan!", kam es aus der Küche.

„Ich fürchte, dass ich nicht da sein werde", rief Luisa zurück. „Obwohl, wenn ich es mir recht überlege … Ich wollte schon lange einmal die Ansichten des katholischen Kirchenvertreters zu Themen wie die Pille für Afrika, Kirchensteuereinnahmen aus Prostitution und Pädophilie als Folge des Zölibats diskutieren."

In der Küche fiel etwas scheppernd zu Boden, gefolgt von einem Ausruf, der die Begriffe *Herrgott, heilig* und *Scheiße* beinhaltete.

Luisa grinste. „So viel zum zweiten Gebot: Du sollst nicht verunehren den Namen des Herrn. Aber keine Sorge, ich habe morgen Redaktionssitzung." Sie richtete ihren Habichtsblick auf mich. „Schade, wo sich die Dinge hier so spannend entwickeln."

Ich tat so, als hätte ich nichts mitbekommen, verschwand mit der Hand voller gefalteter Servietten im Wohnzimmer und verteilte sie dort auf den Tischen.

„Was war das gestern eigentlich im Restaurant?", hörte ich Luisas Stimme hinter mir.

„Keine Ahnung, wovon du redest", behauptete ich und führte unbeirrt meine Aufgabe fort.

„Soso, du hast also keine Ahnung. Warum bist du gestern nach Roberts Anruf im fliegenden Galopp davon, und anschließend waren eure Handys für drei Stunden abgeschaltet?"

„Woher willst du das denn wissen?"

„Von Jasmin. Die hat mit meinem Handy ständig probiert, euch zu erreichen, und mir dann stundenlang die Ohren vollgeheult. So wie sie sagt, verschwindest du manchmal von jetzt auf gleich und tauchst erst Stunden später wieder auf."

„Macht kein Drama, wo keines ist. Robert hatte Schwierigkeiten … in der Agentur. Ich konnte ihm helfen. Das ist auch schon das Ende der Geschichte." Ich drehte mich zu ihr um. „Du glaubst doch nicht allen Ernstes, dass ich irgendwas anderes mit ihm machen würde."

„Ich nicht, aber Jasmin. Sie hat nämlich schon länger das Gefühl, dass Robert ihr etwas verheimlicht. Du stehst nun ebenfalls unter Verdacht." Luisa verschränkte die Arme vor der Brust. „Ganz abwegig ist das nicht. Am Ende hast du Ingo allein fliegen lassen. Das hat er sicher nicht so einfach geschluckt."

„Es ist kompliziert", murmelte ich ausweichend. „Gut, Ingo war etwas sauer." Eigentlich war er noch ein bisschen mehr als nur *etwas sauer.* Seither hatte er auf keine einzige meiner Nachrichten geantwortet. Aber angesichts der seltsamen Verdächtigungen hielt ich es nicht für ratsam, das zu erwähnen.

Noch ehe Luisa etwas darauf erwidern konnte, quakte eine Stimme von der Terrassentür: „Hallo! Ist das wieder eine Hitze da draußen. Da fließt einem glatt die Sahne von der Torte!" Es folgte ein Hyänenlachen. Nachbarin Änne schob sich auf uns zu – ich beschloss, auf der Stelle die Fliege zu machen. Aber Änne war schneller, als man es ihrer Krötenfigur zugetraut hätte.

„Kira, mein Kind!", schrie sie mir ins Ohr und drückte mich an ihren miedergezwängten Busen. „Nein, du bist ja alt geworden! Sehe ich da die ersten grauen Haare?" Mit der anderen Hand erwischte sie Luisa am Arm und vereitelte so auch deren Fluchtversuch. „Ich habe die Nachricht vom Besuch des Pfarrers gerade erst gehört. Das darf ich auf keinen Fall verpassen. Ihr habt doch sicherlich noch ein Plätzchen für mich frei", flötete sie. „Aber erst mal zu euch: Was macht die Liebe? Es ist doch deprimierend, wenn die jüngste Schwester zuerst heiratet." Änne wiederholte die Umarmungstortur bei Luisa. „Ihr müsst sehen, dass ihr jetzt auch einen festnagelt. Kira, dein Auserwählter kommt doch sicher zur Hochzeit?"

Im Flur klingelte das Telefon. „Oh, das ist für mich! Mein Chef!", rief Luisa, die von Änne gerade erst wieder entlassen worden war. „Bin gleich wieder da." Schon verschwand sie durch die Tür. Warum fiel mir so was nie ein?

„Du musst mir *alles* erzählen, Kind!", befahl Änne, drehte zwei Stühle herum, plumpste auf den einen und zog mich mit auf den anderen Stuhl. Weder aus der Küche noch von Paps war ein Mucks zu hören. Alle schienen sich in Luft aufgelöst zu haben.

„Er heißt Ingo, ist der Sohn meines Arbeitgebers und arbeitet dort als Juniorchef", murmelte ich artig. Änne ließ am schnellsten von einem ab, wenn sie ihren Willen bekam. „Wir sind verlobt, aber der Hochzeitstermin steht noch nicht fest."

„Sehr schlau eingefädelt. Du willst also wie deine Mutter und deine Schwester eine Unternehmerfrau werden. Aber nein, was rede ich da! Dein Vater hat ja seine Firma nicht mehr. Meinst du, er wird es je verwinden, dass dieser Albrecht ihn dermaßen übers Ohr gehauen hat? Eine Schande war das!" Ihre schmalen Lippen verzogen sich zu einem biestigen Lächeln. „Aber ich bin froh, dass du jetzt in besseren Kreisen verkehrst und dich nicht mehr mit diesem ungehobelten Pack abgibst. Das hat deinen Eltern damals das Herz gebrochen. Die eigene Tochter und der kriminelle Sohn dieses Habenichts, der nie ein gutes Haar an deinem Vater gelassen hat! Was sagt dein Vater eigentlich dazu, dass dieser Kerl wieder in der Stadt ist?"

„Hallo Änne!", rief Mutti und kam mit vorgeschobenem Unterkiefer aus der Küche. „Ich wusste doch, dass ich deine Stimme gehört habe."

„Bei so einem wichtigen Ereignis ist Nachbarschaftshilfe unerlässlich!" Ich hatte gerade einen erneuten Fluchtversuch angedacht, da legte Änne eine Hand auf meinen Arm. „Wir sprachen gerade über die Liebe, und deine reizende Tochter wollte mir Fotos von ihrem Verlobten zeigen. Nicht wahr, meine Liebe?"

Ich stöhnte innerlich auf. Das bitte nicht auch noch. Aber ich sah keine Möglichkeit, ihr zu entkommen, ohne frech zu werden. Also zog ich das Handy aus meinen Shorts hervor und hoffte, dass sie mich dann in Ruhe lassen würde. Ich gab den Sperrcode ein und entdeckte vier Sprachnachrichten von Ingo.

Endlich! Doch statt sie wegzudrücken, kam ich auf den Startpfeil und hörte Ingos Stimme stottern: „Hi Kira, mir ist klargeworden, dass ich für Pamela mehr empfinde als nur Freundschaft. Kann es selbst nicht erklären. Ich habe mich wirklich dagegen gewehrt, aber es ging nicht mehr. Habe ja gleich gesagt, dass du besser mitkommst. Es ist nicht nur meine Schuld. Lass uns Freunde bleiben. Ach, übrigens – den Verlobungsring kannst du behalten."

Mir wurde kalt, als entweiche schlagartig alles Blut aus meinem Körper. Mutti legte mir besorgt den Arm um die Schultern

Selbst Änne sog schnaufend die Luft ein. „Das gibt's doch gar nicht! Was für ein Drama. Du hast aber auch Pech mit den Männern. Ja, so sind sie: ex und hopp. Von einem Bett ins andere hüpfen", schnatterte sie. Ihre Worte drangen zu mir durch wie durch eine unsichtbare Wand. „Aber gräm dich nicht! Auf Hochzeiten lernt man oft den Zukünftigen kennen. Ob das dann wieder so eine gute Partie ist wie dein Ex-Verlobter, ist allerdings fraglich. Aber eine Unternehmerfrau in der Familie reicht doch auch, nicht wahr?"

Mutti streichelte mir übers Haar und seufzte. Währenddessen brabbelte Änne ungehindert weiter: „Mein Sohn hat übrigens auch noch nicht die Richtige gefunden. Erinnerst du dich an Volkmar? Er ist leider nicht zur Hochzeit eingeladen, aber das könnten wir ja ändern. Oder ihr verabredet euch so mal. Wie wäre es heute Abend? Das würde dich bestimmt ablenken."

„Änne!", rief meine Mutter, als habe sie es mit einer Schwerhörigen zu tun. „Ich muss dir unbedingt meine neuen Orchideen zeigen. Sie sind prachtvoll. Kira, pass doch mal in der Küche auf die Gelatine auf und gib mir Bescheid, sobald sie anzieht. Sofort, Kind!" Sie nahm Änne beim Ärmel und dirigierte sie in den Wintergarten. Ich hörte sie noch debattieren, nahm aber die Bedeutung ihrer Worte nicht mehr wahr.

Ingos Nachricht wirbelte wie ein Tornado in meinem Kopf umher. Er hatte sich entlobt. Einfach so. Nein, nicht einfach so. Weil ich nicht mitgefahren war – und stattdessen diese Pamela. Urplötzlich krampfte sich mein Magen zusammen. Ich hielt mir die Arme vor den Bauch und versuchte, nicht zu weinen. Und dann, bevor mich noch jemand in diesem elenden Zustand sehen konnte, lief ich hinauf in mein Zimmer und schloss mich ein.

ICH:
Wieso hast du mich nicht gewarnt?

SABIN:
Sorry, Schatz, habe es gerade erst mitbekommen. Pamela posaunt es herum. Wie konnte ich ahnen, dass dieser Mistkerl seine Hormone nicht unter Kontrolle hat? Ich habe noch nicht mal gesehen, dass sie etwas Unanständiges machen. Zumal Ingo ganz schön voll war letzte Nacht.

ICH:
Ich hätte mitfahren sollen.

SABIN:
Ich kann mir vorstellen, wie es dir jetzt geht. Aber du hast ja schon ein paarmal gesagt, dass es bei euch nicht mehr so gut lief ...

ICH:
Ich habe viel gearbeitet, und er war am Wochenende oft allein unterwegs. Dachte, das sei nur eine Phase.

SABIN:
Du hast sowieso was Besseres verdient. Ingo ist und bleibt ein Idiot, der dich nur ausgenutzt hat.

ICH:
Meinst du, ich bin jetzt auch meinen Job los?

SABIN:
So blöd, dich gehen zu lassen, wird der alte Kütting wohl kaum sein. Er weiß genau, was er an dir hat und was für ein Früchtchen er da herangezogen hat. Ich sag nur „von Beruf Sohn“!

ICH:
Keine Ahnung, wie es weitergehen soll.

SABIN:
Süße, halt die Ohren steif. Ingo sollte mir lieber in diesem Urlaub nicht mehr unter die Augen kommen, wenn ihm seine Gesundheit lieb ist!

... immer noch Freitag, 5. Juni – 14.20 Uhr

Ich stach mit voller Kraft zu. Es machte *klong*, als das Metall auf Stein traf. Die Spitze des Spatens versank nicht mal ansatzweise im Boden neben dem Büschel Jakobs-Kreuzkraut, das ich diesem Boden entreißen wollte. Das passierte nicht zum ersten Mal. Himmel, hier gab es mehr Steine im Erdboden als Sandkörner in der Wüste Gobi. Und wie in einer Wüste flimmerte auch hier die heiße Luft, allerdings über hohem Gras, Unkraut und steinhartem Boden. Genau der brachte mich an den Rand der Selbstbeherrschung – und darüber hinaus. Ich packte den Stiel des Spatens mit beiden Händen und warf ihn mit einem lauten Schrei quer über die Wiese. Das war zwar keine Lösung, aber es wirkte auf seltsame Art befreiend, Dinge durch die Gegend zu werfen.

„Verdammter, verdammter, verdammter Mist!“ Fluchend stapfte ich hinterher, um den Spaten wieder einzusammeln. Das Gras kitzelte an meinen schweißnassen Waden, und Disteln zerkratzten meine Haut. Ich schwor mir, nicht eher zu ruhen, bis ich diesem unseligen Boden jedes einzelne bescheuerte Jakobs-Mistkraut entrissen hatte, und wenn es das Letzte war, was ich tat.

Sobald ich den Spaten wieder in Händen hielt, startete ich von der gegenüberliegenden Seite einen neuen Angriff auf das Teufelszeug aus länglichen Blättern und gelben Blüten. Dieses Mal versank die Schaufel tiefer im Erdreich. Ich hebelte die Wurzel aus dem Boden, zog den Ballen heraus, warf ihn in Richtung Schubkarre und traf sogar.

Na also, das war schon besser! Ich stapfte weiter zum nächsten Opfer. Huberts Acker war nur so übersät mit Jakobs-Kreuzkraut, und ich würde noch Stunden brauchen, sie alle auszugraben. Aber das war gut so. Sehr gut. Alles war besser, als weiter in meinem Zimmer zu sitzen, über Ingo nachzudenken und auf mein Handy zu starren. Wieder stach ich den Spaten neben die Wurzel eines besonders großen und breiten Krautbüschels und versuchte, es anzuheben, aber die Pflanze saß so fest, als sei sie einbetoniert. Ich hackte immer wieder zu, massakrierte den Boden, dass die Steinchen und Erdklumpen nur so spritzten.

Eine Hand legte sich auf meine Schulter, und ich fuhr herum. Mutti stand hinter mir. Daneben Paps, der mich beäugte, als sei ich eine Entlaufene.

„Engelchen, du bist ja ganz aufgelöst.“ Sie strich mir eine Strähne hinter das Ohr. „Komm wieder rein. Ich mache dir einen Eistee, und wir reden über alles. Die armen Blumen zu zerhacken, bringt doch nichts.“

„Das bringt sogar sehr viel“, fuhr ich sie an, und ihre Augen weiteten sich erschrocken. Ich sammelte meine flatternden Nervenenden zusammen und erklärte etwas ruhiger: „Wir dürfen die Wiese für Jasmins Polterabend erst benutzen, wenn Hubert sie gemäht hat – was er morgen machen will. Vorher muss dieses Kreutz-Jakobs-Zeugs hier raus. Also kann ich nicht gemütlich im Schatten sitzen und Eistee trinken.“

„Hubert hat dir die Erlaubnis für die Feier gegeben? Auf dieser Wiese?“ Paps schien überrascht. „Nicht zu glauben. Das ist mein Mädchen!“

„Warum hast du uns das denn nicht gesagt? Wir hätten doch schon mal anfangen können.“ Mutti sah mich halb vorwurfsvoll, halb besorgt an.

„Hab's vergessen“, knurrte ich und drehte mich wieder um. Statt den Spaten zu benutzen, griff ich dieses Mal das Büschel Kraut ganz unten mit beiden Händen und zog, so fest ich konnte. Dabei stand das Bild von Ingo und Marc vor meinem inneren Auge, Paradebeispiele zweier absoluter Mistkerle. Nur hatte mein Ex-Verlobter sich wenigstens die Mühe gemacht, mich darüber zu informieren, dass Schluss ist, während Marc damals einfach nur abgehauen war. Ich zog und zerrte.

Mit einem Mal löste sich die Wurzel, und ich plumpste auf mein Hinterteil. Schnell rappelte ich mich wieder hoch und klopfte mir unter mitleidigen Blicken meiner Eltern die Shorts sauber. Dann klaubte ich mein Opfer auf, warf es in die Schubkarre und wischte mir mit dem Handrücken den Schweiß aus den Augen.

„Das geht viel einfacher, wenn du eine Grabgabel benutzt“, meinte Paps.

„Wer sagt denn, dass es einfach sein soll?“, maulte ich. „Nichts im Leben ist einfach. Alles ist kompliziert und verworren und völlig sinnlos.“ Ich schluckte meine Tränen runter und stapfte zum nächsten Feind. Ich würde sie alle umbringen, alle miteinander.

Mein Handy klingelte dumpf – irgendwo rechts von mir. Es war schon lange vor dem Spaten über den Acker geflogen. Ich rollte die Augen und machte mich auf in die Richtung, aus der ich den Ton ortete. Dabei sah ich, wie Paps und Mutti das Feld verließen. Mein Handyklingeln erstarb, und ich blickte mich ratlos um. Doch dann gab es noch ein paar Signaltöne von sich, und ich entdeckte es nur einen Meter entfernt auf einem dicken Grasbüschel, piepsend wie ein Küken, das von der bösen Rabenmutter ausgesetzt worden war. Ich hob es hoch, klappte die Hülle auf und schaute auf das Display. Robert. Der hatte mir gerade noch gefehlt. Wenn ich das geahnt hätte, wäre das Handy geblieben, wo es war. Obwohl ich eigentlich nicht wollte, rief ich zurück.

„Spar dir deinen Atem“, schnauzte ich ihn statt einer Begrüßung an. „Ich habe selbst genug Ärger. Von mir kannst du nichts mehr erwarten!“

„Schsch, Kira, alles gut“, hörte ich Roberts sanfte Stimme. „Jasmin hat es mir gerade erzählt. Es tut mir so leid. Ich wollte nur hören, wie es dir geht. Wo bist du? Brauchst du Hilfe?“

Mir schossen Tränen in die Augen, und ein dicker Kloß bildete sich in meinem Hals. Ich schaute hinauf zum wolkenlosen Himmel, um mich zu sammeln, und sah aus dem Augenwinkel Paps, der mit Gummistiefeln, Hut, Handschuhen und Grabschaufeln bewaffnet auf mich zukam. Ich atmete ein paarmal tief durch, sagte dann mit heiserer Stimme: „Alles okay.“ Verzweifelt rang ich um Fassung. Roberts fürsorgliches Gesäusel konnte ich nicht eine Sekunde länger ertragen – oder ich würde mit einem Heulkrampf hier mitten auf der Wiese enden. „Paps will dich sprechen“, presste ich hervor. Mit wenigen Schritten war ich bei meinem Vater und drückte dem Verdutzten das Telefon in die Hand. Dann wandte ich mich um und konzentrierte mich wieder darauf, Pflanzen umzubringen.

Wenig später reichte Paps mir wortlos mein Handy, dazu einen Hut und eine Flasche Wasser. Dann fing er an, gemeinsam mit mir das Kraut auszugraben. Viel geschickter als ich, wie ich schnell feststellte, aber dafür war ich bis Oberkante Unterlippe mit einer Wut angefüllt, die mir fast überirdische Kräfte verlieh. Was ich am nächsten Tag garantiert mit einem mörderischen Muskelkater bezahlen würde.

Kurz darauf erblickte ich die erste Fata Morgana meines Lebens – und das mitten im Sauerland. Luisa und Robert betraten mein persönliches Schlachtfeld, beide gut ausgerüstet mit Waffen gegen den Pflanzenfeind. Irritiert sah ich zu, wie sie mit Paps sprachen, dann in unterschiedliche Richtungen gingen und anfingen, Kräuter auszustechen. Was war mit meiner Familie los? Das glaubte Sabin mir niemals.

Ich machte mich über die nächsten Büschel her und stellte fest, dass die Welt schon gar nicht mehr so tiefschwarz war wie noch vor einer halben Stunde – nur noch mittelschwarz. Wer brauchte schon Männer, wenn man eine Familie hatte, die im richtigen Moment für einen da war?

… immer noch Freitag, 5. Juni – 23.54 Uhr

Zum hundertsten Mal blickte ich auf mein Handydisplay und fragte mich, worauf ich eigentlich wartete. Auf einen Anruf von Ingo oder eine Nachricht? *Schatz, es war ein Irrtum, ich liebe dich immer noch …* Nein, ganz sicher nicht. Das Einzige, das sich in den letzten Stunden auf dem Display verändert hatte, war die Uhrzeit. Mittlerweile war es kurz vor Mitternacht. Ich setzte mich auf und rieb mir die Augen. Durch die ungewohnte Feldarbeit schmerzten meine Muskeln, und meine Hände waren voller Blasen. Gerade deswegen hätte ich eigentlich schlafen müssen wie ein Stein.

Ich stand auf und trat ans Fenster, das ich wegen der Hitze hier oben unter dem Dach weit geöffnet hatte. In der Dunkelheit regte sich kein Lüftchen. Am liebsten hätte ich diese unerträgliche Stille mit meinen Schreien in Fetzen gerissen. Stattdessen seufzte ich nur, schlüpfte dann kurz entschlossen in Shorts und T-Shirt, schlich die Treppe hinunter und zur Hintertür hinaus. Auf der Mauer saß Lady mit zuckender Schwanzspitze im Mondlicht. Als ich an ihr vorbei die Einfahrt hinunterging, verfolgten mich ihre glimmenden Augen. Wie einfach und sorgenfrei war doch so ein Katzenleben. Hätte ich die Möglichkeit gehabt, mit ihr zu tauschen, ich hätte es in diesem Moment ohne zu zögern getan.

Um die Lichtkegel der Straßenlaternen hatten sich Dunstschleier gebildet, die den Gehweg in ein gespenstisches Licht tauchten. Ohne nachzudenken, bog ich rechts ab und rannte los, die Straße hinauf. Als könne ich die Leere abhängen, wenn ich nur schnell genug war. Am Ende der Straße bog ich links ab in das Neubaugebiet, in dem auch Roberts und Jasmins Häuschen langsam Gestalt annahm. Bis Weihnachten wollte die kleine Familie dort einziehen und das erste Mal zusammenwohnen. Ich spürte einen Stich bei dem Gedanken, denn ähnliche Pläne hatten Ingo und ich eigentlich auch gehabt. Hatten … *eigentlich*. Mein Atem dröhnte in meinen Ohren.

Vor der Schottereinfahrt des Rohbaus blieb ich schwer atmend stehen. Noch sah das Haus wenig einladend aus und glich einem eckigen Totenkopf mit schwarzen Augenhöhlen. Aber die Pläne, die Jasmin mir stolz präsentiert hatte, waren wirklich sehr schön gewesen. Sie hatte erzählt, dass sie vom Panoramafenster auf der Rückseite des Hauses einen traumhaften Blick ins Tal haben würden.

Ich folgte dem Schotterpfad entlang der Hauswand zur Rückseite und fand mich auf einer weitläufigen Terrasse wieder, die mit Baumaterialien vollgestellt war. Bis hierher drang kein elektrisches Licht, und so erhellte nur der Vollmond die Szenerie. Aber selbst damit erkannte ich, dass Jasmin keinesfalls übertrieben hatte.

Die Felder und Wiesen der Hügellandschaft, die sich vor mir ausbreitete, bildeten ein unregelmäßiges Schachbrettmuster aus Silberquadraten, unterbrochen von schwarzen Waldstreifen. Im Tal spiegelte der See den Mond wider, als befinde sich dort ein zweiter Himmel. Allein für diese Aussicht liebte ich das Haus jetzt schon. Ein Motorengeräusch drang zu mir herauf, Scheinwerfer schlängelten sich am Rand des Sees entlang, verschwanden wieder, und die Stille kehrte zurück. Ich rieb mir die brennenden Augen. Zeit, nach Hause zu gehen.

Gerade wollte ich mich schon umdrehen, als ich ein Geräusch hörte. Da war jemand. Eine Bewegung, wenige Meter links von mir auf einem Stapel Paletten, der sich vor dem helleren Hintergrund abhob. Dort saß eine dunkle, gekrümmte Gestalt. Jetzt hörte ich auch schwere Atemzüge und ein leises Schluchzen. Mein Magen kribbelte vor Aufregung. Beim näheren Hinsehen kam mir die Person irgendwie vertraut vor. Ich umrundete die Betonmischmaschine und einen Stapel Baustahlmatten. Der Schatten hob den Kopf.

„Robert?"

Er stöhnte nur und vergrub sein Gesicht in den Händen.

„Was machst du hier?", fragte ich und als keine Antwort kam: „Mensch Robert, sag schon. Ist was passiert? Ist jemand krank?"

Er schüttelte den Kopf.

„Aber warum? Was ist denn los? Ist es wegen Jasmin? Oder dem Baby?"

Er wischte sich über das Gesicht und schüttelte erneut den Kopf. „Nein, denen geht es gut, keine Sorge", sagte er heiser. „Können wir uns darauf einigen, dass du einfach wieder gehst und so tust, als wärst du nie hier gewesen?"

„Erst wenn ich eine Antwort habe. Du kannst mir alles sagen, das weißt du genau. Niemand erfährt ein Wort."

Er lachte freudlos auf. „Spätestens übermorgen weiß es sowieso das ganze Dorf."

„Wovon zum Teufel redest du?"

Er stöhnte, als trage er eine tonnenschwere Last. Dann reichte er mir ein gefaltetes Stück Papier.

„Okay", meinte ich gedehnt. „Vielleicht sagst du mir, was draufsteht. Zum Lesen ist es zu dunkel."

Es klimperte, und eine Miniaturtaschenlampe, die an seinem Schlüsselbund befestigt war, leuchtete auf. Ich faltete das Papier auf, nahm die Lampe samt Schlüsselbund und richtete den Lichtstrahl auf das Blatt. Es war eine typische Monatsbilanz, wie sie von Steuerbüros erstellt wird. Die dort abgebildeten Zahlen waren aber alles andere als gut, sie bedeuteten vielmehr eine wirtschaftliche Katastrophe. Darunter standen handschriftliche Notizen mit Kontonummern und Kreditlimits, die aber – ich überschlug sie im Kopf – die enormen Verbindlichkeiten nicht mal zur Hälfte decken konnten.

Dann sah ich in der oberen linken Ecke des Papiers, was ich lieber nicht gesehen hätte: den Namen von Roberts Agentur. Ich ließ das Blatt sinken und leuchtete Roberts Brust an. Er hatte die Augen geschlossen und rieb mit Daumen und Zeigefinger seine Nasenwurzel.

„Nick ist heute nicht im Büro erschienen", murmelte er so leise, dass ich ihn kaum verstand. „Er ist mit seiner neuen Flamme durchgebrannt – mit dem Fahrrad nach Portugal. Warum sollte er auch zur Arbeit kommen? Ich schulde ihm noch sein Gehalt der letzten Monate. Aber ich bin nicht mal mehr in der Lage, einen Kaffee bei McDonald's zu bezahlen. Es ist aus, Kira. Seit Monaten strample ich mich ab, versuche alles Menschenmögliche, doch es wird immer schlimmer. Meinen einzigen Auftrag verliere ich spätestens am Montag, weil wir beide nicht zu dem Geschäftsessen erscheinen: du, weil du nicht darfst, und ich, weil ich das Essen nicht bezahlen kann, ebenso wenig wie meine Mitarbeiter, meine Lieferanten, mein Haus, meine Hochzeit und den Lebensunterhalt meiner Familie." Seine Stimme brach, und seine Wangenmuskeln zuckten.

„Oh, Robert!“ Ich seufzte. „Warum hast du mir denn nicht gesagt, dass es so schlimm ist?“

Er zuckte mit den Schultern. „Man hofft halt immer, dass man irgendwie doch noch die Kurve kriegt. Bis die Banken den Geldhahn endgültig zudrehen, und das war's dann.“

Ratlos sank ich neben ihn auf den Palettenstapel und leuchtete die Risse im Lehmboden unter unseren Füßen an. „Deswegen auch diese Nummer bei Marc? Du hast gehofft, dass ich es mir noch mal überlege, richtig?“, fragte ich schließlich.

Er druckste herum. „Vielleicht. Ich weiß es nicht. Aber selbst mit deiner Hilfe habe ich keine Chance. Es ist gelaufen, ich hab's verkackt. Jasmin wird mich verlassen. Mit etwas Glück kann ich die Unterhaltszahlungen für mein Kind leisten, falls ich nach dem Insolvenzskandal noch einen Job finde.“

„Jetzt warte doch erst einmal ab“, tröstete ich ihn und tätschelte seinen Arm. „Das kriegen wir wieder hin. Wir müssen einfach. Ich helfe dir.“

Robert schüttelte den Kopf und legte seine Hand auf meine. „Das ist lieb gemeint, aber ich werde dich nicht auch noch ins Unglück stürzen.“

„Es wäre mein Unglück, wenn ich es nicht täte“, erklärte ich. „Sollte Jasmin rauskriegen, dass ich dir den Todesstoß verpasst habe, wird sie zuallererst mich lynchen.“

„Kira, du verstehst nicht“, rief Robert verzweifelt. „Ich bin hoffnungslos überschuldet, kann das Blatt Toilettenpapier nicht mehr bezahlen, mit dem ich mir den Hintern abwische! Ich bin fertig, pleite, im Eimer – nenn es, wie du willst! Ohne Ausweg!“

„Es gibt immer einen Ausweg!“, sagte ich energisch.

„Nur den Offenbarungseid … oder den Jaguar.“

„Der Jaguar! Genau! Was wäre der denn wert?“

„Sechzigtausend schätze ich.“

„Damit hätten wir zwar nur ein Bruchteil der Schulden getilgt …“

„Ich kann nicht.“

„Was soll das heißen?“

„Ich kann ihn nicht verkaufen. Er ist die einzige Absicherung für Jasmin, falls die Lebensversicherung nicht mitspielt, wenn ich …"

„Jetzt pass mal gut auf!" Ich hob die Taschenlampe und leuchtete ihm ins Gesicht, woraufhin er die Augen zusammenkniff und den Kopf abwandte. „Über so was denken wir gar nicht nach – und den Jaguar behalten wir in Gottes Namen auch, jedenfalls so lange, wie es irgendwie geht. Aber wenn du glaubst, dass ich vor Marc Albrecht zugebe, dass wir finanziell am Ende sind, dann bist du schief gewickelt. Wir werden ihm und seinen Marketingfuzzis am Montag den schönsten Abend auf Erden bereiten, und du behältst den Auftrag. Wir ziehen das Projekt in den nächsten zwei Wochen durch, und dann feierst du deine Hochzeit – fertig!"

„Das ist doch Wahnsinn. Wenn dein Chef das herausfindet, bist du erledigt. Und wenn die Familie es herausfindet, sind wir beide erledigt. Jasmin dreht schon vor Eifersucht durch, wenn du in meiner Nähe bist. Wie ich es auch drehe und wende, es endet immer in einer Katastrophe."

„Nichts ist unmöglich. Der Familie servieren wir eine Geschichte, weshalb ich in der Agentur mitarbeite. Jasmin muss da eben durch, und mein Chef erfährt schon nichts", beruhigte ich ihn – und mich ebenfalls.

„Was ist mit Jasmin und den Hochzeitsvorbereitungen? Sie zählt auf dich. Immerhin hast du extra deswegen deinen Urlaub und deine Verlobung aufs Spiel gesetzt."

„Ohne den Auftrag keine Hochzeit. Das wird sie doch wohl einsehen."

„Sie weiß nichts von den Geldproblemen."

„Wie bitte?" Ich schnappte nach Luft. „Aber sie muss doch wenigstens was ahnen."

„Na ja, sie interessiert sich nicht für solche Sachen und hat das immer mir überlassen. Ich wollte sie nicht aufregen. Du weißt doch, wie sie ist – und dann noch die Schwangerschaft!"

Ich stöhnte auf. Das sah meiner kleinen Schwester mal wieder ähnlich. Geld mit vollen Händen rauswerfen und sich nicht einmal fragen, woher es kommt oder wie viel ihr zur Verfügung steht.

„Meinst du nicht, du solltest ihr reinen Wein einschenken? Dann würde die Hochzeit zumindest ein paar Nummern kleiner ausfallen."

„Die Hochzeit wird es eh nicht geben. Ich werde es ihr sagen, wenn ich morgen Konkurs angemeldet habe, aber nicht eine Sekunde früher. Bis dahin kein Wort zu ihr. Bitte!"

Ich seufzte. „Zu einem Konkurs wird es nicht kommen."

„Es geht nicht anders. Aber meine Risikolebensversicherung sollte alle bisher entstandenen Kosten decken."

„Robert Andresen! Solltest du noch ein einziges Mal so was sagen, verpasse ich dir Handschellen und hänge dich bis zur Hochzeit an meine Gürtelschlaufe! Es ist nämlich noch lange nicht vorbei. Wir werden allen zeigen, was so eine Provinzagentur draufhat, und die Karre wieder aus dem Dreck ziehen. Also Hand drauf!" Ich klang in diesem Moment so überzeugend, dass ich es selbst fast glaubte, und hielt Robert die Hand hin, die er nach kurzem Zögern tatsächlich ergriff.

Der dumpfe Druck in meinem Herzen ließ ein wenig nach. Was waren meine lächerlichen Liebesprobleme gegen die Last, die Robert in den letzten Wochen hatte tragen müssen? Eine Last, die ihn sogar dazu gebracht hatte, an Selbstmord zu denken. Ich schwor mir, das Unmögliche möglich zu machen, weil nicht nur Roberts Schicksal, sondern auch das meiner ganzen Familie von unserem Erfolg abhing.

Samstag Juni

6

Kiras To-do-Liste:

Punkt 75: ab 10.00 Uhr Kaffeetafel decken, Mutti helfen

Punkt 74: 17.00 Uhr Treffen DJ Polterabend & Kellner

Punkt 73: 18.00 Uhr Treffen Schützenbrüder Hochzeit

Punkt 72: 19.30 Uhr Treffen Männergesangsverein Hochzeit

2. To-do-Liste xTherm:

Punkt 62 bis 59: Konzept erarbeiten, Pressemitteilung verfassen, Maßnahmenplan ... und 100 Telefonate mit Dienstleistern führen, falls heute erreichbar

15 Tage bis zur Hochzeit

—

12 Tage bis zur Solarmesse

Kapitel 6

Samstag, 6. Juni – 03.46 Uhr

Es war drei Stunden, sechsundvierzig Minuten, neun Autos, zwei Lkw und viermal Hundegebell nach Mitternacht. Ich lag auf meinem Bett und starrte in der Dunkelheit gegen die Decke. All meine Ideen und Gedanken, um Roberts Projekt zu retten, hatte ich direkt nach meiner Heimkehr auf einen Block gekritzelt, doch ohne die Unterlagen aus der Agentur kam ich nun keinen Millimeter mehr weiter. Es wäre sinnvoll, noch ein paar Stunden zu schlafen, bevor der neue Tag anbrach.

Ein *Pling* durchbrach die Stille, und ich zuckte unwillkürlich zusammen. Wer schrieb mir zu dieser nachtschlafenden Zeit eine Nachricht? Außer vielleicht Mumba Mombasani, der minderjährige Erbe eines reichen Amerikaners, der mir in regelmäßigen Abständen und kaum verständlichem Deutsch wieder einmal ein lukratives Millionen-Erbgeschäft anbieten wollte. Aber es war nicht Mumba, sondern Sabin.

SABIN:
Du bist online? Wie geht's dir, Liebes?

ICH:
Ging schon mal besser. Was macht Ingo?

SABIN:
Der war mit seiner Niedervolt-Freundin auf Bootstour. Sind aber leider nicht abgesoffen. Sonst nichts Neues.

ICH:
Hier aber. Es wird dir nicht gefallen. Du erinnerst dich an diese Präsentation für Roberts Agentur?

SABIN:
Erinnern ... ich habe Albträume davon. Was ist neu daran? Ich denke, das Thema ist durch?

ICH:
Na ja, anfangs habe ich ihm schon gesagt, wo er sich das Projekt hinschieben kann ...

SABIN:
Mir gefällt das Wort „anfangs" nicht so richtig.

ICH:
Aber du weißt ja, wie schnell ich immer ein schlechtes Gewissen bekomme.

SABIN:
Das ist kein schlechtes Gewissen, sondern der Phantomschmerz der Jasager, wenn sie plötzlich Nein sagen. Hauptsache, du bist hart geblieben.

ICH:
Das kann man so nicht sagen.

SABIN:
Oh neeeeee.

ICH:
Mensch Sabin, ohne den Auftrag kann er Konkurs anmelden. Du hättest das Gleiche gemacht.

SABIN:
Never! Du kümmerst dich schon um seine Hochzeit und opferst Urlaub und Verlobung. Das sollte reichen!

ICH:
Davon hängt aber auch die Zukunft meiner Schwester und des Babys ab.

SABIN:
Damit müssen die alleine klarkommen! Frag dich mal lieber, was aus DEINER Zukunft wird, wenn das rauskommt. Ich fass' es nicht.

ICH:
Kannst du mich nicht ein bisschen verstehen?

SABIN:
Nee, noch nicht mal ein ganz winziges, kleines bisschen. Du beendest das! UND ZWAR SOFORT! Du hast mir bei meiner Abreise versprochen, dass diese doofe Hochzeit deine allerallerallerletzte Hilfsaktion werden sollte!!!!!

ICH:
Darf ich wenigstens den Sonnenaufgang abwarten? Vielleicht finde ich einen Weg, Robert zu helfen, ohne dass ich in Erscheinung trete.

SABIN:
STOPP! Kein ganzes und kein halbes Helfen. Du wirst letzten Endes immer ans Kreuz genagelt, wenn was schiefgeht. Ich bekomme morgen eine Nachricht von dir, dass du aus der Sache raus bist. Und wehe, wenn nicht: Ich kann auch vom anderen Ende der Welt aus eine höllische Nervensäge sein.

Hellwach durch die WhatsApp-Debatte mit Sabin gab ich den Versuch auf, einzuschlafen und fuhr in die Agentur. In der blauen Stunde vor Sonnenaufgang schien das Nest wie ausgestorben. Ich lenkte meinen Käfer durch die verwinkelten Gässchen. Robert hatte mir vergangene Nacht einen eigenen Schlüssel gegeben, damit ich hineinkonnte, wann immer ich wollte. Ich ließ mich an dem staubigsten der drei Schreibtische nieder, der vermutlich weder Robert noch Nick gehörte, und lagerte die herumliegenden Papierstapel auf ein Sideboard um. Danach kramte ich meinen Laptop und die vielen Notizzettel hervor, mit denen ich mir die schlaflosen Stunden um die Ohren geschlagen hatte.

An die Arbeit. Marc hatte meine Ideen für gut befunden, und die mussten wir jetzt nur noch umsetzen. Nur noch! Die Maßnahmen sollten untereinander stimmig sein, ein Rädchen in das andere greifen. Genau da lag der Hase im Pfeffer: Ein ausgefeiltes Konzept, das normalerweise wochenlange Vorbereitungen benötigte, sollte bis neun Uhr das Licht der Welt erblicken, denn das war die Basis für unsere weitere Arbeit und für die Dienstleister, die uns zuarbeiten sollten. Derartige Konzepte hatte ich schon häufig diskutiert und abgesegnet, aber nie selbst eines erstellt.

Ich seufzte. Okay, noch mal Brainstorming! Aus einer Ecke zog ich das verstaubte Flipchart zum Schreibtisch herüber, setzte mich davor, schrieb meine Notizen darauf nieder und starrte es eine Weile an. Dann probierte ich alle möglichen Konzeptvarianten auf dem Papier aus, verwarf jedoch die meisten wieder.

Als ich das nächste Mal auf die Uhr sah, war es sieben Uhr dreißig. Meine Augen brannten, und mein Magen knurrte. Auf der Suche nach etwas Essbarem entdeckte ich schließlich unter Nicks Schreibtisch eine Keksdose, die ich auf meinen Schreibtisch stellte und aus der ich mir zwei Stück stibitzte. Die Kekse waren offenbar selbst gebacken, wenn auch nicht mehr besonders frisch, und schmeckten nach Zimt, Piment oder irgendeinem asiatischen Gewürz. Nick und Kekse backen. Ich hätte ihm eher andere Fähigkeiten zugetraut, wie etwa Tütendrehen oder Marihuanazüchten.

In der Miniküche der Agentur startete ich die Kaffeemaschine, kehrte zum Schreibtisch zurück und begutachtete kritisch die Blätter des Flipcharts, die ich bis zum Rand vollgeschrieben hatte. Von Plakaten über Flyer, POS-Aktionen, Shortfilm, Messe-Präsentationen, Social Media bis hin zu Webdesign sollte alles für die Messe auf die neue Linie gebracht werden. Zum Glück mussten wir nicht alles allein machen, sondern hatten eine Liste mit Ansprechpartnern bekommen, die uns bei der Umsetzung unterstützen sollten. Ab neun Uhr würde ich sie abtelefonieren, falls sie am Samstag erreichbar waren, oder andernfalls E-Mails schreiben. Ich streckte meinen verspannten Rücken. Kaffee, ich brauchte Kaffee – viel und stark.

Gerade setzte ich mich mit meiner Tasse wieder an den Schreibtisch, da schneite Robert mit verdächtig roten Augen herein. Er hielt mir eine Bäckertüte hin, die ich mit einem fröhlichen „Brötchen am Morgen vertreibt Kummer und Sorgen" entgegennahm. Hoffnungsvoll spähte ich hinein. Rosinenbrötchen. Igitt! Ich legte die Tüte ohne Kommentar auf den Schreibtisch, setzte mich wieder vor das Flipchart und knabberte noch einen Keks.

„Ich habe Nick per E-Mail gebeten, seine Radtour um zwei Wochen zu verschieben. Keine Antwort bisher." Er ließ sich auf den Stuhl gegenüber von meinem Schreibtisch fallen und rieb sich die Schläfen. „Aber was habe ich ihm anzubieten – außer viel Arbeit für kein Geld?"

„Deswegen folgender Vorschlag: Wir verhandeln mit Marc-*neversmile*-Albrecht über Abschlagszahlungen – schließlich erwartet der von uns, dass wir ein Wunder vollbringen. Das sollte ihm was wert sein. Und damit steht uns sofort ein Drittel der Auftragssumme zu. Das würde schon mal ein großes Loch stopfen."

„Meinst du, er lässt sich darauf ein?"

„Das werden wir gleich sehen." Ich griff nach dem Telefonhörer.

„Du rufst Marc an?", fragte Robert mit aufgerissenen Augen. „Jetzt?"

„Nein, wir brauchen Verstärkung. Das wird ein Überraschungsangriff auf Nick", erklärte ich und tippte die Kurzwahltaste, auf der *Nick Handy* stand.

Er meldete sich, wenn auch ziemlich verschlafen, und nachdem ich ihm Honig um den Bart geschmiert hatte, dass wir nicht ohne ihn klarkämen, war er erstaunlich schnell bereit, in der Agentur zu erscheinen. Er murmelte was davon, dass sein Fahrrad einen Platten habe und seine Freundin ein halbes Haus als Gepäck mitnehmen wolle – wo bleibe denn da der Freiheitsgedanke? Für mich klang es fast so, als hing bei den beiden der Haussegen schief, was ein Vorteil für uns sein könnte.

Nachdem Nick aufgelegt hatte, wählte ich erneut eine Handynummer.

„Wer ist als Nächstes fällig?", fragte Robert mit gerunzelter Stirn.

„Marc natürlich. War glaube ich nicht unwichtig – weißt du noch?", flachste ich.

„Himmel, du kannst ihn nicht am Wochenende um halb acht morgens anrufen."

„Und ob ich das kann. Er hat doch erzählt, dass er heute früh von seiner Geschäftsreise zurückkommt und uns bis zehn Uhr die Infos für die Pressemitteilung schicken wird. Ich meine, mich erinnern zu können, dass sein Flieger heute früh landet. Er ist also höchstwahrscheinlich im Auto unterwegs und langweilt sich. Da kann ich ihm ruhig ein bisschen einheizen." Während ich sprach, klingelte es bereits am anderen Ende.

„Ja", knurrte jemand in die Leitung.

„Guten Morgen, Marc. Hier spricht Kira. Es geht um unser Projekt. Da gibt es noch einiges zu besprechen."

Ich hörte ein Rascheln. „Hm, du bist früh dran."

„Der frühe Vogel fängt den Wurm." Ich zwinkerte Robert siegessicher zu.

„Der frühe Vogel kann mich mal. Ich hoffe, du hast einen guten Grund, um diese Uhrzeit anzurufen."

„Na, du bist doch sowieso unterwegs, und da können wir gleich …"

„Wie kommst du darauf, dass ich unterwegs bin?", unterbrach er mich.

Ich stutzte. „Emily hat doch gesagt, du kämest um fünf mit dem Flieger."

„Das war gestern. Ich bin zu Hause." Er streckte sich hörbar. „In meinem Bett, wenn du es genau wissen willst, und mein Wecker sollte frühestens in zwei Stunden klingeln."

Meine Ohren begannen zu glühen. „Oh, Marc, entschuldige! Das war ein Missverständnis." Warum immer ich?

„Macht nichts. Da ich nun einmal wach bin, kannst du mir auch gleich sagen, was so Dringendes geklärt werden muss."

Da sich meine Ausgangslage für die Verhandlungen gerade rapide verschlechtert hatte, hielt ich es für unklug, direkt mit der Tür ins Haus zu fallen. „Ja, äh, das Konzept. Das müsste freigegeben werden. Davon hängt alles Weitere ab, und du weißt, wie knapp die Zeit ist." Ich biss mir auf die Lippen.

Wieder raschelte es am anderen Ende der Leitung, dann ertönte ein Rauschen wie von einer Dusche, das immer lauter wurde. Mein Kopfkino startete unbefugt den Film ab achtzehn *Marc nackt unter der Dusche.* Ich versuchte, die Bilder zu vertreiben.

„Iw Kawwee fergig?", hörte ich Marc, und das summende Geräusch einer Zahnbürste erklang. Putzte er etwa die Zähne? Unter der Dusche? Beim Telefonieren?

„Ja", antwortete ich schwach.

„Gin in greichig Minugen da."

Das Freizeichen ertönte. Ich ließ den Hörer sinken und starrte Robert an. „Er kommt", sagte ich matt.

„Marc?", fragte Robert. „Hm, vielleicht ist das gar nicht schlecht. Allerdings sollte ich vorher ein bisschen aufräumen." Er sah sich in dem chaotischen, vollgestopften Raum um. „Wann will er denn hier sein?"

„In dreißig Minuten."

„Ach du Scheiße!", rief Robert. Wir sprangen fast gleichzeitig von unseren Stühlen auf. „Kira! Pack dir, was du kriegen kannst, und stopf es in die Schränke."

Wir räumten wie die Besessenen – und mehr als einmal konnten wir uns das Lachen nicht verkneifen, wenn die Papierstapel in den Schränken ins Rutschen kamen und uns, begleitet von zahlreichen Schimpfworten, wieder entgegensegelten. Dummerweise spielte mein Kreislauf heute nicht richtig mit, denn zwischendurch hatte ich das Gefühl, der ganze Raum drehe sich um mich. Aber das versuchte ich zu ignorieren, denn für so einen Mädchenkram hatte ich nun wirklich keine Zeit.

Nur fünfzehn Minuten später – Robert rannte mit dem Staubsauger um die Schreibtische herum – sah es tatsächlich ansatzweise passabel aus, auch wenn hier niemand jemals etwas wiederfinden würde. Ich hoffte, dass mir noch ein paar Minuten Zeit blieben, um mich auf das Gespräch vorzubereiten. Das Konzept, das Marc angeblich so dringend freigeben sollte, bestand nur aus einer sehr rohen Rohfassung. Aber anstatt mir Sorgen zu machen, hatte ich die unbestimmte Ahnung, dass mir heute selbst das Unmögliche gelingen konnte, wie beispielsweise die Welt zu retten oder so was in der Art.

Schnell druckte ich die Listen aus und nahm just in dem Augenblick die Papiere aus dem Drucker, als die Klingel ertönte. Robert stellte den Staubsauger ab, und wir wechselten Blicke. Mit einer Grimasse machte er sich auf den Weg zur Tür. Also gut, let the show begin!

Während ich ihn draußen mit Marc reden hörte, wischte ich noch schnell mit meinem Ärmel den Staub vom Tisch und klopfte den schwarzen Stoff meines Pullis wieder sauber. Marc erschien im Türrahmen, die dunklen Haare noch feucht vom Duschen und bekleidet mit Jeans, Bikerboots und einem Shirt mit dem Aufdruck *Hard Rock Café Barcelona*. Wider Willen musste ich grinsen. Da kam wohl doch der Rocker in ihm durch. Er nickte mir zu, ließ sich auf den Stuhl gegenüber von meinem Schreibtisch nieder und sah sich um.

„Es ist weder groß noch feudal“, entschuldigte sich Robert, der ein Tablett mit Kaffeetassen und Kanne auf das frisch geräumte Sideboard stellte. „Außerdem ist die Putzfrau krank. Möchten Sie vielleicht einen Kaffee?“

„Gerne. Milch und zwei Stück Zucker bitte“, antwortete

Marc. „Keine Sorge, wir haben auch mal klein angefangen, das ist keine Schande. Ich weiß ehrliche Arbeit mehr zu schätzen als Showeffekte."

Während Robert uns mit Kaffee versorgte, wühlte ich in meinen Zetteln herum. Wo zum Teufel sollte ich anfangen? Als auch Robert sich zu uns gesetzt hatte, überlegte ich immer noch, wie ich das Wenige wirksam präsentieren konnte.

„Diese Tasse verdirbt einem wirklich den Appetit", meinte Marc. „Ihr habt Nerven, Leute."

Ich starrte auf den Becher in seiner Hand, und der schwarzgelbe Schriftzug meines Arbeitgebers leuchtete mir entgegen. Er pulsierte regelrecht, als führe er ein Eigenleben. Schlagartig wurde mir heiß, und die Welt wankte kurz. Dann sah ich zu Robert, der mit einem Mal so blass wurde, dass ich für einen Moment dachte, er würde in Ohnmacht fallen.

„Oh", stammelte er. „Wo kommt die denn her?"

„Das frage ich mich auch." Marc schaute vom einen zum anderen, bis er sich in meinem Blick festhakte. Sein Gesicht verschwamm vor meinen Augen und wurde dann wieder klarer.

„Kira hat damit nichts zu tun", erklärte Robert eilig. „Das war ein Mitbringsel meiner Schwägerin Luisa. Sie ist Journalistin und hat vermutlich für Grandial eine Reportage gemacht. Die lässt gerne mal was mitgehen, wissen Sie."

Luisa würde ihn für diesen Spruch vierteilen. Ich kicherte und schlug mir die Hand vor den Mund. Was war denn nur los mit mir?

Marc nickte. „Aus deiner Schwester ist eine kleptomanische Journalistin geworden? Vielleicht könnte sie über xTherm berichten – wenn ich die Wertsachen vorher wegschließe."

„Klar doch", murmelte ich. Wenn der Mond eckig wurde.

„Das macht sie bestimmt … vielleicht." Robert räusperte sich. „Ich frage mal nach."

Marc lehnte sich zurück. „Eine tiefgründige Familie, diese Spatzen."

Um seinen Kopf herum schwebten bunte Lichter in der Luft. Am liebsten hätte ich ihn einfach so geküsst. Ich blinzelte ein paarmal, aber die Lichter waren immer noch da. Außerdem fühlte ich mich so eigenartig leicht.

„Okay, Scherz beiseite“, meinte Marc und trank aus seiner Tasse. „Wollen wir loslegen?“

Von welchem Scherz redete er da? Egal, ich musste improvisieren. Mit geschlossenen Augen atmete ich tief ein und aus. Sammeln. Das Schicksal leitete mich. Ich öffnete die Augen wieder und lächelte Marc an, der mich mit gerunzelter Stirn musterte.

„Wir haben ein Konzept zusammengestellt, das …“

Die Türklingel unterbrach mich. Robert sprang auf und kam mit Nick zurück. Da war er ja endlich, der liebe Nick. Wie schön, jetzt waren wir alle zusammen, wie eine große Familie. Ich strahlte in die Runde und fuhr fort: „Also, wir müssen alles, was wir besprochen haben, in einer konzertierten Aktion zusammenwirken lassen. Das ist wie mit den Instrumenten eines Orchesters. Wenn sie perfekt aufeinander abgestimmt sind und jedes im richtigen Moment einsetzt, ergibt das eine bezaubernde Melodie. Genau das brauchen wir auf der Messe.“

Drei Augenpaare schauten mich verwundert an. Die bunten Lichter kreisten um ihre Köpfe, was mich an einen Jahrmarkt erinnerte. Irgendwie bekam ich davon Hunger auf was Süßes. Schokolade. Aber Kekse waren auch gut. Ich zog die Dose zu mir herüber und fischte den nächsten Keks heraus. Nick, der gerade noch am Kopierer gelehnt hatte, gab einen erstickten Laut von sich und wedelte abwehrend mit der Hand.

Robert begann: „Ähm, Kira meint wohl …“

„Kann ich die Kekse haben?“, fiel Nick ihm ins Wort. Sein Gesicht unter dem Tattoo leuchtete wie der Hintern eines Glühwürmchens, und ich hielt ihm widerwillig die Dose hin. „Aber nur einen!“

Nick schnappte die komplette Dose und verschloss den Deckel.

„He!“, beschwerte ich mich. „Ich hab noch Hunger!“

Nick schüttelte den Kopf und machte vielsagende Handzeichen. Was wollte dieser Verrückte von mir?

„Robert, der hat mir die Kekse geklaut“, beschwerte ich mich, stand auf und versuchte, Nick die Dose wieder zu entwenden. Der Kerl war flink wie ein Wiesel, das musste man ihm lassen. Ich zerrte an seinem Arm, aber er schaffte es, mit der Keksdose in der anderen Hand zu entkommen.

„Entschuldigen Sie, Marc", hörte ich Robert sagen. „Ich habe keine Ahnung, was hier vor sich geht." Dann zischte er Nick und mir zu: „Hört auf! Seid ihr denn völlig verrückt geworden?"

„Wieso ich?", rief ich und deutete auf Nick. *„Er!"*

Der wiederum kaute auf seinem Unterlippenpiercing und versteckte die Dose hinter seinem Rücken.

„Gib mir die Kekse!" Ich wankte einen Schritt auf Nick zu, der unnatürlich hell leuchtete.

„Kira, bitte, was ist denn mit dir los?" Robert versuchte, mich festzuhalten.

„Die Kekse sind verdorben", behauptete Nick.

„Du lügst!", fauchte ich. „Die sind astrein!" Ich versuchte, Robert abzuschütteln.

„Das sind Spacekekse." Nick biss sich nun auf das Lippenpiercing.

„Was meinst du damit?", fragte Robert entgeistert und zog mich von Nick fort in Richtung Schreibtisch. Gemeinheit. Ich wehrte mich vergeblich, und die Welt um mich herum legte erneut den Schleudergang ein.

„Na ja, da ist was drin. Hasch, wenn ihr es genau wissen wollt. Keine große Menge, aber ich weiß ja nicht, wie viele die Verrückte sich schon reingeschraubt hat."

„Blödsinn", rief ich aus meinem Karussell heraus. „Du willst nur nicht teilen!"

Robert gab einen komischen Laut von sich. Irgendjemand setzte mich auf einen Stuhl, und ich hielt mich an der Tischkante fest, solange die Welt noch nicht anhalten wollte.

„Was hat dieses Drogenzeug hier zu suchen?", rief Robert, bekam aber keine Antwort.

Mein Mund war ganz trocken. Durst. Ich brauchte was zu trinken und war furchtbar müde. Ein Bett. Der Einfachheit halber legte ich meinen Kopf auf den Schreibtisch.

„Ich denke, unser Meeting ist für heute beendet", stellte Marc fest. Er klang, als fände er das lustig. „Der kleine Spatz fliegt heute im Paralleluniversum."

„Marc, Sie können sich gar nicht vorstellen, wie unendlich leid mir das tut", sagte Robert. „Ich hätte niemals damit gerechnet, dass so was passieren könnte …"

„Bringen Sie das Konzept am Montag zum Abendessen mit. Und viel Spaß mit Ihrer Drogenqueen."

Welche Drogenqueen? Ich kicherte los, dann richtete ich mich auf und lachte, bis mir die Tränen kamen. Die Welt drehte sich plötzlich nicht mehr, sondern schwankte nur noch ein bisschen hin und her. Mittendrin Marc, der mit Robert und Nick in Richtung Tür verschwand. Sie entschuldigten sich mehrfach bei ihm für irgendetwas.

„Nick, braucht sie einen Arzt?"

„Bloß nicht, dann tanzen die Bullen an."

Tanzende Bullen! Bekloppt. Wieder musste ich kichern.

„Am besten schläft sie ihren Rausch aus", erklärte Nick. „Ein paar Stunden und sie ist wieder die Alte." Wie bitte? Dem gab ich gleich *alt*.

„Aber nicht hier. Ihre Schwester Jasmin kommt in einer Stunde vorbei und killt mich, wenn sie Kira so sieht. Wir müssen sie irgendwo hinschaffen", meinte Robert. „Ich würde sie ja mit zu mir nach Hause nehmen, aber mein Vater war früher Drogenfahnder bei der Polizei. Können wir sie nicht zu dir bringen?"

Redeten die etwa von mir?

„Geht nicht, Chef, wir haben die WG voll bis zum hintersten Rattenloch. Besuch aus Berlin."

„Vielleicht ein Hotel?"

Jetzt reichte es aber. Ich wollte nirgendwohin, außer vielleicht nach Hause. Und was zu trinken. Draußen gab es doch einen Brunnen. Ich schnappte mir die Autoschlüssel und meine Handtasche, die ich nach dem dritten Versuch zu fassen bekam, und wankte durch die Hintertür hinaus.

… immer noch Samstag, 6. Juni – 16.46 Uhr

Ich blinzelte ins Dämmerlicht, das von den wenigen Sonnenstrahlen lebte, die durch die Ritzen der Rollos in den Raum eindrangen. In den Lichtbahnen schwebten Staubkörnchen. Wie wunderschön sie glitzerten. Ich spitzte die Lippen und pustete ins Licht. Die Körnchen tanzten für mich. Lächelnd kuschelte ich mich tiefer in das seidige Kissen, das schwach nach einem herben Parfum duftete.

So entspannt war ich zuletzt gewesen, als Ingo und ich den Brunch seiner Eltern geschwänzt und gemeinsam im Bett gefrühstückt hatten. Doch statt Freude erzeugte dieser Gedanke ein unangenehmes Ziehen in meiner Magengegend. Richtig, Ingo hatte mich verlassen.

Abrupt setzte ich mich auf und bereute es sofort, denn der Raum schien sich zu drehen, und Übelkeit stieg in mir auf. Wo war ich eigentlich? Schemenhaft erkannte ich Möbel, einen Sessel unter den Fenstern der Dachschräge, Schränke und eine Tür, aber nichts davon kam mir bekannt vor. Der Wecker auf dem Nachttisch zeigte sechzehn Uhr siebenundvierzig. Es war Nachmittag? Bilder blitzten vor meinem inneren Auge auf. Die Agentur, Nick, dieses Gefühl, betrunken zu sein. Ich war völlig …– ja, was war ich eigentlich gewesen? High?

Verzweifelt sortierte ich meine Gedanken. Die Keksdose – der Brunnen – Marc, der mich in sein Auto setzte. Oder hatte ich das geträumt? Ganz sicher aber war ich heute früh in der Agentur gewesen. Wieso konnte ich mich an die Zeit dazwischen nicht erinnern?

Mich beschlich ein ungutes Gefühl, so als wenn man ahnt, dass man die Schulturnhalle unter Wasser gesetzt hat, aber noch nicht genau erfassen kann, wie man das zustande gebracht hatte. Ich sollte am besten erst einmal verschwinden – von wo auch immer ich war. Allerdings würde ich vor der Flucht mal eben die Toilette aufsuchen müssen. Etwas zu trinken wäre auch nicht schlecht, denn meine Zunge klebte wie ein Klumpen Hefeteig an meinem Gaumen.

Als ich meine Beine über den Bettrand schwang, ganz vorsichtig, damit mir nicht wieder schwindelig wurde, bemerkte ich, dass ich zwar vollständig bekleidet war, doch meine Füße waren nackt. In der Absicht, das Licht einzuschalten, betätigte ich am Kopfende des Bettes einen Schalter. Aber stattdessen fuhren die Rollos mit einem surrenden Geräusch hoch, und Sonnenlicht füllte den Raum. Eilig ließ ich die Schaltfläche los und suchte den Boden nach meinen Schuhen ab, konnte sie aber nirgendwo entdecken. Vielleicht standen sie draußen? Ich tapste über dicke Teppiche zur Tür, öffnete sie einen Spalt und spähte in einen ebenfalls mit Sonnenschein gefluteten Flur. Kein Mensch zu sehen – und keine Schuhe. Diese hohen Decken mit den schweren Holzbalken waren mir völlig fremd.

Plötzlich hörte ich Stimmen. Ich schlüpfte zur Tür hinaus und folgte den Geräuschen, die von rechts kamen, wo eine Treppe hinabführte. Auf Zehenspitzen schlich ich die Holzstufen hinunter, die unter meinem Gewicht leise knarzten, beugte mich über den Handlauf und schaute in eine Diele, von der aus mehrere Türen abgingen. Eine von ihnen stand offen, und von hier kamen auch die Stimmen.

„Leon, ich kenne das Risiko, aber wir haben keine andere Wahl", sagte eine dunkle Stimme, und mein Magen fing an zu kribbeln. Das war Marc. Die Erleuchtung traf mich schlagartig: Ich war auf dem Gutshof. Wieso hatte ich das nicht gleich gemerkt? Aber die viel wichtigere Frage lautete eigentlich: Wie war ich hierhergekommen?

„Jetzt den Schwanz einzuziehen und die Markteinführung zu verschieben, bringt uns um den entscheidenden Vorsprung." Während er sprach, ging Marc im Raum auf und ab, wie ich an seinen Beinen erkennen konnte. „Wir müssen alles daransetzen, die Sache mit dieser Agentur irgendwie durchzuziehen. Das verursacht mir schon ziemliche Bauchschmerzen."

„Mach dir mal keine Sorgen", antwortete eine Stimme

verzerrt, wie durch einen Lautsprecher. War das etwa Leon Albrecht? „Kira traue ich eine Menge zu. Mein Gott, sie ist echt eine Hammerbraut. Erinnerst du dich an das Kleid, das sie zur Präsentation getragen hat? Ich glaube, wir hatten alle einen …“ Er räusperte sich. „Ich meine: Gut, dass es dunkel war.“

„Leon, bleib mal bei der Sache.“ Das war wieder Marc. „Ich gebe zu, dass sie eine Menge Ahnung hat – vielleicht schon zu viel Ahnung, wenn es um die Solarbranche geht.“

„Du und dein komisches Gefühl. Du musst mal öfter entspannen, Bruderherz. Silas und ich sehen zu, dass wir die Produktion zum Laufen kriegen. Zur Messe können wir dann die erste Charge ausliefern. Melde mich wieder, okay?“

„Einverstanden.“

Das Freizeichen ertönte.

Ich sank auf die Treppenstufe. Also stand ich immer noch unter Generalverdacht. Wütend kaute ich auf meiner Unterlippe und schluckte verzweifelt, aber mein Mund war trocken wie Schleifpapier. Außerdem war das Problem *Toilette* nun langsam ernster Natur.

Ein Poltern ertönte aus dem Zimmer, dann kam Marc mit festen Schritten in den Flur und verschwand durch den Holzbogen in einem Raum – die Küche, wenn ich mich nicht irrte. Langsam zählte ich bis zwanzig. Einfach zu verschwinden, wäre wohl die beste Lösung. Zur Not mussten draußen ein Busch und ein Bach herhalten. Vorsichtig schlich ich Schritt um Schritt die Treppe hinunter, nur auf Zehenspitzen trat ich außen auf die Stufen, um das Knarzen zu vermeiden. Von der untersten Stufe huschte ich in Richtung Haustür, drückte die Klinke nach unten

„Ach, Kira!“

Ach, Mist! Zerknirscht drehte ich mich um. „Hallo.“

Marc lehnte mit verschränkten Armen am Türbogen und sah grimmig zu mir herüber. „Soso, der Junkie ist erwacht. Ich habe schon einen Termin in der Entzugsklinik vereinbart. Sie nehmen dich mit offenen Armen auf.“

Ich senkte den Blick. Er hatte leider jedes Recht, mich zu verspotten. „Es waren die Kekse, richtig?"

„Ich fürchte, du hast recht. Du scheinst nicht wenige verspeist zu haben, so wie du weggetreten warst. Aber dazu später. Möchtest du was trinken? Oder hast du Hunger?"

„Auch, aber eine Toilette wäre wichtiger."

„Zweite Tür links." Er deutete mit dem Kinn auf die andere Seite des Flurs. Schweigend ging ich hinüber und hörte erneut seine Stimme, bevor ich die Tür schloss: „Ich warte draußen."

Ich ließ mir Zeit, um das Gespräch so lange wie möglich hinauszuzögern. Doch man kann nicht ewig auf einer Gästetoilette herumhocken und seine Zeit damit verbringen, sich vorzustellen, was wer wann und wie sagen würde. Also beschloss ich, mich der Realität zu stellen.

Während ich mir die Hände wusch, betrachtete ich mich im Spiegel. Blass starrte ich mir aus umnächtigten Augen entgegen, die blau aus den dunklen Schatten herausstachen. Die Wimperntusche hatte sich in schwarze Punkte aufgelöst und um meine Augen herum verteilt, was ich mit viel kaltem Wasser beseitigte. Meine rotblonden Haare sahen aus, als hätte ein Vogel sein Nest darin gebaut, und ich versuchte, die langen Strähnen mit den Fingern zu glätten. Es fehlte nur noch eine glimmende Zigarette in meinem Mundwinkel, und ich wäre gar nicht so weit vom perfekten Abbild einer Drogenqueen entfernt. Da war nichts mehr zu retten. Mit einem tiefen Seufzer öffnete ich die Tür.

Als ich auf die Terrasse trat, war Marc nirgendwo zu sehen. Ich ließ meinen Blick über den Hof mit *unserer* großen Buche, die Stallungen und die Berglandschaft im Hintergrund schweifen. Die warme Nachmittagssonne tauchte alles in ein goldenes Licht. Es wäre wunderschön hier, wenn nicht …

„Kira?", hörte ich Marcs Stimme, die aus Richtung Buche kam.

„Hier bin ich!" Seine Gestalt tauchte zwischen den Büschen vor der Felswand auf, und er winkte mir mit einem Spaten. „Komm mal rüber bitte!"

Na super, wie denn? Ich sah auf meine nackten Füße und dann auf den groben Kies, der den gesamten Hof bedeckte. Das konnte schmerzhaft enden. Nach einigem Suchen entdeckte ich neben einem Regenfass ein Paar grüne Gummistiefel. Sie waren vielleicht vier bis sechs Nummern zu groß für mich, aber immer noch besser als aufgeschnittene Fußsohlen. Ich schlüpfte hinein und stiefelte los, wobei ich vor allem auf den Treppenstufen, die in den Hof hinunterführten, die Zehen bei jedem Schritt nach oben biegen musste, um die Stiefel nicht zu verlieren. Irgendwie schlurfte ich mit diesen Dingern mehr, als dass ich ging.

Dass ich auf diese Weise nicht gerade einen Catwalk hinlegte, erkannte ich an Marcs Grinsen, das er nur schlecht verbergen konnte. Er stand in der Nähe der Felswand und trug Handschuhe. Die Schubkarre neben ihm war zur Hälfte mit großen weißen Blütenstängeln gefüllt. Marc hielt mir wortlos eine Wasserflasche entgegen und öffnete eine zweite. Dann wischte er sich mit dem Handrücken den Schweiß von der Stirn und trank in großen Schlucken. Ich tat es ihm nach und leerte die Flasche fast bis zur Hälfte. Bereits der erste Schluck weckte wieder meine Lebensgeister.

„Geht's besser?", fragte er, nachdem er abgesetzt hatte.

Ich nickte.

Marc deutete auf meine Füße. „Schicke Schuhe."

„Der letzte Schrei in diesem Hochsommer. Man trägt sie oversize. Das gibt einen besonders eleganten Gang."

Er nickte grinsend. „Unbedingt."

„Ich nehme an, du kannst was zum Verbleib meiner Schuhe berichten? Nicht dass ich dir diese hier jemals wiedergeben würde", plapperte ich drauflos. „In die habe ich mich nämlich auf den ersten Blick verliebt."

„Du weißt nicht mehr, was mit deinen Schuhen passiert ist?" Marc hob eine Augenbraue.

„Leider nein. Habe ich vielleicht irgendwas getan oder gesagt, was nicht so ganz in Ordnung war?"

„Na ja, geredet hast du reichlich." Er fixierte mich mit einem

Blick, als wolle er herausfinden, ob ich die Wahrheit sagte. Gänsehaut lief über meinen Rücken.

„Ach, das war bestimmt nur blanker Unsinn. Streich das aus dem Protokoll", schlug ich vor.

„Du weißt wirklich absolut gar nichts mehr?"

„Nur winzige Bruchstücke."

„Okay, fangen wir mit deinen Schuhen an. Die hast du in den Fluss geworfen."

Ich sah ihn verständnislos an. In den Fluss? Welchen Fluss?

„Auf dem Weg hierher. Wir fuhren über die Brücke. Dein Fenster war offen, und dann hast du deine Sandalen in hohem Bogen aus dem Autofenster in die Bigge geworfen und *Freiheit!* gerufen." Marcs Mundwinkel zuckten.

„Oh. Mein. Gott." Ich seufzte. „Meine Manolos. Die wollte ich auf der Hochzeit tragen."

„Ja, von der Hochzeit hast du auch gesprochen."

„Habe ich?"

„Ja, so was wie: dass alle anderen glücklich sind, nur deine Verlobung gerade nicht so gut läuft."

„Tut mir so leid, wenn ich dich damit belästigt habe. Habe ich dir die Ohren mit Details vollgejammert?"

„Nicht wirklich. Sowas macht jede Beziehung schließlich mal durch."

Verlegen sah ich auf meine froschgrünen Schuhspitzen. Also wusste er nichts von meiner Entlobung oder? „Wie kam es, dass du mich, äh, hierher mitgenommen hast? Ich weiß nur, dass du nach dem Meeting gegangen bist und ich nach draußen wollte …"

„Stichwort Auto?"

„Keine Ahnung. Mein Auto?"

„Ich habe gesehen, wie du aus der Agentur und auf deinen Wagen zu getorkelt bist. Du wolltest offenbar fahren. Jedenfalls hab ich dich davon abgehalten. Robert kam, um dich zurückzuholen, und wir haben beschlossen, dass ich dich mitnehme, damit dieser … Drogenexzess bei dir zu Hause keine Wellen schlägt."

„Oh“, sagte ich, feuerrot im Gesicht. „Ja, dann danke für die ritterliche Rettung.“ Ich sah an ihm vorbei und wusste gar nicht, was ich noch sagen sollte. Wie ich ins Bett gekommen war, fragte ich lieber gar nicht erst.

„Kein Thema. Aber deswegen solltest du nicht hier herüberkommen“, meinte Marc und deutete auf das Gebüsch. „Ich hatte gehofft, dass du mir behilflich sein kannst.“

„Ja klar.“ Ich strich mir die Haare hinter die Ohren. „Wo sind die Leichen zum Verscharren?“

„Ich dachte vielmehr an Exhumieren. Da ist eine Ecke mit Riesenbärenklau, und ich muss das Zeug ausgraben, bevor es sich noch weiter vermehrt. Dummerweise ist der Gärtner krank. Außerdem muss ich mal eine Stunde was anderes machen, als am PC zu sitzen und Dokumente zu sichten. Aber dazu brauche ich zwei weitere Hände.“

„Kein Problem. Wo ist der Feind?“

„Komm mit mir in die Büsche, dann zeig ich ihn dir.“ Marc bedachte mich mit einem vielsagenden Lächeln. Dann drehte er sich um, bog die Äste des Busches zur Seite und stieg hindurch. „Komm schon, nur nicht so schüchtern.“

„Marc Albrecht, du bist ein schlimmer Junge.“ Lachend folgte ich ihm durch das Gestrüpp, was mit diesen Stiefeln nicht besonders einfach war. Hinter den Sträuchern öffnete sich eine Felsbucht von ungefähr zwanzig Quadratmetern, in der mannshohe, dicke Stängel mit weißen Blütenfächern standen.

„He, das ist meine unschlagbare Masche, um Jungfrauen zu verführen und dabei gleichzeitig meine Gartenarbeit zu erledigen. Sag bloß, dass du nicht beeindruckt bist.“

„Ich bin megabeeindruckt. Was ist das für ein Zeug?“, fragte ich und ging auf die nächstgelegene Pflanze zu. Gerade wollte ich mit der bloßen Hand eines der Blätter berühren, als Marc mich an der Schulter zurückzog.

„Stopp, hochgradig giftig. Das gibt üble Blasen, wenn du dieses Kontaktgift auf die Haut bekommst.“ Er hielt mir zwei Handschuhe hin. „Ohne die hätten wir direkt die nächste Katastrophe am Start.“

Ich nickte, nahm die Handschuhe und streifte sie über. „Davon habe ich erst einmal genug. Okay, sag mir, was ich tun soll."

Marc griff nach dem Spaten und hackte ihn in den trockenen, aber aufgewühlten Boden neben eine der Bärenklaupflanzen. Hier hatte er offenbar schon einige Zeit gegraben, um die Wurzel auszuheben. Als ich mich umsah, erkannte ich überall zwischen den Pflanzen derartige Löcher. Das kam mir doch bekannt vor.

„Hallo? Hier spielt die Musik", meinte Marc. „Bist du sicher, dass du schon wieder zurechnungsfähig bist? Dabei muss man schon aufpassen."

„Herr Albrecht, ich bin topfit. Aber du hast offensichtlich keine Ahnung von Gartenarbeit. Mit einem Spaten kommst du nicht weit."

Marc sah mich erstaunt an. „Womit sonst? Mit TNT?"

„Fangen wir erst einmal mit einer Grabgabel an. So eine mit drei oder vier Zinken. Hast du die in deinem Gärtnerrepertoire?"

„Ich schaue mal." Er verschwand zwischen den Büschen und kehrte kurz darauf mit einer Grabgabel zurück. Als er damit den Boden neben den Pflanzen bearbeitete, kam er deutlich tiefer. „Respekt. Das geht ja echt besser. Wusste gar nicht, dass du Golo der Gartenzwerg bist."

„Tja, ich habe eben Qualitäten, von denen du keine Ahnung hast."

„Ich wusste immer, dass in dir mehr steckt, als die anderen in der kleinen Vogelscheuche Kira mit ihrer Riesenbrille und der Zahnspange gesehen haben."

„War das ein Kompliment oder eine Beleidigung? Aber gut, immerhin kenne ich jetzt den Grund, warum du mich damals geküsst hast."

„Nein, der erste Kuss war tatsächlich aus Mitleid." Marc hatte sich unter die Pflanze gegraben und setzte nun die Grabgabel als Hebel ein.

„Wie bitte? Aber *du* hast *mich* geküsst."

„Ja, sicher! Du hast darum gebettelt!“ Marc zog mich am Arm zu sich. Einen Moment lang standen wir dicht voreinander, dann drückte er mir den Griff der Gabel in die Hand. „Schön festhalten“, meinte er und sah mich auf eine Art an, dass ich ihm am liebsten eine Ohrfeige verpasst hätte. Er ging auf die andere Seite der Pflanze, die ungefähr auf Augenhöhe mit ihm war, und fasste vorsichtig den Stängel zwischen den Blättern mit beiden Händen.

„Ich habe niemals gebettelt!“, behauptete ich empört.

„Ach, und wieso dann das Gefasel von ‚Marc, du hast einen Wunsch frei‘? So, auf drei ziehe ich, und du musst mit der Gabel nachhelfen, okay?“ Er stellte sich in Position.

„Da hat aber jemand eine rege Fantasie. Vermutlich liegt das am Alter, dass du dich nicht mehr erinnerst. Wenn ich dir mal auf die Sprünge helfen dürfte: Du hast mich damals entführt.“

„Quatsch, ich habe dich gerettet. *Eins!*“

„Du wolltest über mich herfallen!“

„Das hättest du wohl gerne gehabt. *Zwei!*“

„Ich fand dich abscheulich.“

„Klar, deswegen hast du für mich auch euer ganzes Campingzeugs und Unmengen an Konserven angeschleppt. *Drei!*“

Ich drückte den Stiel der Gabel nach unten, und Marc zog gleichzeitig. Der Bärenklau glitt aus dem Boden, und Marc legte ihn mit weit ausgestreckten Armen beiseite.

„Nur um das klarzustellen: Das habe ich aus Mitleid gemacht, weil du deine Matratze mit einer Hundertschaft Kakerlaken geteilt hast. Ein reiner Akt der Menschlichkeit also. Aber die Geschichte mit dem Kaviar ist immer noch meine Lieblingsanekdote auf Partys. Du hattest keine Ahnung, was du mit der kleinen Dose anfangen solltest, und hast ihn gekocht.“ Ich lachte.

Marc kam auf mich zu, nahm mir das Werkzeug aus der Hand. Aber wenigstens war seine Miene nicht mehr ganz so überlegen wie zuvor. „Wie schön, dass du in den vergangenen zwölf Jahren auf meine Kosten Spaß hattest.“ Er ging ein paar Meter weiter und hackte die Grabgabel mit Wucht in das zuvor gegrabene Loch. „Aber mach dich ruhig lustig über mich. Damals war ich ein armer, unschuldiger Bursche und habe gedacht, du wolltest mich mit dem Zeug vergiften!"

Ich folgte ihm und nahm dieses Mal von mir aus den Stiel in die Hand. „Heute isst du Kaviar zum Frühstück?"

Marc griff nach den Stängeln des Unkrauts. „Gott bewahre! Der beste Fisch ist immer noch das Schnitzel. *Eins!*"

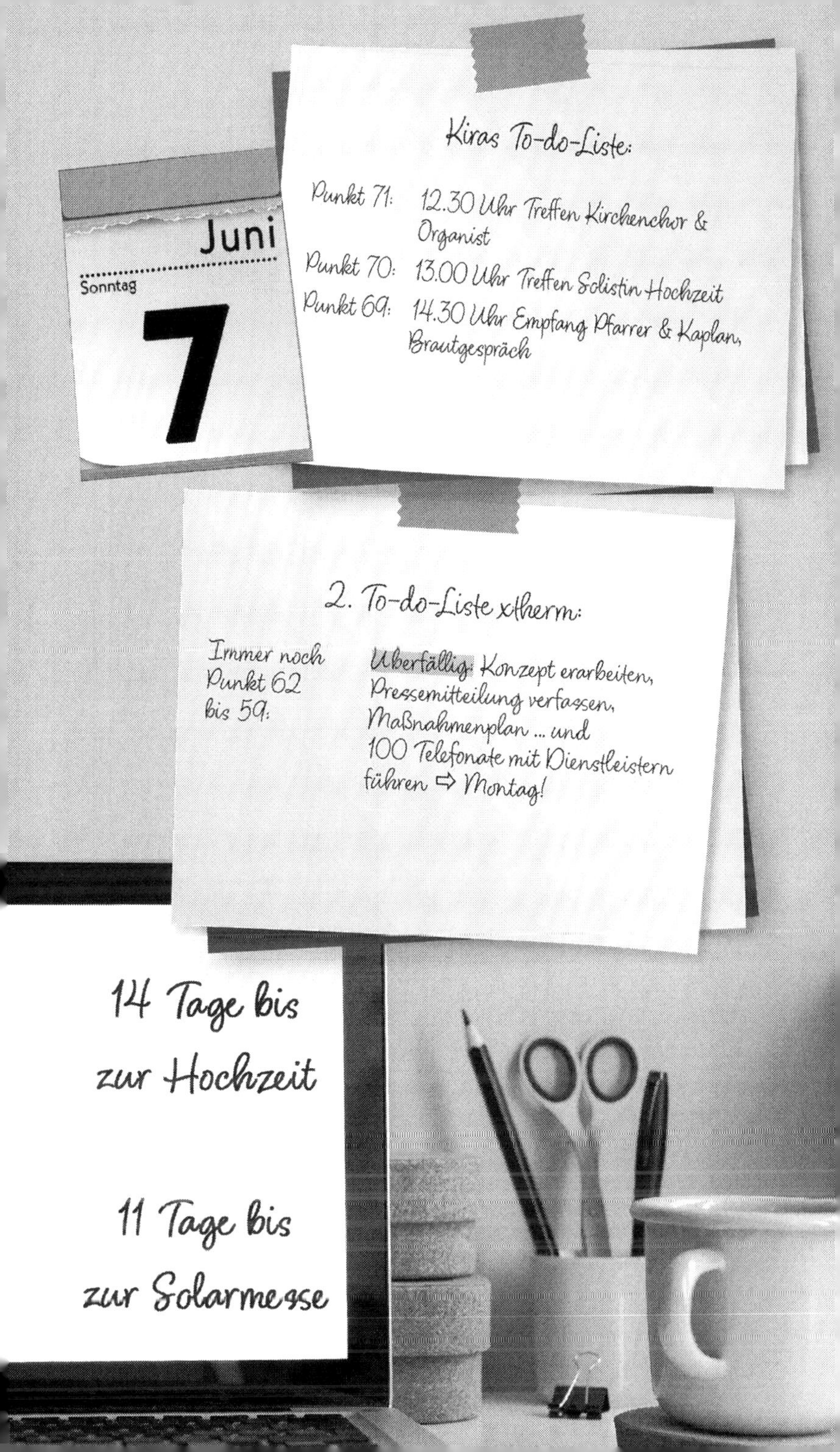
Juni
Sonntag
7
Kiras To-do-Liste:
Punkt 71: 12.30 Uhr Treffen Kirchenchor & Organist
Punkt 70: 13.00 Uhr Treffen Solistin Hochzeit
Punkt 69: 14.30 Uhr Empfang Pfarrer & Kaplan, Brautgespräch
2. To-do-Liste xtherm:
Immer noch Punkt 62 bis 59:
Überfällig: Konzept erarbeiten, Pressemitteilung verfassen, Maßnahmenplan ... und 100 Telefonate mit Dienstleistern führen ⇨ Montag!
14 Tage bis zur Hochzeit
11 Tage bis zur Solarmesse

Kapitel 7

Obwohl Sonntag war, fuhr ich schon vor Sonnenaufgang wieder in die Agentur. Ich hatte extra den Wecker gestellt, einmal, um die verlorene Zeit aufgrund meines unreiwilligen Drogentrips wieder aufzuholen, zum anderen, weil am Nachmittag das Brautgespräch mit Pfarrer Wiebke stattfinden und ich Mutti noch bei den Vorbereitungen helfen sollte.

Als ich eintraf, war Robert schon dort. Er wich meinen Fragen aus, seit wann er denn hier sei, und ich wurde den Verdacht nicht los, dass er noch gar nicht geschlafen hatte. Gemeinsam bauten wir das Konzept und den Maßnahmenplan zusammen. Obwohl wir uns wirklich beeilten, weil auch Robert vor dem Gespräch noch zu Jasmin wollte, war es bereits früher Nachmittag, als wir losfuhren, um zu duschen und uns „pfarrerfein" zu machen.

Mutti empfing mich ziemlich angesäuert, da ich den ganzen Vormittag verschwunden gewesen war und nur eine kurze Notiz hinterlassen hatte, dass sie sich keine Sorgen machen solle. So wie ich heraushörte, hatte Jasmin sich mal wieder vor der Arbeit gedrückt, und Mutti musste deswegen allein ihre Platten mit Gebäck, Kuchen und Häppchen füllen. Mein Mitleid hielt sich allerdings in Grenzen, denn schließlich war sie es gewesen, die aus einem einfachen Pfarrergespräch ein Kirchenfest für die ganze Gemeinde gemacht hatte.

Sie schickte mich Sekt und Orangensaft holen, und als ich aus dem Keller zurückkam, schnitt sie gerade die Torten auf dem Wohnzimmertisch an. Nachbarin Änne, die mal wieder viel zu früh aufgetaucht war, um auch ja nichts zu verpassen, quasselte ihr dabei die Ohren voll. Bevor sie mich entdecken konnte, verdrückte ich mich lieber in die Küche und vertrieb mir dort die Zeit mit Kaffeekochen, Brötchenbelegen und Gläserpolieren.

Dabei spukten mir die Ereignisse des gestrigen Tages wie

eine Endlosschleife im Kopf herum. Immer wieder versuchte ich verzweifelt, meinem Gehirn Erinnerungen zu entlocken, was ich Marc während meines Deliriums erzählt haben könnte, aber leider ohne Erfolg. Es war, als hätten diese Stunden nie existiert. Robert wusste leider auch nicht mehr darüber. Er hatte mir nur mitgeteilt, dass Nick nun wieder mit an Bord sei. Außerdem hatte er mir dessen Grüße und Bedauern ausgerichtet über das, was er mit seinen Spacekeksen angerichtet habe.

Mutti wuselte in die Küche herum, überprüfte mit kritischem Blick die Kaffeekannen, die Tabletts voller Sektgläser und die Brötchenplatten. Dann meinte sie: „Wenn du schon so spät kommst, dann mach es wenigstens richtig. Da fehlen noch die Eierscheiben." Und schon stob sie wieder zur Tür hinaus. Mit dieser Laune konnte sie beim Pfarrer aber nicht punkten. Ich sah ihr nach und seufzte tief, dann öffnete ich den Kühlschrank und holte die gekochten Eier heraus.

Während ich die Schalen aufklopfte und abpellte, starrte ich aus dem Küchenfenster – und stutzte. Da flatterte in der Einfahrt doch tatsächlich unsere heilige Familienflagge, das verschnörkelte weiß-rote Wappen mit dem goldenen Löwen und den vier Sternen. Das gab es sonst nur an runden Geburts- oder hohen Feiertagen – für Paps war dieses Ritual wichtiger als das Hissen der Flagge auf Iwo Jima. Aber vermutlich hatte Mutti ihn überredet, dass unser Spatz-Heiligtum bei einem solchen Anlass nicht fehlen dürfe. Ich schüttelte den Kopf. So verrückt konnte nur meine Familie sein.

Ein dumpfer Piepston erklang, und ich zog mein Handy aus der Hosentasche.

SABIN:
So, Ultimatum abgelaufen. Außerdem hatte ich einen Albtraum von einer Freundin, die sich ohne Fallschirm aus einem Flugzeug gestürzt hat, um Jack the Ripper zu retten.

ICH:
Das liegt an deinem Alkoholkonsum. Ich habe da nix mit zu tun.

SABIN:
Lenk nicht ab. Hast du Robert gesagt, dass du bei dem Mist nicht mitmachst?

ICH:
Stell dir eine Bombe vor, an die Jasmin und das Baby gefesselt sind. Robert hält die brennende Zündschnur, ist aber selbst gefesselt. Ich stehe daneben mit einem Eimer Wasser und mache nichts, weil ich nasse Füße kriegen könnte? Das geht doch nicht!!!

SABIN:
FALSCHES BILD! Jasmin und Robert stehen Händchen haltend am Abgrund. Ein Gewitter zieht auf. Statt in Deckung zu gehen, hält deine doofe Schwester ihr Handy hoch, weil sie schlechten Empfang hat. Jasmin trifft der Blitz, Robert bekommt den Schlag ab, und DU greifst nach Roberts Hand, damit beide nicht in den Abgrund stürzen. WER BEKOMMT DEN STROMSCHLAG? Na, wer? Merkste was?

ICH:
Also, mein Bild gefällt mir besser.

SABIN:
Weil Prinzessin Kirafee es sich auf ihrer rosa Wolke so zurechtgelegt hat. Willst du das wirklich durchziehen?

ICH:
Tja …

SABIN:
Wie jetzt „Tja“?

ICH:
„Tja“ ist der Sauerländer Begriff für Apokalypse, Götterdämmerung, Atomkrieg, Angriff von Außerirdischen und kein Brot mehr im Haus.

SABIN:
Es geht schon los ... Nach der Hochzeit kratze ich dich vom Boden ab, so fertig wirst du sein. Aber dafür sind Freunde da. Das Wort „abgekratzt“ passt richtig gut.

ICH:
Bis zur Hochzeit ist Roberts Projekt lange erledigt. Werde ganz entspannt feiern.

SABIN:
Wetten, dass nicht? Um zwei Kisten Sekt?

ICH:
Abgemacht! Gut, dass du es erwähnst. Muss noch die Sektgläser füllen.

SABIN:
Was für ein Happening entgeht mir?

ICH:
Pfarrer Wiebke kommt zum Priestergespräch mit dem Brautpaar, und Mutti hat das halbe Dorf dazu eingeladen.

SABIN:
Hoffentlich macht sie das nicht auch bei der Hochzeitsnacht! Aber sonst geht es dir gut?

ICH:
Bis auf meine Begegnung mit Haschkeksen gestern.

SABIN:
Haha, immer einen witzigen Spruch auf Lager, so ist es richtig. Viel Spaß mit dem Pfaffen! Ich muss mich jetzt betrinken und um meine beste Freundin weinen ...

ICH:
Viel Spaß – und trink einen für mich mit.

SABIN:
Du bist ja so DOOF!

ICH:
Das hättest du mal zu mir sagen sollen.

Lächelnd legte ich das Handy beiseite. Nebenan wurde es lauter, offenbar trudelten die ersten Gäste ein – und ich hätte was drum gegeben, weit weg zu sein. Eine Weile drückte ich mich noch in der Küche herum, bis Mutti den Kopf zur Tür hereinsteckte, sich die Brötchenplatten schnappte und mich instruierte, Sekt und O-Saft rauszubringen. So musste ich mich wohl oder übel ins Getümmel werfen und schob mich rückwärts mit dem Tablett in der Hand durch die Tür.

Lautes Stimmengewirr empfing mich. Das Wohnzimmer war proppenvoll, und es flogen mir von mehr oder weniger bekannten Gesichtern Begrüßungen, Fragen und Sprüche entgegen, und zwar so schnell, dass ich sie gar nicht alle parieren konnte. Es war so eng, dass ich mit meinem Tablett kaum durchkam. Muttis Blumenclub erleichterte mich mit großem Hallo direkt um fünf Gläser. Ich schob mich weiter und jonglierte das Tablett vorsichtig zwischen den Gästen hindurch.

Einen Pfarrer konnte ich jedoch noch nirgends entdecken. Überhaupt schien Paps, der Wasser und Bier am Buffet verteilte, einer der wenigen Männer hier zu sein, während Mutti gemeinsam mit Jasmin und Robert die Gäste unterhielt. Ich wand mich gerade wieder durch das Gedränge, um in der Küche Nachschub zu holen, als es an der Haustür klingelte. Da sonst niemand sich berufen fühlte, zu öffnen, stellte ich das bis auf zwei Gläser leere Tablett im Flur auf einen Beistelltisch und ging zur Tür.

Ich öffnete. Vor mir stand ein junger Mann in schwarzen Jeans, Kurzarmhemd und mit weißem Priesterkragen. Das musste Pfarrer Wiebke sein – oder der Kaplan? Er murmelte etwas in Richtung Türpfosten, und ich schaute um die Ecke. Ein großer Hund mit buschigem, schwarz-weiß gemustertem Fell saß dort an unserem Geländer angeleint und schaute seinem Herrchen treu entgegen.

„Pfarrer Wiebke? Wie schön, dass Sie kommen konnten“, rief ich und streckte dem Pfarrer die Hand entgegen, die er kurz schüttelte. Dann deutete er auf den Hund.

„Fräulein Spatz, nehme ich an? Stört es Sie, wenn der Kaplan so lange hier wartet?“

Ich sah erst ihn verwirrt an, dann den Hund. *Das* war der Kaplan? Mutti würde in Ohnmacht fallen, wenn sie das erfuhr. „Nein, nein!“, sagte ich schnell und trat einen Schritt zur Seite. „Bitte kommen Sie rein. Einfach den Flur entlang und dann rechts ins Wohnzimmer.“ Während er eintrat, plapperte ich weiter: „Es sind schon … na ja, ein paar Leute da. Nehmen Sie es ihnen nicht übel, die Schäfchen sind mächtig neugierig darauf, ihren neuen Hirten kennenzulernen.“

Wiebke schien nicht besonders erfreut darüber. „Neugierde ist zwar keine Tugend, aber ich will mal nicht so sein. Hoffen wir nur, dass uns genug Ruhe für ein Gespräch über das heilige Sakrament der Ehe bleibt. Und Sie sind die Braut?“

„Oh nein. Meine Schwester Jasmin ist die Braut! Ich bringe Sie zu ihr, kommen Sie.“

Ich schloss die Haustür und deutete auf den Durchgang zum Wohnzimmer, hinter dem es vor Stimmen brummte wie in einem Bienenstock. Jasmin und Robert standen im Türrahmen und wurden gerade von Läster-Änne verhört. Ich gab Jasmin ein Zeichen. Sie kam eilig auf uns zu und zog Robert hinter sich her. Natürlich folgte Änne ihnen auf den Fersen.

„Pfarrer Wiebke, richtig? Hallo! Wie schön, dass Sie da sind!“, rief Jasmin und strahlte den Pfarrer an, als sei er der Weihnachtsmann persönlich. „Sehen Sie sich mal an, was für einen Hype Ihre Ankunft ausgelöst hat.“

Da Pfarrer Wiebke nichts erwiderte, sah ich zu ihm hinüber. Er wiederum blickte entgeistert auf Jasmins Bauch.

„Ja, sie ist schwanger“, erklärte Robert mit glänzenden Augen. „Ist das nicht wunderbar?“

Änne drängte sich dazwischen und streckte dem Pfarrer die Hand hin. „Faulbach, Änne Faulbach. Herr Pfarrer, was für eine Freude, Sie kennenzulernen.“

Pfarrer Wiebke ergriff die Hand langsam und mit ernstem Gesicht. „Das hat mir noch niemand gesagt“, murmelte er.

Änne musterte ihn irritiert. „Wie meinen?“

„Dass ich schwanger bin?", fragte Jasmin leichthin, nahm ein Glas Sekt vom Beistelltisch und hielt es dem Pfarrer hin. „Das hatte ich am Telefon nicht erwähnt. Mir war nicht klar, dass es wichtig für Sie ist."

Er schüttelte den Kopf. Entweder, weil er keinen Sekt wollte – oder kein Baby.

„Kommen Sie, wir haben einen Tisch etwas abseits des Gedränges für uns reserviert", meinte Robert. Ich wartete darauf, dass der Pfarrer sich rührte, aber der schaute nur unverwandt auf Jasmins Bauch.

„Reine Zeitverschwendung", sagte er streng. „Leider kann ich unter diesen Umständen keine kirchliche Hochzeit zulassen."

„Ach, du jemine!", schrie Änne auf.

„Wie bitte?" Jasmins Gesichtszüge entglitten, und sie wurde blass. Robert legte besorgt den Arm um sie. Im Wohnzimmer hatte Ännes Schrei bereits die ersten Gespräche verstummen lassen, und die Leute schauten zu uns herüber. Änne eilte zu ihnen, vermutlich um alle Anwesenden über die neusten Ereignisse zu informieren – und das mit einer Geschwindigkeit, die jede Push-Nachricht übertraf. Draußen begann der Hund zu heulen, als ahne er, was hier gerade passierte.

Robert fasste sich als Erster. „Mein lieber Pfarrer, das ist hoffentlich nicht Ihr Ernst. Wir leben im einundzwanzigsten Jahrhundert. Es werden ständig Ehen geschlossen, auch wenn ein Kind unterwegs ist. Sogar bei meinen eigenen Eltern war das damals nicht anders."

Die Miene des Pfarrers verhärtete sich. „Da muss ich Sie nun enttäuschen, mein Sohn." Sohn? Der war garantiert jünger als Robert! „Diese Zeiten sind vorbei. Die katholische Kirche hat klare Regeln, und die werde ich befolgen. Wenn mein Vorgänger das anders handhabte, dann muss er sich dafür verantworten."

„Aber eurer Hoch-Ehrwürden!" Mutti war mit hochrotem Kopf dazugekommen und hielt Jasmins Hand, während meine Schwester mit den Tränen rang. „Diese Hochzeit ist ihr größter Traum. Das wollen Sie ihr doch nicht ernsthaft abschlagen?"

„Ich fürchte doch, Verehrteste. Wer Weltliches mehr ehrt als christliche Sittsamkeit, der soll sich auch auf weltliche Weise vermählen und nicht auch noch den Segen des Herrn erwarten."

Jetzt stiegen auch Mutti Tränen in die Augen. Inzwischen war es um uns herum so still, als wäre gerade jemand gestorben. Nur unsere Katze Lady durchbrach die Stille, indem sie Jasmin laut schnurrend um die Beine strich.

Der Pfarrer wandte sich zum Gehen, doch ich versperrte ihm den Weg. „Wir wollen nichts überstürzen", erklärte ich, legte ihm die Hand auf den Arm und nickte Robert zu.

Der ließ Jasmin los und stellte sich neben mich. „Am besten, wir reden in Ruhe drüber", erklärte er und versuchte, einen versöhnlichen Ton anzuschlagen. Aber mir entging die Anspannung dahinter nicht. „Kommen Sie, Pfarrer Wiebke. Sie wollen doch die Leute hier nicht enttäuschen und jetzt schon gehen?"

„Genau!" Ich nickte zustimmend.

„Es gibt nichts mehr hinzuzufügen", sagte Pfarrer Wiebke mit Grabesstimme. „Ich würde wirklich lieber gehen. Außerdem wartet der Kaplan vor der Tür und …"

„Der Kaplan? Vor der Tür?", rief Mutti aufgeregt. „Aber warum bitten wir den Monsignore nicht herein?"

Wo sie recht hatte, hatte sie recht. Der Pfarrer konnte schlecht ohne seinen Hund gehen, und den holte ich auf der Stelle herein. Ich war bereits auf dem Weg zur Haustür.

„Warten Sie! Das ist keine gute Idee …" Noch bevor der Pfarrer den Satz beenden konnte, riss ich die Haustür auf, löste die Leine und marschierte mit dem Hund an meiner Seite, der freudig mit dem Schwanz wedelte, in den Flur.

Womit ich allerdings nicht gerechnet hatte, war die Kraft, die der Kaplan hatte. Als er nämlich Lady erblickte, riss er mir die Leine aus der Hand und rannte los. Ich lief hinterher, versuchte ebenso vergebens wie der Pfarrer, den Kaplan am Halsband zu fassen. Der Hund rannte ungebremst auf die Katze zu, die fauchend den Rückzug antrat. Bevor irgendjemand genau wusste, was geschah, floh Lady zwischen den Beinen der Gäste hindurch unter den Esstisch. Der Hund stürmte drauflos und hinterließ zwischen den Gästen, die erschrocken zurücksprangen, eine Schneise.

Ich rannte hinterher. Aber bevor ich ihn zu packen bekam, sprang Lady die Stühle hinauf und fegte über die lange Kaffeetafel davon, dicht gefolgt von dem schnappenden Maul der Töle. Es krachte und klirrte. Tassen, Blumendeko, Torte und Sahne flogen durch die Luft. Am Ende des Tisches machte der Hund eine Vollbremsung, und das Tischtuch mitsamt Porzellan, Kaffeekannen und Sahnetorten rutschte mit einem ohrenbetäubenden Scheppern vom Tisch.

Lady huschte durch die Katzenklappe in die sichere Freiheit. Der Hund versuchte, ihr zu folgen, blieb aber mit dem Kopf in der Klappe stecken und bellte wütend hinter ihr her.

... immer noch Sonntag, 7. Juni – 16.35 Uhr

Der Wind raschelte in den Blättern der Weide, die neben unserem Gartenteich stand. Ich saß auf der Bank unter dem Baum und starrte trübsinnig auf die friedliche Fläche des Wassers, in der sich die Sonne spiegelte. Hin und wieder tauchte einer von Paps' Koi-Karpfen auf, als wolle er nachschauen, ob ich nicht endlich etwas zu futtern hineinwarf. Aber selbst die armen Fische musste ich heute enttäuschen. Vielleicht hätte ich einfach öfter in die Kirche gehen müssen, dann wäre die Strafe Gottes milder ausgefallen.

Schritte näherten sich, und Robert ließ sich neben mir auf der Bank nieder. „Doktor Hamers hat Jasmin ein Beruhigungsmittel verabreicht. Sie schläft jetzt", sagte er. „Deiner Mutter hat er ebenfalls eine Dosis verpasst."

Ich nickte stumm. Was hätte ich denn sagen sollen angesichts des Weltuntergangs, der sich vor einer Stunde in unserem Wohnzimmer ereignet hatte?

Robert legte seine Hand auf meinen Arm. „Ich bewundere dich. Die anderen beiden drehen völlig durch, sodass der Arzt kommen muss. Du hingegen bist die Ruhe selbst, räumst stillschweigend auf und hilfst noch, das ganze Chaos zu bewältigen. Manchmal wünschte ich, deine Schwester hätte ein bisschen mehr von dir."

Ich lachte bitter auf. „Glaub mir, ich wäre auch lieber in Ohnmacht gefallen. Der große Unterschied ist, dass die anderen es nicht verbockt haben."

„Kira, was redest du da? Das war doch nicht deine Schuld! Dieser dogmatische Pfaffe ist einfach ein Blödmann. Mach dir bitte keine Vorwürfe!"

„Erkennst du es nicht? Alles läuft schief, seit ich hier bin. Es ist, als hätte mir jemand das Glück gestohlen. Ich ruiniere eure Hochzeit, gar nicht zu sprechen von diesem Agenturprojekt. Ohne mich wäret ihr besser dran."

„Sei nicht albern. Ohne dich würde hier gar nichts laufen. Du bist großartig, nie wird dir etwas zu viel. Manchmal bekomme ich Angst um dich, weil du vor lauter Hilfsbereitschaft nicht an dich denkst. Es kann nicht immer alles auf Anhieb klappen. Das war Pech. Wo gehobelt wird, fallen Späne, und du hobelst derzeit ziemlich viel." Er stupste mich mit dem Ellenbogen in die Seite, als ich nicht reagierte. „Komm schon! Das mit den Haschkeksen hätte mir auch passieren können – wer sollte das auch ahnen? Marc hat es gar nicht so eng gesehen. Er hat dich sogar mit nach Hause genommen. Das ist ein Vertrauensbeweis."

„Pah, der traut mir so weit, wie er ein Wattebäuschchen werfen kann. Ich glaube nicht, dass er die alte Geschichte vergessen hat."

„Okay, vielleicht hat er ein paar Vorurteile wegen dieser Familienfehde. Aber das müsste aus der Welt zu schaffen sein. Schließlich bist du voll sein Typ."

„Das war ich mal vor ungefähr hundert Jahren." Ich seufzte.

„Hm, ich bin zwar nur ein Mann und damit angeblich kein Experte für zwischenmenschliche Schwingungen, aber wenn du mich fragst, steht der total auf dich."

„Wer? Marc?" Ich starrte Robert entgeistert an.

„Ja, wirklich. Er sieht dich immer so … keine Ahnung, eben so an."

„Quatsch! Der kann nicht anders, als *so* zu schauen."

„Du hättest ihn mal sehen sollen, als ich ihm mitgeteilt habe, dass du an dem Projekt nicht weiter mitarbeitest. In dem Moment ist mir klargeworden, dass er das niemals zulassen wird."

„Robert, du kennst Marc nicht. Er ist ein herrischer, selbstverliebter Macho, der es nicht ertragen kann, wenn nicht alle nach seiner Pfeife tanzen. Genau deswegen hat er so reagiert. Ich bedeute ihm nichts, glaub mir. Dieser Mann liebt nur sich selbst."

„Sei dir da mal nicht zu sicher."

Ich zuckte mit den Schultern. Es war sowieso egal, ob Marc mich mochte oder nicht. Mein gebrochenes Teenie-Herz hatte mir damals zum ersten Mal klargemacht, dass schöne Augen und süße Worte einem mehr versprachen, als sie halten konnten.

Eine Zeit lang saßen wir schweigend nebeneinander, jeder in seinen Gedanken versunken. Robert war der Erste, der wieder sprach: „Eine Trauung in der Kirche ist ausgeschlossen. Wie wäre es, wenn wir direkt vom Standesamt ins Hotel fahren und die Feier um ein oder zwei Stunden vorverlegen? Meinst du, die vom Hotel kriegen das hin?"

„Was sagt denn Jasmin dazu? Sie hat sich so sehr gewünscht, wie eine Märchenbraut den Kirchgang hinunterzuschweben. Auf Rosenblättern, das war ihr besonders wichtig."

„Heute ist vielleicht kein guter Tag, sie danach zu fragen. Der Doktor meinte, dass bei zu viel Aufregung die Wehen früher einsetzen könnten."

„Du hast recht", antwortete ich und seufzte erneut. „Unsere ganze schöne Planung ist dahin, nur weil ein Pfaffe die Bibel zu eng auslegt. Kann man gegen so jemanden nicht Beschwerde einlegen? Beim Bischof oder beim Kirchenamt oder so?"

„Keine Ahnung, sicherlich gibt es da Möglichkeiten, aber ich weiß nicht, ob das was bringt." Robert wiegte skeptisch den Kopf hin und her. „Vor allem haben wir zu wenig Zeit, solche Anträge brauchen bestimmt Wochen oder Monate, bis es da zu einem Beschluss kommt."

Mir kam plötzlich ein Gedanke. „Dann müssen wir das eben beschleunigen." Fieberhaft dachte ich nach. Vielleicht hatten wir doch noch eine winzige Chance.

„Was meinst du?"

„Ich meine, ist doch komisch, dass so ein junger Pfarrer bereits die zweite Gemeinde bekommt."

„Das wird seine Gründe haben."

„Eben!", rief ich, sprang auf und zog Robert von der Bank hoch. Er sah mich verwirrt an. „Los, komm, wir haben ein Date."

„Mit wem denn?"

„Erst mal mit dem Küster und dann eventuell mit unserem lieben Pfarrer Wiebke. Wäre doch gelacht, wenn wir uns so leicht geschlagen geben, oder? Wenn das nicht klappt, holen wir einen Pfarrer aus einer anderen Gemeinde. Meine Schwester wird genau so heiraten, wie sie es sich immer gewünscht hat, und der Teufel soll uns holen, wenn wir das mit dem lieben Gott nicht geregelt kriegen."

Eine Stunde später wusste ich alles, was ich brauchte, um unserem neuen Pfarrer ordentlich einzuheizen. Die überaus geschwätzige Frau des Küsters konnte uns sagen, aus welcher Gemeinde Pfarrer Wiebke zu uns gekommen war, nachdem wir im Gegenzug ihre Neugierde befriedigt und brühwarm erzählt hatten, was bei uns vorgefallen war. Nicht, dass sie das nicht schon in groben Zügen gewusst hätte, aber sie war dankbar für jedes zusätzliche Detail.

Zwei Anrufe später hatte ich dann nicht nur vage Gerüchte, sondern die Hard Facts in der Hand. In Gedanken rieb ich mir bereits die Hände und machte mich auf die Suche nach dem Pfarrer. Ich traf ihn in der Sakristei an, wo er sich am Tisch über ein Buch gebeugt irgendwelche Notizen machte. Seine Augen wurden kugelrund, als er mich erkannte.

„Fräulein Spatz? Dass ausgerechnet Sie mich aufsuchen …" Mir entging der Unmut in seiner Stimme nicht.

„Allerdings“, sagte ich kühl, nahm unaufgefordert ihm gegenüber Platz und lehnte mich über den Tisch. „Ich gebe Ihnen noch eine letzte Chance, Ihre Meinung über eine kirchliche Trauung meiner Schwester zu revidieren. Glauben Sie mir, es wäre besser, sie zu nutzen!“

„Ich verstehe nicht.“ Der Pfarrer runzelte die Stirn.

„Das werden Sie gleich. Ganz abgesehen davon, dass Ihr Verhalten weltfremd und verletzend war, machen Sie sich mit einer solchen mittelalterlichen Einstellung keine Freunde, schon gar nicht im Bekanntenkreis meiner Familie. Ich versichere Ihnen, wir haben einen ausgesprochen großen Bekanntenkreis, der aus allen namhaften Mitgliedern dieser Gemeinde besteht.“

„Wollen sie mir etwa drohen?“

„Das ist nicht nötig, Pfarrer Wiebke. Ihr Grab haben Sie sich selbst geschaufelt.“

„Mein Grab? Fräulein Spatz, ich glaube nicht, dass ich als höchster Vertreter der Kirche in dieser Gemeinde so mit mir reden lassen muss.“

„Kirchenvertreter ist ein gutes Stichwort. Was glauben Sie, was Ihre Schäfchen dazu sagen, wenn ihr überaus strenger Schäfer, der vor wenigen Jahren eine steile Karriere in der Kirche begann und unter der Hand als zukünftiger Bischof gehandelt wurde, sich als notgeiler Stalker entpuppt, der das heilige Sakrament der Ehe geschändet hat?“

Das Blut wich aus seinen Wangen, und sein Mund stand unvorteilhaft offen. Ich lächelte kalt. „Da haben Sie es mit dem Begriff *Schäferstündchen* wohl zu wörtlich genommen, was?“

Er sagte nichts, aber ich sah ihm an, dass ich den Nerv getroffen hatte.

„Was ist das für ein Gefühl, wenn man wegen einer kleinen Eva aus dem Kirchenparadies vertrieben wird?“, setzte ich nach.

„Woher …? Sie wissen gar nichts“, brauste er auf. „Das Kirchenamt und die Pfarreien geben keine Auskunft über einen Priester, seine Herkunft oder Vergangenheit. Sie bluffen! Es wird Zeit, dass Sie gehen!“

Aber ich dachte nicht daran zu gehen, und es erstaunte mich selbst, wie cool ich blieb.

Ich erhob mich langsam von meinem Stuhl, stützte mich auf die Tischplatte und fixierte ihn. „Nein, Sie haben völlig recht, sonntags bekommt man da wenig Auskunft." Ich ergänzte meinen Clint-Eastwood-Blick um ein boshaftes Lächeln. „Aber der Kneipenwirt Ihrer ehemaligen Gemeinde hatte gerade Langeweile und war dafür umso bereitwilliger, mir alles zu erzählen."

Er fiel auf dem Stuhl zusammen, als wäre seine Kutte ein leerer Sack.

„Er wusste sogar jede Menge Details", fuhr ich fort. „Sie haben drei Abmahnungen erhalten, sich von Anna Siebert fernzuhalten. Sie ist übrigens auch blond und klein und war damals ebenso schwanger wie meine Schwester. Hat Sie das irritiert? Ihr Ehemann hat Ihnen die Nase gebrochen, weil Sie sich nicht an die gerichtliche Verfügung gehalten haben, aber die Kirche hat Sie abgeschirmt. Bis zu dem Tag, als Sie die hochschwangere Anna in Ihr Auto gezerrt haben und sie nicht wieder gehen lassen wollten, bevor sie die Scheidungspapiere unterzeichnet hatte, die Sie angeblich in ihrem Namen beim Anwalt anfertigen ließen. Bis dann auf einmal die Wehen einsetzten."

Er sagte kein Wort, starrte nur vor sich auf die Steinquader.

„Als die Polizei Wind davon bekam und die Sache offiziell zu werden drohte, hat die oberste Kirchenführung Sie schnell strafversetzt. Hierher! Degradiert, beschämt und gegrämt unter der Bürde unerfüllter Liebe. Was haben Sie daraus gelernt? Dass anderen nicht das Glück vergönnt sein darf, das man Ihnen nicht gewähren wollte? Wenn Sie die Menschen für den Rest Ihres Lebens schikanieren wollen, dann wären Sie besser Zahnarzt geworden!"

„Was wollen Sie?" Seine Stimme war nur ein Flüstern.

„Trauen Sie meine Schwester hier in dieser Kirche."

„Aber das ist ein Sonntag! Am Tag des Herrn machen wir keine Trauung …"

„Ab sofort schon! Und Sie trauen in Zukunft jede Schwangere, die heiraten will. Seien Sie gütig, weltoffen und modern. Versprechen Sie mir das, und ich werde schweigen wie ein Grab. Selbst Robert, der draußen auf mich wartet, habe ich noch nichts davon erzählt. Das wissen außer den Leuten in Ihrer ehemaligen Gemeinde nur Sie und ich und Ihr Vorgesetzter. Sie bekommen eine zweite Chance, machen Sie was daraus."

Er zögerte, seufzte tief und nickte dann. „Okay, ich werde den beiden den kirchlichen Segen spenden, aber bitte nicht in der Kirche, denn an genau diesem Tag findet ein klassisches Konzert statt, und das Orchester beginnt schon früh mit dem Aufbau. Den Gottesdienst halte ich auf der Domplatte ab. Wenn wir uns also auch für die Hochzeit darauf einigen könnten? Ich habe Ihr Wort, dass niemand etwas erfährt!"

„So wahr mir Gott helfe."

Sein Blick auf diese Antwort war filmreif. Ich verließ die Sakristei ohne einen Gruß.

Kiras To-do-Liste:

Punkt 68: 09.30 Uhr Speisekarten Freigabe & Druck

Punkt 67: 10.30 Konditor Hochzeitstorte

Punkt 66 bis 65: 13.00 Uhr Dessous Braut & Brautjungfern

2. To-do-Liste xTherm:

ab 14.00 Uhr

Punkt 58: Konzept letzter Schliff

Punkt 57: Entwurf Plakat

Punkt 56: Entwurf Flyer

Punkt 55: Entwurf Website

ab 20.00 Uhr

Punkt 54: Geschäftsessen Burg: Konzeptfreigabe & Anzahlung!!!!

13 Tage bis zur Hochzeit

—

10 Tage bis zur Solarmesse

Kapitel 8

Montag, 8. Juni – 19.20 Uhr

„Das Kleid an sich sieht echt gut aus", fand Luisa und umkreiste mich mit frechem Grinsen. „Aber du wirkst darin wie eine Anwärterin für den Bibelkreis." Sie ging an dem Berg von Kleidern vorbei, die sie achtlos auf ihr Bett geworfen hatte, und fischte ein schmales weißes Modell aus dem Kleiderschrank. „Probier mal dieses hier, vielleicht passt das besser." Sie warf es mir zu.

Ich legte das Bibelkreiskleid zu den anderen, schlüpfte in das schmale Wickelkleid und begann, es an der Seite zuzuknöpfen. Vier Frauen in einem Haus und ein Fundus von mindestens hundert Kleidern. Da war es schon unglaublich, dass ich kein einziges fand, das mir passte und dem Anlass – einem Geschäftsessen mit Marc und Robert – angemessen war. Luisas Figur war meiner zwar am ähnlichsten, allerdings war sie mehr als einen Kopf größer als ich. Deshalb sah ich in ihren Klamotten aus wie eine Zehnjährige, die Muttis Röcke anprobiert.

„Erzähl mir noch mal, wie du den Pfaffen fertiggemacht hast", bat sie, zündete sich eine Zigarette an, lehnte sich damit an das offene Fenster und blies den Rauch hinaus.

„Luisa, wie kannst du hier rauchen? Mutti bringt dich um. Außerdem weißt du schon mehr, als du eigentlich wissen solltest."

„Kleine Schwester, du wirst langsam richtig geheimnisvoll." Sie nahm den nächsten Zug und wedelte den Rauch hinaus. „Ich wünschte, ich dürfte darüber schreiben, welchen Dreck dieser Pfarrer Wiebke am Stecken hat. Solche Wolf-im-Schafspelz-Storys kommen wahnsinnig gut."

„Ich habe ihm mein Wort gegeben, also darfst du es weder wissen noch darüber reden, geschweige denn schreiben."

Ich drehte mich vor dem Spiegel. Dieses Wickelkleid war

nicht übel. Durch den längeren Rock wirkte es seriös, was der obere Teil mit dem tiefen Ausschnitt und den Raffungen um die Brust wieder wettmachte. Luisa nickte anerkennend und legte ihre Zigarette auf dem Fensterrahmen ab. Dann ging sie zur Kommode hinüber, die aus alten, bunt gestrichenen Kisten gezimmert war und damit ebenso speziell war wie sie selbst.

Im Gegensatz zu meinem Kinderzimmer, in dem sich in den letzten zwanzig Jahren noch nicht mal die Bettwäsche verändert hatte, war ihres zu einem modernen Zweizimmerappartement mit eigenem Bad geworden. Nur die Kochecke fehlte, aber da Luisa nicht mal in der Lage war, eine Fertigmahlzeit zu erhitzen, war die sowieso überflüssig. Meine Schwester reiste oft für Reportagen ins Ausland und war daher der Überzeugung, dass eine eigene Wohnung für sie keinen Sinn machte. Außerdem konnte sie hier nach wie vor Hotel Mama mit allen Vorzügen genießen. Nur während ihrer Affären verschwand sie manchmal monatelang und kehrte dann irgendwann äußerst wortkarg wieder zurück.

Luisa reichte mir ein paar Ohrringe in Tropfenform mit kleinen Strasssteinchen und Perlen. Ich legte sie an und wir betrachtete gemeinsam unser Spiegelbild: eine mittelgroße, mittelschlanke Mittelrothaarige mit langen Haaren vor einer langbeinigen Blondine mit Pagenschnitt, die anerkennend nickte und dann zu ihrer Zigarette zurückkehrte.

„Perfekt. So wirst du Roberts Kunden beeindrucken. Wie hieß der gleich noch mal?“ Die Frage kam ganz nebenbei, doch Luisas Spürsinn war nicht zu unterschätzen, und ich ahnte, worauf sie hinauswollte.

„Herr Schmidt, Vorname weiß ich nicht“, murmelte ich. „Er ist Zulieferer für die Solarindustrie, und deswegen kann ich sicherlich gute Tipps für die Kampagne geben. Ist ja mein Bereich.“

Luisas Blicke verrieten, dass sie mir kein Wort glaubte. In diesem Moment gab mein Handy den Nachrichtenton von sich, und die Short Message darauf verriet mir, dass Sabin sich gemeldet hatte. Auch das war nichts für Luisas Augen und Ohren. Ich raffte meine Klamotten zusammen, die ich zur Anprobe ausgezogen hatte, und ging zur Tür. „Entschuldige mich. Danke für Kleid und Ohrringe. Ich gebe sie dir morgen wieder."

Ich war schon halb zur Tür hinaus, da rief Luisa mir lachend hinterher: „Bevor du den Flur betrittst, schau erst nach, ob Jasmin dir nicht mit der Bratpfanne auflauert. Sie spuckt vor Eifersucht Gift und Galle und hat null Verständnis, dass du mit ihrem Robert zu einem Geschäftsessen gehst."

Ich drehte mich um. „Was soll das denn? Ich bin ihre Schwester!", rief ich empört.

„Es wäre nicht das erste Mal, dass der Mann mit der Schwester seiner Verlobten durchbrennt. Du bist ein freier Mensch."

„Luisa! Mach mal einen Punkt. Robert ist für mich wie ein Bruder. Ich bin ihm nur bei seinem Agenturprojekt behilflich und sonst nichts."

Luisa blies eine Rauchwolke aus dem Fenster. „Du spielst wieder Feuerwehr für die Menschheit, ich weiß. Aber sag das nicht mir, sondern Jasmin. Du weißt doch, dass unser Nesthäkchen immer die erste Geige spielen muss, sonst dreht sie durch oder bekommt einen Asthmaanfall – oder beides."

Bevor ich antworten konnte, piepste erneut mein Handy, und ich zog schnell die Tür hinter mir zu.

SABIN:
Auckland Breaking News. Gewitterwolken über der jungen Liebe. Ingo will schnorcheln, Pamela will shoppen, beide sind stur wie die Esel. In zwei Wochen hast du deinen Prinzen wieder

ICH:
Der kann mir gestohlen bleiben. Sag mir lieber, wie ich den Abend ohne Katastrophen hinter mich bringe.

SABIN:
Ach genau! Das Date mit deinem Ex, der grünäugigen Mischung aus Clive Owen und Gollum. Tipp: Wenig reden, viel lächeln, keinen Salat essen. Voll unsexy, wenn man sich Blätter ins Maul schiebt wie eine Ziege.

ICH:
Das ist ein Geschäftsessen, kein Date. Wie kommst du auf GOLLUM?

SABIN:
Wir von der Kripo haben unsere Methoden, ein Täterprofil zu ermitteln. Zurück zum Thema: keine Suppe, das gibt Rentner-Broschen auf dem Dekolleté! Keine langweiligen Hochzeits-, keine Arbeits- und bei dir schon gar keine Familienanekdoten!!!

ICH:
Worüber soll ich dann reden? Übers Wetter?

SABIN:
Erzähl ihm von mir, deiner gut aussehenden besten Freundin, die ihn trösten wird, wenn du ihn abblitzen lässt. Ich stehe voll auf Gollum.

ICH:
Du bist eine große Hilfe. Drück mir die Daumen und zünd ein Kerzchen an.

SABIN:
Ach Schatz, selbst wenn ich ganz Auckland für dich anzünden würde, könnte dir das nicht mehr helfen. Hoffen wir auf ein Wunder.

Pünktlich um fünf vor acht stieg ich unter Jasmins säuerlichen Blicken in Roberts Auto, der eben vorgefahren war, um mich einzusammeln. Er winkte seiner Zukünftigen nur kurz durch die Scheibe zu und fuhr los.

„Du hättest Jasmin wenigstens einen Kuss geben können." Ich warf einen besorgten Blick in den Außenspiegel. Jasmin hatte mir zum Abschied kaum ein Wort gegönnt und war bereits wieder im Haus verschwunden.

„Wieso? Ich war doch heute Mittag bei ihr." Robert bog rechts ab und fuhr zügig die Umgehungsstraße entlang. „Gibt es Schwierigkeiten?"

„Na ja, sie ist ziemlich aufgebracht, dass ich dich begleite."

„Echt? Wir haben kurz darüber gesprochen, und ich habe ihr die Herr-Schmidt-Geschichte serviert. Danach schien sie beruhigt zu sein."

Ich atmete auf. Offenbar war die Sache weit weniger dramatisch, als Luisa sie geschildert hatte.

„Du siehst übrigens toll aus. Das Kleid steht dir ausgezeichnet." Robert lächelte mich von der Seite an. „Da wird ‚Herr Schmidt' Augen machen."

„Danke für die Blumen. Dennoch ist das ein reines Geschäftsessen. Wir müssen die Konzeptfreigabe und die Abschlagszahlung unter Dach und Fach bringen. Außerdem gibt es einige Rückmeldungen von den Dienstleistern. Die meisten lassen sich auf den Eilauftrag ein."

Wir unterhielten uns über ein paar Details des Konzepts, das ich in meiner Aktentasche mitgenommen hatte, bis Robert auf den Parkplatz unterhalb der Burg fuhr. Ich kramte meine Geldbörse hervor und reichte ihm die Kreditkarte. Er nahm sie mit gerunzelter Stirn entgegen.

„Ich will nicht, dass Marc was mitkriegt", erklärte ich. „Vielleicht gibt es im Restaurant Schwierigkeiten, wenn du das Abendessen bezahlen willst."

Robert wurde rot. „Das gefällt mir nicht." Er starrte auf das Armaturenbrett und schluckte. „Dummerweise geht es nicht anders. Wie soll ich dir jemals danken?"

„Komm, wir müssen los. Es fängt gleich an zu regnen", sagte ich und stieg aus dem Wagen. Regenwolken hatten sich über der Burg zusammengezogen, und als wir den Eingang zum Restaurant erreichten, fielen die ersten Tropfen.

Hinter der schweren Holztür mit Eisenbeschlägen empfingen uns sanfte Musik und gedämpfte Stimmung bei Kerzenschein, was den Rittersaal mit den Wänden aus dicken Steinquadern erstaunlich gemütlich wirken ließ. In der Ecke standen Rüstungen, und Hellebarden hingen an der gewölbten Decke, auf der das riesige Wappen der Burg prangte. In einem Seitengewölbe weiter hinten im Raum gab es eine Bar aus dunklem Holz, die Barhocker waren leer – was sich vermutlich im Laufe des Abends noch ändern würde.

Ein Kellner kam auf uns zu und brachte uns, nachdem wir ihm unsere Namen genannt hatten, an einen Tisch im Erker. Marc war offenbar noch nicht da. Wir saßen kaum, da öffnete sich die Tür zum Restaurant, und die Kerzen flackerten im Luftzug.

Marc und Leon kamen herein, entdeckten uns in der Nische des Erkers und steuerten auf unseren Tisch zu. Marcs weißes Kurzarmhemd war im Regen nass geworden, und auf seinen dunklen Haaren glitzerten Tropfen.

Ihm folgte Leon mit seinem Zahnpastalächeln, ganz in Schwarz und wie einem Modemagazin entsprungen. Marc hingegen umgab eher das Charisma eines Inquisitors.

„Kira, du siehst umwerfend aus." Leon nahm meine Hand und deutete einen Kuss an. „Was muss ich tun, um dich morgen Abend allein zum Essen auszuführen?"

„Dich vom Teufel lossagen und auf die gute Seite der Macht wechseln", parierte ich.

„Die Idee gefällt mir." Leon lachte und ließ sich mir gegenüber auf einem Stuhl nieder.

„Überleg es dir lieber, Leon", stichelte Marc, der den Stuhl neben mir zurückzog und sich setzte. „Auf der guten Seite der Macht musst du arbeiten." Ein Hauch seines Aftershaves wehte zu mir herüber.

„Du hast recht, das ist nichts für mich. Die dunkle Seite macht viel mehr Spaß. Die haben Haschkekse! Vielleicht kann ich Kira ja verführen, sich uns anzuschließen."

„Wenn sie den Auftrag erledigt hat, kann sie machen, was sie will", entgegnete Marc.

Das kann ich jetzt auch schon, hatte ich als scharfe Erwiderung auf der Zunge, aber dann sah ich, wie Robert nervös mit der Serviette spielte, und erinnerte mich wieder daran, dass ich heute Abend die Liebenswürdigkeit in Person sein sollte. Auch wenn Marc offenbar eine Laune hatte, mit der allein man Bomben hätte bauen können. Also schluckte ich meinen Ärger hinunter, setzte ein kunstvolles Lächeln auf und zwinkerte Marc zu.

„Da hast du vollkommen recht. Wer weiß, vielleicht probiere ich eure dunkle Seite wirklich mal aus."

Marc sagte nichts dazu, und sein Gesichtsausdruck wurde so undurchsichtig wie der Nebel auf der A45.

Wir bestellten, und ich versuchte mich an Smalltalk, der allerdings hauptsächlich zwischen Leon und mir stattfand. Je mehr Komplimente er mir machte, desto genervter schaute Marc drein. Mehr als einmal druckste ich verlegen herum, weil ich nicht wusste, wie ich Leons Charmeoffensive abwehren und die anderen ins Gespräch einbeziehen sollte. Robert schien viel zu aufgeregt, um eine Hilfe zu sein, und Marc hüllte sich bis auf den einen oder anderen zynischen Seitenhieb in grimmiges Schweigen. Als der letzte Teller abgetragen worden war – ich hatte die Spargelquiche ohne Beilagensalat gewählt, Sabin wäre stolz auf mich gewesen –, holte ich die Konzeptpapiere hervor und legte sie auf den Tisch.

„Wie wäre es, wenn wir jetzt das Dienstliche abhandeln?", fragte ich in die Runde und verteilte die Kopien. Robert nickte, offensichtlich erleichtert, nicht länger Leons Gesäusel anhören zu müssen, und Marc widmete sich bereits der ersten Seite.

Bevor ich weitere Erläuterungen abgeben konnte, ergriff Leon quer über den Tisch meine Hand. „Lassen wir die anderen Akten wälzen, während ich dich an die Bar entführe und du mir aus deinem Leben erzählst."

„Himmel, Leon!", polterte Marc. „Das ist ein Geschäftsessen und kein Speeddating!"

Leon ließ meine Hand los und zog die Augenbrauen hoch. Dann wandte Marc sich mir zu und deutete auf die Kopien in seiner Hand. „Kira, was bitte soll mir das hier sagen?"

Ich sah ihn verständnislos an. „Na, das ist das Konzept, auf den Folgeseiten unterteilt in die Einzelaufgaben mit den Dienstleistern und die Aufstellung, welche Informationen xTherm uns bis wann liefern muss, damit wir diesen Zeitplan einhalten können."

„Seit wann gehört *Brautschuhe aussuchen* oder *Blumenschmuck Kirche auf Allergie checken* zu unserem Konzept?"

Mir wurde kalt vor Schreck. Schnell riss ich Marc die Papiere aus der Hand und blätterte darin. Oh nein, hier waren die To-dos der Hochzeit aufgelistet. Die mussten irgendwie zwischen die Unterlagen geraten sein. Zum Glück befanden sich die Blätter für xTherm direkt dahinter. Ich nahm die obersten vier Zettel weg, legte sie vor mich auf den Tisch und reichte Marc den Rest mit einem verlegenen Lächeln zurück. „Entschuldige, das sind die To-dos für die Hochzeit meiner Schwester. Hat noch irgendjemand falsche Papiere?"

Allgemeines Kopfschütteln war die Antwort.

„Habe ich das richtig gesehen?" Marc nahm meine Hochzeitsliste erneut in die Hand und blätterte sie durch. „Du willst einhundert Aufgaben bis zum 21. Juni abarbeiten?"

„Das Meiste sind Kleinigkeiten – Strumpfband nicht vergessen und so was", wiegelte ich ab. „Einen guten Teil habe ich schon erledigt."

„Das machst du parallel zu unserem Innovationsprojekt?"

„Diese Hochzeit ist für meine Schwester sehr wichtig. Sonst hätte ich dafür nicht meinen Neuseelandurlaub abgesagt, weil ich …"

Marcs Blick ließ mich verstummen. „Du hast …"

„Eine Neuseelandreise abgesagt?", fiel Leon ihm ins Wort. „Für eine Hochzeitsorganisation? Welcher Teufel hat dich denn geritten?"

„Das frage ich mich auch gerade", meinte Marc. „Vor allem, weil ich einhundert To-dos auf der Hochzeitsliste und sechsundfünfzig To-dos auf der xTherm-Liste sehe. Das macht im Schnitt acht Aufgaben pro Tag. Ganz abgesehen von zahlreichen unplanbaren Komplikationen, die unter Garantie auf tauchen. Das ist selbst für den durchorganisiertesten Menschen eine Herausforderung."

„Er weiß, wovon er redet", scherzte Leon mit einem breiten Grinsen. „Damit meint er sich selbst."

„An der Bar ist mit Sicherheit ein Platz für dich frei, Leon", murrte Marc und vertiefte sich wieder in meine Listen.

Leon zuckte unbeeindruckt mit den Schultern, nahm seinen Whiskey Cola und stand auf. Er zwinkerte mir zu. „Du weißt, wo du mich findest, wenn es dir hier zu langweilig wird." Er schlenderte zur Bar hinüber.

„Macht Leon immer, was du willst?", fragte ich entrüstet.

„Er weiß eben, dass ich recht habe."

„Dann werde ich dir bei mindestens zwei Dingen beweisen, dass du unrecht hast: Es wird eine Bombenmesse für xTherm geben und eine Bombenhochzeit für meine Schwester."

„Tatsächlich?" Marc sah von den Zetteln auf. „Und du wirfst die Bomben?"

„Du weißt genau, wie ich das meine", fauchte ich ihn an. Seinen Bruder mochte er von oben herab behandeln – mich nicht!

„Dann sag mir doch noch mal: Wie viele Mitarbeiter hat eure Agentur?" Marc ließ mich nicht aus den Augen. Ich spähte zu Robert hinüber, der das Gesicht verzog. „Mit dir drei, stimmt's?"

Ich nickte mit zusammengebissenen Zähnen. Robert rutschte auf seinem Stuhl herum und machte endlich auch mal den Mund auf. „Wir haben noch einige freie Mitarbeiter, die ich für solche Fälle einsetze."

Marc schwieg. Ab wann war dieser Gaul eigentlich in die falsche Richtung galoppiert? Ich musste die Zügel herumreißen, und zwar sofort! „Dieses ganze Unken bringt doch nichts. Schließlich wollen wir uns auf die Möglichkeiten konzentrieren und nicht auf die Hindernisse. Das hat noch niemanden ans Ziel gebracht." Damit motivierte ich nicht nur mich selbst, sondern hoffentlich auch die anderen. „Deswegen sollten wir endlich mit dem Konzept anfangen. Sonst sitzen wir in einer Stunde noch hier."

Marc schüttelte mit zusammengezogenen Augenbrauen den Kopf und beugte sich vor. „Selbst diese Rechnung stimmt nicht: Wenn wir nur drei Minuten über jeden Punkt sprechen, brauchen wir zweieinhalb Stunden. Viel länger haben wir nicht, weil das Lokal in drei Stunden schließt."

Ich sah ihn entgeistert an. Das war doch krankhaft. Wann entspannte sich dieser Mann denn mal?

Nach unserem schlechten Start arbeiteten wir uns zügig durch die Seiten. Ich war erleichtert, dass Marc nur wenige Änderungen wünschte, die nicht mal schwierig umzusetzen waren. Robert, der sich vorher noch zurückgehalten hatte, beteiligte sich mehr und mehr an der Diskussion. Dann klingelte sein Handy. Er zog es hervor und zuckte zusammen.

„Entschuldigt mich", bat er und eilte hinaus. Ich hätte mein Erbe darauf verwettet, dass Jasmin dran war. Wenige Minuten später winkte Robert mich zu sich und fragte, ob ich den Rest allein hinkriegen könne, Jasmin habe Unterleibskrämpfe und höllische Angst, dass es die Wehen seien.

„Kein Problem", versicherte ich ihm, und er verabschiedete sich von Marc und Leon, der zurück zum Tisch kam und seinen Pullover von der Stuhllehne nahm.

„Nehmen Sie mich freundlicherweise mit?", bat er Robert. „Ich komme mir bei diesem ganzen Marketingkram schrecklich überflüssig vor, und an der Bar ist nichts los."

So saß ich fünf Minuten später mit Marc Albrecht im Separee und diskutierte über Plakatgrößen, Flyerinhalte und zeitlich noch machbare Werbemittel. Er hörte aufmerksam zu, hakte nach, wenn er Fachbegriffe nicht kannte, vertrat aber auch seine eigene Meinung und wurde immerhin etwas lockerer. Hin und wieder streute er sogar eine witzige Bemerkung ein. Irgendwie erinnerte es mich an unseren ersten gemeinsamen Nachmittag in seiner Bruchbude, als wir uns entgegen meiner Erwartungen ausgezeichnet verstanden hatten. Und doch hatte Marc sich seitdem dermaßen verändert, dass ich ihn kaum noch wiedererkannte.

Es war Mitternacht, bis wir endlich mit dem Konzept durch und als letzte Gäste übrig waren. Ein Kellner mit weißen Handschuhen deckte bereits die Nachbartische für das Frühstück der Hausgäste ein. Es stand nur noch ein ungeklärter Punkt auf meiner Liste: die Verhandlung um die Abschlagszahlung. Das war kniffeliger als alles andere, denn leider gehörten Geldverhandlungen nicht zu meinem Spezialgebiet. Ich wünschte mir Robert herbei, der darin vermutlich mehr Geschick gehabt hätte. Mit einem großen Schluck aus meinem Weinglas versuchte ich, mir Mut anzutrinken.

„Es geht mich ja nichts an, aber …" Marc lehnte sich entspannt zurück, doch seine Augen waren wachsam. „Warum lässt Robert dich hier zurück?"

Ich verschluckte mich und hustete, dass mir die Tränen kamen. Marc klopfte auf meinen Rücken, doch die Berührung machte es irgendwie nicht besser. Ich konzentrierte mich aufs Atmen. Und darauf, was ich anstelle der Wahrheit sagen konnte, um das Thema Hochzeit nicht wieder anzuheizen. Als ich wieder sprechen konnte, antwortete ich: „Er musste dringend weg. Seine Mutter."

„Ist sie krank?"

„Ja, ist sie, ganz furchtbar. Arme Frau." Tränenblind, weil es in meinem Hals kratzte, tastete ich nach der Serviette.

Plötzlich spürte ich Marcs Hand auf meiner Wange, wie er eine Träne fortwischte. Ich starrte ungläubig zu ihm hinüber. Eine weitere Träne löste sich, lief meine Wange hinunter, und mein Blick wurde klarer.

Er zog die Hand zurück. „Du weißt es wahrscheinlich nicht mehr, aber als du mir erzählt hast, dass es bei euch gerade nicht gut läuft, warst du sehr … traurig und verzweifelt."

„Oh." Mein Herz sank ungefähr auf die Höhe meiner Kniescheibe. Meinte er Ingo? Und was zur Hölle hatte ich alles sonst noch gesagt?

„Wohnst du deswegen bei deinen Eltern?"

„Ich arbeite in Düsseldorf, äh … habe gearbeitet, meine ich, bei einer Agentur und dann habe ich bei Robert angefangen.

Dieses Großstadtleben ist auf Dauer nichts für mich. So kam das mit meinen Eltern." Ich verkrampfte die Finger in meinem Schoß. Eine schlechte Lügnerin war ich dummerweise auch noch, aber Marc schien es nicht zu bemerken. Sein Daumen streichelte über meine Wange. Diese sanfte Berührung und der schwache Duft seines Parfums ließen die Rezeptoren in meinem von Alkohol umnebelten Gehirn kollabieren. Jede halbwegs intelligente Antwort schien wie ausgelöscht. Ich saß einfach nur da – wie das Kaninchen vor der Schlange.

„Was will eine Frau wie du mit so einem Versager?"

Was sollte ich dazu sagen? Ich wusste ja noch nicht mal, von wem genau er redete. Also zuckte ich nur mit den Schultern.

Marc seufzte und ließ seine Hand sinken. „Ich kann mir vorstellen, wie du dich fühlst", murmelte er.

Verlegen starrte ich auf die Tischdecke, dann räusperte ich mich. Du hast eine Mission, Kira! Schon vergessen? Reiß dich zusammen. Ich straffte die Schultern und sah ihn an. Marc hob die Augenbrauen, und sein Einsamer-Cowboy-Blick irritierte mich.

„Marc …", begann ich.

„Ja?"

„Noch mal wegen der Agentur. Ich muss dich was fragen."

Sein Gesichtsausdruck wurde neutral. „Dann mal los."

Mein Herz klopfte mir bis zum Hals. Das durfte keinesfalls schiefgehen. „Wir, Robert, er berechnet normalerweise Abschlagszahlungen. Also, wir hatten das so gedacht: ein Drittel nach Freigabe des Konzepts, ein Drittel bei Messebeginn und ein Drittel nach der Messe."

„Einverstanden, das ist üblich. Sonst noch etwas?"

„Nein, das war es. Puh!", sagte ich, erleichtert, dass es endlich raus war.

„Puh?" Er zog die Augenbrauen hoch.

„Puh … ist das spät geworden."

Der Kellner vom Nachbartisch sah auf. „Wenn Sie nichts dagegen hätten, würde ich Sie an die Bar bitten. Das Restaurant hat nun leider geschlossen, und ich möchte gerne Ihren

Tisch fertig machen. Aber die Bar ist so lange auf, wie es Ihnen beliebt."

Ich nickte zustimmend und räumte ebenso wie Marc meine Zettel zusammen. Dann erhob ich mich. Das war trotz der einen oder anderen Zitterpartie gar nicht schlecht gelaufen. Wir hatten die Freigabe, wir bekamen das Geld, und Marc schien letztendlich auf unserer Seite zu sein. Ein Sieg auf der ganzen Linie also. Trotzdem wollte sich tief in mir dieses Gefühl der Panik nicht legen – und das schlechte Gewissen. Wie oft hatte ich an diesem Abend eigentlich gelogen, geschummelt, abgewiegelt und mich rausgeredet? Dafür – nur so eine dunkle Ahnung – würde ich garantiert irgendwann die Quittung bekommen.

... immer noch Montag, 8. Juni – 23.57 Uhr

„Möchtest du an der Bar noch was trinken?", fragte Marc, als wir aus dem Separee traten.

Ich schüttelte den Kopf. „Ganz ehrlich? Ich bin zum Umfallen müde, weil ich heute schon früh in der Agentur war. Da siehst du mal, was wir für einen Einsatz zeigen, damit deine Produkteinführung ein Erfolg wird."

Er grinste mich an. „Ich bin wirklich beeindruckt."

Wir kamen zur Rezeption, hinter der uns ein junger Mann begrüßte. Marc bat um die Rechnung, und während der Rezeptionist auf der Computerkasse herumtippte, raunte Marc mir zu: „Dann bin ich wohl selbst daran schuld, dass unser Abend jetzt schon zu Ende geht."

Gerade wollte ich antworten, da legte der junge Mann die Rechnung, die in einem edlen Ledermäppchen steckte, auf die Theke. Ich kramte in meiner Handtasche nach der Geldbörse, doch dann fiel es mir wieder siedend heiß ein. „Shit!"

„Alles in Ordnung?" Marc klappte das Ledermäppchen zu, legte den Stift darauf und sah mich an.

„Nun ja, das ist ein bisschen peinlich. Robert hat offenbar noch meine Kreditkarte“, gestand ich. Weil das verräterisch klang, fügte ich schnell hinzu: „Beim letzten Shoppen … da habe ich sie ihm gegeben.“

„Wenn Frauen ihre Kreditkarten beim Shoppen freiwillig Männern aushändigen, nennt man das Sicherheitsverwahrung.“

Sehr witzig. Trotzdem musste ich jetzt das Essen bezahlen. Ich zog meine Geldbörse hervor, klappte sie auf und durchsuchte die Fächer. Wo war denn meine EC-Karte?

„Kira?“

Ja, gleich. So viel nutzloses Zeug bewahrte auch nur ich in einem Portemonnaie auf.

„Hallo!“ Marc legte seinen Finger unter mein Kinn und hob es an, bis ich ihm in die Augen sah. Ich stand wie erstarrt da. Nicht, dass es unangenehm war. Es war nur ziemlich unerwartet, dass er so spontan – ja, was überhaupt? – zeigte.

„Steck das weg.“ Mit seiner anderen Hand klappte er mein Portemonnaie wieder zu.

„Nein, nein, ich bezahle das.“ Vielleicht. „Das war eine Einladung der Agentur …“

Er ließ mich los, schüttelte den Kopf. „Was würde Herr Knigge sagen, wenn ich eine schöne Frau für ein Abendessen bezahlen lasse?“ Er drückte dem jungen Mann einen Geldschein in die Hand. „Schicken Sie mir die Rechnung bitte ins Büro.“

„Danke. Sehr gerne, Herr Albrecht. Dann darf ich Ihnen und Ihrer Begleitung noch eine gute Heimfahrt und eine geruhsame Nacht wünschen.“

„Dürfen Sie. Gute Nacht.“ Marc schob mich Richtung Tür.

„Ach, Marc?“, rief in diesem Moment eine Frauenstimme hinter uns. Ich drehte mich um und erblickte eine ultraschlanke Blondine mit herben, aber durchaus interessanten Gesichtszügen, die an der Rezeption auftauchte und Marc entgegenstrahlte.

„Sophia.“ Marc streckte die Hand nach ihr aus.

Sie umschloss sie mit beiden Händen, lehnte sich an ihn, reckte sich auf die Zehenspitzen und gab ihm einen Kuss auf den Mund. Im Gegensatz zu mir schien Marc kein bisschen überrascht.

„Schade, dass unsere Verabredung ins Wasser gefallen ist. Die liebe Arbeit. Auch ich bin den ganzen Abend nicht dazu gekommen, mit dir zu sprechen. Da wollte ich mich wenigstens verabschieden.“ Dann wandte sie sich mir zu mit einem Lächeln, das mich an eine Kobra erinnerte, die sich darauf freut, ein argloses Küken zu verspeisen. „Ich hoffe, Sie hatten einen schönen Aufenthalt bei uns. Danke auch für Ihren Besuch, beehren Sie uns bald wieder und gute Heimfahrt.“

Ich murmelte: „Danke, es war der perfekte Abend.“

Sie sah bereits wieder zu Marc, dessen Hand sie immer noch festhielt. „Wenn du gleich Zeit hast, dann lass uns noch telefonieren“, säuselte sie. „Ich hätte was Wichtiges mit dir zu besprechen.“

Marc nickte. „Bis später.“ Mit diesen Worten drehte er sich um und schob mich zur Tür hinaus.

Draußen umfingen uns Stille und Dunkelheit, nur von ein paar Wegleuchten unterbrochen. Nach dem Regenguss war die Nacht kühl und nebelig. Marc ergriff meine Hand, als wir die schlüpfrigen Steinstufen zum Torbogen hinunterstiegen und über das Kopfsteinpflaster, das in den vergangenen Jahrhunderten rund gelaufen worden war, den Hügel hinab in Richtung Parkplatz gingen.

„Marc Albrecht! Du hältst Händchen mit mir, dabei wartet kaum fünfzig Meter Luftlinie entfernt deine Freundin auf dich. Außerdem bin ich eine fast verheiratete Frau.“ Mit gespielter Entrüstung ließ ich seine Hand los und ging weiter. Da hatte ich vielleicht ein bisschen übertrieben: *Fast verheiratet* war eine sehr wohlwollende Interpretation meines Familienstandes, aber das band ich Marc garantiert nicht auf die Nase – falls er nicht schon längst von meiner Entlobung wusste und mich zum Besten hielt.

„Das Kopfsteinpflaster ist glatt“, protestierte er. „Soll ich riskieren, dass du dir das Genick brichst?“

Als er erneut meine Hand ergriff, erklärte ich: „So fürsorglich kenne ich dich gar nicht." Wieder stieg dieses Gefühl in mir hoch, als flatterten meine Nervenenden wie Bänder im Wind.

„Ich brauche dich unversehrt, damit du Tag und Nacht für mich arbeiten kannst."

„Und so selbstlos. Fast ein Heiliger."

„Genau. Sag das bitte mal den ganzen Leuten, die behaupten, ich sei ein egomanisches Ekel."

„Sorry, aber das bist du tatsächlich!"

„Du warst meine letzte Hoffnung."

„Es ist schon ein starkes Stück, dass ausgerechnet du Herrn Knigge zitierst. Der gute Mann dürfte sich im Grab herumdrehen."

Marc schnaubte belustigt. „Ich fürchte, der dreht sich nicht nur, sondern rotiert wie ein Bohrkern auf den Mittelpunkt der Erde zu."

Kichernd musterte ich Marc von der Seite. In manchen Augenblicken dieses Abends hatte ich den Jungen, den ich vor zwölf Jahren gekannt hatte, hinter der Fassade des Managers hervorblitzen sehen – wie ein Sonnenstrahl, der an einem grauen Tag durch die Wolkendecke bricht, nur um kurz darauf wieder zu verschwinden, die Wärme mitzunehmen und einen Fremden zurückzulassen.

„Ich rufe mir ein Taxi." Ich blieb stehen, um mich von Marc zu verabschieden, doch der dirigierte mich ein Stück weiter zu seinem Mercedes, der unter einer Laterne parkte.

„Mylady, Sie wollen doch nicht auf eine Fahrt im Sauerland-Express verzichten. Er startet in wenigen Sekunden." Marc betätigte den Türöffner, und der Wagen erwachte blinkend und piepsend zum Leben. Dann öffnete er die Beifahrertür für mich und verneigte sich gespielt unterwürfig. „Sei mein Gast."

Ich zögerte kurz, dachte dann aber an meine guten Vorsätze und stieg ein.

Als wir die Serpentinen ins Tal hinabfuhren, blitzten die Lichter der Stadt zwischen den Bäumen hindurch. Seine Freun din wäre sicher nicht begeistert, wenn sie wüsste, dass Marc mich auch noch nach Hause fuhr. Ich wollte sie lieber nicht noch einmal erwähnen, um keine Gegenfragen zu provozieren – und letzten Endes ging es mich auch nichts an.

Marc brach als Erster das Schweigen. „Bei unserer letzten Fahrt warst du gesprächiger, das muss ich schon feststellen."

„Du rückst ja nicht raus, was ich alles gesagt habe."

„Das bleibt mein Geheimnis. Ich verrate doch nicht das Highlight meiner Memoiren, in der alle Welt die Wahrheit über Kira Spatz erfährt."

Die Wahrheit konnte ich ihm wohl kaum erzählt haben, denn dann säße ich nicht hier. In leichtem Ton sagte ich: „Du bist ein wahrer Freund."

„Lieber den Spatz in der Hand als gar keinen Vogel." Er zwinkerte mir zu und amüsierte sich offensichtlich prächtig. „Apropos Freund. Gab es vor deinem Verlobten jemanden in Düsseldorf? Vielleicht der Grund, weswegen du damals dort hingezogen bist?"

„Das war wegen des Studiums." Um zu verhindern, dass er tiefer bohrte, ging ich lieber zum Gegenangriff über. „Und du? Große Pläne mit Sophia? Oder schon mal verheiratet gewesen, fünf Kinder und ein Hund?"

„Nein, keine Pläne. Kinder und Hunde haben sich bisher nicht in meine Nähe getraut. Selbst für Frauen hatte ich kaum Zeit."

„Erzähl mir jetzt nicht, dass du ein Klosterschüler geworden bist. Früher haben die Mädchen bei dir Schlange gestanden. Und was ich gerade erlebt habe, war ebenfalls eindeutig."

„Kein Klosterschüler, nein. Wer beruflich etwas erreichen will, muss Opfer bringen. Zweimal dachte ich, sie sei die Richtige, wurde aber eines Besseren belehrt. Beim zweiten Mal war ich sogar für drei Wochen verheiratet, doch dann wurde die Ehe annulliert. Ich Volltrottel bin in die Falle gelaufen und nur mit einem blauen Auge davongekommen, weil ich einen genialen Anwalt hatte." Er lachte unfroh.

„Wer war sie?"

„Ein skandinavisches Model, das in London wohnte und

arbeitete. Leon hat mich zum Feiern eingeladen, als wir zum ersten Mal die Millionengrenze überschritten hatten. Wir sind durch die Londoner Clubs gezogen, und dort habe ich sie kennengelernt. Sie war schön, gebildet und eine geschickte Rednerin, aber, wie ich erst zu spät herausfand, ebenso gefühllos und berechnend. Da sie mittlerweile zu alt zum Modeln war, suchte sie einen reichen Ehemann, der ihr Jetsetleben finanzierte. Direkt nach der Hochzeit erklärte sie mir, dass sie nicht die Absicht habe, zu mir nach Deutschland zu ziehen, geschweige denn, sich mit Kindern die Figur zu ruinieren. Nach dieser Eskapade habe ich das Kapitel Ehe für mich abgehakt. Sophia und ich pflegen nur eine lockere Dauerfreundschaft." Er machte eine kurze Pause.

Ich konnte mir gut vorstellen, dass Sex der Hauptbestandteil dieser lockeren Dauerfreundschaft war.

„Und du?" Er warf mir einen Seitenblick zu. „Hast du früher schon mal vor dem Traualtar gestanden?"

„Nein, in der Zeit vor meiner Verlobung gab es nur tragische Liebesgeschichten, bei denen ich sitzen gelassen wurde." Plötzlich sah ich Ingo vor mir, wie er mich liebevoll anlächelte, und mir stiegen Tränen in die Augen. Rasch konzentrierte ich mich auf die Schatten der Häuser, die an meinem Seitenfenster vorbeihuschten, und wischte mir verstohlen eine Träne aus dem Augenwinkel.

„Wer eine tolle Frau wie dich sitzen lässt, ist ein Idiot."

„Sagt der Idiot, der mich als Erster sitzen gelassen hat." Im gleichen Moment biss ich mir auf die Zunge.

„Das war nicht allein meine Schuld. Selbst wenn wir damals nicht zu meinem Onkel ans andere Ende der Welt gezogen wären, welche Chance hätten wir beide denn gehabt? Du warst die wohlbehütete Tochter des reichen Unternehmers und ich der Kleinkriminelle aus der verarmten Familie, mit der ihr seit Jahrzehnten Streit hattet. Wenn wir zusammengeblieben wären, hätte das einen noch größeren Skandal gegeben."

Vor meinem inneren Auge sah ich Paps mit hochrotem

Kopf und eine weinende Mutti. „Meine Eltern hätten mich achtkantig rausgeworfen."

„Meine Mutter mich auch, da kannst du Gift drauf nehmen."

„Dann hätten wir heimlich geheiratet, und ich hätte als Fünfzehnjährige mit Kellnern und Zeitungaustragen Geld verdienen müssen, bis ich ohne Schulabschluss schwanger geworden wäre."

Marc lachte auf. „Genau. Und ich hätte Autos gestohlen, um unseren Lebensunterhalt zu verdienen, oder Drogen vertickt."

„Du hättest dich in Nachtclubs herumgetrieben, während ich zu Hause bei unseren drei Kindern geblieben wäre. Wehe dir, wenn du dann heimgekommen wärst – ich hätte dir bestimmt vor Eifersucht die Augen ausgekratzt, bis du es nicht mehr mit mir ausgehalten hättest."

„Du meinst, wir wären jetzt nicht mehr miteinander verheiratet?"

„Niemals", beharrte ich.

Vor uns sprang die Ampel auf Rot. Marc bremste und ließ den Wagen bis zur Haltelinie rollen. Nur das leise Schnurren des Motors war noch zu hören.

„Aber es hätte auch ganz anders kommen können", sagte er in die Stille hinein und sah mich an. „Ich wäre dank meines Onkels den gleichen Weg gegangen – mit dir an meiner Seite. Vielleicht würden wir dann mit drei Kindern in einer tollen Villa leben und im Sommer in unser Haus nach Spanien fahren."

Wieder sah ich ein Bild vor meinem inneren Auge. Dieses Mal waren es Marc und ich mit drei wundervollen Kindern, die am Strand herumtobten. Ich schluckte erneut einen Kloß hinunter. Die Ampel schaltete auf Grün. Marc sah wieder nach vorne und fuhr los.

„Das glaube ich nicht", murmelte ich schließlich.

„Warum nicht?" Seine Stimme war leise und sanft. „Warum ist das weniger wahrscheinlich als deine Endzeitvision?"

„Keine Ahnung. Vielleicht, weil es mich dann traurig macht, dass es nicht so gekommen ist."

Marc sagte nichts mehr. Er fuhr jetzt langsamer und bog in die Straße ein, die zu meinem Elternhaus führte.

Ich räusperte mich. „Du kannst mich übrigens hier …"

„Rauslassen, ich weiß Bescheid." Er hielt am Straßenrand, wenige Meter vor unserer Auffahrt. Ich hatte schon die Hand am Türgriff.

„Kira." Seine Stimme hielt mich auf. Er schaltete den Motor aus und drehte sich zu mir. „Worüber ich mir ernsthafte Sorgen mache, ist diese Hochzeit deiner Schwester. Das scheint eine große Sache zu sein. Wie willst du neben der Agenturarbeit das alles noch schaffen, ohne einen Nervenzusammenbruch zu bekommen?"

Ich zuckte mit den Schultern und wollte gerade antworten, da legte Marc seinen Arm auf meine Lehne, sodass er meine Schulter berührte, und begann, mit einer Strähne meines Haares zu spielen. Ein Schauer lief über meinen Rücken.

„Das klappt schon", entgegnete ich trotzig.

„Es geht mich ja nichts an, doch vielleicht solltest du die Hochzeitsplanung lieber an einen Profi abgeben."

Wer sollte das denn bezahlen? Hatte er eine Ahnung, was allein diese Hochzeit kostete? Laut sagte ich: „Ja vielleicht, mal schauen."

„Als wir damals fortgezogen sind und auch danach … ich habe oft an dich gedacht. An die Dinge, die wir erlebt haben. Öfter, als du ahnst."

Ich schaute zu ihm auf. Ein versonnenes Lächeln umspielte seine Lippen.

„Du meinst so was wie dein Privatkino in der Buche?"

Er sah mich fragend an.

„Na ja, wir saßen doch oft auf dem Baum im Garten des Richters, der sich immer die neuesten Filme auf seiner Leinwand angesehen hat", fügte ich erklärend hinzu. „Das war mein erstes Mal *Titanic*."

Sein Gesicht hellte sich auf. „Richtig! Die Kinofilme ohne Ton – außer im Sommer, wenn er das Fenster seines Studios geöffnet hatte. Dann gab es das komplette Vergnügen."

„Ich habe eh nicht viel davon mitbekommen. Als ich den Film später noch mal gesehen habe, ist mir erst klargeworden, dass der Kahn am Ende wirklich untergeht."

„Dann scheine ich gut geküsst zu haben", erwiderte er lachend.

„*Das* habe ich nicht gesagt."

„Was soll denn sonst der Grund dafür gewesen sein? Ich könnte ja deine Erinnerung auffrischen, aber dein Verlobter hätte bestimmt was dagegen." Er ergriff meine Hand, führte sie an seinen Mund und berührte sie sanft mit den Lippen. Mein Herz hüpfte wie ein Flummi.

„Wo war ich stehen geblieben?", fragte er, nachdem er seine Lippen von meinem Handrücken gelöst hatte.

„Mein Verlobter?", sagte ich heiser und atmete zittrig aus.

„Ja, genau, er ist wirklich ein Glückspilz. Ich hoffe, er weiß zu schätzen, dass du etwas ganz Besonderes bist."

„Das … das hoffe ich auch", murmelte ich und fragte mich gleichzeitig, was jetzt wohl geschehen wäre, wenn er gewusst hätte, dass die Verlobung geplatzt war.

Marc seufzte kurz, ließ dann meine Hand los und lächelte mich an. „Wir beide haben ein schlechtes Timing."

Ich schluckte und öffnete die Tür. „Danke fürs Bringen. Wir sehen uns morgen."

„Gute Nacht."

Ich stieg aus und lief, ohne mich umzusehen, die Einfahrt hinauf. Am Haus angekommen versuchte ich, den Schlüssel ins Türschloss zu stecken, doch ich zitterte so sehr, dass ich die zweite Hand zu Hilfe nehmen musste. Und selbst als ich schon den Schlüssel im Schloss drehte, hörte ich hinter mir noch immer keinen Motor starten.

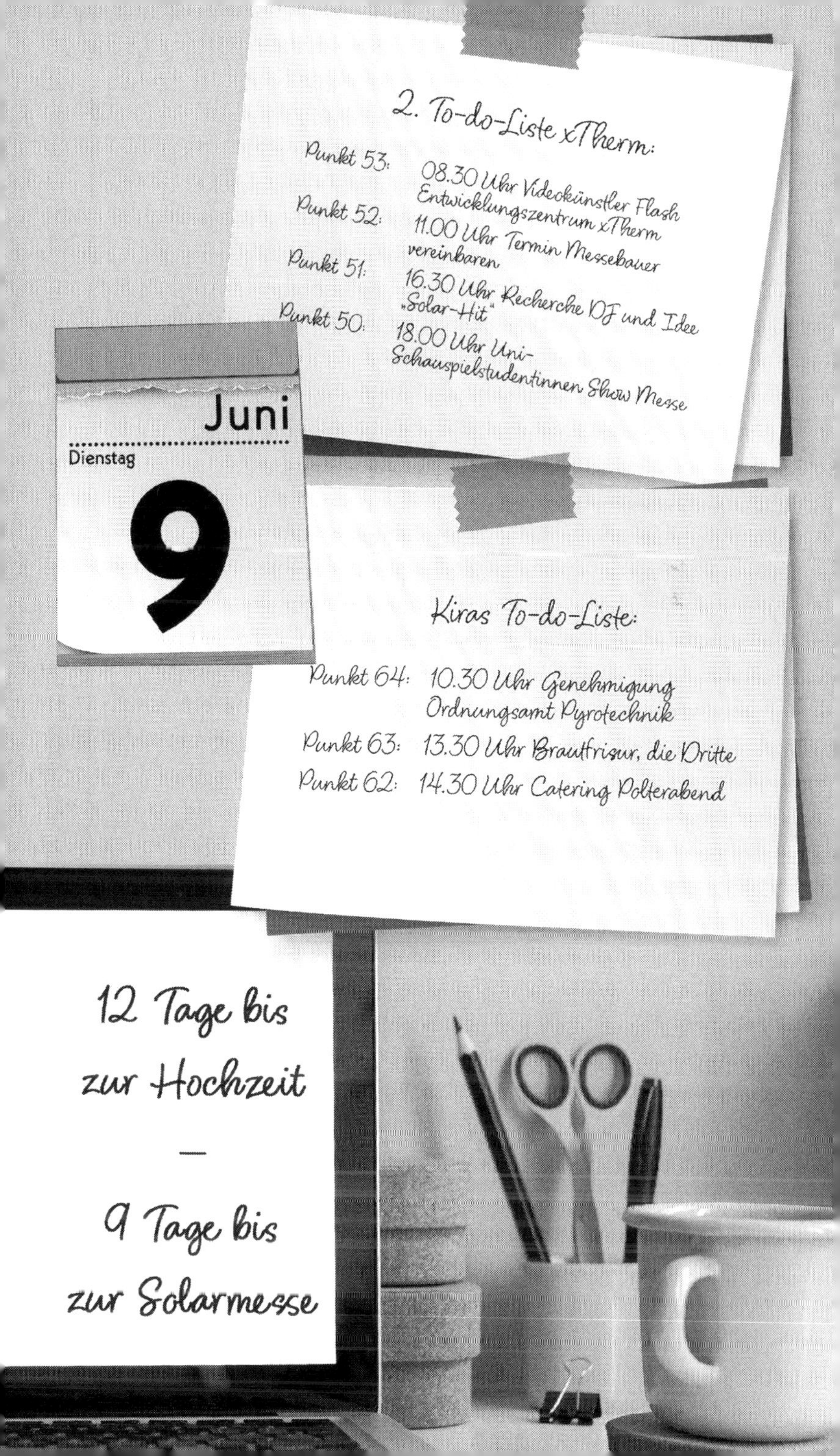
2. To-do-Liste xTherm:
Punkt 53: 08.30 Uhr Videokünstler Flash Entwicklungszentrum xTherm
Punkt 52: 11.00 Uhr Termin Messebauer vereinbaren
Punkt 51: 16.30 Uhr Recherche DJ und Idee „Solar-Hit"
Punkt 50: 18.00 Uhr Uni-Schauspielstudentinnen Show Messe
Juni
Dienstag
9
Kiras To-do-Liste:
Punkt 64: 10.30 Uhr Genehmigung Ordnungsamt Pyrotechnik
Punkt 63: 13.30 Uhr Brautfrisur, die Dritte
Punkt 62: 14.30 Uhr Catering Polterabend
12 Tage bis zur Hochzeit
–
9 Tage bis zur Solarmesse

Kapitel 9

Dienstag, 9. Juni – 9.25 Uhr

Ein energisches Klopfen riss mich aus dem Schlaf. „Kira, steh auf! Oder meinst du, du kannst dich ewig im Bett verstecken?“, rief Luisa durch die Zimmertür und hämmerte abermals dagegen. „Los jetzt! Du hast das Chaos schließlich angerichtet. Da kannst du auch dafür sorgen, dass das *Robert-liebt-mich-nicht-und-ich-hab-Migräne*-Geheul unserer Schwester endlich aufhört.“

Ich rappelte mich hoch, rieb mir die Augen und sah mich um. Es war taghell in meinem Schlafzimmer. Mit einem Schlag kehrte die Erinnerung an den gestrigen Abend zurück. Marc, die Rückfahrt, der Abschied! Seufzend sank ich wieder zurück in die Kissen, nur um gleich darauf erneut hochzuschießen. Der Videokünstler! Wie spät war es? Ich warf einen Blick auf meinen Wecker und stöhnte auf. Total verpennt! Ich musste zu Robert, und zwar sofort.

Eine Viertelstunde später hatte ich geduscht, die halb nassen Haare eilig hochgesteckt und mich angezogen. Luisa war verschwunden. Eigentlich hätte ich mich sofort hinters Steuer klemmen und losfahren müssen, aber ich wusste, dass Mutti mich bei lebendigem Leib grillen würde, wenn ich nicht vorher Bescheid gab.

Als ich das Wohnzimmer durchquerte, entdeckte ich Jasmin, die auf dem Sofa lag, ein Kühlkissen auf der Stirn. Sie sah wirklich elend aus, das Gesicht voller roter Flecken und knautschig wie ein Nacktmull. Da sie die Augen geschlossen und ich keine Zeit für Diskussionen hatte, stahl ich mich lautlos an ihr vorbei in die Küche. Dort hantierte Mutti an einem Kochtopf, aus dem Dampfschwaden aufstiegen. Ihre Laune war offenbar ebenfalls auf dem Siedepunkt.

„Vor zehn Minuten ist sie endlich eingeschlafen“, zischte sie mir zu. „Ich musste alle Termine auf morgen verschieben. Da werdet ihr euch ganz schön abstrampeln. Und dann kommt auch noch dieser furchtbare Pfaffe. Ach Kira, was hast du dir nur dabei gedacht? Musstest du ausgerechnet an ihrem Jahrestag mit Robert essen gehen? Du hättest mal hören sollen, wie hier anschließend die Fetzen geflogen sind. Das Ende vom Lied war, dass sie heute noch nicht mal frühstücken konnte vor lauter Migräne. Da hätte ich dir wirklich mehr Feingefühl zugetraut!"

Ich biss mir auf die Unterlippe. Schließlich konnte ich ihr schlecht erklären, dass dieser Abend für Robert, Jasmin und die Hochzeit lebenswichtig gewesen war. Sehnsuchtsvoll fiel mein Blick auf die gurgelnde Kaffeemaschine, und mein Magen gurgelte mit. Aber dafür war keine Zeit.

Außerdem wäre ich, wenn ich mir eine Tasse eingoss, Muttis Vorwürfen mindestens für weitere fünf Minuten ausgesetzt. Während ich noch überlegte, ob es sich nicht trotzdem lohnen könnte, surrte mein Handy. Es war eine weitere Nachricht von Robert, der fragte, ob ich noch lebte, weil der Termin schon vor über einer Stunde begonnen habe. Außerdem entdeckte ich eine Nachricht von Ingo, die ich aber ignorierte. Schnell schnappte ich mir einen Apfel aus der Obstschale.

„Hab noch was in der Agentur zu erledigen", murmelte ich und war zur Tür hinaus, bevor Mutti mich zurückhalten konnte.

„Ich muss zu Herrn Andresen. Robert Andresen!", erklärte ich nachdrücklich.

Mr Security verschränkte die Arme vor der Brust und sah auf mich herab. „Sie stehen nicht auf der Liste. Tut mir leid."

Was war das hier, das Pentagon?

„Jetzt stellen Sie sich nicht so an, Tom. Sie wissen doch genau, wer ich bin! Außerdem werde ich erwartet. Hier, lesen Sie selbst." Ich hielt ihm mein Handy mit Roberts letzter Nachricht unter die Nase. „Bei den Videoaufnahmen im Entwicklungszentrum. Wenn Sie mir nicht glauben, dann fragen Sie Ihren Chef!"

Der Koloss sah den Pförtner auffordernd an, und dieser nickte zögernd, tippte dann auf der Computertastatur herum und murmelte etwas in sein Headset. Allerdings konnte ich seine Worte durch die dicke Glaswand des Pförtnerhäuschens nicht verstehen.

„Soll hier warten", rief der Pförtner anschließend und widmete sich dann wieder seinem Bildschirm. Major Tom veränderte seine Position nicht, nur starrte er nun den Parkplatz böse an. Mit einem Blick auf meine Armbanduhr seufzte ich – kurz vor zehn Uhr. Wenn dieser Tag noch etwas besser werden wollte, könnte er so langsam mal damit anfangen.

Minuten später bog Marc um die Ecke. „Danke, Tom, ich übernehme." Er nickte seinem Securitymann zu, fasste mich am Ellbogen und führte mich zum Eingang.

Ich ging direkt auf Angriff. „Was ist eigentlich los? Wieso behandelt man mich wie einen Schwerverbrecher?"

Ohne eine Miene zu verziehen erklärte er: „Nicht wie einen Schwerverbrecher, nur wie einen nicht registrierten Besucher. Du bist fünfundachtzig Minuten zu spät. An deiner Pünktlichkeit solltest du dringend arbeiten."

Er bugsierte mich ins Gebäude, im Laufschritt vorbei an der Empfangstheke inklusive einer Dame mit Dauergrinsen.

„Wieso bin ich zu spät, wenn ich gar nicht auf der Besucherliste stand?"

„Du hast sehr wohl darauf gestanden, aber nur bis neun Uhr dreißig. Wenn jemand mehr als eine Stunde zu spät ist, löscht das System automatisch das Besuchsrecht."

„Normal ist das nicht, das ist dir schon klar, ja?"

Marc zog mich kommentarlos durch die Sicherheitsschleusen. Als er eigenmächtig eine Sperre zur Seite schob, schrillten Warnlampen los, was er nicht weiter beachtete. Dann bog er nach rechts ab in einen langen Gang, von dem Metalltüren abzweigten. Seine Hand lag auf meinem Rücken, und auch bei mir löste seine Berührung Alarm aus. Ich dachte zurück an unseren gestrigen Abend und bedauerte, dass von der gelösten Stimmung nichts mehr übrig war.

„Wieso bist du so sauer?", fragte ich vorsichtig nach. „Ist was passiert?"

„Nicht etwas – jemand ist passiert." Marc blieb vor einer zweiflügeligen Brandschutztür stehen und tippte auf dem Tastaturpanel daneben herum.

„Wieso? Ist der Videokünstler etwa nicht aufgetaucht?"

„Doch, im Gegensatz zu dir war er sogar pünktlich. Ich frage mich allerdings, wo ihr den Spinner ausgegraben habt."

„Höre ich da ein Vorurteil? Du hast nicht oft Kontakt zu großen Geistern, kann das sein?" Eins zu null für mich. Ich stolzierte durch die Flügel der Tür, die mit leisem Surren auseinanderfuhren.

Marc überholte mich mit wenigen Schritten, warf mir einen verkniffenen Blick zu und ging voran in eine riesige Produktionshalle. Glaswände, hinter denen sich verkabelte Anlagen befanden, teilten sie in Sektionen auf. Auf Förderbändern wurden irisierende Fotovoltaikplatten zwischen Produktionsanlagen hin- und hertransportiert, von Roboterarmen erfasst und in Automaten geschoben, aus denen blaues, gelbes und rötliches Licht strahlte. Dazwischen eilten Frauen und Männer in Schutzkleidung umher.

Wenn ich das hier mit der Produktion meines Arbeitgebers verglich, kam ich mir vor, als sei ich in die Voyager IV eingestiegen.

Wir näherten uns einem Bereich, in dem Fotografenstrahler, Reflexionsschirme und Kameras auf Stativen aufgebaut waren. Sie standen vor einer bestimmt drei Meter hohen Beschichtungsanlage, die sich wie eine Riesenschlange durch die gesamte Halle zog. Oder eher wie eine Riesenschlange im Tiefschlaf, denn nichts an ihr rührte sich. Ein Teil des Gehäuses war seitlich geöffnet und legte den Blick frei auf das verkabelte Innenleben und eine Art Laufband.

Leon näherte sich von der anderen Seite der Anlage. Wenn ich geglaubt hatte, dass Marc finster dreinblickte, dann schien die Miene seines Bruders den Weltuntergang anzukündigen.

„Ist dieser Kerl immer noch nicht fertig?", fragte Marc ihn.

„Was denkst du denn", knurrte Leon. „Mit viel Glück hat er vielleicht endlich die richtige Beleuchtung gefunden."

„Soll er sich ruhig Zeit lassen. So ein Produktionsstillstand kostet nur achttausend Euro pro Minute."

Wir gingen zu Robert hinüber. Der Mann neben ihm musste Flash sein, ein langhaariger, tätowierter Typ in Lederjacke, der mit seinen zerrissenen Hosen und dem zerknitterten Hemd eher wie jemand aussah, der gerade unter einer Brücke hervorgekrochen war. Aber was wusste ich schon vom Style eines Videokünstlers?

Flash hantierte mit einem Gerät herum, beugte sich in die Maschine, die einen Warnlaut von sich gab, und hielt einen blitzenden Gegenstand hinein, vermutlich den Lichtmesser.

„Was machen Sie da?", rief Leon. „Die Sensoren der Maschine sind empfindlich. Da können Sie nicht einfach einen Blitz reinhalten!"

„Okay, okay", beschwichtigte Flash, zuckte mit den Schultern und betrachtete den Gegenstand in seiner Hand. Dann ging hinüber zu seiner Kamera, fummelte daran herum, prüfte etwas auf dem Display und schüttelte den Kopf. Woraufhin alles wieder von vorne anfing.

Marc rieb sich mit der Hand über das Gesicht und zischte Leon und mir zu: „Dieser Kerl ist so lahmarschig, der treibt mich in den Wahnsinn."

Ich nahm ihn in Schutz: „Ein echter Profi braucht eben Zeit für seinen genialen Wurf." Ehrlich gesagt konnte ich mich nicht mal erinnern, woher dieser Flash kam und wer ihn engagiert hatte.

„Uns läuft die Zeit davon. Wir müssen produzieren. Da können wir nicht den ganzen Tag mit einem Filmfuzzi verplempern!"

„Wir sind bald fertig", versprach Robert.

„Tja, nur ohne Licht wird das matschig", sagte Flash mit der Geschwindigkeit einer Galapagos-Schildkröte und kratzte sich am Kopf. „Kann ich die Strahler echt nicht da reinleuchten lassen?"

„Nein", wehrte Leon ab. „Das wollten Sie doch über die lange Belichtungszeit regeln."

„Muss ich noch mal testen." Mit seinem Schlafzimmerblick sah der Kerl Marc und Leon an. Die starrten finster zurück.

Robert nahm mich offenbar jetzt erst wahr. Jedenfalls kam er auf mich zu und tätschelte erleichtert meine Hand, bevor er sich an Marc und Leon wandte. „Wir sollten Aufnahmen bei laufender Anlage machen."

Marc gab einen knurrenden Laut von sich.

„Wir beeilen uns dieses Mal", fügte Robert hinzu.

„Produzieren ohne Abdeckung. Wenn der Meister das mitkriegt, kann ich mir einen anhören", schimpfte Leon vor sich hin. „Der dreht eh schon durch, weil er die zweite Linie nicht ans Laufen kriegt."

„Ja, jeder hat sein Päckchen zu tragen …", sinnierte Flash. „Wissen Sie, ich meine, man kann das auch alles schneller machen, aber dann wird es halt Kacke. Sie entscheiden."

„Eben!", bestätigte ich Flashs Worte.

„Vielleicht sollte ich noch mal klarstellen, dass der Film für die Messe unheimlich wichtig ist", warf Robert ein. „Der muss perfekt werden."

„Genau", hakte ich ein und wandte mich Marc zu. „Professionelle Arbeit für professionelle Präsentationen."

Marcs Blick lag auf mir. Seine Lippen waren ein einziger schmaler Strich. „In Gottes Namen, von mir aus", sagte er schließlich. „Aber wehe, jemand beschädigt die Anlage oder dieser ganze Aufwand lohnt sich am Ende nicht. Dann geht ihr alle bankrott und eure Haftpflichtversicherungen ebenfalls."

„Jo, wird schon passen", meinte Flash. „Hab zwar noch nie so'n Produktfilm gemacht – drehe eher so hobbymäßig und auch nur Aktfilme, aber so 'ne Maschine is auch nix anderes als ein Strip."

Hobbymäßig? Striptease? Mir wurde ziemlich warm, und ich sah Robert an, dass es ihm ähnlich erging.

„So, Kira, das ist also der große Geist mit dem genialen Wurf? Rausschmeißen sollte ich euch, wenn ich nur eine Alternative hätte", knurrte Marc. „Ich weiche diesem Kerl nicht von der Seite, bis er fertig ist."

Dreißig nervenaufreibende Minuten später verließ Flash an Marcs Seite die Produktionshalle. Robert und ich machten uns ebenfalls aus dem Staub. Wir brauchten kein weiteres zu Wort sagen. Denn wir beide wussten, was Marc mit uns machen würde, sollte Flashs Film für die Tonne sein.

… immer noch Dienstag, 9. Juni – 14.30 Uhr

Als Robert und ich später in der Agentur Nick von Flash erzählten, bog er sich vor Lachen auf seinem Stuhl. Er erklärte, dass Flash ein Kollege aus einer befreundeten WG sei, der überlegte, ob er sich als Aktfotograf und Filmproduzent selbstständig machen sollte. Weil dessen Kollegen von seinen großen Erfolgen berichtet und wir keine professionelle Alternative gefunden hatten, hatte Nick ihn kurzerhand für die Agentur angeheuert. Robert war etwas verstimmt darüber und redete Nick ins Gewissen, sich darum zu kümmern, dass dieser Job nicht ins Wasser fiel. Der beteuerte, dass er Flash bei der Fertigstellung des Filmes tatkräftig unterstützen werde.

Damit hakten wir diesen Punkt zunächst ab, denn das war bei Weitem nicht unsere einzige Sorge. Ich widmete mich der ellenlangen Liste an Aufgaben, die ich gestern beim Abendessen mit Marc abgestimmt hatte. Gemeinsam mit Robert und Nick standen wir am Grafikertisch in der Mitte des Raumes, teilten die nächsten To-dos unter uns auf und erfassten auf einer Zeitachse, was bis wann fertig sein musste.

Nicks Blick wanderte immer wieder über seine Notizen. Er seufzte tief. „Das ist echt heftig." Robert sagte nichts, atmete allerdings ziemlich laut aus.

„Leute, mal nicht so pessimistisch", versuchte ich, die beiden aufzumuntern. „Wenn wir nicht daran glauben, wer denn dann? Wir müssen gerade Marc gegenüber nur so vor Überzeugung sprühen. Mir ist auch klar, dass wir ein kleines Wunder vollbringen müssen, aber die Rettung der Agentur sollte Belohnung genug sein, oder?"

Beide nickten.

„Also dann: ran wie ein Mann!", rief ich optimistischer, als ich mich fühlte, und wir gingen zu unseren Arbeitsplätzen.

In den nächsten Stunden machten wir gewaltige Fortschritte. Nick war ein begnadeter Grafiker, seine ersten Entwürfe des Slogans und des Flyers entlockten uns Begeisterungsrufe. Ich telefonierte mit den Dienstleistern, bis mir die Ohren glühten, und angelockt vom renommierten Namen des Auftraggebers ließen sich auch alle auf kurzfristige Termine ein. Also verschickte ich reihenweise E-Mails, gab die Infos an die Kollegen weiter und bekam währenddessen mindestens die gleiche Menge zum Beantworten zurück.

Irgendwann fiel mir auf, dass ich im Prinzip Roberts Rolle übernommen hatte. Offenbar fehlte es ihm – in Gesprächen mit Marc wie auch hier in der Agentur – an Führungsqualitäten, denn er sagte weder Nick noch mir, was zu tun war, arbeitete allerdings mit Vollgas an seinen Aufgaben.

Mir ging langsam auf, dass darin generell Roberts Problem lag: Er war einfach kein Chef, dafür aber ein toller Kollege, der sich für nichts zu schade war. Vermutlich war die Agentur deshalb an den Punkt geraten, an dem sie nun stand. Doch darüber konnte ich später nachdenken. Jetzt hatten wir erst einmal eine Mission zu erfüllen. Während der Arbeit flogen Bemerkungen hin und her, die Atmosphäre war energiegeladen, aber trotzdem eigenartig entspannt; wir lachten viel und arbeiteten noch mehr.

Gegen Abend, nachdem ich mir einen weiteren Kaffee eingeschenkt hatte, lehnte ich erschöpft an der Theke und ließ meinen Blick durch den Raum und über die beiden in ihre Arbeit vertieften Männer schweifen. Mit einem Mal wurde mir klar, welch unglaublichen Spaß mir die letzten Stunden gemacht hatten – viel mehr, als es bei Grandial jemals der Fall gewesen war, auch wenn ich meine Arbeit dort wirklich mochte.

Ich unterdrückte ein Gähnen und setzte mich wieder an

den Schreibtisch, um die Inhalte der neuen Internetseite vorzubereiten und danach die Verlosung zur Messe zu bearbeiten. Das plötzliche Schrillen der Türklingel ließ mich zusammenfahren. Nick und Robert sahen überrascht hinter ihren Bildschirmen hervor. Schließlich stand Robert auf und ging zur Tür. Ich hörte Stimmen, und dann kam Robert mit Pizzakartons auf dem Arm in den Raum, gefolgt von Marc. Sie steuerten an mir vorbei auf den Grafikertisch zu.

Nick sprang auf und ging zu ihnen; sein Nasenpiercing wackelte, als er über die Kartons gebeugt schnupperte.

„Margarita, Salame, Tonno und Prosciutto." Marc klappte die Deckel auf. „Ich hoffe, es ist für jeden etwas dabei."

„Das ist eine wunderbare Idee. Vielen Dank, Marc." Robert kam mit einem Stapel Teller und Servietten aus der Küchennische zurück.

„Ich wollte nur sichergehen, dass alle bei Kräften bleiben. In den nächsten zwei Tagen bin ich auf Geschäftsreise und daher nur telefonisch oder per Mail erreichbar. Aber ich würde gerne weiter auf dem Laufenden bleiben. Vielleicht gibt es ja heute Abend noch etwas abzuklären. Übermorgen Abend schaue ich auf der Rückreise wieder rein." Die anderen nickten zustimmend. Marcs Blick blieb an mir hängen. „Keinen Hunger, Kira?"

„Danke, ich mache lieber weiter", gab ich zurück und blieb an meinem Schreibtisch sitzen. Verführerische Gerüche wehten zu mir herüber, und ich hatte tatsächlich heute kaum etwas gegessen, aber ich traute Marcs Freundlichkeit nicht, gerade, nachdem er heute wieder gezeigt hatte, wie schnell sie umschlagen konnte. Robert und Nick, beide mit vollem Mund, zuckten verständnislos mit den Schultern. Marc hingegen schien meine Reaktion zu verstehen, wenn ich seinen Gesichtsausdruck richtig deutete.

Ich fixierte meinen Bildschirm und arbeitete weiter, wenn auch mit weitaus weniger Konzentration, denn ich war mir sicher, dass ich beobachtet wurde, obwohl sich die Männer scheinbar angeregt unterhielten. Mein Magen protestierte knurrend, aber ich ließ mich nicht beirren, weder von dem einen noch dem anderen.

Aus dem Augenwinkel nahm ich eine Bewegung auf meinem Schreibtisch wahr. Ein Teller mit zwei Stückchen Pizza wurde langsam über die Tischplatte auf mich zu geschoben. Ich ignorierte ihn.

„Die kleine Kira sieht aus, als hätte sie heute noch nichts gegessen und viel zu viel Kaffee getrunken", sagte Marcs Stimme neben mir.

„Schon möglich, aber das braucht dich nicht zu interessieren. Wir arbeiten für dich und veranstalten kein betreutes Wohnen."

„Autsch. Ich reiche dir den Ölzweig, und du trampelst darauf herum. Das ist aber nicht nett."

„Mir wäre es eben lieber, mit professionellen Kunden zu arbeiten, die sich an ihre Absprachen halten und ihre Meinung nicht schneller ändern als Lady Gaga die Haarfarbe. Schließlich war von vornherein abgesprochen gewesen, dass Flash in der Produktion filmt. Wenn dir unsere Wahl nicht passt, dann musst du eben selber das Personal beschaffen."

„Ich gebe zu, dieser Flash hat mich echt zur Weißglut gebracht. In der Produktion häufen sich derzeit die Probleme, und da war er heute das i-Tüpfelchen. Ich gelobe Besserung, versprochen."

„Wir werden sehen, ob du damit recht hast."

„Recht hab ich am liebsten."

Ich drehte mich halb um und sah zu Marc hinauf, der auf der Kante des Schreibtisches saß. „Bilde dir bloß nicht ein, dass du der große Retter dieser Agentur bist. *Wir* retten nämlich *deinen* Hintern mit dieser megaeiligen Produkteinführung, die kein anderer machen wollte, mein Lieber!"

„Meinen Hintern würde ich mir von niemand anderem lieber retten lassen als von dir."

„Jetzt werde nicht anzüglich."

„Ich? Du hast schließlich mit meinem Hintern angefangen."

„Darf ich die freudschen Diskussionen kurz unterbrechen?", fragte Robert und wandte sich an Marc. „Wir müssen uns noch über die Messepromotion unterhalten. Ich habe einige interessante Angebote bekommen, die sich noch bis Messebeginn umsetzen lassen. Wenn Sie einen Moment Zeit hätten …"

Marc nickte. „Ich komme sofort."

Robert drehte sich um, schnappte sich noch ein Stück Pizza und ließ sich hinter seinem Bildschirm auf den Stuhl plumpsen.

„Also, was meinst du? Frieden?" Marc sah auf mich herunter.

„Von mir aus." Obwohl ich cool bleiben wollte, konnte ich mir ein Grinsen nicht verkneifen.

Marc grinste zurück, stand auf und ging hinüber zu Robert und Nick, die über dem Bildschirm hingen und diskutierten.

„Meinen Hintern würde ich mir von niemand anderem lieber retten lassen! So was muss ich mir anhören", murmelte ich vor mich hin, biss in ein Stück Pizza und kümmerte mich nicht mehr um die Männer am anderen Ende des Raumes.

Mein Vorsatz hielt nicht lange an, denn das Gelächter aus der Männer-Ecke wurde immer lauter, und der eine oder andere frauenfeindliche Kommentar streifte meine Ohren. Was machten die da eigentlich? Wieder schrillte die Türklingel, doch niemand kümmerte sich darum.

„Da ist jemand an der Tür!", rief ich genervt, aber als keiner der Herren geneigt schien, aufzustehen, erhob ich mich seufzend und ging nachsehen. Draußen stand Jasmin.

„Er ist noch hier, richtig? Mit dir! Ich bekomme keine Antwort von ihm. Keine Info. Nichts!", rief sie und bedachte mich mit einem Blick, als wolle sie mich im nächsten Augenblick töten. „Was denkt ihr euch eigentlich dabei, Tag und Nacht miteinander zu verbringen? Schämst du dich nicht? Ein Wunder, dass du angezogen bist!"

„Jetzt komm mal wieder runter, Jasmin! Wir arbeiten an einem eiligen Projekt, das habe ich dir schon hundertmal gesagt." Sie machte Anstalten, sich an mir vorbeizudrängen, aber ich war schneller und hielt sie zurück. „Wag es nicht, hier eine Szene abzuziehen! Der Kunde ist noch da."

„Um diese Uhrzeit? Du willst mich doch verarschen!"

„Warte hier. Ich hole Robert, und ihr klärt das unter euch.

Oder möchtest du ihm ein lukratives Geschäft kaputtmachen und den Kunden vergraulen? Dann bestell direkt schon mal das Brautkleid ab."

Wir taxierten uns auf Augenhöhe, und Jasmin schien meine Ansage zu akzeptieren, wenn auch mit Sauertopfmiene und vorgeschobenem Unterkiefer.

Schon war ich um die Ecke verschwunden und betete darum, dass Jasmin mir nicht einfach folgte – was ich ihr durchaus zugetraut hätte. Ich trat zu den Männern, die vor Nicks Riesenbildschirm saßen und sich halb nackte Frauen ansahen, wobei sie mit unanständigen Kommentaren nicht sparten.

„Robert!", bellte ich in die Runde.

Erschrocken drehten sich alle zu mir herum. Betretenes Schweigen folgte, dann räusperte sich Robert: „Wir begutachten nur ein paar Models für die Solarbikini-Modenschau."

„Ich sehe und höre sehr wohl, was ihr hier macht", fauchte ich ihn an. „Kommst du bitte mal?" Meine Stimme war eine Oktave höher als sonst, und ich hoffte, dass die Panik darin nicht zu hören war. Wenn Jasmin mitbekam, wer hier bei Robert saß, und dann eins und eins zusammenzählte, war alles aus.

„Ist was passiert?", fragte Robert sichtlich besorgt. Ich schüttelte den Kopf, bedeutete ihm aber gleichzeitig mit einer Geste, dass er dringend mit mir hinauskommen müsse.

„Das riecht nach Ärger", murmelte Marc ihm zu. „Ich würde die Lady nicht warten lassen. Das macht es meistens nur noch schlimmer." Meinte er etwa mich? Oder hatte er Jasmins Stimme gehört?

Robert stand eilig auf und ging an mir vorbei. Ich folgte ihm hinaus. Kaum war ich ein paar Schritte durch den Flur gegangen, da hörte ich schon Robert flüstern: „Jasmin, bitte, du darfst dich nicht so aufregen!" Ich fasste die beiden am Arm und manövrierte sie zur Tür hinaus, die ich bis auf einen Spalt hinter uns zuzog.

„Nein, lass mich!", keifte Jasmin und versuchte, mich abzuschütteln. „Denkt ihr eigentlich, dass ihr mich für dumm verkaufen könnt?"

„Du musst an deine Gesundheit denken, Schatz. An unser Baby. Du siehst Gespenster."

„Robert begleitet dich am besten nach Hause", schlug ich vor. „Ich denke, ihr beide habt einiges zu bereden." An Robert gewandt fügte ich hinzu: „Ich mache das hier zu Ende."

Immer noch wutentbrannt drehte Jasmin sich um und stapfte zu ihrem Auto hinüber. Robert nickte resigniert und folgte ihr.

Als ich in die Agentur zurückkam, hatte Marc sich ebenfalls erhoben und wollte sich verabschieden. Ich hielt ihn so lange auf, bis ich sicher sein konnte, dass Jasmin und Robert bereits fort waren. Wieder einmal war ich mit knapper Not entkommen, doch wie oft konnte mir das noch gelingen?

Kiras To-do-Liste:
Terminmarathon
Punkt 61: 10.30 Uhr Pfarrer, die Zweite
Punkt 60: 13.30 Uhr Kirchendeko Küster (Barbara)
Punkt 59: 13.45 Uhr Zeltverleih Polterabend (Mutti)
Punkt 58: 14.00 Uhr Kutsche (ich)
Punkt 57: 15.00 Uhr Getränkelieferant Polterabend (Paps)
Punkt 56: 15.15 Uhr neuer Blumenschmuck (Barbara)
Punkt 55: 15.30 Uhr Parkplätze & Schilder (Mutti)
Punkt 54: 16.00 Uhr Pyrotechniker Hochzeit (ich)
2. To-do-Liste xTherm:
ab 16.30 Uhr
Punkt 49: Moderator recherchieren
Punkt 48: Online-Werbepaket schnüren
Punkt 47: Werbemittel & Give aways bestellen
Punkt 46 Pressemappe zusammenstellen
Punkt 45: erstes Vor-Messe-Mailing an xTherm-Kunden
Mittwoch
Juni
10
11 Tage bis zur Hochzeit
—
8 Tage bis zur Solarmesse

Kapitel 10

Mittwoch, 10. Juni – 10.15 Uhr

SABIN:
Hat Ingo sich bei dir gemeldet? Er bereut den ekstatischen Exkurs und möchte seine Kira wiederhaben.

ICH:
Das kann er sich so was von abschminken.

SABIN:
Recht so! Und wie steht's mit dem täglichen Rapport aus Katastrophenhausen?

ICH:
Melde gehorsamst: Situation kritisch, Feind in Lauerstellung.

SABIN:
Was soll das heißen?

ICH:
Kann ich unmöglich alles hier reinschreiben. Das Netz bricht sonst zusammen. Kurzfassung: Hier geht's drunter und drüber.

SABIN:
Nicht dass am Ende Jasmin im Brautkleid auf der Messe steht.

ICH:
Und Marc mit Robert im Solarbikini vor dem Traualtar..

SABIN:
Und der Pfarrer macht einen Strip auf dem Laufsteg.

ICH:
Es ist ja vieles möglich, aber DAS nicht. Er kommt übrigens jeden Moment.

SABIN:
Wer? Marc, Robert, der Pfarrer oder der Solarbikini?

ICH:
Dieser Pfarrer. Ich hoffe, er läuft heute in der Spur. Sonst kann er die Hölle auf Erden erleben.

SABIN:
Kira? Bist du das?

ICH:
Wer sonst? Wieso fragst du?

SABIN:
So angriffslustig kenne ich dich gar nicht. Aber das ist gut! Weitermachen!!!!!

ICH:
Ich laufe gerade erst warm.

SABIN:
Uuuhhhh, was würde ich gerne Mäuschen spielen. Pack die Sau am Pürzel!

ICH:
Ich werde berichten.

SABIN:
Und ich kann's kaum erwarten. Horrido und Waidmannsheil!

ICH:
Waidmannsdank.

Ich steckte das Handy in meine Jeans und spähte aus dem Fenster. Da stand bereits ein unbekanntes Auto in unserer Einfahrt. Also war Pastor Wiebke schon eingetroffen. Ich stürmte die Treppe hinunter, bremste aber kurz vor der Tür zum Esszimmer ab, straffte die Schultern und betrat den Raum mit größtmöglicher Würde – schließlich musste ich Autorität ausstrahlen.

Es empfingen mich fünf Augenpaare. Robert war definitiv erleichtert, mich zu sehen, Mutti und Paps schauten vorwurfsvoll und ernst, der Pfarrer misstrauisch, und Jasmin ignorierte mich und starrte mit rot geränderten Augen auf die Blumenvase in der Mitte des Tisches. Das sah nicht danach aus, als habe sie mit Robert Frieden geschlossen. Niemand sagte ein Wort.

Mit einem knappen *Hallo* ließ ich mich auf dem einzigen freien Platz am Esstisch nieder, der sich ausgerechnet neben Robert befand, was mir wiederum böse Blicke von Jasmin einbrachte.

Der Pfarrer holte Luft, aber bevor er loslegen konnte, meinte Paps plötzlich: „Herr Pastor, sagen Sie mal, besteht die Möglichkeit, am Tage der Hochzeit die Familienflagge vor der Kirche zu hissen?"

Ich verdrehte die Augen. Hatten wir denn keine anderen Sorgen?

„Ich müsste das mit dem Kirchenvorstand und dem Dekan klären, ob wir da was machen können."

Paps nickte.

Pastor Wiebke räusperte sich und sah in die Runde. „Da wir nun vollständig anwesend sind", sein Blick traf mich, „können wir endlich beginnen. Zunächst möchte ich beteuern, wie sehr ich – und auch mein Hund – die Ereignisse unseres letzten Treffens bedauern. Weil wir aber bei dieser Eheschließung keine weitere Zeit vergeuden sollten, lassen Sie uns gleich zum Wesentlichen kommen. Ihre Daten habe ich bereits, aber damit ich auch die richtigen Worte während der Zeremonie wählen kann, sollten Sie mir etwas von sich erzählen. Herr Andresen und Frau Spatz, wann und wie haben Sie sich kennengelernt?"

Robert sah zu Jasmin hinüber. „Schatz, willst du?"

Sie ignorierte auch ihn.

„Jasmin, bitte!", tadelte Paps und legte seine Hand auf die ihre.

Meine Schwester hob theatralisch das Kinn. „Wie ihr wollt. Also, der Bräutigam war ein Bekannter meiner Schwester Kira." Sie spie das Wort Bräutigam und meinen Namen förmlich aus. „Jedenfalls habe ich sofort gewusst, dass er der Richtige für mich ist. Leider hat Robert das offenbar anders gesehen, denn er wollte mich auch dann nicht heiraten, als ich unverhofft schwanger wurde. Erst vor Kurzem hat er mir einen Heiratsantrag gemacht. Nur jetzt, wo meine Schwester sich so rührend um ihn kümmert, bin ich unwichtig geworden. Auch wenn alle mir immer erzählen, dass ich mir das nur einbilde, weiß ich, dass die beiden etwas verheimlichen."

„Ach was, Kind!" Mutti tätschelte Jasmin, nicht ohne mich mit einem Seitenblick zu erdolchen.

„Das darf doch nicht wahr sein!", wetterte Paps. „Was für ein Durcheinander ist das jetzt wieder?"

Robert schien in einer Schockstarre zu verharren, und der Pastor schaute irritiert von einem zum anderen. „Ja, wenn das so ist …"

„Nein, das ist nicht so!", rief ich.

„Du bist jetzt besser still", warf Mutti ein.

„Ich habe doch immer nur getan, was ihr wolltet."

„Wir wollten garantiert nicht, dass du deiner Schwester den Mann ausspannst."

„Vielleicht sollten Sie das erst einmal in Ruhe untereinander klären." Pastor Wiebke stand auf.

„Sie bleiben hier!", fuhr ich ihn an.

Er sank mit großen Augen zurück auf seinen Stuhl. Ich holte tief Luft, um mich zu beruhigen. „Das alles ist ein Missverständnis", erklärte ich mit fester Stimme. „Ich helfe Robert bei einem wichtigen Auftrag in der Agentur. Wir sind wirklich nur Freunde. Dass ihr mir etwas anderes überhaupt zutraut, wäre Grund genug, nie wieder ein Wort mit euch zu reden!“

„Genau so ist es!“, rief Robert entschlossen.

„Er soll es schwören!“, schluchzte Jasmin.

„Das ist doch lächerlich!“ Robert verschränkte die Arme vor der Brust.

„Seht ihr?“, jammerte Jasmin, aber niemand beachtete sie mehr.

Alle Augen waren auf Robert gerichtet, der auf einmal etwas sehr Unheilvolles ausstrahlte.

„Ist dir eigentlich aufgefallen, Jasmin, dass deine Schwester der einzige Mensch an diesem Tisch ist, dem andere wichtiger sind als sie selbst?“ Robert sprang so abrupt auf, dass sein Stuhl nach hinten fiel und auf den Boden polterte. Mit beiden Armen auf die Tischplatte gestützt lehnte er sich zu ihr hinüber, und es kam mir so vor, als spräche er nur für Jasmin, die ihn anstarrte: „Ich habe es satt, mich ständig rechtfertigen zu müssen, auch wenn ich nichts anderes tue, als unsere Existenz zu sichern. Das habe ich dir bereits gestern Abend erklärt und vorgestern und jeden Tag der letzten Woche, aber du fängst immer und immer wieder davon an und forderst einen idiotischen Liebesbeweis nach dem nächsten. Entweder du bekommst deine Eifersucht in den Griff, oder du suchst dir einen anderen, der dich heiratet.“ Er drehte sich abrupt um, stürmte zur Tür hinaus und knallte sie hinter sich zu, dass das ganze Haus wackelte.

„Nein! Nein!“, japste Jasmin wie ein Fisch auf dem Trockenen.

„Das war aber jetzt nicht meine Schuld“, erklärte Pastor Wiebke.

Ich seufzte abgrundtief und ließ meinen Kopf auf die Tischplatte sinken.

… immer noch Mittwoch, 10. Juni – 13.55 Uhr

Lächele, Kira, es könnte schlimmer kommen. Ich lächelte, und es kam schlimmer. Das war zwar schwer vorstellbar, aber der Terminmarathon, der mir statt mit Jasmin nun mit Mutti und Roberts Mutter Barbara bevorstand, konnte das katastrophale Traugespräch noch toppen.

Nachdem wir mit vereinten Kräften, aber vergebens versucht hatten, Jasmin zu beruhigen, war der Arzt gekommen und hatte ihr strikte Bettruhe verordnet. Während ich noch rätselte, ob und wie die ganze Sache weitergehen sollte, bestanden Mutti und auch Barbara, die kurzerhand von Robert alarmiert worden war, darauf, dass wir unbeirrt nach Plan vorgehen sollten.

So einig hatte ich diese grundverschiedenen Frauen noch nie erlebt. Roberts Mutter, eine drahtige Frau mit kurzen Haaren und bunt gemusterter Brille, ihres Zeichens Sportlehrerin, duldete ebenso wenig Widerspruch wie Mutti. Das bedeutete also, die ganzen Termine vom Vortag aufzuarbeiten plus die heutigen Verabredungen wahrzunehmen, wobei die Damen sich nicht davon abhalten ließen, mir zu helfen. Als Barbara Mutti den Vortritt ließ, auf dem Beifahrersitz Platz zu nehmen, da sie selbst ja viel besser auf die Rückbank klettern könne, war es mit Einigkeit aber schon wieder vorbei.

Während der Autofahrt schickte mir der zerknirschte Bräutigam erneut zig Nachrichten, in denen er mich nach Jasmins Zustand fragte, weil er ihr gegenüber *hart* bleiben wollte, aber insgeheim schon längst wieder butterweich geworden war. Als Mutti den Absender der Nachricht auf meinem Telefon entdeckte, funkelte sie mich an, als wollte sie sagen: „Also doch!"

Ich reichte ihr wortlos das Telefon, und sie las einige Minuten lang, dann legte sie das Handy zurück in meine Handtasche. „Hoffentlich ist diese ganze Rennerei nicht umsonst", seufzte sie. „Vielleicht hätten wir doch lieber abwarten sollen, ob Jasmin Robert noch eine Chance gibt."

Auf der Rückbank räusperte sich Barbara. „Was bleibt ihr denn anderes übrig, nachdem sie ihm das Kind angedreht hat? Robert lässt Jasmin alles durchgehen. Ein selbstständiger Mann braucht eine Frau, die ihm den Rücken stärkt und nicht auf der Nase herumtanzt."

„Als wenn Jasmin sich ausgerechnet von Robert Vorschriften machen lassen würde. Der liegt ihr ebenso zu Füßen wie alle Männer. Kein Wunder. Meine Tochter ist schließlich eine bildschöne und gebildete Frau."

Ach, und Luisa und ich waren hässliche Schabracken, oder was? Ich biss die Zähne zusammen.

„Die Männer stehen Schlange – im neunten Monat!" Barbara lachte auf, und ich sah ihre Augen blitzen, als ich einen Blick in den Rückspiegel warf. „Deine Tochter ist eine verzogene Diva. Sie hat in vier Jahren Studium nicht einen einzigen Schein zustande gebracht und studiert wahrscheinlich noch mit sechzig."

Mutti sog hörbar die Luft ein. Da hatte Barbara einen Nerv getroffen.

„Also", meinte ich und hob den Zeigefinger, um die Kampfhühnchen zu unterbrechen, aber niemand reagierte darauf.

Stattdessen drehte Mutti sich zu Barbara um. „Als ob du Ahnung hättest, wie es ist, eine Tochter zu haben!"

Eine Tochter?

Mutti fuhr fort: „Mit einer Tochter hat man eine viel intensivere Beziehung. Aber was weißt du schon von Kindern, du hast ja nur einen Sohn."

„Schließlich bin ich seit über dreißig Jahren Pädagogin und Studienrätin."

„Also hast du von Erziehung gar keine Ahnung!"

„Mutti! Barbara! Könnt ihr bitte mal damit aufhören?", ging ich dazwischen und warf Barbara im Rückspiegel einen mahnenden Blick zu, den sie mit erhobenen Augenbrauen erwiderte. „Wenn ihr den nächsten Kriegsschauplatz eröffnet, dann schmeiße ich endgültig alles hin." Schweigen. Ich atmete tief durch. „Können wir uns ab sofort bitte auf unsere Aufgaben konzentrieren? Wir müssen in zwei Stunden sieben Termine hinter uns bringen."

„Wozu eigentlich diese Eile?", maulte Mutti. „Wir haben schließlich den ganzen Tag Zeit."

„Ja, du vielleicht, aber ich muss gleich noch in die Agentur, um die Druckfreigaben zu erteilen. Wenn die Sachen heute nicht erledigt werden, kann Robert den vereinbarten Termin nicht halten."

„Und wen bitte interessiert das?", fragte Mutti pikiert. „Für diesen Quatsch hetze ich mich ab …"

„Charlotte!", fauchte Barbara von der Rückbank. „Du bist so was von …"

Ich fiel ihr ins Wort. „Wir sind gleich beim Zeltverleih. Ach Mutti, du hast die Personenzahl und bitte achte darauf, dass es mit Anlieferung und Aufbau bestellt wird, und zwar mindestens einen Tag vor dem Polterabend. Dich, Barbara, setze ich beim Küster ab, und du besprichst mit ihm die Dekoration für die Open-Air-Hochzeit. Auch später dann beim Floristen dürfen keinesfalls Margeriten und gelbe Rosen dabei sein wegen unseren Allergikern, okay? Paps hat den Getränkehändler und die Auswahl des Tischweins übernommen."

„Wen wundert das?", knurrte Barbara. „Sollte ich mich nicht lieber um das Essen kümmern? Da wird heutzutage so viel falsch gemacht mit all dem Zucker und Gluten und Antibiotika-Fleisch."

„Das ist alles schon erledigt, Barbara", erklärte ich. „Wenn ich von dem Verleiher der Kutsche zurück bin, hole ich euch wieder ab, und wir starten durch zu den nächsten drei Terminen. Alles klar?"

„Jawohl, Herr General", meinte Mutti pikiert. „Der Mann, der dich mal kriegt, kann sich warm anziehen."

„Das Kommandieren beherrscht sie jedenfalls", meldete sich Barbara zu Wort.

„Das ist kein Kommandieren, sondern Organisieren", verteidigte ich mich. „Wenn es euch nicht passt, wie ich es handhabe, dann könnt ihr euch ja um die restlichen siebenundvierzig Aufgaben alleine kümmern. Ich fliege derweil nach Neuseeland."

„Da würden mich an deiner Stelle keine zehn Pferde hinkriegen. Was willst du denn da?", fragte Mutti scharf.

„Ihrem Ex-Verlobten beim Turteln zusehen ...", kommentierte Barbara.

„Das war wirklich überflüssig", tadelte Mutti sie und tätschelte meinen Arm. „Diese Andresens haben einfach kein Taktgefühl", raunte sie mir gut hörbar für alle zu.

Ich knirschte mit den Zähnen, sagte aber nichts mehr.

Nachdem ich die beiden Kampfmatronen abgesetzt hatte, fuhr ich zum Gestüt am Rande des Nachbardorfes, um eine Kutsche für die Hochzeit auszusuchen. Der Hof lag friedlich im Sonnenschein, umgeben von fichtenbewaldeten Hügeln. Etwas abseits des großen Fachwerkhauses standen längliche, einstöckige Gebäude, in denen laut der Beschilderung die Reithalle und die Pferde untergebracht waren. Ich parkte auf dem Hof und stieg aus. Hier war nichts und niemand – bis auf Vogelgezwitscher, das Schnauben der Pferde auf der Weide und das ferne Tuckern eines Treckers. Dann bog schwanzwedelnd ein Bernhardiner um die Ecke, um mich zu begrüßen. Nachdem er sich ein paar Streicheleinheiten abgeholt hatte, begleitete er mich zur offenen Stalltür hinüber.

Als ich in das Dämmerlicht trat, umfing mich Pferde- und Heugeruch, doch die Boxen waren leer. Weiter hinten entdeckte ich eine Schubkarre, in die aus einer Box in regelmäßigen Abständen Mist flog. Ich ging näher und sah einen jungen Mann mit der Mistgabel in der Pferdebox hantieren. Als er mich entdeckte, stockte er mitten in der Bewegung und schaute mich unfreundlich an.

„Guten Tag, können Sie mir vielleicht sagen, wo ich Herrn Flender finde?", fragte ich höflich.

Er starrte mich an, als sei ich eine Außerirdische. Dann rief er, ohne den Blick abzuwenden: „Flee, is für dich!"

Ich lächelte unsicher, weil mir dieses Gestarre echt unangenehm wurde. Dann spürte ich eine Berührung an der Schulter und fuhr zusammen. Hinter mir stand ein Mann, den ich nicht hatte kommen hören, mit langen blonden Haaren, die zu einem Pferdeschwanz gebunden waren. Er hatte Tunnels in seinen Ohrläppchen, groß genug, um einen Flaschenkorken hineinzustecken, und zahlreiche Tätowierungen an Armen und Hals. Seine hellen Augen mit rötlich-weißen Wimpern musterten mich aufmerksam.

„Jannick, glotz hier nicht rum, an die Arbeit", befahl er dem jungen Mann, den ich daraufhin aus dem Augenwinkel mit der Schubkarre davonziehen sah.

„Hallo, Spatz mein Name." Ich streckte die Hand aus, und er zerquetschte sie fast mit seinen schwieligen Fingern. „Ich war angemeldet bei Herrn Flender wegen der Reservierung der Hochzeitskutsche für den Einundzwanzigsten."

„Hey Kira, seit wann so förmlich?"

Kannten wir uns? Ich kramte in meinem Gedächtnis nach dem Namen Flender, aber meine Erinnerungen gaben nichts preis. Also bluffte ich: „Ach, hi! Fast hätte ich dich nicht erkannt. Das muss am Licht liegen … Was machst du denn hier?"

Sein Grinsen wurde breiter. „Ich wohne hier."

„Echt jetzt? Seit wann das denn?"

„Seit meiner Geburt."

Oh Mist. „Tut mir leid. Ich hab wohl kein besonders gutes Erinnerungsvermögen …"

„Kein Problem. Wenn man wie du durch die Welt gondelt, vergisst man schon mal die Zurückgebliebenen." Er lachte über seinen eigenen Witz. „Ich war bei den MadChaps. Einer von Marcs Jungs. Hab dir mal meinen Helm geliehen und Schmiere gestanden, wenn Marc bei dir ein Stelldichein hatte. Ich war damals der Einzige, der von seinem Geheimnis wusste. Hab immer dichtgehalten." Er schaute mich erwartungsvoll an.

„Na ja, dann hast du wohl noch was gut bei mir."

„Ach was, passt schon!" Er klapste mir kräftig auf die Schulter und schob mich in Richtung hinteres Tor. „So, und jetzt willste den Andresen heiraten? Mit Marc hätteste 'nen besseren Fang gemacht."

„Nein, nicht ich heirate, sondern meine Schwester Jasmin. Und ich fürchte, Marc ist nicht mehr so, wie wir ihn früher gekannt haben – aus dem ist ein aalglatter Manager geworden."

„Das reden die Leute nur. Hab ein paarmal gedacht, dass er durchgeknallt ist vor lauter Arbeiten. Aber er hat in all den Jahren den Kontakt zu seiner alten Gang nicht abgebrochen und nie vergessen, wo er herkommt."

„Bist du sicher? Als ich ihn kürzlich getroffen habe, kam er mir ziemlich verändert vor."

„Ja, verändert schon. Passt aber immer noch auf seinen Bruder auf und auf seine Jungs. Müsste nur mal öfter einen saufen gehen."

„Na, wenigstens hat er euch nicht fallen lassen. Ich wurde damals zur berühmten heißen Kartoffel", murmelte ich.

„Mädel, das hatte mit dieser Familienfehde zu tun. So was nagt an einem, glaub mir."

Wir kamen auf einen gepflasterten Hof, der rechter Hand einen kräftig riechenden Misthaufen beherbergte und auf der anderen Seite eine große Scheune, auf die Flee nun zuhielt.

„Das hat auch an mir genagt, was damals in der Nacht passiert ist", gab ich zurück.

„Ach Schätzelein, das mein ich nicht. Wir wissen doch, dass die andere Geschichte viel tiefer liegt. Des Pudels Kern sozusagen, du weißt schon."

„Könntest du mir bitte sagen, wovon du redest?"

„Na, die Sache mit deinem und Marcs Vater damals. Aber der Flee ist keiner, der quatscht, weißte. Bringt ja auch keinem mehr was nach dieser langen Zeit."

„Mich würde das schon interessieren."

Flee drückte das Tor zur Seite und machte eine einladende Handbewegung. „So, hier sind unsre drei Kutschen. Welche hätteste denn gerne?" Er grinste mich an, und ich seufzte. Aus dem kriegte ich wohl nix mehr raus.

In der Scheune standen drei Kutschen: eine weiße in Hochglanzlack, eine braune mit rustikalen Schmiedearbeiten und eine kleine Zweisitzerkutsche in Schwarz. Ich war mir hundertprozentig sicher, dass Jasmin lieber die weiße, goldverzierte Kutsche gehabt hätte, aber aus irgendeinem Grund war diese kleine schwarze so viel eleganter und auf ihre zierliche Art beeindruckend, dass ich mit einem Ausdruck der Bewunderung spontan auf sie zutrat.

„Ja, genau!" Flee schmunzelte. „In die hab ich mich auch auf den ersten Blick verliebt. Das ist eine Victoria, sie wurde extra für die gleichnamige englische Königin Victoria achtzehnhundertirgendwas entworfen. Stolz, aber schlicht und total anmutig, woll? Kein Vergleich zu ihrer protzigen Schwester." Flee war neben mich getreten und streichelte über den Lack der Kutsche, als sei sie eine Pferdeflanke. „Zum Ziehen nehme ich die Schimmel Harry und Sally. Die sind perfekt dafür. Allerdings musst du mich auch dazubuchen, denn in meiner Victoria lasse ich niemand anderen herumjuckeln."

„Selbstverständlich nehmen wir dich als Kutscher. Vielleicht gibst du mir auch noch den einen oder anderen Tipp, was genau du mit den alten Geschichten meinst."

Flee seufzte und drehte sich dann zu mir herum. „Eher lass ich mir die Sackhaare rasieren, als was über Marc auszuplaudern."

Er hatte doch bereits die ganze Zeit über Marc geplaudert. Ebenso wie Bauer Hubert und Änne, die auch schon solche kryptischen Bemerkungen gemacht hatten. Wahrscheinlich war da ein altes Gerücht im Umlauf, und die Leute machten sich wichtig mit dem, was sie für die Wahrheit hielten.

„Ach, was soll's, Schätzchen, komm auf einen Kaffee mit rein, und wir beide schnacken ein bisschen über die guten alten Zeiten." Er legte den Arm um meine Schultern, und der Stallgeruch stieg mir umso intensiver in die Nase. „Mal sehen, was Onkel Flees rostigen Hirnwindungen dann wieder einfällt."

Ich sah auf meine Uhr und biss mir auf die Lippen. „Ich würde wirklich, wirklich gerne mit dir einen Kaffee trinken, aber ich muss direkt wieder weiter, weil die beiden Grazien warten.“ Das war kein bloßes Gerede, denn ich bedauerte es von ganzem Herzen. Vielleicht wäre ich dem Rätsel endlich auf den Grund gegangen.

„Weißte was? Wenn auf der Hochzeit der ganze Trubel vorüber ist, dann trinken wir beiden Hübschen ordentlich einen. Bei ein paar Bierchen fällt mir garantiert noch mehr ein als bei einem Kaffee.“ Er zwinkerte mir vertraulich zu und hielt mir die Faust hin. „Deal?“

„Deal!“ Ich erwiderte die Ghettofaust. Das dürfte doch mal eine richtig interessante Hochzeitsplauderei werden.

Kiras To-do-Liste:
Punkt 53: 11.30 Uhr Anprobe Hochzeitskleid
kt 52: 14.00 Uhr Probefrisur Make-up
t 51: 14.45 Uhr finale Abstimmung Deko Festsaal
Juni
Donnerstag
11
2. To-do-Liste xTherm:
Punkt 44: 14.15 Uhr Entwurf Messestand schicken
Punkt 43: Orga Standpersonal (Briefing folgt)
Punkt 42: Eröffnungsprogramm Messetag 1
Punkt 41: Abgabe Druckerei – Heute allerletzter Termin!!!
Punkt 40: Detailplanung: Modenschau
10 Tage bis
zur Hochzeit
–
7 Tage bis
zur Solarmesse

Kapitel 11

Donnerstag, 11. Juni –1440 Uhr

Die gute Nachricht dieses Tages war: Jasmin und Robert hatten sich wieder versöhnt. Die schlechte: Seitdem hatten Jasmin und Mutti kaum mehr ein anderes Thema als Robert, was er gesagt hat und wie er es gesagt hat und warum er es gesagt hat und vor allem, wie er es *gemeint* hat – was Jasmin und Mutti mit ihren ebenso psychologischen wie hellseherischen Fähigkeiten zu deuten vermochten.

Nachdem die beiden mich auf der Fahrt zum Friseur nahezu den Rest meiner noch vorhandenen Nerven gekostet hatten, war ich froh, in der Agentur endlich meine Ruhe zu haben. Denn ganz gleich, wie viel Arbeit dieses Projekt auch bedeutete, mir war das lieber, als weiterhin Jasmins und Muttis Gerede erdulden zu müssen.

Was sollte ich sagen, Nick hatte in der Zwischenzeit wahre Wunder vollbracht und alle Werbemittel sowie Flyer, Plakate und das, was sonst noch zu gestalten war, auf eine Linie gebracht. Nun ging es darum, nach Durchsicht und Prüfung den Druckereien die Freigaben mit den letzten Änderungen zuzusenden. Einträchtig saßen wir vor Nicks Rechner, knabberten selbst gebackene Kekse – er hatte mir versichert, dass sie diesmal ohne „Space" seien – und diskutierten über die Druckfahnen, die wir als Ausdruck und auf dem Bildschirm vor Augen hatten. Robert machte derweil eine Tour zu den Werbemittellieferanten, um vor Ort an den Druckmaschinen die Freigaben der Farben und Platzierungen abzustimmen und keine Zeit durch Hin- und Herschickerei zu vergeuden.

„Soll ich den Schriftzug schmaler setzen?", fragte Nick. „Dann haben wir rechts einen gleichmäßigen Abschluss, und das letzte Wort läuft nicht in die freie Fläche hinein."

Ich biss in einen Keks und betrachtete mit schief gelegtem Kopf das Display. „Ja, da könntest du recht haben. Probier mal aus."

Nick tippte in Lichtgeschwindigkeit auf seiner Tastatur herum, schob nach hier, zauberte da, und schon war der Textblock schmaler.

„Viel besser", bestätigte ich.

Nick grinste und speicherte die Änderung. „Okay. Nur noch den Flyer, dann können wir die Dinger raushauen. Megaperfektes Timing, und wir haben sogar noch Zeit. Und du hattest Schiss, dass wir die Deadline heute nicht packen."

„Du hast aber auch ein kleines Wunder vollbracht. Wir sollten nur nicht vergessen, dass wir auch noch das Mailing …"

Plötzlich gingen alle Lampen und der Computerbildschirm aus. Das Radio erstarb und die Drucker gleich mit. Nur noch das Tageslicht, das durch die schmutzigen Fenster drang, erhellte den Innenraum der Agentur.

Ich sah Nick fragend an. „Fällt bei euch öfter der Strom aus?"

„Eigentlich nicht. Warte mal, das haben wir gleich", beruhigte er mich. Er erhob sich und verschwand in der Küchennische. Von dort hörte ich leises Klacken und seine Stimme: „Das gibt es doch nicht."

„Muss das denn ausgerechnet jetzt sein", murmelte ich und ging zu ihm, um nachzuschauen, ob ich helfen konnte – obwohl *helfen* ein großes Wort war, denn mein Wissen über Elektrizität bestand hauptsächlich darin, dass man die Finger nicht in die Steckdose stecken sollte. Nick stand vor dem geöffneten Schaltschrank, der neben der Kaffeemaschine in die Wand eingelassen war, und klickte rote Kippschalter auf und ab. Doch weiterhin tat sich nichts.

„Kapier ich nicht. Hier ist alles i.O. Das Problem muss sich vor dem Sicherungskasten befinden", mutmaßte er. „Ich frag mal Chefchen, ob er eine Idee hat."

„Und ich hake mal bei der Störungsstelle nach. Vielleicht wissen die was." Ich holte mein Handy aus der Jeans und ließ mich verbinden. Es dauerte eine Weile, bis ich durchkam, und dann wieder eine Weile, in der der Techniker die

Leitungen durchmaß. Unruhig sah ich auf die Uhr. Viertel vor drei. Wir mussten unbedingt bis spätestens fünf Uhr die Dateien zur Druckerei schicken, sonst wäre niemals alles bis zur Messe gedruckt.

„Ihre Leitung ist definitiv tot", sagte der Techniker. „Aber es gibt noch eine Notiz dazu, die ich nicht öffnen kann. Bleiben Sie mal kurz dran." Bevor ich etwas erwidern konnte, erklang erneut die Musik der Warteschleife.

Ich seufzte tief und hörte Nick leise im Hintergrund sprechen. „Nein, sie redet gerade mit den Stromfuzzis." Dann zu mir gewandt: „Robert will dich sprechen."

Ich nickte, und er reichte mir sein Smartphone. In meiner Leitung lief immer noch die Wartemusik, also hielt ich mir Nicks Handy ans andere Ohr.

„Schöne Pleite, oder?", begrüßte ich Robert. „Eine technische Störung können wir nun wirklich nicht brauchen."

„Na ja … der Stromausfall muss nicht unbedingt eine technische Ursache haben." Robert räusperte sich.

„Was sonst?"

„Es gab Mahnschreiben von unserem Stromlieferanten."

„Du meinst, die haben den Strom von sich aus abgeschaltet? Einfach so?"

„*Einfach so* kann man das nicht nennen. Es gab einige Mahnungen mit einer letzten Frist. Nur bin ich nicht hundertprozentig sicher, ob ich diese Rechnung beglichen habe. Marcs Anzahlung hat nur einen Teil der Schulden gedeckt …"

Ich schloss erschöpft die Augen. „Robert, du schaffst mich!" Das hatte uns gerade noch gefehlt.

„Vielleicht könntest du mal nachsehen?" Robert hörte sich zerknirscht an. Nur brachte uns das auch nicht weiter.

„Wir haben verdammt noch mal keine zwei Stunden mehr", knurrte ich in den Hörer. „Das ist die letzte Deadline, die man uns gewährt hat! Die Druckereien haben extra Maschinenzeiten blockiert und wir …"

Die Musik in der Warteschleife verstummte. „Hören Sie?", sagte der Techniker.

„Ja, ich höre."

Robert sagte irgendwas, aber ich ließ die Hand mit Nicks Smartphone sinken, um mich auf den jungen Mann zu konzentrieren.

„Ich habe eine Notiz der Buchhaltung gefunden, dass mangels Ausgleich der Verbindlichkeiten die Abschaltung für heute vorgenommen werden sollte."

Also tatsächlich. Was sollte ich jetzt machen? Ich brauchte Strom! Mein Hirn arbeitete fieberhaft. Welche Möglichkeiten blieben uns? Was, wenn wir das Equipment hier ab- und bei Robert zu Hause wieder aufbauten? Aber das nahm viel zu viel Zeit in Anspruch, würde Fragen aufwerfen und außerdem hatte Mutti heute mein Auto.

„Hören Sie, es stimmt schon, wir haben derzeit einen finanziellen Engpass, aber wir brauchen trotzdem dringend Strom, sonst werden wir eben diesen Engpass niemals durchstehen. Können Sie den Strom nicht wieder anstellen? In spätestens zehn Tagen werden alle Rechnungen bezahlt sein, das verspreche ich Ihnen!"

„Tut mir leid, junge Frau, aber das zu entscheiden liegt nicht in meiner Hand."

„Bitte! Ohne Strom geht hier gar nichts mehr. Es muss doch irgendein Notfallplan existieren. Was, wenn ich krank wäre und mein Beatmungsgerät nicht mehr funktioniert?"

„Haben Sie ein Beatmungsgerät oder lebenserhaltende Geräte?"

„Ja!", rief ich aufgebraucht. „Mehrere Computer, einen Drucker, eine Telefonanlage und vor allem die Kaffeemaschine. All das muss funktionieren, sonst bringt unser Auftraggeber mich um."

„Ich verstehe Ihre Verzweiflung, doch ich fürchte, das reicht als Notfall leider nicht aus."

„Mich will jemand umbringen. Das ist kein Notfall?"

„Junge Frau, ich wäre der Erste, der Sie retten würde, aber ich mache hier nicht die Vorschriften. Erst das Geld, dann der Strom."

„Über welche Summe sprechen wir überhaupt?“
„Das kann ich leider nicht sehen, aber schauen Sie doch mal in der Rechnung nach.“
Ich ging hinüber zu Roberts Schreibtisch. Wo waren die Rechnungen? Hilflos sah ich von Stapel zu Stapel.
„Warten Sie bitte kurz“, bat ich den Techniker, ließ das Handy mit dessen Anruf sinken und hob wieder Nicks Handy mit Robert am anderen Ende ans Ohr. „Wie viel, Robert?“
„Meinst du mich? Mit wem hast du gerade gesprochen?“
„Mit dem Stromtechniker. Welche Summe, Robert?“
„Ich glaube, tausendachthundert. In der roten Mappe auf meinem Schreibtisch sind alle fälligen Rechnungen.“
Ich klemmte mir das Handy zwischen Ohr und Schulter und wühlte in dem viel zu großen Papierstapel nach dem Logo. Lauter vierte oder fünfte Mahnungen, keine Summe unter dreistellig – das hier war das reinste Pulverfass. Darüber musste ich mich mit Robert unterhalten.
Ich zog die Mahnung aus dem Stapel hervor. „Tausendachthundertsiebenundachtzig, dreiundzwanzig.“
„Ja, kommt hin.“ Robert räusperte sich. „Ich kann das aber erst begleichen, wenn die nächste Zahlung von xTherm eintrifft. Derzeit bin ich wieder am Limit.“
„Zu spät! Wenn wir den Abgabetermin verpassen, kommen wir in Teufels Küche. Lieber bezahle ich das.“
„Nein!“
Weiter kam Robert nicht, denn ich drückte ihn weg. Den Techniker fragte ich: „Hallo? Sind Sie noch dran?“
„Aber sicher, junge Frau.“
„Was, wenn ich mit einem Scheck vorbeikäme und die offene Summe begleichen würde? Wie schnell könnten Sie den Strom wieder einschalten?“
„Das Zu- oder Abschalten ist eine Sache von maximal einer halben Stunde, weil der Techniker rausfahren muss, aber dazu brauche ich eine Freigabe.“
„Wem könnte ich den Scheck geben?“
„Das sieht um diese Uhrzeit schlecht aus … höchstens der

Kollegin im Energieladen in der Innenstadt. Die ist berechtigt, solche Aufträge zu erteilen. Aber der Laden schließt um vier."

Ich sah auf die Uhr. Fünf nach drei.

„Ich fahre sofort zu Ihrer Kollegin. Wie lange sind Sie noch erreichbar?"

„Bis zum Beginn der Nachtschicht um halb elf."

„Dann warten Sie bitte auf meinen Anruf, Herr …?"

„Roll."

„Super, Herr Roll, halten Sie schon mal den Finger auf den Stromhebel! Bis gleich!"

Kurz entschlossen drückte ich auch den Techniker weg. Ich reichte Nick sein Handy zurück.

„Dann mache ich Feierabend?", fragte er.

„Untersteh dich!", fuhr ich ihn an. „Bau Dummies, wisch Staub, putz die Fenster oder mach Ablage, es gibt genug Arbeit. Aber wag dich nicht von hier weg, bis ich wiederkomme oder mich melde. Wir haben heute noch ein paar Dateien zu mailen!"

Dann schnappte ich meine Handtasche und stürmte zur Tür hinaus. Mein Konto würde durch diese Summe ordentlich gerupft werden, aber das war mir egal. Ich hatte mein Versprechen gegeben, dass wir dieses Projekt fertig bekommen, und es musste schon mehr als nur ein Stromausfall kommen, um mich davon abzuhalten.

… immer noch Donnerstag, 11. Juni – 15.55 Uhr

„Tut mir leid, wir schließen", erklärte eine Frau mittleren Alters mit kurzen pumucklroten Haaren und bunt gemusterter Hornbrille, als ich in den Laden gestürmt kam. Sie saß am Schreibtisch hinter einer weißen Theke mit grüner Holzplatte und packte offenbar gerade ihre Sachen zusammen.

Ich trat vor. „Das weiß ich, aber es handelt sich um einen Notfall."

„Einen Notfall?“ Sie schaute mit gerunzelter Stirn zu mir auf.

„Uns ist leider der Strom abgestellt worden, weil Herr Andresen vergessen hatte, die Rechnung zu bezahlen, und wir müssen wirklich dringend …“

„Das wird in unserer Verwaltung in der Kreisstadt entschieden. Sie müssen sich dort an die Kundenbetreuung wenden.“

„Das hab ich ja schon, aber die Buchhaltung ist nicht mehr besetzt, und man sagte mir, dass Sie das auch entgegennehmen.“

Ich wedelte mit mehreren Scheinen in der Luft herum. Ein Scheck hätte mit dem Argument abgelehnt werden können, dass er platzen konnte. Also hatte ich Bargeld am Bankschalter abgeholt, was mich wertvolle Zeit gekostet hatte.

Die Frau sah mich immer noch skeptisch an, aber wenigstens stand sie jetzt auf und trat hinter die Theke. Ich blätterte die Scheine vor sie hin.

„Was soll das?“ Sie deutete auf das Geld.

„Ich möchte die Rechnung begleichen.“

„So geht das nicht. Sie müssen das Geld überweisen, dann wird der Fall geprüft, und wir schalten die Leitung wieder frei.“

„So viel Zeit habe ich nicht. Nehmen Sie bitte das Geld, und dann rufen Sie Herrn Roll an und sagen ihm, dass er uns wieder aufschalten soll.“

„Meine liebe Frau …“

„Spatz.“

„Meine liebe Frau Spatz, Sie müssen schon den regulären Weg einhalten. Wir schicken bereits Wochen vorher Schreiben, in denen darauf hingewiesen wird, dass und zu welchem Zeitpunkt der Strom abgeschaltet wird.“

„Ja, aber …“

„Kein Aber. Eine solche Summe darf ich in bar nicht einfach entgegennehmen. Dafür hab ich weder die Befugnis noch die Aufbewahrungsmöglichkeit. Außerdem weiß ich nicht, wer Sie sind.“

„Kira Spatz. Ich kann mich ausweisen. Hier, schauen Sie!“ Ich öffnete die Geldbörse und legte meinen Ausweis neben das Geld. Dann zog ich die klein gefaltete Mahnung hervor und legte sie ebenfalls dazu. „Mit Kundennummer und Rechnungsnummer und allem."

„Frau Spatz, das nützt leider gar nichts. Sie haben wochenlang Zeit gehabt zu reagieren, und dann erwarten Sie, dass wir Ihren Anschluss innerhalb von Minuten wieder freischalten?"

„Nein, nicht meinen, den von Robert Andresen. Aber ich bin in seinem Auftrag hier."

„Und dann haben Sie eine Vollmacht?"

„Wieso brauche ich eine Vollmacht, um eine Rechnung zu bezahlen?"

„Weil es sich um den Stromanschluss einer anderen Person handelt, darf ich nur mit einer von dem Kunden autorisierten Person darüber reden. Sagen Ihnen Datenschutz und Rechtssicherheit etwas? Es sei denn, er ist Ihr Mann, aber da das ja nicht der Fall ist …"

„Doch", sagte ich bockig.

„Wie meinen Sie?" Nun schien Pumuckl irritiert zu sein.

„Wir heiraten … bald."

„Schön für Sie. Vollmacht hätten Sie aber nur als Ehefrau, ansonsten brauche ich ein Schriftstück. Sagen Sie Ihrem Verlobten, dass er das Geld überweisen soll, und in weniger als zwei Tagen haben Sie wieder Strom."

„Nein! Das geht nicht!" Ich nahm die Geldscheine und hielt sie ihr unter die Nase. „Nehmen Sie die. Bitte! Ich kann nicht gehen, bevor Sie Herrn Roll angerufen haben und ihm sagen, dass er den Strom wieder einschalten soll."

„Hören Sie mir gut zu. Sie nehmen Ihr Geld und gehen! Sofort! Sonst rufe ich die Polizei."

„Bitte schön! Ich habe nichts Unrechtes getan."

„Sie wollen, dass ich die Polizei rufe?"

„Ja! Rufen Sie, wen Sie wollen. Ich bleibe hier und basta!"

„Na schön. Sie werden nur noch mehr Ärger bekommen", knurrte sie, hob den Hörer von der Gabel und telefonierte. In den nächsten zehn Minuten ignorierte sie mich, packte ihre Handtasche, schaltete den PC aus und tippte auf ihrem Handy herum. Ein paarmal war ich versucht, wieder mit Argumenten zu kommen, aber ich sah ihr an, dass ich damit bei der Wand hinter ihr mehr Erfolg hätte.

Endlich traten zwei Beamte in Uniform in das Ladenlokal. „Guten Tag. Hier gibt es Schwierigkeiten?", fragte der Ältere, ein untersetzter Mann mit Halbglatze.

„Ja, diese Dame weigert sich, den Laden zu verlassen, obwohl ich sie mehrfach dazu aufgefordert habe."

Die Beamten sahen mich fragend an.

„Ich will doch nur Strom!", verteidigte ich mich.

Der jüngere Beamte grinste mich an. „Und den bekommen Sie nicht, oder was?"

„Nein, diese Frau weigert sich, ihn mir zu geben!"

Die Beamten wechselten Blicke, und in ihren Augen spiegelte sich der Verdacht, dass ich diejenige mit der Schramme sei.

„Bitte, es ist ein Notfall", erklärte ich. „Sie haben uns den Strom abgestellt, und ich bin hier, um die Schulden zu bezahlen. Sehen Sie, hier ist das Geld." Ich wedelte mit den Scheinen und dem Brief unter den Nasen der Beamten herum. „Wir brauchen wirklich sofort Strom. Es ist ein Notfall!"

„Wie ich Frau Spatz schon mehrfach erklärt habe, nehmen wir kein Bargeld entgegen. Sie hat keine Vollmacht, um den Stromkunden zu vertreten."

„Das kann Ihnen doch egal sein", rief ich entnervt.

„Was ist das für ein Notfall?", fragte der Ältere im Therapeutenton.

„Wahrscheinlich taut die Tiefkühltorte auf", feixte sein jüngerer Kollege.

„Wir müssen einen eiligen Auftrag fertigstellen, von dem unsere Existenz abhängt. Du meine Güte! Manchmal muss man doch auch mit dem gesunden Menschenverstand entscheiden anstatt nur aufgrund irgendwelcher Regeln." Ich rang verzweifelt mit den Händen.

„Gute Frau, Regeln haben ihre Berechtigung", erklärte der Ältere. „Wenn die Dame das Geld nicht annehmen darf, dann können wir das auch nicht ändern. Also packen Sie es wieder ein und überweisen Sie es morgen früh. Da hätte der

Herr …", er blickte auf die Mahnung, „Andresen eben früher seine Rechnung bezahlen müssen."

Ich hätte am liebsten geheult, und wie auf Kommando traten Tränen in meine Augen. Das lag wohl in der Familie. „Das können Sie nicht machen", schluchzte ich und sah in betretene Gesichter. „Wie soll ich ihm das denn beibringen? Erst die Schwangerschaft, dann die Geldsorgen und jetzt das."

„Schwangerschaft?", fragte der jüngere Polizist.

„Ja, ausgerechnet!" Ich atmete tief und wischte mir trotzig die Tränen von der Wange.

„Wenn das so ist. Der Strom darf bei Schwangeren, Kranken und Familien mit Kleinkindern nicht abgestellt werden." Er sah die Pumuckl-Frau an. „Stimmt doch, oder?"

„Ja, das stimmt", brummte sie beleidigt. „Aber das muss man uns auch mitteilen, wenn die Sperre angedroht wird."

„Heißt das … er wird wieder eingeschaltet?", schniefte ich hoffnungsvoll.

„Vorher brauche ich den Beleg Ihrer Schwangerschaft und die Bestätigung, dass Sie bei Herrn Andresen wohnen", sagte sie bockig und klimperte auffordernd mit dem Schlüssel.

Alte Hexe.

„So einfach ist das nicht", mischte sich der Jüngere ein. „Sie sind gerade informiert worden und müssen umgehend dafür Sorge tragen, dass der Strom wieder angeschaltet wird."

„Wir haben keinen Nachweis, richtig?", beharrte sie.

„Hätten Sie vielleicht einen Mutterpass? Und die Wohnadresse bräuchten wir auch."

Verflucht noch eins. „Mist, ich habe meine Handtasche nicht dabei", erklärte ich. „Auf meinem Personalausweis steht noch meine alte Adresse, weil ich erst vor wenigen Tagen bei Robert eingezogen bin. Da hatte ich noch keine Zeit, mich umzumelden."

Der ältere Polizist inspizierte meinen Personalausweis. „Haben Sie nicht irgendwas, womit Sie Ihre Schwangerschaft beweisen können?"

Der letzte Hoffnungsschimmer verblasste. Dabei hatte ich

für einen kurzen Moment geglaubt, dass ich es doch hätte schaffen können. „Nein, nicht hier." Resigniert schüttelte ich den Kopf und senkte den Blick.

„Vielleicht eine Kopie auf Ihrem Handy? Das reicht uns schon."

Mein Kopf ruckte hoch. „Warten Sie!" Ich zog mein Handy aus der Hosentasche, tippte eilig darauf herum. Es klingelte in der Leitung, dann erklang Jasmins Stimme.

„Ja?"

„Kannst du mir mal ein Foto von meinem Mutterpass schicken?"

„Wieso *dein* Mutterpass? Und wozu ein Foto? Ich verstehe nur Bahnhof."

„Erkläre ich dir später. Ich hab den liegen lassen. Mit meiner Handtasche. Also mach das bitte!"

„Äh, okay. Aber hier liegt deine Handtasche nicht. Nur *meine* mit *meinem* Mutterpass drin."

„Das Bild vom Mutterpass! Sofort!"

„Ist unterwegs. Leg auf, du Irre!"

Sekunden später piepste das Handy, und ich hielt den Beamten das Display mit dem Foto des Passes unter die Nase. Der Jüngere sah skeptisch drein und wollte schon nach meinem Personalausweis greifen. Das wäre mein Untergang! Der ältere Polizist aber nickte und gab mir den Personalausweis zurück. Er hatte die unterschiedlichen Vornamen zum Glück nicht bemerkt.

„Okay, dann schalten Sie den Strom mal wieder ein", befahl er der Hexe.

Die verdrehte die Augen, warf ihre Schlüssel auf die Theke, nahm den Hörer, und kurz darauf sprach sie mit jemandem. Dann legte sie auf und sagte: „Der Strom wird in den nächsten dreißig Minuten wieder geschaltet."

Vor Erleichterung stöhnte ich auf. Ich hielt ihr die Geldscheine entgegen, und mich traf ein tödlicher Blick.

„Das nehme ich auf gar keinen Fall. Und jetzt schließe ich diesen Laden ab, ob Sie drin sind oder nicht."

Folgsam gingen die Polizisten und ich hinaus vor die Ladentür und blieben auf dem Bürgersteig stehen. Die Dame schloss ab, stellte den Alarm scharf und wackelte grußlos davon.

Ich verabschiedete mich mit Handschlag von den Polizisten, als der Ältere mir zuzwinkerte: „Das nächste Mal lassen Sie Jasmin mit dem Mutterpass selbst herkommen."

Zerknirscht sah ich zu ihm auf. „Tut mir leid, dass ich geschummelt habe. Aber die hätte mir sonst den Strom niemals angeschaltet. Vielen Dank für Ihre Hilfe. Außerdem hoffe ich, dass es kein nächstes Mal mehr geben wird."

„Vergessen Sie nicht, das Geld zu bezahlen, okay?"

Ich nickte.

Auf dem Weg zum Auto begleitete mich das euphorische Gefühl, diese Schlacht erfolgreich geschlagen zu haben. Ich hoffte inständig, dass dies die letzte gewesen war.

Juni
Freitag
12
Kiras To-do-Liste:
Punkt 50: 08.30 Uhr Zeltaufbau Polterabend
Punkt 49: 12.30 Uhr Ausstattung und Deko Zelt kontrollieren
Punkt 48: 14.00 Uhr Vorbereitung Grillstation
2. To-do-Liste xTherm:
Punkt 39: 16.30 Uhr Meeting Lichtkonzept Stand
Punkt 38: Casting Bikinishow (Mitarbeit Männer verboten)
Punkt 37: Filmclips Social Media
Punkt 36: Rede Marc Eröffnung
9 Tage bis zur Hochzeit
—
6 Tage bis zur Solarmesse

Kapitel 12

Freitag, 12. Juni – 21.45 Uhr

Ich lehnte mich im Schreibtischstuhl zurück und rieb mir die Augen. Mit jedem Zwanzig-Stunden-Terminmarathontag schlief ich schlechter, und die Müdigkeit zog mich runter wie ein Bleigurt unter Wasser. Nur noch sechs Tage durchhalten, dann würde ich erst einmal ausschlafen können. Ein schier endlos dauerndes Gähnen befiel mich, und davon liefen mir Tränen die Wange hinab. So konnte kein Mensch produktiv sein. Vielleicht half Bewegung.

Ich stand auf und lief ein paarmal durch den Raum, machte Atem- und ein paar Turnübungen, aber auch das konnte die Müdigkeit nicht vertreiben. Ich könnte auch mal dieses Power-Napping ausprobieren, eine Schlafmethode für Manager, mit der man angeblich auch die Nächte durchhielt. Aber ich fürchtete, dass ich, einmal im Tiefschlaf angelangt, wie Dornröschen hundert Jahre weiterschlafen würde.

Ich klatschte mir in der Miniküche gerade kaltes Wasser ins Gesicht, als mein Smartphone vibrierte, übrigens nicht zum ersten Mal an diesem Abend. Natürlich fand ich kein Handtuch, wickelte mit nassen Händen ein paar Zewa-Tücher ab und tupfte mich provisorisch damit trocken. Dann beschloss ich, wenigstens mal einen Blick zu riskieren, wer da so hartnäckig war. Höchstwahrscheinlich wollten sich eh nur Mutti oder Jasmin über abgebrochene Fingernägel, Pickel auf dem Dekolleté oder die falsche Farbe des Marzipans auf der Hochzeitstorte beschweren. Der Anrufer hatte es mittlerweile aufgegeben, und mein Handy zeigte mir fünf Anrufe an, alle von einer mir unbekannten Nummer. Da konnte ich morgen früh zurückrufen, heute würde ich sowieso keinen Krieg mehr gewinnen. Außerdem entdeckte ich mehrere Nachrichten von Sabin.

SABIN:
Seit Stunden keine Rückmeldung! Das SEK ist auf dem Weg zu dir.

ICH:
Pfeif die Hunde zurück. Alles gut!

SABIN:
Was verstehst du unter ALLES? Und wie läuft's mit Marc-ich-hab-so-grüne-Augen-aber-bin-leider-ein-Idiot?

ICH:
Da läuft nichts. Rein dienstliche Kooperation.

SABIN:
Haha!

ICH:
NICHTS. Soll ich das buchstabieren?

SABIN:
Nein, aber buchstabier mal Hämorrhoiden – das ist schwierig. Und lenk nicht ab, natürlich ist da was. Ich spüre es in meinem linken kleinen Zeh. Lügen zwecklos!

ICH:
Er ist ein selbstverliebter Spinner.

SABIN:
Alle heißen Typen sind selbstverliebte Spinner.

ICH:
Sag ich doch.

SABIN:
Pamela hat Diarrhö. Buchstabier das mal.

ICH:
Trink weniger Alkohol und geh aus der Sonne. Ich mache mir Sorgen um dich.

SABIN:
Das Gefühl kenne ich – ich mache mir auch Sorgen um eine Freundin. Die lässt sich von ihrer Familie ausnutzen, verknallt sich in den Ex und verliert ihren Job. Fortan fristet sie ein trauriges Dasein als Klofrau bei McDonald's, um die Kacke dümmlicher Jugendlicher wegzuwischen.

ICH:
Bei McDonald's gibt's gar keine Klofrau.

Kopfschüttelnd wandte ich mich wieder der Arbeit zu. Wenigstens hatte die Pause meine Müdigkeit etwas vertrieben. Das Mailprogramm kündigte neue Nachrichten an. Es war Marc beziehungsweise seine allabendliche Mail, die ich als Antwort auf meine täglichen Info- und Freigabeanfragen zurückbekam. Jedes Mal ausschließlich mit sachlichen Anmerkungen versehen und ohne ein einziges persönliches Wort. Wie immer breitete sich ein unangenehmes Ziehen in meinem Magen aus. Ich schob es darauf, dass ich nach wie vor unsicher war, wie ich mich ihm gegenüber verhalten sollte. Wie dem auch sei, ich würde diese E-Mail morgen lesen. Zuerst musste ich Marcs Rede zur Eröffnung der Messe und dann die Moderation der Bikinishow fertigstellen.

Nachdem ich den ersten Satz dreimal umgeschrieben und wieder gelöscht hatte, stand ich auf und kochte Kaffee. Das Pulver ging langsam zur Neige. Ich sollte dringend neues besorgen, gleich die doppelte Ration. Ein Zeichen, dass ich auf dem besten Wege zum Junkie war. Aber wenn ich die Rede heute fertigstellen wollte, brauchte ich neben Kaffee einen Haufen guter Ideen, spritziger Redewendungen und kleiner Anekdoten, mit denen ich das Publikum zum Lachen bringen konnte. Außerdem sollte der Redenschreiber die Persönlichkeit des Sprechers widerspiegeln, damit die Rede authentisch wirkte, was neben Müdigkeit und Fantasielosigkeit heute mein drittes und größtes Problem war. Ich war bestenfalls noch in der Lage, eine zweizeilige Trauerrede zu schreiben.

Unschlüssig schaute ich der Kaffeemaschine eine Weile bei der Arbeit zu, und noch immer wollte sich kein genialer erster Satz einstellen. Ich beschloss, einen Fragenkatalog an Marc zu senden. Das wäre wenigstens ein Anfang. So konnte ich den roten Faden der Rede in Stichpunkten festhalten, die er zunächst absegnen sollte – womit ich neben Fakten auch Zeit gewonnen hätte. Eine gute Idee, wie sich herausstellte, denn schon eine Stunde später schickte ich die Mail los. Es war fast elf Uhr. Vielleicht sollte ich heute mal vor Mitternacht Feierabend machen.

Mein Handy klingelte, und ich sah erneut diese unbekannte Nummer. Zögernd meldete ich mich mit einem neutralen „Ja?".

Eine Frauenstimme erklang am anderen Ende. „Spreche ich mit Kira Spatz?"

„Ja."

„Hier ist das Restaurant Metropolis im Golfressort. Entschuldigen Sie die späte Störung. Sie sind unser Ansprechpartner bezüglich der Hochzeit von Jasmin Spatz und Robert Andresen?"

„Genau."

„Leider habe ich schlechte Nachrichten, Frau Spatz. Wir haben heute einen Wasserrohrbruch im Festsaal entdeckt. Die Handwerker mussten die Wände aufreißen, um die defekten Rohre zu reparieren. Der Parkettboden ist aufgequollen und muss ersetzt werden." Sie machte eine bedeutungsschwangere Pause und seufzte. „Es tut mir leid, aber bis zur Hochzeit wird der Saal nicht wieder zur Verfügung stehen. Bis die Arbeiten abgeschlossen sind, vergehen mindestens drei Wochen. Wir haben schon mit anderen Hotels gesprochen, aber die sind an Ihrem Hochzeitswochenende ausgebucht, sodass wir Ihnen leider keine Alternative anbieten können. Es tut uns wirklich sehr leid." Wieder machte sie eine Pause, aber mir fehlte die Luft zum Sprechen, weil ich den Atem anhielt. Wir hatten keinen Saal mehr.

„Frau Spatz, sind Sie noch da?“

„Ja, natürlich. Danke für Ihre Mühe“, murmelte ich resigniert und legte auf.

Es wäre der perfekte Ort für eine Hochzeit gewesen. Wunderschöne Räume, untereinander verbunden durch hohe Flügeltüren, eine Theke mit Kühlraum, eine kleine Bühne für die Band und Zugang zum Park, in dem wir Stehtische und Pavillons geplant hatten. Alle Details wie Buffet, Getränkeservice, Tischdekoration, DJ und Livemusiker hatten wir bereits abgestimmt. Das war die totale Katastrophe. Neun Tage bis zur Hochzeit. Ich schaute auf die Uhr, die kurz vor Mitternacht zeigte. Gleich nur noch acht Tage. Das warf uns fast bis an den Anfang der Planung zurück. Tränen stiegen in meine Augen, ich blickte zur Decke. Wer nach oben schaut, kann nicht weinen, sagte Paps immer, und es funktionierte auch jetzt.

Trotzdem sah ich vor meinem geistigen Auge die kommenden Ereignisse wie einen Film ablaufen. Die Familie würde komplett ausflippen, allen voran Jasmin und Mutti. Wo sollten wir feiern? Selbst wenn ich eine passende Location fand, musste ich mindestens hundert Sachen umorganisieren! Die Gäste mussten informiert werden. Sogar Robert, der sonst selten die Fassung verlor, konnte das nicht kaltlassen. Vielleicht war das das Ende der Hochzeit. Jasmin würde vielleicht eine Frühgeburt erleiden. Ich durfte es nicht zulassen. Doch was hatte ich für eine Wahl?

Ich holte tief Luft. Es wäre bei der Lösungssuche sicher hilfreicher, wenn ich mich nicht in solche fiktiven, überdramatischen Szenarien hineinsteigerte. Ein leises *Ping* schallte durch den Raum, und ich sah erneut das Mail-Fenster aufleuchten. Marc Albrecht hatte eine weitere E-Mail geschickt. Was wollte der denn schon wieder? Die nächste Katastrophe ankündigen? Wie viel konnte ein Mensch ertragen, bevor er den Verstand verlor?

Darüber hatte ich kürzlich ein wunderbares Buch gelesen, in dem ein Mann namens Quentin seinen Verstand verlor und ihn an einem Traumstrand wiederfand. Bevor meiner auch die Biege machte, sollte ich vielleicht einfach nach Hause fahren und eine dieser Schlaftabletten nehmen, die im Arzneischrank lagen. Eine? Nein, am besten gleich fünf. Auf alle Fälle reichte es völlig, wenn ich Marcs E-Mail morgen las.

Ich nahm die Computermaus, um die Programme zu schließen, und öffnete die E-Mail.

... immer noch Freitag, 12. Juni – 23.53 Uhr

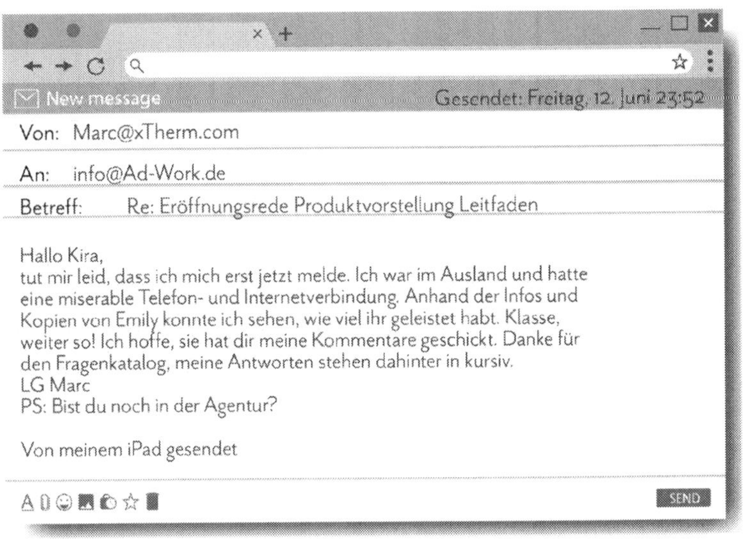

New message — Gesendet: Freitag, 12. Juni 23:52

Von: Marc@xTherm.com

An: info@Ad-Work.de

Betreff: Re: Eröffnungsrede Produktvorstellung Leitfaden

Hallo Kira,
tut mir leid, dass ich mich erst jetzt melde. Ich war im Ausland und hatte eine miserable Telefon- und Internetverbindung. Anhand der Infos und Kopien von Emily konnte ich sehen, wie viel ihr geleistet habt. Klasse, weiter so! Ich hoffe, sie hat dir meine Kommentare geschickt. Danke für den Fragenkatalog, meine Antworten stehen dahinter in kursiv.
LG Marc
PS: Bist du noch in der Agentur?

Von meinem iPad gesendet

SEND

Die E-Mails hatte also Marcs Sekretärin Emily unter seiner Adresse geschrieben, vermutlich von ihm diktiert. Kein Wunder, dass dort nicht ein persönliches Wort an mich auftauchte.

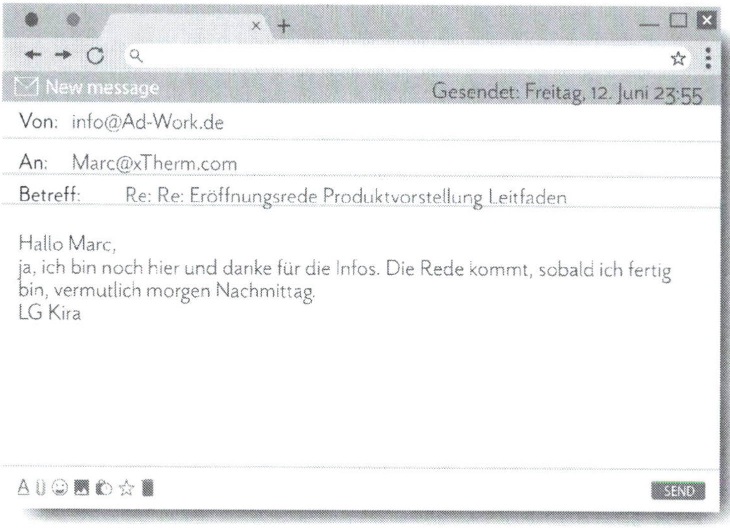
New message Gesendet: Freitag, 12. Juni 23:55

Von: info@Ad-Work.de

An: Marc@xTherm.com

Betreff: Re: Re: Eröffnungsrede Produktvorstellung Leitfaden

Hallo Marc,
ja, ich bin noch hier und danke für die Infos. Die Rede kommt, sobald ich fertig bin, vermutlich morgen Nachmittag.
LG Kira

SEND

Ich hatte kaum auf den *Senden*-Knopf geklickt, als es an der Tür klopfte. Wer konnte denn jetzt noch was von mir wollen? Eine heulende Jasmin, ein verzweifelter Robert oder ein nächtlicher Raubmörder auf Beutezug? Letzterer wäre mir fast am liebsten gewesen, dann hätte dieser Albtraum wenigstens ein Ende gehabt. Ich öffnete die Tür und blieb wie versteinert stehen. Es war Marc. Etwas zerzaust, den gelockerten Schlips leicht schief um den Kragen des schwarzen Hemdes. Er lehnte am Pfosten des Vordachs unter der Verandalampe und grinste mich an.

„Du solltest zu so später Stunde nicht einfach die Tür öffnen", meinte er. „Wer weiß, welcher Teufel draußen steht."

Kühle Nachtluft wehte herein und ließ mich frösteln. Ich hatte meine Schuhe beim Arbeiten unter dem Schreibtisch abgestreift und war barfuß. Komischerweise fühlte ich mich dadurch noch kleiner und schutzloser als sonst.

„Ich dachte eher an einen Raubmörder, aber es ist weit schlimmer als das", gab ich zurück. Und ich hatte geglaubt, mein Pensum an Katastrophen sei für heute erfüllt.

Marcs Grinsen vertiefte sich. „Ich freue mich auch, dich

zu sehen. Hast du was dagegen, wenn ich reinkomme, bevor mich die Mücken auffressen?"

„Nein! Nein, gar nicht. Entschuldige." Ich trat einen Schritt zur Seite. Er duckte sich unter dem Türrahmen des Altbaus hindurch und ging durch den dunklen Flur ins Büro. Ich folgte ihm und sah, dass er die Wände studierte, die über und über mit Plakaten, Zeichnungen, Flyerseiten, Slogans und Logos der Firma xTherm bedeckt waren.

„Das nenne ich Arbeitseinsatz." Er nickte anerkennend. Wie beiläufig fragte er: „Robert lässt dich allein die Nacht durcharbeiten?"

„Er ist vor einer Stunde gegangen und hat mir befohlen, Feierabend zu machen. Ich wollte aber noch eben die Rede zu Ende bearbeiten."

Marc sah mich nachdenklich an. Dann hob er den Kopf und schnupperte. „Rieche ich da frischen Kaffee?"

Ich nickte. „Möchtest du welchen?"

„Sehr gerne." Er schritt weiter die Wände entlang und musterte jeden der xTherm-Entwürfe, als sei er auf einem Museumsbesuch. Mit der linken Hand massierte er sich den Nacken, und der silberne Ring, den er am kleinen Finger trug, blinkte in der Halogenbeleuchtung auf. Ich riss mich von dem Anblick los, der mich irgendwie zu hypnotisieren schien, und ging hinüber zur Küche, wo ich zwei Tassen mit dem dampfenden Getränk füllte.

„Milch und zwei Stück Zucker bitte", raunte Marc auf einmal so dicht an meinem Ohr, dass ich zusammenzuckte und fast die Kanne fallen ließ. Ich hatte ihn nicht kommen hören. Mühsam kontrolliert stellte ich die Kanne zurück auf die Warmhalteplatte der Kaffeemaschine, griff nach einem der kleinen Milchdöschen und versuchte ein paarmal, die Lasche aufzuziehen, aber das verflixte Miniding glitt mir immer wieder aus den zitternden Fingern.

Ich spürte Marc in meinem Nacken, hörte seinen Atem neben meinem Ohr. Zwei Arme griffen um mich herum. Er legte seine Hände auf die meinen und führte sie sicher und ruhig, sodass ich die Lasche des Döschens ohne Probleme öffnen konnte. Wir ließen die Milch in Zeitlupe in die Kaffeetasse tröpfeln, und ich hielt, so glaube ich, die ganze Zeit den Atem an. Wir wiederholten den Vorgang bei der zweiten Tasse und mit den Zuckerwürfeln. Es war wie ein Synchrontanz, wie die Bewegungen eines Marionettenspielers – und ich war die Marionette in diesem Spiel. Eigentlich hasste ich Zucker in meinem Kaffee, aber in diesem Moment hätte ich freiwillig sogar Terpentin hineingeschüttet.

Marcs Wärme umfing mich, und Schauer liefen durch mich hindurch. Mein Herz raste, hüpfte und stolperte, als sei es völlig aus dem Konzept geraten – einfach von zu viel Koffein und zu viel Nähe. Als seine Hände sanft über meine Arme bis zu den Schultern hinaufglitten, prickelte meine Haut fast so schmerzhaft, als habe man sie mit Brennnesseln überzogen. Ich atmete flach und schnell. Warme Lippen streiften meinen Nacken wie die Berührung eines Schmetterlings, heißer Atem fächelte über meine Haut, und ich neigte den Kopf, obwohl ich gleichzeitig den Wunsch verspürte, davonzulaufen. Was zur Hölle passierte hier?

Marc fasste mich bei den Schultern und drehte mich sanft zu sich herum. Die Augen halb geschlossen sah er auf mich herab, hielt meinen Blick fest. Eine Frage stand darin, ein Wunsch, aber auch Verwirrung. Warum sollte es ihm besser ergehen als mir? Seine Lippen senkten sich auf meine, berührten sie sanft, gaben mir Raum für einen Rückzug, den ich aber nicht nutzte. Eine Berührung wie heißer Samt, eine Verlockung, ein Angebot. Ich konnte nicht widerstehen, kam ihm entgegen und legte die Arme um seinen Hals. Der Kuss wurde intensiver, und ein Sog zog mich hinein in die Welt der Gefühle, die kein Richtig und kein Falsch kennt, keine Pflicht und kein Gewissen. Nur fallen und treiben lassen. Wie konnte etwas, das sich so richtig anfühlte, falsch sein?

Als er meinen Mund freigab, atmete ich tief aus, und es hörte sich wie ein Seufzer an. Marcs Lippen streichelten meinen Hals, seine Hände fuhren über meinen Rücken, und ich war machtlos. Als öffne in diesem Augenblick mein Herz eine geheime Kammer, in der die unschuldige Liebe und romantische Sehnsucht meiner Jugend eingesperrt gewesen waren.

Das Telefon klingelte, aber es drang erst beim dritten oder vierten Mal in mein Bewusstsein vor. Marc hob den Kopf und sah mich prüfend an. Sollte es doch klingeln, ich hatte Wichtigeres zu tun. Eine Ahnung blitzte in meinen Gedanken auf. Jasmin. Robert. Mutti. Sie riefen an wegen des Festsaals. Wie hatte Jasmin die Nachricht verkraftet? Oder Paps mit seiner Herzkrankheit? Ich zwang mich, meine Hände von Marc zu lösen. Selten war mir etwas schwerer gefallen.

„Ich muss nur kurz … Telefon“, stammelte ich.

„Okay.“ Marc gab mich frei und trat einen Schritt zurück. Ich wankte zum Apparat, zupfte verlegen mein Kleid zurecht und ging ran.

„Kira, ich wollte gerade wieder auflegen!“, schimpfte Mutti am anderen Ende. „Kind, was machst du denn noch da? Robert ist schon seit Stunden bei Jasmin. Er sollte Überstunden machen, nicht du!“

„Geht es euch gut?“

„Warum denn nicht? Irgendeine Frau wollte dich wegen der Feier sprechen. Ich hab ihr gesagt, sie soll gefälligst morgen wieder anrufen. Eine Unverschämtheit, wenn noch nach zehn das Telefon klingelt. Ich hab mich vielleicht erschrocken, sag ich dir“, erklärte Mutti. „Wann kommst du denn nach Hause, Kind? Dein Essen steht im Kühlschrank. Du weißt, dass es ungesund ist, so spät zu essen. Denk dran, die Haustür hinter dir abzuschließen, ja?“

Ich atmete auf. Sie wussten noch nichts, also hatte ich eine Galgenfrist bis zum nächsten Morgen. „Ja klar. Es wird noch ein bisschen dauern. Mach dir keine Sorgen. Gute Nacht“. Ich legte auf.

Marc stand mit einer Tasse Kaffee an meinen Schreibtisch gelehnt und hielt mir die andere Tasse entgegen. Zögernd griff ich zu.

„Hast du einen anderen Anruf erwartet?“, fragte er über die

Tasse hinweg, aus der er trank. Seine Augen schienen mein Gesicht abzutasten, als suchten sie nach etwas.

„Ähm, nein, ich dachte nur …" Irgendwie konnte ich ihn nicht gleichzeitig ansehen und denken.

„Vielleicht von Robert?" Sein Blick blieb an meinen Lippen hängen.

„Nein, das war meine Mutter. Es gibt ein paar Komplikationen bei der Hochzeit, und ich dachte, die Nachricht sei schon zu Hause angekommen. Jasmin ist hochschwanger. Man weiß nicht, welche Auswirkungen so etwas auf sie hätte." Ich war froh, dass ich in halbwegs vollständigen Sätzen reden konnte.

„Was für Komplikationen?"

Auch wenn es ihn eigentlich nichts anging, war ich froh, wieder auf der sachlichen Ebene zu sein und nicht über das reden zu müssen, was da gerade eben passiert war.

„Es gab einen Wasserrohrbruch im Festsaal, in dem die Hochzeit stattfinden sollte. Wir haben nur noch wenige Tage Zeit, Ersatz zu finden. Ich habe keine Ahnung, wo wir feiern können, und es muss noch so viel organisiert werden." Ich seufzte.

„Wie viele Personen seid ihr denn?" Er zückte sein iPhone aus der Hosentasche.

„Knapp dreihundert."

Marc nickte, tippte auf dem Handy herum und ließ es wieder in die Tasche gleiten. „Du willst es ihnen schonend beibringen?"

Ich zuckte mit den Schultern „Wer macht so was schon gerne."

„Ich habe die Erfahrung gemacht, dass man das am besten so schnell wie möglich hinter sich bringt. Alles andere verursacht nur zusätzlichen Ärger." Er legte den Kopf leicht schief. Dieser Gesichtsausdruck erinnerte mich an früher: eine Mischung aus Zweifeln, Besorgnis und noch etwas Undefinierbarem.

„Du meinst, am besten sofort?"

Er nickte und kam einen Schritt auf mich zu. „Es wäre sowieso das Vernünftigste, wenn wir beide jetzt nach Hause fahren. Du hattest einen anstrengenden Tag, und es ist schon spät."

Mein Herz schlug unregelmäßig. Er strich sanft über meine Wange. Dann küsste er mich erneut, nur ganz kurz, wie bei einem freundschaftlichen Abschied. Schließlich ließ er seufzend von mir ab und trat einen Schritt zurück.

Ein Stich der Enttäuschung durchfuhr mich. „Richtig, wir sollten Feierabend machen."

Ich wandte mich um und fuhr den Computer herunter, spürte dabei aber seine Blicke in meinem Nacken. Dann schaltete ich die Lichter aus, und wir verließen das Büro. Marc folgte mir zu meinem Auto und wartete, bis ich eingestiegen war. Als ich den Motor startete, hob er die Hand zum Gruß und blieb an der Stelle stehen, bis ich um die Ecke bog und ihn aus den Augen verlor.

Kiras To-do-Liste:

Punkt 47: 11.30 Uhr Tische, Bänke, Festzelt schmücken
Punkt 46: 11.45 Uhr Lieferung Toilettenwagen
Punkt 45: 15.00 Uhr Aufbau Licht- und Musikanlage
Punkt 44: 17.00 Uhr Beschilderung anbringen
Punkt 43: 18.00 Uhr Einweisung Kegeltrupp-Kellner
Punkt 42: 18.15 Uhr Lieferung Buffet
Punkt 41: 19.00 Uhr Der Polter-Wahnsinn geht los – Notrufnummer für Flashmob bereithalten!

Samstag Juni
13

2. To-do Liste xTherm:

Agentur:
Punkt 44: Überfällig: Entwurf Messestand
Punkt 36: Überfällig: Rede Marc Eröffnung
Punkt 35: Klinikpackung Kaffee besorgen!!!
Punkt 34: Choreografie Models

8 Tage bis zur Hochzeit
—
5 Tage bis zur Solarmesse

Kapitel 13

Samstag, 13. Juni – 10.00 Uhr

Ich stand schon seit einiger Zeit auf dem Besucherparkplatz vor dem xTherm-Verwaltungsgebäude, konnte mich aber nicht überwinden, auszusteigen. Stattdessen klimperte ich auf meinem Handy herum, checkte Facebook, Twitter und Instagram und beantwortete ein paar E-Mails. Schließlich hatten wir keine feste Uhrzeit vereinbart, als Marc mich vor über einer halben Stunde daran erinnert hatte, dass wir uns in seinem Büro treffen wollten. Ausgezeichnet. Als wären die letzten zwölf Stunden nicht schon Horror genug gewesen.

Eine weitere unruhige Nacht lag hinter mir, denn sobald ich die Augen geschlossen hatte, war Marc da gewesen, wie auf der Innenseite meiner Augenlider eingebrannt. Pausenlos drehte sich mein Gedankenkarussell um die Frage, wie es dazu hatte kommen können und was es bedeutete, während meine Gefühle auf der Looping-Achterbahn eine Runde nach der anderen drehten. So ein Rummelplatz-Innenleben war nicht gerade schlaffördernd.

Um dem ein Ende zu bereiten, war ich im Morgengrauen hinuntergeschlichen und hatte mit den Vorbereitungen für den heutigen Polterabend begonnen: Salate geschnippelt, Tische und Bänke im Festzelt aufgestellt, für die Deko gesorgt und alles getan, was mich sonst noch irgendwie ablenken konnte. Leider war mir irgendwann die Arbeit ausgegangen, sodass ich schließlich in die Agentur gefahren war, um meine überschüssige Energie in die Rede zu stecken.

Tja, und jetzt war ich hier auf diesem Parkplatz und sah durch die Windschutzscheibe an der Spiegelfläche des Firmengebäudes empor. Nie war es mir bedrohlicher vorgekommen. Ich sollte aussteigen und da reingehen. Doch stattdessen nahm ich erneut mein Handy und tippte.

ICH:
Gibt es einen Trick, wie man ganz schnell ganz ruhig wird? So was lernt ihr doch sicher bei der Kripo.

SABIN:
Blockier alle Gedanken an das, was dich nervös macht, und denk dich auf eine grüne Wiese. WAS macht dich so nervös?

ICH:
Gestern Abend gab es einen kusstechnischen Übergriff, und ich fühle mich wie ein psychotischer Amokläufer.

SABIN:
Langsam! Wer hat wen wann warum geküsst? Und vor allem, wohin?

ICH:
Marc mich gestern Abend. Warum? Keine Ahnung. Wohin? Also bitte! Das Problem: Ich stehe schon vor seiner Firma und muss da rein.

SABIN:
Doch nicht DER Marc, der dich bisher VÖLLIG kaltgelassen hat? Falls doch, wo ist das Problem?

ICH:
Ich hab keine Ahnung, wie ich mich verhalten soll.

SABIN:
Erst mal abwarten, was er macht. Hat er eine Freundin?

ICH:
Ich glaube schon. Aber das ist auch egal, denn er ist für mich so geeignet wie Sonnenschein für Dracula. Sag mir einfach, dass es nicht noch schlimmer werden kann. BITTE!

SABIN:
Es kann nicht schlimmer werden ... wenn du nicht von ihm schwanger wirst.

ICH:
Du bist wirklich eine große Hilfe.

SABIN:
Von DEN KÜSSE ICH NIEMALS bis ICH HABE IHN GEKÜSST waren es gerade mal zwölf Stunden. Mal sehen, wie lange es von NICHT SCHWANGER bis SCHWANGER dauert. Zum Glück ist deine allertollste Freundin, die dich aus jedem Schlamassel rausboxt, bald wieder da!

ICH:
Allein der Gedanke hält mich hoch! Drück mir die Daumen, dass ich das überstehe …

Ich stellte das Handy auf lautlos, stieß mit einem tiefen Seufzer die Autotür auf, stieg aus und ging zu meinem alten Freund, dem Pförtner, hinüber. Er begrüßte mich mit einem Lächeln und winkte mich ohne das übliche Anmeldeprozedere einfach so durch. Das Gleiche passierte bei Major Tom und seiner Sicherheitsschleuse. Womit hatte ich das denn verdient? Hatte Big Boss mir etwa eine Unbedenklichkeitsbescheinigung ausgestellt?

Somit wurde ich für meinen Geschmack viel zu schnell durchgewunken, denn wie gerne hätte ich Zeit geschunden, bevor ich Marc gegenübertrat. Bei dem Gedanken daran kribbelte es überall. Ich ballte meine zitternden Hände zu Fäusten.

Wieder einmal holte mich Emily, die mich heute freundlich anlächelte, beim Fahrstuhl ab und brachte mich zu ihrem Chef. Er saß hinter seinem Schreibtisch und telefonierte, winkte uns aber herein und bedeutete Emily, ebenfalls zu bleiben. Wir warteten schweigend, bis er sein Gespräch beendet hatte, und ich nutzte die Zeit, um ihn diskret zu mustern. Er sah viel frischer aus als gestern Abend, aber sein Gesichtsausdruck war distanziert und auf einen Punkt in der Ferne konzentriert. Ich konnte keine Gefühlsregung erkennen, selbst nicht, als er auflegte und sein Blick mich dabei streifte.

Die Tür zum Korridor öffnete sich, und eine Frau betrat den Raum, die mir bekannt vorkam. Das war doch die Besitzerin des Burghotels. Was tat sie denn hier? Und wieso durfte sie ohne Aufpasser herumspazieren?

„So, mit meiner lieben Freundin Sophia sind wir vollzählig", sagte Marc. „Ihr kennt euch ja bereits."

Sophia nickte mir gnädig zu, und ich lächelte angestrengt zurück. *Kennen* war zu viel des Guten, aber ich wusste immerhin, wer sie war und was sie mit Marc verband.

„Bitte." Marc war aufgestanden und deutete auf den Besprechungstisch, an dem auch er Platz nahm. Wir saßen kaum, da ergriff er erneut das Wort: „Wir konnten Sophia dafür gewinnen, euch für die Hochzeit den Museumsteil des Burghotels zu überlassen. Alles andere ist offenbar für das Wochenende bereits ausgebucht. Ich denke, damit dürfte dein Problem gelöst sein."

Ich starrte ihn an. „Meine Güte!", entfuhr es mir. „Das ist wirklich eine Überraschung. Geht das denn so einfach?" Ich war wie vom Donner gerührt. Damit hatte ich am allerwenigsten gerechnet.

„Selbstverständlich. Aber das ist nur ein Angebot. Wenn du oder deine Familie inzwischen schon was anderes gefunden habt, dann …"

„Nein!", rief ich. „Die wissen noch gar nichts." Ich biss mir auf die Lippe, als mir klar wurde, wie feige sich das anhörte. Dabei war ich heute früh einfach noch niemandem von ihnen begegnet.

„Dann kannst du die schlechte Nachricht direkt mit der guten überbringen."

„Also wirklich, das ist … Danke! Es gibt allerdings noch mindestens hundert Fragen zu klären."

„Natürlich", unterbrach er mein Gestammel. „Die ganzen Details besprichst du am besten direkt mit Sophia und Emily. Morgen um dreizehn Uhr fünfzehn ist der Vor-Ort-Termin, damit Braut und Bräutigam sich alles anschauen können. Wenn du willst, unterstützt Emily dich bei der Organisation, während du die Messe vorbereitest. Sie hat viele Jahre in einer Eventagentur gearbeitet und kennt sich bestens aus." Er sah mich an und verriet mit keinem Wimpernschlag seine Gedanken.

„Riesig gerne! Was für eine tolle Idee." Ich verstummte, immer noch völlig von den Socken. Er nahm damit eine Riesenlast von mir. Plötzlich sahen die folgenden Tage gar nicht mehr so bedrohlich aus, weil ich mich nicht ständig fragen musste, wie zur Hölle ich das alles erledigen sollte. Das war … zu schön, um wahr zu sein. Ich konnte aber schlecht Sophia neben mir bitten, mich mal zu kneifen. Oder war da ein Haken bei der Sache? Ich beschloss, direkt mal den Finger in die Wunde zu legen. „Was soll das denn kosten?"

Fragend sah ich von Emily zu Sophia, die mich nachsichtig anlächelte und erklärte: „Ich nehme keine Saalmiete, allerdings kämen Kosten für das Catering und die Getränke auf Sie zu sowie für alles Equipment, das wir zusätzlich besorgen müssen."

„Das ist unglaublich großzügig von Ihnen", bedankte ich mich.

„Freunde von Marc sind auch meine Freunde. Nicht wahr, Schatz?" Sie warf ihm einen Blick zu, der Liebe, Bewunderung und Schlafzimmer in einem war. Er lächelte zurück.

„Richtig." Er sah auf seine Armbanduhr und stand auf. „Ich lasse euch mal machen. Hochzeiten gehören wahrlich nicht zu meiner Kernkompetenz, und das Produktionsmeeting beginnt in ein paar Minuten. Bleibt einfach hier und fühlt euch wie zu Hause – und wenn ihr fertig seid, kann Emily mir Bescheid geben, und wir beide gehen die Rede durch." Er nickte mir aufmunternd zu und verließ den Raum, überließ mich den beiden Frauen, die in seinem Leben offenbar eine große Rolle spielten.

Während Emily uns im Chefbüro – welche Ehre – mit Kaffee und Gebäck versorgte, kramte ich die To-do-Liste der Hochzeit hervor, die mich seit dem Fahrradsalto immer auch als Ausdruck begleitete. Die erledigten Aufgaben hatte ich sorgfältig abgestrichen und heute früh die Punkte markiert, die nun durch den Wasserrohrbruch wieder in der Luft hingen.

Sophia warf einen Blick darauf, und als ich ihr die Seiten reichte, blätterte sie hindurch und nickte anerkennend. Dann hielt sie Emily die Liste hin, die ihr im Gegenzug eine gefüllte Kaffeetasse übergab. Auch Emily studierte meine Aufzeichnungen ausgiebig und sah mich anschließend mit glänzenden Augen an. „Das nenne ich mal Vorbereitung! Fast schon wie ein professioneller Hochzeitsplaner."

„Genau das habe ich auch gedacht", bestätigte Sophia. „Umso einfacher können wir alles auf den neuen Veranstaltungsort in der Burg anpassen."

„Vielen Dank", murmelte ich und konnte ein glückliches Grinsen nicht unterdrücken. Zum ersten Mal wurde meine Liste nicht belächelt, sondern gelobt.

„Liebe Frau Spatz – oder darf ich Kira sagen?" Emily sah mich fragend an, und ich nickte. „Mein Chef hat Sie vorhin etwas überrumpelt. Ist es wirklich in Ordnung, dass die Feier auf der Burg stattfindet und wir Ihnen bei der Organisation behilflich sind?"

„Selbstverständlich. Sie sind meine Rettung. Ich bin Ihnen sogar mehr als dankbar." Ganz tief in mir regte sich ein winziges Aber, dass ich bei diesen beiden Profis garantiert nichts mehr zu melden hatte, aber ich beachtete es nicht weiter. Was hätte ich auch sagen sollen, nachdem sie mir die Lösung auf einem silbernen Tablett serviert hatten? Lasst mich in Ruhe, ich mache das selber?

Es kam also, wie es kommen musste: Als wir die Punkte durchgegangen waren und mit Blick auf den Kalender und die bevorstehende Messe aufgeteilt hatten, wer sich worum kümmern sollte, zeigte sich eine klare Rangfolge mit der Quote von fünfundsiebzig zu zwanzig zu fünf – wobei Sophia den vorletzten und ich den hintersten Platz belegte.

Blieb nur noch die Frage, wie ich der Familie erklären sollte, dass wir ab sofort professionelle Eventplaner hatten. Vielleicht konnte ich Emily als glückliche Agenturkundin vorstellen, die aus Dankbarkeit die Organisation übernahm und uns außerdem den Kontakt zu Sophia beschert hatte. Etwas Gescheiteres fiel mir nicht ein, und ich konnte nur hoffen, dass die beiden dabei mitspielten.

Nach einer Dreiviertelstunde waren wir fertig, und die Damen gingen schwatzend hinüber ins Sekretariat. Ich raffte meine Unterlagen zusammen, um ihnen zu folgen, aber Marc betrat bereits den Raum durch die Korridortür und vereitelte meine Flucht.

„Ich verabschiede noch kurz Sophia", meinte er, „dann machen wir beide mit der Rede weiter. Gib mir drei Minuten." Er verschwand ebenfalls im Sekretariat.

Ich sank wieder auf meinen Stuhl, und ein eigenartiges Gefühl breitete sich in meinem Magen aus. Sophia verabschieden. Vermutlich bekam sie die gleiche Zuwendung wie ich gestern Abend.

Marc kehrte recht schnell zurück und setzte sich auf den Platz neben mir. Der schwache Duft seines Aftershaves weckte Erinnerungen an unsere letzten Stunden, und ich spielte mit dem Kugelschreiber herum, weil meine Hände keine Ruhe fanden. Ich meinte sogar, seine Körperwärme zu spüren. Um mich abzulenken, schob ich die Rede zu ihm hinüber, aber anstelle des Papiers starrte er mich mit einem nachdenklichen, fast traurigen Gesichtsausdruck an.

Ich plapperte los, in der Hoffnung, seine Aufmerksamkeit auf die Rede zu lenken, und es gelang mir tatsächlich. Wir sprachen die Eröffnung durch, die einzelnen Passagen der Präsentation und die Moderation der Solar-Bademodenschau mit dem abschließenden Finale des DJs, das der Höhepunkt der Show werden sollte. Anfangs verhaspelte ich mich mehrmals.

Vor allem, wenn Marc sich zu mir beugte oder seine Hand ganz nah neben meiner lag, weil er auf eine Passage im Text zeigte. Überdeutlich nahm ich die Härchen auf seinem Handrücken wahr, den leichten Bartschatten auf seinen Wangen, die winzigen Lachfältchen um seine Augen, wenn er mich anlächelte. Umso erstaunlicher, dass ich verständliche Sätze von mir gab und nicht nur dümmliches Gestammel. Schließlich kamen wir zum Ende der Rede.

„Wenn du also keine weiteren Änderungen mehr hast, dann wären wir fertig. Ich schicke dir die Datei und nehme noch einen Ausdruck mit zur Messe – für alle Fälle." Ich begann, die Unterlagen auf dem Tisch zu sortieren.

„Du hast es sehr gut getroffen."

„*Es?*"

„Ja, *es*. Den Ton. Meine Art zu sprechen. Die Worte, die ich verwende. Das ist das Schwierigste beim Redenschreiben. Ich hätte es selbst nicht treffender hingekriegt, und ich kenne diesen Marc Albrecht bereits seit über dreißig Jahren."

„Was nicht heißt, dass du dich richtig einschätzt", meinte ich. Er runzelte die Stirn, und ich fügte schnell hinzu: „Ich meine das nicht negativ. Eine treffende Selbsteinschätzung ist fast unmöglich, weil man seine innere Welt dazuaddiert und seine Außenwirkung gar nicht objektiv wahrnehmen kann."

„Was möchte die Frau Tiefenpsychologin mir damit sagen?"

„Nichts!" Ich zögerte. „Doch, ich möchte dir damit etwas sagen: Danke! Was du heute für mich getan hast, hat mir gezeigt, was für ein großzügiger, hilfsbereiter und netter Mensch du bist, egal, was die anderen über dich sagen. Du hast dich für uns eingesetzt, obwohl unsere Familien seit Jahrzehnten Streit miteinander haben. Du hast dafür gesorgt, dass wir eine traumhafte Kulisse für die Hochzeit bekommen, besser als das Hotel, als alles, was ich hätte möglich machen können. Du bist ein Schatz."

Marc lehnte sich auf seinem Stuhl zurück und verschränkte die Arme vor der Brust. „Kira, bitte …"

„Gut, ich höre ja schon auf, dich zu loben. Sonst wirst du noch überheblicher, als du sowieso schon bist."

„Du hast so eine Art, einen binnen Sekunden auf den harten Boden der Tatsachen zurückzuholen."

„Es soll nur heißen: Egal, was kommt, ich werde dir für immer und ewig dankbar sein."

„Brauchst du nicht, das habe ich gerne gemacht. Ganz so selbstlos, wie du es darstellst, ist das allerdings nicht, denn es hilft meiner Sache schließlich auch." Er räusperte sich und rieb sich das Kinn. „Kira, ich möchte noch etwas klarstellen. Wegen gestern Abend. Wir beide ..." Er schluckte und vergrub seine Hände in den Hosentaschen. „Ich hatte einen langen Tag. Das ist natürlich keine Entschuldigung." Er zuckte mit den Schultern, stand auf und begann, im Raum auf und ab zu gehen. „Du fühlst dich Robert gegenüber schuldig, das kann ich verstehen. Aber keine Sorge, ich werde dich nicht ... na, du weißt schon. Mit Angestellten oder Geschäftspartnern Beziehungen einzugehen ist irgendwie ... keine Ahnung. Deswegen muss ich mich in aller Form für gestern Abend entschuldigen. Kommt nicht wieder vor."

Auch wenn seine Worte konfus waren, erkannte ich den Sinn dahinter. Er hatte Ehrlichkeit mit Ehrlichkeit quittiert und mir klargemacht, dass unser kleiner Zwischenfall nichts anderes als ein Ausrutscher gewesen war. Ich fragte mich zwar, was Robert damit zu tun hatte, aber die Lust, nachzufragen, war mir gerade vergangen.

„Gut, dann wäre das auch geklärt", sagte ich daher nur knapp, raffte meine Sachen zusammen und ging zur Tür. Dort drehte ich mich noch einmal um. „Ein Rat für die Zukunft: Lass dir für so was auch besser eine Rede schreiben."

Ich ging. Niemand hielt mich auf.

... immer noch Samstag, 13. Juni – 17.50 Uhr

SABIN:
Wie war's?

ICH:
TOTAL SUPER! Bin so sauer. Diese Familie treibt mich auch in den Wahnsinn. Könnte Amok laufen! Eine Waffe habe ich schon: die Fleischgabel!

SABIN:
Verstehe, ein Fall für Gewaltprävention. Wir brauchen Glücksgefühle.

ICH:
Ich reiße mir Tag und Nacht den Hintern auf und mache doch alles falsch. Mein Ex-Ex serviert mich zum zweiten Mal ab. Wo bitte soll ich da Glücksgefühle hernehmen?

SABIN:
Wenn du mir die genaue Uhrzeit des Amoklaufs durchgeben könntest ...

ICH:
Du schickst mir die Bullen?

SABIN:
Achte auf deine Wortwahl! Nein, ich sage RTL Bescheid und kassiere eine fette Prämie. Dein Täterprofil verkaufe ich an die Bild, die zahlen auch gut. Nimmst du Geiseln?

ICH:
Nein, ich lege alle sofort um. Blöderweise hat Mutti mir gerade die Fleischgabel entwendet und dafür Cocktailspießchen in die Hand gedrückt. Amoklauf ist abgeblasen.

SABIN:
Voll der Spielverderber! Apropos: Eiszeit im Paradies – Ingo und Pamela haben sich gestritten. Sie ist jetzt bei Dennis eingezogen. Und das nur, weil Ingo mich nach dir gefragt hat, als Miss Hohle-Nuss danebenstand. Halte dich auf dem Laufenden ...

Drei Stunden später war das Festzelt brechend voll, sodass man sich nur unter Einsatz der Ellenbogen einen Weg hindurchbahnen konnte. Jasmins Post hatte zwar viele Leute angezogen, der insgeheim befürchtete Flashmob blieb aber zum

Glück aus. Vermutlich auch, weil viele einfach nicht wussten, wo sich das Sauerland befand. Insgesamt schien der Polterabend – nicht zuletzt dank einer genialen Band – ein voller Erfolg zu werden. Während der Holzboden unter den Tanzenden bebte, wachte über allem die obligatorische Spatz-Familienflagge.

Offenbar kam das Essen genauso gut an wie die Band, denn bei meinem Kontrollgang war das Buffet bis auf wenige Reste bereits geplündert. Ich wollte mich gerade darum kümmern, da sah ich Mutti mit ihren Blumentanten Nachschub heranschleppen, aus welchen Ecken sie den auch immer hervorholten.

Außerdem floss der Alkohol in Strömen, verteilt von Roberts Kegelbrüdern, die sich mit leicht glasigem Blick und vollen Tabletts durch die Menge schoben. So stand ich dieses Mal nicht in der Pflicht und konnte das Fest genießen. Ich traf alte Bekannte wieder, ehemalige Klassenkameraden und Freundinnen, die mittlerweile verheiratet oder auch schon wieder geschieden waren.

Ganz besonders freute ich mich über das Wiedersehen mit Kerstin, die damals genauso wichtig für mich gewesen war wie heute Sabin, die ich aber nach dem Schulabschluss aus den Augen verloren hatte. Wir stießen an und schworen uns, nicht wieder zwölf Jahre bis zu unserem nächsten Wiedersehen vergehen zu lassen.

Als ich jedoch ihren Ehemann kennenlernte, bekam ich runde Augen. Es war niemand anderer als Stefan, der Marketingleiter von xTherm, mit dem ich inzwischen täglich telefonierte. Er hatte bereits das Redselig-Stadium erreicht, denn er vertraute mir an, dass Leon zwar der nettere Chef sei, aber Marc als Macher eindeutig der bessere. Den dritten Chef, Silas Behrens, hatte ich bisher nur einmal kurz gesehen. Er sei als Leiter der Forschung und Entwicklung derjenige mit dem technischen Fachwissen, bleibe aber lieber im Hintergrund.

Stefan war seit fünf Jahren bei xTherm und hatte erlebt, wie die Albrechts das finanziell angeschlagene Unternehmen aufgekauft hatten, weil Silas zwar ein brillanter Technologiekopf, aber betriebswirtschaftlich leider unbegabt war. Die Albrecht-Brüder wollten das Unternehmen eigentlich gesundschrumpfen und wieder verkaufen, erkannten dann aber das Potenzial hinter Silas' Erfindung.

Daraufhin beschlossen sie vor einem Jahr, xTherm zu behalten und mit dieser bahnbrechenden Technologie den Solar- und Fotovoltaikmarkt umzukrempeln. Bisher ging ihre Rechnung auf. Doch irgendwie war durchgesickert, dass xTherm der technologische Durchbruch gelungen war, was wiederum Mitbewerber auf den Plan gerufen hatte, die dem Unternehmen sein Geheimnis abzuluchsen versuchten. Wichtige Forschungsdokumente und Prototypen waren verschwunden und Wanzen in Telefonen und Büros entdeckt worden. Marc hatte die Sicherheitsmaßnahmen enorm verstärkt und alle Mitarbeiter sowie Dienstleister durchleuchten lassen.

Laut Stefan war Marc morgens der Erste im Büro, abends der Letzte. Fast jedes Wochenende verbrachte er in der Firma oder arbeitete von zu Hause aus, was Stefan an den vielen E-Mails sah, die er zu den unmöglichsten Zeiten von Marc bekam. Man konnte deutlich hören, wie sehr Stefan seinen Chef für diese Einstellung bewunderte.

Kerstin sah das völlig anders. Sie als Paartherapeutin glaubte, Marc kompensiere Verlust- und Beziehungsängste mit einem Maximum an Kontrolle über andere. Wer alles im Griff habe, der erlebe keine Überraschungen und war davor geschützt, sich anderen auszuliefern.

Ich war zu erstaunt, um zu widersprechen. Einerseits klang es logisch, andererseits konnte ich mir nicht vorstellen, dass Marc Albrecht vor irgendetwas Angst hatte.

Während ich weiter darüber grübelte und in mein halb volles Weinglas starrte, bemerkte ich aus dem Augenwinkel eine Bewegung in der Menge. Gedankenverloren sah ich auf und erstarrte.

„Onkel Rudi?", wisperte ich fassungslos. Braun gebrannt, mindestens zwanzig Kilo leichter und in einem hellgrauen Anzug bahnte sich mein Lieblingsonkel den Weg durch die

Menge, als sei er die Zweitbesetzung von James Bond. Er war also wirklich hier und wagte es, erneut mit Elli in den Ring zu steigen. Doch zunächst steuerte er auf Jasmin zu, die sich ein paar Meter von mir entfernt mit jemandem unterhielt.

Als Jasmin ihren Onkel entdeckte, warf sie sich freudestrahlend in seine Arme. Rudi sagte etwas, kniff Jasmin in die Wange, ließ sie los und kam dann zu mir. Einen kurzen Moment betrachtete er mich nur, Freude glänzte in seinen Augen, dann umarmte er mich herzlich und säuselte mir ins Ohr: „Meine kleine Kira, drück deinen alten Onkel! Ich kann nicht fassen, dass du mit jedem Mal schöner wirst, aber ich schwöre, es ist so! Wenn du nicht meine Lieblingsnichte wärst, würde ich dich um ein heißes Date bitten."

„Mit solchen Sprüchen wäre ich in Tante Ellis Gegenwart vorsichtig", gab ich zurück, als er mich losließ.

„Wo steckt der alte Drache? Zieht sie schon ihre Kreise, um mich mit ihrem Feueratem zu grillen?" Er warf den Kopf in den Nacken und lachte laut über seinen eigenen Witz, so wie es eben nur Onkel Rudi vermochte.

Durch seine Worte alarmiert sah ich mich um und entdeckte in der Nähe des Eingangs tatsächlich Ellis Kopf neben dem meiner Mutter. Sie diskutierten heftig miteinander und deuteten zu uns herüber.

„Sie hat dich gesichtet", rief ich ihm zu. „Wir sollten dich aus der Schusslinie bringen."

Rudi nickte. Wir umrundeten einige Menschentrauben und bahnten uns einen Weg in Richtung Cocktailbar, die sich in einem kleineren Seitenzelt und damit erst einmal in ausreichender Entfernung zu Elli befand. Hier war es zum Glück nicht mehr so laut. Ich tauschte mein Weinglas gegen zwei Sektgläser vom Tablett eines Kellners, reichte eines an Rudi weiter, und wir stießen an.

Bereits beim ersten Nippen hätte ich mich beinahe verschluckt, weil wie aus dem Nichts Tante Elli auftauchte und sich vor ihm aufbaute. Neben ihr stand Mutti mit unglücklichem Gesicht.

Tante Elli stemmte die Arme in die Seiten. „So, da bist du also."

Die Musik verstummte. Offenbar legte die Band eine Erholungspause für unser Trommelfell ein. Das war allerdings kein besonders günstiger Moment dafür.

Rudi nippte am Sekt und musterte seine Fast-Exfrau. „Ja", sagte er schließlich, „da bin ich also."

„Du hast dich … verändert."

„Du dich auch. Ich muss sagen, diese neue Frisur steht dir ganz ausgezeichnet."

Elli sah ihn argwöhnisch an. „Hat deine Freundin dafür gesorgt, dass du so schlank geworden bist?"

„Freundin?"

„Stell dich nicht dumm! Dieses junge Ding, das in unserem Haus gewohnt hat. In deinem Haus, meine ich natürlich."

„Du meinst Jeanne? Die wohnt in unserem Gästetrakt, mit ihrem Freund", konterte Rudi. „Damit ich nicht so einsam bin. Das fällt mir nicht leicht, seit du weg bist, weißt du? Das Alleinsein."

Mutti und ich wechselten verwirrte Blicke. Was zum Teufel ging hier vor?

Tante Elli räusperte sich. „Bist du unter die Vermieter gegangen?"

„Nein, sie zahlen keine Miete. Dafür, dass sie dort wohnen, hilft der Freund mir im Garten und …"

„Du lässt einen Fremden in meinen Garten? Der weiß doch gar nicht, was er mit meinen Büschen und Blumen machen soll."

„Er weiß mehr davon als ich."

„Das ist nicht schwer."

„Ich weiß. Aber was soll ich machen? Du bist ja nicht mehr da, und vieles läuft nun anders."

„Du wolltest, dass wir uns trennen."

Onkel Rudi seufzte abgrundtief. „Das stimmt. Tja, und während ihr Freund unseren Garten verhunzt, verhunzt Jeanne unsere Küche."

„Ha!" Tante Elli schüttelte den Kopf. „Wie alt ist sie? Neunzehn? Die bringt doch nichts Vernünftiges auf den Tisch."

„Nein, leider nicht." Rudi grinste gequält. „Was meinst du, warum ich so schlank geworden bin? Von dem Tofuzeugs und Kaninchenfutter kann kein Mensch existieren. Und Spaghetti mit Tomatensoße hängt mir langsam zum Halse raus."

„Das kann ich mir lebhaft vorstellen." Elli lachte, aber dieses Mal klang es nicht hämisch. „So kriegt jeder, was er verdient."

„Das habe ich am meisten vermisst."

„Meine Kochkünste?"

„Die auch. Aber eigentlich meinte ich dein Lachen." Er lächelte versonnen.

Elli sah ihn überrascht an. „Du hast mich vermisst? Aber du bist doch derjenige gewesen, der nicht mehr in diesen eingefahrenen Bahnen leben wollte …"

„Ich vermisse dich jeden einzelnen Tag. Was gäbe ich darum, mein altes Leben wiederzuhaben."

Tante Ellis Augen glänzten. „Wieso hast du nie etwas gesagt?", flüsterte sie.

„Weil du mir schon Schuhe oder Schlimmeres an den Kopf geworfen hast, wenn ich nur in deine Nähe kam. Ja, ich wollte das Leben endlich genießen, nachdem mein bester Freund viel zu früh gestorben ist. Aber ohne dich macht mir das Leben und auch das Genießen einfach keinen Spaß."

Ellis Augen schwammen vor Tränen.

Auch ich musste schlucken. Diese beiden Streithähne liebten sich am Ende immer noch. Wer hätte das gedacht.

Rudi reichte Elli seinen Arm, und sie hakte sich unter, als gäbe es nichts Selbstverständlicheres auf dieser Welt. Die beiden verschwanden durch den Seitenausgang in die Dunkelheit.

Ungläubig warf ich Mutti einen Blick zu. „Hast du das gerade auch gesehen oder fange ich an, verrückt zu werden?"

„Keine Sorge, Schatz, die Verrückten sind nicht wir beide." Sie zuckte mit den Schultern. Der Tag, an dem ich diese Familie verstehen würde, war noch lange nicht in Sicht.

Kiras To-do-Liste:

Punkt 40: 9.00 Uhr Abbau Licht- und Musikanlage
Punkt 39: 9.30 Uhr Frühstück für Übernachtungsgäste
Punkt 38: 10.00 Uhr Festzelt aufräumen
Punkt 37: 10.45 Uhr Toilettenwagen reinigen
Punkt 36: 11.00 Uhr Treffen zum Restevernichten
Punkt 35 13.15 Uhr Treffen Burg & Besichtigung neue Location

Juni
Montag
14

2. To-do-Liste xTherm:

Punkt 33: Flash-Film sichten!!!
Punkt 32: Änderungen Programmablauf Messe
Punkt 31: zweites Vor-Messe-Mailing

7 Tage bis zur Hochzeit

—

4 Tage bis zur Solarmesse

Kapitel 14

Montag, 14. Juni – 13.15 Uhr

Vor den Toren des Burgmuseums empfing uns Sophia im ärmellosen Hosenanzug mit der Würde einer Königin, Seite an Seite mit Emily im lavendelfarbenen Kostüm und der Miene einer Schuldirektorin. Gegen diese Damen von Welt wirkten Jasmin und meine Wenigkeit in Jeans und vom Arbeitseinsatz zerknautschter Bluse so anmutig wie zwei gerupfte Hühner im Schwanenteich.

Ich stellte sie einander vor, und Sophia erkundigte sich höflich nach dem Gesundheitszustand von Mutter und dem ungeborenen Kind. Jasmin antwortete zwar, aber ich merkte an ihrem Tonfall, dass sie immer noch verstimmt war, so kurz vor der Hochzeit einen neuen Ort für die Feier begutachten zu müssen.

Dabei hatte ich ihr auf der Hinfahrt vorgeschwärmt, wie romantisch und einzigartig eine Hochzeit auf einer Burg werden könnte. Sie vermutete dennoch skeptisch, ob man uns nicht in einen düsteren Gewölbekeller stecken und das Hochzeitsmahl neben der Folterbank servieren würde. Was natürlich nicht Jasmins Vorstellungen von einer eleganten Feier entsprach.

Sophia bat uns, ihr in das Burgmuseum zu folgen. Bevor wir allerdings den ersten Schritt gemacht hatten, fragte sie Jasmin: „Sollen wir noch auf den Bräutigam warten? Meine Assistentin kann ihn aber auch zu uns bringen, falls er sich verspätet."

„Nicht nötig", Jasmin winkte ab. „Robert ist der Meinung, dass er eh nichts zu melden hat, wenn vier Frauen seine Hochzeit planen. Da will er die Zeit lieber zum Geldverdienen nutzen, damit wir umso mehr ausgeben können."

Sophia hob die Augenbrauen, und es entstand eine ungemütliche Pause. „Manchen Männern fehlt doch hin und wieder die Wertschätzung für die wesentlichen Dinge des Lebens. Aber gut." Sie drehte sich um und ging voran. „Hoffen wir, dass sein Hochzeitstag ihn von der Arbeit abhalten kann." Die letzten Worte hörten wir nur so eben, da Sophia sie zu Emily gesagt hatte. Jasmin schnitt hinter ihrem Rücken eine Grimasse. Schnell hakte ich sie unter und lenkte sie damit ab, ihr von dem großartigen Essen zu erzählen, das es hier gab.

Wir durchquerten einige düstere Räume, die den Horrorvisionen meiner Schwester ziemlich nahe kamen, denn sie waren mit Waffen, Rüstungen und Folterwerkzeug vollgestopft. Doch dahinter öffnete sich ein weitläufiger Saal mit wuchtigem Deckengewölbe, ringsum bestückt mit beleuchteten Vitrinen voller Hellebarden, Schwertern, Messern, Rüstungen und sogar einer Kanone.

Sophia machte eine ausladende Geste. „Das ist der große Rats- und Waffensaal, in dem die früheren Burgbesitzer und ihre Ritter über ihre Kriege beraten und für die Kämpfe geübt haben. In den alten Schriften wird erwähnt, dass hier viele Feiern und Hochzeiten stattgefunden haben, bevor der große Rittersaal erbaut wurde, in dem sich heute unser Restaurant befindet. Genau hier könnte auch Ihre Hochzeitsfeier stattfinden."

Jasmin hatte ihre Verstimmung offenbar schon wieder überwunden, denn sie drückte meine Hand und strahlte über das ganze Gesicht. Dann machte sie sich los und wanderte mit Emily durch den Saal. Jasmin stieß leise Seufz- und Quietschgeräusche aus, so begeistert war sie mit einem Mal von den mittelalterlichen Relikten und dem von Fackelhaltern gesäumten Wänden, die ein unvergleichliches Ambiente schufen. Vergessen war offenbar auch ihre Verzweiflung angesichts meiner Ankündigung, dass ich in den nächsten Tagen Robert in der Agentur helfen müsse und Emily mich bei der Hochzeitsplanung vertreten werde. Denn Jasmin hing nun bereits an Emilys Arm, und sie planten munter, wo man hier was aufstellen und dekorieren könnte. Ich hingegen folgte Sophia, die hinaus in einen großen Innenhof ging.

Der Hof maß ungefähr ein halbes Fußballfeld. Zwei Seiten wurden von der Burg eingerahmt, ein Torbogen führte hinaus in die Auffahrt. An der Kopfseite hatte man einen weiten Blick über Stadt und Wälder unter einem grauen Himmel. „Hier könnten zum Beispiel Stehtische und eine kleine Bühne für die Band aufgestellt werden", überlegte sie.

„Eine gute Idee", stimmte ich zu. In Gedanken sah ich schon den festlich geschmückten Hof vor mir. Vor dieser Kulisse war das der perfekte Ort für eine Hochzeit. Ich jedenfalls konnte mir keinen besseren vorstellen. Rechts neben dem Innenhof ragte der imposante Wehrturm in den grauen Himmel. Als ich zu der mindestens zwanzig Meter hohen Brüstung hinaufschaute, sah ich direkt daneben drei Flaggen im Wind flattern. Paps würde sich ein Loch in den Bauch freuen, wenn er hier die Familienfahne hissen durfte. Vermutlich knipste er allein damit eine komplette Kamera-Speicherkarte voll. Als Sophia mir bestätigte, dass sie nichts dagegen hatte, kam Jasmin hinzu und klatschte vor Freude in die Hände.

„Es ist ja geradezu ein Glücksfall, dass das Golfressort absagen musste", rief meine Schwester begeistert und strahlte Sophia an. Die bedachte sie mit einem Lächeln und ging zur eisenbeschlagenen Holztür des Turms hinüber, die sie mit einem großen Schlüssel aufschloss. In dem kreisrunden Raum, der vielleicht vier Meter im Durchmesser maß, war es kühl und dämmerig. Sophia schaltete das Licht an, und ein schmiedeeiserner Kronleuchter – groß wie ein Treckerreifen – glühte auf.

„Hier könnte die Braut sich vor Beginn der Zeremonie aufhalten", schlug Sophia vor. Wir nickten zustimmend. Die massiven Wände aus Steinquadern hatten weder Fenster noch Schießscharten.

„Das wird fantastisch!" Jasmin drückte voller Freude meine Hand.

„Wird die Treppe benötigt?", fragte Emily und deutete auf den Aufgang einer Wendeltreppe.

„Wenn die Flagge aufgehängt wird, dann schon. Oder der Fotograf und das Filmteam steigen hinauf und machen Aufnahmen von oben."

„Es ist unglaublich hier. Ich komme mir vor wie Rapunzel im Turm." Meine Schwester strich verliebt mit der Hand über die dicken Steine.

„Das ist gar nicht so abwegig. Wenn die Burg angegriffen wurde, haben sich die Burgherrin und ihr Gefolge hier verschanzt, denn das war der sicherste Ort und von außen fast uneinnehmbar. Man hat dann von der Brüstung Steine geworfen oder heißes Öl und Pech auf die Feinde gegossen, wenn diese versuchten, sich Zutritt zu verschaffen."

„Ich kann gar nicht glauben, dass Sie hier nicht häufiger Feiern abhalten", bemerkte Emily. „Das ist so ein faszinierender Ort."

„Nun ja, Sie wissen sicherlich, dass wir hohe Auflagen erfüllen müssen, wenn wir Räumlichkeiten für Feiern zur Verfügung stellen. Der Denkmalschutz und das Ordnungsamt haben da ein Wort mitzureden. Außerdem sind Beschädigungen nicht auszuschließen. Nein, diese Räume vermiete ich nur hin und wieder an den Lions Club. Sonst wird er nur bei Führungen gezeigt. Ich mache eine Ausnahme, weil Sie Marcs Freunde sind und er mich darum gebeten hat." Ein weicher Ausdruck trat in ihre Augen, als sie seinen Namen aussprach.

Mein Magen krampfte sich zusammen.

Als Emily und Jasmin schon wieder hinaus in den Hof gingen, fasste ich mir ein Herz und trat zu Sophia, die einen kleinen Fackelhalter neben der Tür ausrichtete. „Vielen Dank für Ihre Unterstützung. Das ist sehr großzügig von Ihnen", begann ich.

Sie schaute mich von oben herab an. „Nicht der Rede wert."

„Das alles ist zu schön, um wahr zu sein." Ich stockte. Was ich als Nächstes sagen wollte, blieb mir fast im Hals stecken. „Es ist sehr freundlich von Marc, dass er ein gutes Wort für uns eingelegt hat. Er ist wirklich ein außergewöhnlicher Mann."

Ihr Blick bohrte sich in meinen. „Ich kenne Marc seit Jahren, und er ist weitergekommen als irgendjemand anderes." Ihre Stimme klirrte wie Eiswürfel. „Allerdings meint er hin und wieder, irgendwelchen alten Freunden unter die Arme greifen zu müssen, eine karitative Leidenschaft offenbar. Nun, wie könnte ich ihm etwas abschlagen. Zum Glück weiß er am Ende immer, wo er hingehört."

Wenn sie mir ins Gesicht geschlagen hätte, wäre die Demütigung geringer gewesen. Ich drehte mich um und verließ fluchtartig den Turm.

Im Innenhof erklärte Emily Jasmin gerade, dass an der Mauer gegenüber dem Turm die Bühne für die Musiker aufgebaut werde. Derzeit sagten die Wetterprognosen nur Gutes voraus, aber für den Fall, dass sich das ändere, könne man einen Baldachin organisieren, der wie ein riesiger Fallschirm den gesamten Hof überspannte.

Sophia hatte inzwischen den Turm verlassen und ging auf das kleine achteckige Gebäude gegenüber zu, das neben den wuchtigen Mauersteinen pittoresk wirkte. Sie bat uns herein und erklärte, dass diese kleine Kapelle nachträglich erbaut worden sei, weil die Burgherren von der Pest verschont geblieben waren. Im Inneren der Kapelle, in der es höchstens zwanzig Sitzplätze gab, standen silberne und goldene Statuen auf Holzpodesten mit Intarsien und Inschriften.

„In dieser Kapelle könnte die standesamtliche und die kirchliche Trauung stattfinden", erklärte Emily.

Jasmin und ich wechselten erstaunte Blicke. „Es gibt hier höchstens Platz für den Priester, die Trauzeugen, Eltern und engsten Angehörigen", gab ich zu bedenken.

„Wir haben uns überlegt, dass es für die schwangere Braut einfacher ist, alles an einem Ort zu veranstalten. Die anstrengende Logistik zwischen Standesamt, Kirche und Hochzeitsempfang entfällt. Die Gäste könnten per Leinwandübertragung an dem großen Moment teilhaben."

„Soll ich dann die Kutsche abbestellen?", fragte ich.

„Der Kutscher könnte das Brautpaar transportieren und als zusätzlicher Shuttleservice dienen", schlug Sophia vor. „Autos sind hier oben nicht zugelassen, und der Aufstieg vom Parkplatz unten am Berg ist mühsam. Wenn die Gäste alle hier oben eingetroffen sind, holt die Kutsche die Brautleute und bringt sie hierher, je nach Größe kann sie sogar bis in den Hof fahren. Das gäbe einen passenden Auftritt vor der mittelalterlichen Kulisse.“ Jasmin nickte begeistert, und auch mir gefiel die Idee.

Wir diskutierten noch eine ganze Weile über die Aufteilung der Sitzplätze, die Deko und den Ablauf der Hochzeit und gingen schließlich hinauf ins Restaurant, um das Buffet zusammenzustellen.

... immer noch Sonntag, 14. Juni – 14.00 Uhr

Dieses Mal saß ich nicht im Erker wie bei dem Geschäftsessen mit Marc, sondern mitten im Rittersaal. Hohe Deckengewölbe mit Wappenmalereien, ein riesiger Kamin mit Reliefs und Wandteppiche, auf denen Darstellungen der Schlachten zu sehen waren, erzählten die Geschichten der Vergangenheit. Die Tische waren mit Gästen belegt, leise Musik und Gespräche erfüllten den Raum.

Sophia saß an unserem Tisch und besprach mit Jasmin, Emily und mir die Komponenten des Buffets, von denen Probehäppchen an den Tisch gebracht wurden. Zwischendurch begrüßte oder verabschiedete sie immer wieder Gäste, und ich konnte nicht anders, als ihren Charme zu bewundern, selbst wenn ich ihr wahres Gesicht vorhin noch gesehen hatte. Jasmin konzentrierte sich auf die Häppchen, von denen sie so viel futterte, als müsse sie davon Drillinge ernähren. Während sie das ansprechend dekorierte Fingerfood, allerlei mediterrane Gerichte sowie Kreationen aus Fisch und Wild in sich hineinschaufelte, plauderte sie angeregt mit Emily und strahlte wie ein Kind an Weihnachten. So fantastisch auch alles aussah und duftete – meine Kehle war wie zugeschnürt. Emily warf mir mehr als einmal einen prüfenden Blick zu, sagte aber nichts, und Jasmin war viel zu sehr mit sich selbst beschäftigt. Daher bekam sie auch nicht mit, wie die Tür aufging und Robert eintrat. Er zwinkerte mir zu, bedeutete mir, leise zu sein, und pirschte sich an unseren Tisch heran, bis er hinter Jasmins Stuhl stand. Dann hielt er ihr von hinten die Augen zu.

„Robert!", rief sie und rappelte sich hoch, wobei sie mit ihrem Bauch fast den Tisch abräumte. Sie begrüßten sich, als hätten sie sich mindestens drei Monate nicht mehr gesehen, und zogen damit die Blicke der anderen Gäste auf sich.

Emily jedoch beachtete das kaum, sondern hatte ihre Augen auf die Eingangstür gerichtet. Ich folgte ihrem Blick, und mir wäre fast ein Fluch entschlüpft. Marc stand in der Tür, neben ihm eine attraktive dunkelhaarige Frau, die eine ältere Dame im Rollstuhl schob. Sophia war schon bei ihm, begrüßte ihn mit einem Kuss und hakte sich bei ihm unter. Aber Marc schien sie gar nicht zu beachten. Stattdessen ließ er kein Auge von Robert und Jasmin. Steile Falten standen zwischen seinen Augen. Er sagte etwas zu Sophia, machte sich los und kam auf uns zu.

Als er unseren Tisch erreicht hatte, musterte er jeden von uns argwöhnisch und knurrte schon fast unhöflich: „Hallo zusammen."

„Hallo", murmelte ich ebenso wie Emily, die sich dabei aber erhob und Marc die Hand reichte. Jasmin und Robert waren noch viel zu sehr miteinander beschäftigt, um ihn zu bemerken.

„Konnte alles zu eurer Zufriedenheit geklärt werden?", fragte er uns in einem Tonfall, als würden wir etwas vor ihm verbergen.

Ich nickte stumm.

„Aber sicher, Chef", antwortete Emily. „Das war eine wunderbare Idee. Einen schöneren Ort für eine Hochzeit kann es nicht geben. Ich hoffe, Ihre Mutter ist wieder wohlauf?"

Das musste die Frau im Rollstuhl sein. Ich musterte sie aus der Ferne: klein, schmal, graue Haare, und ihr Gesicht hatte eher Ähnlichkeit mit Leon als mit Marc. Mein Kiefer schmerzte, und mir fiel auf, dass ich mit aller Kraft die Zähne zusammenbiss.

„Ja, sie ist wieder fit, dank der Pflege meiner Schwester. Wenn Sie hier fertig sind, kommen Sie doch zu uns. Sie freut sich garantiert, mit Ihnen zu plaudern." Marcs Blick streifte mich. Ich wusste, was er erwartete, und ich wusste auch, dass ich es tun musste. Deswegen kratzte ich den Rest meiner guten Kinderstube zusammen und würgte hervor: „Hier zu feiern war wirklich eine großartige Idee von dir. Tausend Dank."

„Na, da bin ich aber froh", meinte er sarkastisch. „Wundert sich eigentlich außer mir noch jemand darüber, dass dein Zukünftiger eine andere knutscht?"

Irritiert sah ich zu ihm auf. „Mein Zukünftiger?"

„Robert. Er küsst deine schwangere Schwester, die nächste Woche heiraten will. Das ist nicht gerade das, was man sich von seinem Verlobten wünscht, oder sehe ich das falsch?" Er sah mich aus schmalen Augen an.

„Aber dieser Mann ist doch der Bräutigam von Jasmin Spatz", sagte Emily verwirrt. „Oder etwa nicht?"

„Das ist er!", Robert lachte und ließ endlich von Jasmin ab. „Und ein verdammt glücklicher dazu. Hallo Marc! Eine fantastische Idee, hier zu feiern. Sie sind der Beste. Danke!"

Robert ergriff Marcs Hand und schüttelte sie. Marcs Stirnfalten vertieften sich. Dann nagelte er mich mit seinem Blick fest. „Wer ist dann Kiras Verlobter?"

„Kira?", mischte sich Jasmin ein. „Die ist nicht mehr verlobt. Ihr Typ hat sie für eine Studentin-Schrägstrich-geldgeile-Schlampe verlassen. Sei froh, dass du den neureichen Mistkerl los bist, Schwesterchen."

„Können wir bitte das Thema wechseln?", beschwerte ich mich und fühlte mich unangenehm unter Marcs Blick. „Was ändert es schon, ob und mit wem ich nun verlobt bin oder nicht."

„Alles." Marc drehte sich um und ging ohne ein weiteres Wort davon, zurück zu den Frauen, die immer noch an der Tür auf ihn warteten.

Es entstand eine Pause, in der alle betreten dreinschauten. Dann überspielte Emily den unangenehmen Moment und begann ein Gespräch mit Robert, aber sie beobachtete genau, dass Marc mit den Damen sprach und schließlich mit ihnen im Separee verschwand.

„Was war das denn für ein Auftritt?", raunte Jasmin mir zu. „Ist das ein Kunde von Robert?"

Wenigstens hatte sie Marc nicht erkannt. „Ja, genau."

„Voll der Gänsehaut-Typ – wie der Pate oder so. An irgendwen erinnert der mich."

„Ach Schatz, wen interessiert das. Wichtig ist, dass du glücklich bist, meine Honigschnute", schmeichelte Robert, und ich fing seinen warnenden Blick auf, das Thema Marc vor Jasmin nicht weiter zu erörtern. Was völlig grundlos war, denn der war wirklich der Letzte, über den ich mich unterhalten wollte.

„Du bist so süß", säuselte Jasmin und lehnte sich an Roberts Schulter. „Aber kann es sein, dass Kira ihn nicht besonders leiden kann?"

„Du hast er erfasst", bestätigte ich, kippte das Glas Wein in einem Zug hinunter und knallte es auf den Tisch. Dann schnappte ich mir meine Handtasche und verschwand in der Damentoilette.

ICH:
SOS!!!

SABIN:
Aber doch nicht um halb drei in der Früh.

ICH:
Ich weiß nicht, wie ich diese Woche durchstehen soll, wenn ich nicht bald mal wieder schlafe. Es fühlt sich an, als sei ich auf Drogen. Vielleicht sollte ich mal ein Schlafmittel ausprobieren.

SABIN:
Untersteh dich, das Zeug anzurühren. Also ist es endlich so weit? Kommt der prophezeite Zusammenbruch? Manchmal hasse ich es, dass ich immer recht habe.

ICH:
Ich fürchte, Marc ist das Hauptproblem.

SABIN:
Dann lass die Finger von ihm. Wie wär's mit seinem scharfen Bruder, der dich angebaggert hat? Der eignet sich doch perfekt, um Marc die kalte Schulter zu zeigen.

ICH:
Leon? Bevor ich mich mit einem weiteren Mann einlasse, bewerbe ich mich lieber bei der Fremdenlegion.

SABIN:
Die nehmen keine Frauen. Du brauchst deinen Seelenfrieden, und das geht am besten, indem du dich sich ablenkst. Vielleicht ein anderer Ex-Freund?

ICH:
Da gibt es nur Ingo und der ist das Allerletzte, was ich brauche.

SABIN:
Ingo ist das Allerletzte – das unterschreibe ich dir!

Juni
Montag
15

2. To-do-Liste xTherm:

Punkt 30: 11.15 Uhr Programm Messe letzte Änderung
Punkt 29: 11.30 Uhr Termin Messebau Umbaumaßnahmen, endlich!
Punkt 28: 14.00 Uhr Abholung Messe-LED-Displays? (Robert)
Punkt 27: 15.00 Uhr Meeting DJ Sommerhit (keine Hymne!)
Punkt 26: 16.00 Uhr Organisation Kundenabend Messe
Punkt 25: 17.30 Uhr Kundenevent Mailing & Einladungen

Kiras To-do-Liste:

Punkt 34a: 9.00 Uhr neue Sitzordnung (Emily)
Punkt 33a: 9.30 Uhr neue Festsaalgestaltung (Emily)
Punkt 32: 10.45 Uhr Fotograf für Vorher-Nachher (Jasmin)

6 Tage bis
zur Hochzeit
–
3 Tage bis
zur Solarmesse

Kapitel 15

Montag, 15. Juni – 1435 Uhr

Auch wenn ich bereits fünfzehn Minuten vor dem vereinbarten Termin in der Agentur eintraf, kam ich keine Sekunde zu früh. Es roch nach Kaffee – und nach Ärger. Marc, Robert und Marketingleiter Stefan standen am hell erleuchteten Grafikertisch über die Standpläne gebeugt und debattierten hitzig.

„Kira, schau doch bitte mal mit auf den Messeplan." Robert rieb sich die Stirn. „Wir kommen mit unseren Vorschlägen, wie der Laufsteg und die Bühne in den Stand eingebaut werden sollen, auf keinen gemeinsamen Nenner."

Noch ehe ich antworten konnte, klingelte Roberts Telefon. Wir schwiegen und lauschten dabei der kurzen Debatte, die Robert am Telefon führte – irgendetwas von Druckvorgaben und Farbabstimmungen.

Als Robert auflegte, verdrehte er die Augen. „Die Druckerei kommt mit dem Logo nicht klar. Wenn wir das nicht sofort klären, werden die Plakate nicht rechtzeitig gedruckt. Ich fahr da jetzt hin. Sorry, aber Sie müssen den Termin mit dem Messebauer ohne mich wahrnehmen."

„Soll ich Sie begleiten?", fragte Stefan. „Nur falls neue Daten aus unserer Marketingabteilung benötigt werden."

Marc nickte zustimmend. „Ich denke, wir kommen hier auch ohne euch klar, oder?"

Er sah mich an, und ich nickte ebenfalls, wenn auch mit einem mulmigen Gefühl. Heute war endlich das Gespräch mit dem Messebauer über die Änderungen am Stand anberaumt, das schon vor einer Woche hätte stattfinden müssen. Trotz aller Erklärungen, dass es wirklich dringend war, hatte es keine Möglichkeit gegeben, einen früheren Termin mit Frau Riebery, der Chefin des Messebauunternehmens, zu bekommen. Sie sollte in wenigen Minuten hier eintreffen.

Seufzend beugte ich mich über den Standplan. „Wo liegt denn das Problem?“, fragte ich Marc.

„Wenn wir den Laufsteg nach links auslaufen lassen, müssen wir die Produktpräsentation eindampfen. Genau das sollte aber unser zentraler Blickfang sein. Warum nicht den Laufsteg rechts rüberlaufen lassen?“

„Dort ist der Hauptzugang zum Stand. Wenn wir den zubauen und an dieser Stelle bei der Show das größte Gedränge herrscht, kommt man weder rein noch raus.“

Die Klingel unterbrach uns. Mit einem abgrundtiefen Seufzer ging ich zur Tür, wo ich Frau Riebery begrüßte und sie hereinbat. Wir kamen sofort zur Sache. Während ich das Problem schilderte, stand sie mit ebenso verschlossenem wie stark geschminktem Gesicht da und machte den Eindruck, als würde sie dieses Treffen für Zeitverschwendung halten. Hin und wieder tippte sie auf ihrem Tablet herum. Doch ich ließ mich nicht aus der Ruhe bringen und erläuterte die Notwendigkeit des Laufstegs, der Plattform für den DJ und einer Showfläche für die Schauspielstudentinnen. Nachdem ich alles detailliert vorgetragen hatte, sah ich die Messebauchefin erwartungsvoll an.

„Eine solche Standnutzung ist durchaus möglich“, sagte sie mit ihrer für eine Frau außergewöhnlich dunklen Stimme. „Aber garantiert nicht mit diesem Messestand.“

„Wir müssen das irgendwie hinkriegen!“, widersprach ich. „Und zwar in drei Tagen.“

„Eben das funktioniert nicht. Gerade weil der Stand unter völlig anderen Voraussetzungen geplant wurde.“ Sie tippte, wischte auf der Oberfläche ihres Tablets herum und hielt Marc das Display vor die Nase. „Dieser Entwurf wurde von Ihnen, Herr Albrecht, am zwölften Mai freigegeben.“

„Das stimmt“, gab er zu. „Das war, bevor unsere ehemalige Agentur Pleite gemacht hat und wir das Konzept neu aufziehen mussten.“

„Das mag alles sein, aber unseren Messebau betrifft es nicht im Geringsten. Ihr Stand steht bereits in allen Einzelteilen vorbereitet in unserer Werkstatt und wird nach Plan seit heute auf der Messe in Düsseldorf aufgebaut. Ich kann keinesfalls in drei Tagen solche Umbauten veranlassen. Völlig unmöglich.“ Mit einem bedauernden Lächeln klappte sie das Tablet zu und zog ihre Autoschlüssel hervor.

„Das Gespräch ist noch nicht beendet“, erklärte Marc mit schneidender Stimme. „All unsere Planungen und Vorbereitungen der letzten Wochen bauen auf den Standelementen Laufsteg und Bühne auf. Wir haben Ihnen vor fast zwei Wochen konkrete Informationen zugeschickt, was wir erwarten, und um ein Gespräch gebeten. Sie können uns nicht erst vertrösten und dann mit einem *geht nicht* abspeisen.“

„Bitte verstehen Sie auch meine Position. Wir sind kein Wald- und Wiesenunternehmen, das irgendwelches Stückwerk abliefert. Damit machen Sie sich genauso lächerlich in der Branche wie wir.“

Marc beugte sich vor und fixierte sie aus schmalen Augen. „Gerade, weil Sie ein Profi sind, erwarte ich, dass Sie flexibel auf meine Wünsche reagieren. Stückwerk oder nicht, auf der Messe soll genau der Stand stehen, der meinen Anforderungen gerecht wird – und nicht Ihrem Image.“

Ich fügte hinzu: „Wir haben das komplette Eröffnungsprogramm vorbereitet und die Dienstleister gebucht: die Models, den Solarmode-Designer, den DJ, die Lichtshow und hundert Dinge mehr! Jetzt soll alles an Ihnen scheitern?“

Riebery schüttelte den Kopf. „Daran hätte der Termin letzte Woche auch nichts geändert.“

„Mit *hätte* und *wäre* kommen wir nicht weiter.“ Marc fuhr sich mit der Hand durch die Haare. „Ich erwarte ja nicht, dass Sie die Änderungen kostenlos durchführen.“

„Darum geht es doch gar nicht.“ Frau Riebery klimperte ungeduldig mit den Autoschlüsseln.

Marcs Gesichtsausdruck kündigte einen Vulkanausbruch an, daher warf ich eilig ein: „Herr Albrecht hat deswegen einen sehr interessanten Vorschlag für Sie.“

„Hat er den?“, fragte Marc mit hochgezogenen Augenbrauen. Ich gab ihm unter dem Tisch einen Schubs mit den Fuß.

„Wir wissen, dass wir Ihnen eine Menge zumuten – gerade in der hektischen Phase des Aufbaus." Ich räusperte mich. „Was wäre, wenn Sie sich nur eines der Elemente aussuchen müssten, die eingebunden werden sollen? Welches davon wäre am einfachsten zu integrieren?"

Frau Riebery überlegte kurz und sagte dann widerwillig: „Die Bühne für den DJ."

„Was wäre dazu notwendig?"

„Ein verkleidetes Podest mit einem Aufgang. Das wäre machbar. Wir bevorraten Module, die wir anpassen könnten. Dazu käme die Verstärkung der Musik- und Lichtanlage. Da könnte ich mit dem Dienstleister sprechen, falls der DJ das nicht selbst mitbringt."

„Der bringt alles mit. Was wäre am schwierigsten?"

„Hören Sie …" Frau Riebery seufzte abgrundtief, legte ihr Tablet und den Schlüssel wieder auf den Tisch. „Na gut, wie Sie wollen, auch wenn das zu nichts führt: Der Laufsteg ist das große Problem. Was wollen Sie eigentlich damit? Sie stellen schließlich keine Mode her. Außerdem kann er weder von links noch von rechts durch den Stand gebaut werden. Wenn, dann müssten wir ihn mittig einfügen und wie eine Startrampe vom ersten Stock bis hinab zum Rand des Standes führen. Aber eine abschüssige Bahn zu bauen, ist statisch eine Herausforderung, ganz abgesehen von den Sicherheitsvorkehrungen."

Ich lächelte sie strahlend an. „Aber nicht unmöglich."

„Nein, nicht unmöglich. Ich weiß genau, worauf Sie hinauswollen. Nur weil etwas machbar ist, heißt es nicht, dass man es tun sollte."

„Aber es gibt einen sehr guten Grund, warum Sie genau das tun sollten. Was Sie noch nicht wissen: xTherm stellt auf dieser Messe eine wirklich spektakuläre Erfindung vor, die eine Revolution in der Solar- und Fotovoltaikbranche auslösen wird. Das bedeutet, dieser Stand wird optisch wie thematisch im Mittelpunkt der Messe stehen. Wenn der Umbau und die Show wirklich, wirklich gut werden, dann stehen Sie als unser Messebauer ebenfalls im Rampenlicht." Ich ließ die Worte einen Moment wirken. Frau Riebery hatte eine skeptische Miene aufgesetzt, aber solange sie nicht widersprach, war noch nicht alles verloren.

„Was halten Sie davon, wenn unser Stand das Aushängeschild Ihres Messebaus wird?", fügte ich lächelnd hinzu. „Sie stellen dort Ihr Unternehmen vor, vielleicht mit einem Plakat oder mit Flyern. Wir könnten Sie auf unserer Internetseite erwähnen."

„Das ist absolut nicht üblich", gab Frau Riebery zu bedenken. Aber da war mit einem Mal dieses Funkeln in ihren Augen.

„Ja, weil die Kunden das nicht wollen", gab ich ihr recht. „Gerade deshalb hätten Sie einen Mega-Werbeeffekt."

„Also gut. Mal angenommen, wir kriegen das unter Vorbehalt hin – Sie übernehmen aber die Kosten für den Umbau."

„Selbstverständlich!" Jetzt hatte ich sie! Ich konnte mir ein Grinsen nicht verkneifen.

„Was sagt denn der Auftraggeber dazu?" Frau Riebery nahm Marc ins Visier.

Der zog eine Augenbraue hoch. „Wen kümmert das? So wie ich es sehe, habe ich schon seit mindestens fünf Minuten kein Mitspracherecht mehr. Frau Spatz hat hier die alleinige Befehlsgewalt." Seine Stimme klang eher amüsiert als verärgert.

Wir brauchten noch mehr als eine Stunde, bis wir alle Details besprochen hatten. Frau Riebery hatte zwischenzeitlich schon mal die ersten Instruktionen an ihre Messebauer weitergegeben, damit sie sofort mit den Umbauten beginnen konnten.

Kaum hatte die Messebauchefin die Agentur verlassen, erwartete ich, dass nun auch Marc sich verabschieden würde, doch stattdessen fragte er: „Kann ich dir noch bei irgendwas helfen?"

„Ich denke nicht. Es ist alles geklärt, auch wenn mir garantiert nicht langweilig wird bis zur Messe." Ich ließ mich hinter meinem Schreibtisch nieder, klappte den Laptop auf, und während dieser hochfuhr, sortierte ich meine Unterlagen. „Falls noch Fragen aufkommen, melde ich mich bei dir, okay?"

Marc setzte sich auf den Stuhl mir gegenüber. „Eigentlich ist es doch ziemlich gut gelaufen zum Schluss, findest du nicht? Dank deiner Verhandlungstaktik."

„Zum Glück hat sie sich darauf eingelassen. Nicht auszudenken, wenn sie sich geweigert hätte. Die hatte wirklich Haare auf den Zähnen."

„Wohl eher Stacheldraht!"

Wir lachten beide, und ich atmete auf. Offenbar hatte er mir verziehen, dass ich ihm einen Verlobten vorgegaukelt hatte – oder es hatte ihm nichts bedeutet.

Er schwieg eine Weile, dann sagte er: „Wir kommen jetzt langsam in die heiße Phase, und ich bin ein Freund von klaren Verhältnissen. Dienstlich wie privat."

Erschrocken sah ich auf. Kam nun doch noch eine Standpauke, weil ich ihn belogen hatte?

Statt einer Antwort nickte ich nur und heftete den Blick auf den Bildschirm meines Laptops, auf dem ich vorgab zu arbeiten. Aber wirklich produktiv war ich nicht, denn ich löschte nur ein paar Werbemails, öffnete eine neue E-Mail und fügte den Empfänger *Robert* hinzu – was völliger Schwachsinn war, denn ich wollte Robert gar keine E-Mail schicken.

„Zugegeben, ich war gestern etwas sauer." Aus dem Augenwinkel sah ich, wie Marc sich das Kinn rieb.

„Nicht zu Unrecht", murmelte ich. „Ich hätte ehrlich sein sollen."

Sein Handy klingelte. Vielleicht war das meine Rettung.

Er zog es aus der Hosentasche, schaute auf das Display, betätigte den Aus-Knopf und schob es wieder in seine Tasche zurück.

Keine Rettung.

Dann fuhr er fort: „Diese ganze Sache mit deiner Verlobung und so … die hat mir eines klargemacht: Du wolltest mich offensichtlich in dem Glauben lassen, dass du gebunden bist. Ich respektiere das, und es tut mir leid, wenn ich dir zu nahegetreten bin."

Ich starrte ihn an und stammelte verwirrt: „Aber ich wollte eigentlich gar nicht …"

Als Marc sich mit traurigem Lächeln erhob, verstummte ich. „Kira, ich verliere ungern, aber wenn, dann mit Anstand. Wir beide sind professionell genug, um damit wie Erwachsene umzugehen. Also sollten wir es dabei belassen."

Er drehte sich um und ging ohne ein weiteres Wort zur Tür hinaus. Ich blieb zurück, mit einem heillosen Wirrwarr aus lauter *hätte, wäre* und *könnte* und versuchte herauszufinden, an welcher Stelle wir eigentlich falsch abgebogen waren.

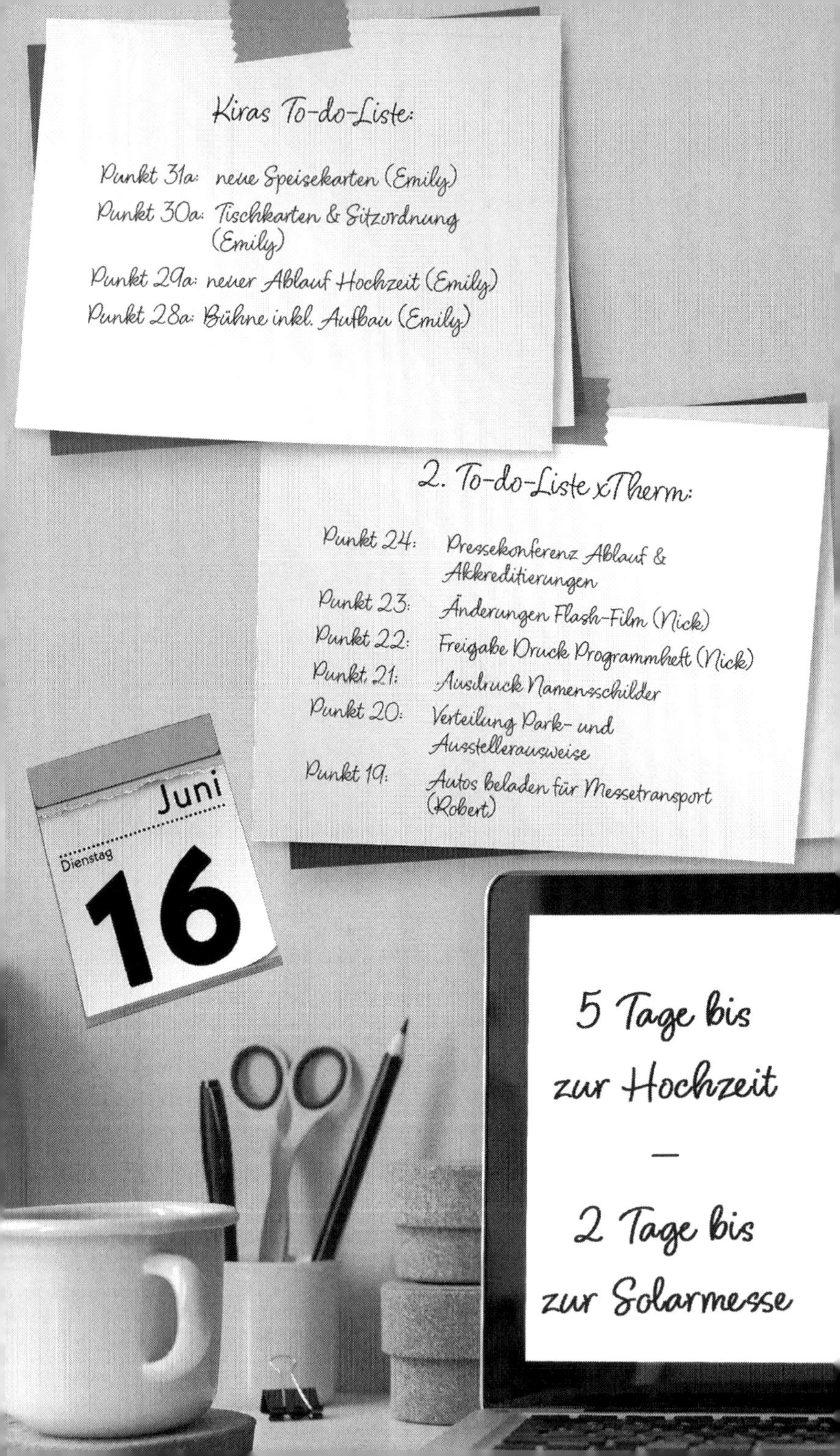
Kiras To-do-Liste:
Punkt 31a: neue Speisekarten (Emily)
Punkt 30a: Tischkarten & Sitzordnung (Emily)
Punkt 29a: neuer Ablauf Hochzeit (Emily)
Punkt 28a: Bühne inkl. Aufbau (Emily)
2. To-do-Liste xTherm:
Punkt 24: Pressekonferenz Ablauf & Akkreditierungen
Punkt 23: Änderungen Flash-Film (Nick)
Punkt 22: Freigabe Druck Programmheft (Nick)
Punkt 21: Ausdruck Namensschilder
Punkt 20: Verteilung Park- und Ausstellerausweise
Punkt 19: Autos beladen für Messetransport (Robert)
Juni
Dienstag
16
5 Tage bis zur Hochzeit
–
2 Tage bis zur Solarmesse

Kapitel 16

Dienstag, 16. Juni – 9.32 Uhr

„Die kann mich mal kreuzweise“, fluchte Robert hinter einer der Displaywände. Dann folgte ein Poltern, als hätte er den Telefonhörer auf seinen Schreibtisch gepfeffert.

„Kaffee?“, fragte ich vorsichtig von der anderen Seite der riesigen Leinwand. Die sechs kreisrunden Digitaldisplays in der Größe von Whirlpools sollten heute Vormittag eigentlich auf der Messe unter das Hallendach gezogen werden, um dort als überdimensionale Fernseher den Film und die Produktinfos wiederzugeben. Leider waren sie gestern irrtümlicherweise in die Agentur geliefert worden und passten gerade so in den Raum. Nun blockierten die gigantischen Räder die Ein-, Aus- und Durchgänge, sodass man, um beispielsweise an die Kaffeemaschine zu kommen, eine halbe Weltreise auf sich nehmen musste. Was ich gerade getan hatte.

Auf meine Kaffee-Frage meldeten sich gleich mehrere Stimmen, und so füllte ich drei zusätzliche Becher, wobei wieder mal einiges danebenlandete. Verdammtes Zittern! Ich sah anklagend auf meine bebenden Hände. Das passierte mir in den letzten Tagen leider öfter, und ich gab dem immensen Kaffeekonsum die Schuld. Seufzend wischte ich die Sauerei weg. Dann reichte ich Nick und Mr Flash jeweils einen Becher seitlich an einer der Leinwände vorbei, die direkt vor Nicks Schreibtisch stand. Mit Roberts und meiner Tasse bewaffnet ging ich zum hinteren Lieferantentor hinaus, außen um das Gebäude herum und zur offen stehenden Vordertür wieder hinein.

Diesen Weg war ich heute schon mehrfach gegangen, denn sobald Nick und Flash mich um meine Meinung zu Kleinigkeiten im Film baten, der zwar extravagant, aber ziemlich genial geworden war, konnte ich wieder losmarschieren. Nick entschuldigte sich dann immer dafür, dass ich wieder hatte laufen müssen. Überhaupt sah man ihm das schlechte Gewissen an. Schließlich war er derjenige gewesen, der diese Lieferung gestern Abend angenommen und damit das Dilemma verursacht hatte. Wie er diese Dinger zwischen die Schreibtische gerollt hatte, war mir immer noch ein Rätsel. Ich vermutete, dass er zuvor mal wieder zu tief in die Spacekeksdose gegriffen hatte, auch wenn er das vor Robert natürlich nicht zugeben wollte. Was mich nicht wunderte, denn Robert schäumte heute bei der kleinsten Kleinigkeit über. Ich reichte meinem Fast-Schwager seinen Kaffeebecher.

„Wie viel Pech kann man eigentlich haben?", schimpfte er prompt wieder los. Er stellte die Tasse auf den Tisch, ließ sich in den Chefsessel fallen und rieb sich über sein rot geflecktes Gesicht.

„Ich fürchte, für Pleiten, Pech und Pannen gibt es keine Obergrenze." Ich setzte mich auf die Kante seines Schreibtischs. „Lass mich raten, was jetzt wieder passiert ist: Sie können die Displays heute nicht abholen und nach Düsseldorf bringen."

„Du hast es erfasst. Angeblich sind alle Touren belegt, und wir hätten die Ware schließlich nicht entgegennehmen müssen." Robert warf einen bösen Blick in Nicks Richtung.

„Klappt es denn wenigstens morgen? Vielleicht reicht das den Messebauern ja auch noch."

„Eben nicht!", rief Robert und sprang von seinem Stuhl auf. „Die Dinger müssen allerspätestens morgen früh montiert werden. Vorher können die den Laufsteg nicht bauen! Alles andere verzögert sich dann auch." Er tigerte auf und ab.

„Eine andere Spedition?"

„Da warte ich auf Rückruf. So kurzfristig ist das ein Problem. Ich verspreche dir, sollten die nicht in der nächsten Stunde diese Dinger aus meiner Agentur holen, trage ich sie eigenhändig zu der blöden Tussi in die Spedition und haue sie ihr um die Ohren!"

So aufgebracht kannte ich Robert gar nicht.

„Ist bei Jasmin und dir alles in Ordnung?"

Sein Kopf ruckte zu mir herüber. „Sicher! Wieso nicht?"

Ich kratzte an einem Kaffeefleck auf meiner Jeans. „Na ja, weil du … so empfindlich bist."

„Ich mache kaum noch ein Auge zu."

„Verständlich. In den nächsten Tagen steht dir einiges bevor."

„Sprich nicht davon. Himmel, warum rufen die eigentlich nie zurück?", explodierte er plötzlich und raufte sich die Haare.

Er hatte Angst. Wer hätte das in seiner Situation nicht? Ich stand auf und seufzte. „Ich mach mal weiter. Schließlich haben wir noch einiges zu erledigen. Und Robert?"

Er sah mich aus rot geränderten Augen an.

„Mach dir keine Sorgen. Es wird alles gut gehen."

Er nickte leicht, und als sein Telefon klingelte, stürzte er sich darauf, wie ein Ertrinkender auf einen Rettungsring.

Zurück an meinem Platz empfingen mich ein Stapel Arbeit und ein brummendes Handy. Auch wenn ich eigentlich keine Zeit für weitere Ablenkung hatte, konnte ich nicht widerstehen und riskierte einen Blick.

SABIN:
Endspurt. In zwei Tagen geht's nach Hause. Brauchst du einen Krankenwagen?

ICH:
Wie kommst du denn darauf?

SABIN:
Überarbeitet, Schlafmangel, emotional instabil. Da ist der Kollaps nicht mehr weit.

ICH:
Quatsch. Alles im Griff.

SABIN:
Im Würgegriff. Wie läuft es mit deinem Ex-Lover?

ICH:
Marc und ich haben das geklärt. Wir sind Freunde.

SABIN:
Ich meinte eigentlich Ingo, den büßigen Sünder.

ICH:
Zu spät. Ich hätte es selbst nicht gedacht, aber ich will nicht mehr.

SABIN:
Du wirst noch eine richtige Emanze!

ICH:
Da hast du auch jahrelang darauf hingearbeitet.

SABIN:
Nichts zu danken. Denk dran: Ab jetzt wird Nein gesagt.

„Wichtige Nachrichten?" Marcs Stimme ließ mich aufschrecken. Wo kam der denn so plötzlich her? Genauso plötzlich jagte mein Herz los. Er ging um meinen Schreibtisch herum, schnappte sich einen Bürostuhl und ließ sich dicht neben mir darauf nieder. „Keine Antwort?"

„Ja … nein. Nicht so wichtig." Schnell ließ ich mein Handy unter dem Schreibtisch verschwinden.

„Geheime Nachrichten auf jeden Fall."

„Wie kommst du denn darauf?" Ich nahm einen Kugelschreiber und den Notizblock. Es sollte nicht so aussehen, als hätte ich nichts zu tun.

„Du wirkst so ertappt." Er studierte mich aus schmalen Augen, aber ich sah den Schalk darin aufblitzen.

„Und du wirkst so gelöst."

„Richtig." Er grinste mich an. „Wir haben die zweite Linie in Betrieb genommen und produzieren nach Plan. Der Verkauf kann sich bereits vor Anfragen kaum retten, weil eure ersten Mailings ihre Wirkung tun. Das ist großartig." Er strahlte mich an mit diesen unglaublichen Augen.

„Super!“ Die Mine des Kugelschreibers in meiner Hand schnappte rein und raus. „Dann warte mal, bis du Flashs Film siehst. Du wirst begeistert sein. Aber schau ihn dir selbst an: Nick und Flash legen gerade letzte Hand an, und sobald du die Freigabe erteilt hast, gehen wir online.“

„Dann war dieser Flash-Mist also doch zu etwas gut.“

„Herr Albrecht, *walls have ears*“, ertönte es von der anderen Seite des Displays. „Das habe ich gehört.“

Marc grinste mich an wie ein ertappter Schuljunge. „Flash“, rief er, „Sie wissen doch, dass jeder Mensch Freude in unser Leben bringt.“ Er beugte sich ganz nah zu mir und flüsterte: „Der eine, wenn er kommt, und der andere, wenn er geht.“ Sein Atem und sein Lachen kitzelten an meiner Ohrmuschel. Kalte Schauer liefen mir über den Rücken. Ich setzte mühsam ein Lächeln auf. Der Kugelschreiber in meiner Hand klickte hektisch.

„Wie kommst du voran?“ Marc deutete mit dem Kinn auf meine Hand. „Alles in Ordnung mit dir?“

„Läuft. Vielleicht etwas zu viel Koffein.“

„Jetzt wird mir auch klar, warum ich gerade, als ich dich gesehen habe, an die Addams Family denken musste.“

Ich wollte ihm einen Klaps auf die Schulter geben, aber er wich meinem Schlag aus. „Du bist uncharmant.“

„Ich habe einen Ruf zu verteidigen. Sonst für morgen alles startklar?“

„Ja, bis auf ein paar Kleinigkeiten. Der DJ hat sich gemeldet. Er schickt in der nächsten Stunde seine neue Komposition. Die gefällt dir hoffentlich besser als die alte.“

„Himmel, die klang wie die japanische Nationalhymne!“

„Er hat versprochen, die neue sei *der* Ohrwurm-Sommerhit, und selbst du müsstest sie lieben.“

„Ich liebe nicht viel, aber wenn, dann richtig.“ Er rausperte sich.

„Kennst du dieses Sprichwort von der Bescheidenheit und der Zier?“

„Nein, nicht dass ich wüsste.“ Er lächelte mich an.

„Dachte ich mir.“

„Wer ist hier uncharmant? Ach ja, es geht doch nichts über gute Freunde."

Gute Freunde. Natürlich. Es fühlte sich an, als habe er einen Eimer kaltes Wasser über mich gegossen.

Marc lachte gut gelaunt, erhob sich und ging zu Robert hinüber. Ich versuchte, mich wieder auf meine Arbeit zu konzentrieren, ließ mich aber mal wieder vom Surren meines Handys ablenken.

SABIN:
Jetzt biste sprachlos, oder was?

ICH:
Niemals. Ich musste Kundenpflege betreiben.

SABIN:
Mit deinem GUTEN FREUND?

ICH:
Genau.

SABIN:
Ich sehe an deinen Buchstaben, dass du lügst.

ICH:
So was kann niemand.

SABIN:
ICH schon. Das heiße Eisen ist noch nicht abgekühlt, oder?

ICH:
Das ist kompliziert.

SABIN:
Ich habe so gerade den IQ, um das zu verstehen.

„Kira, kommst du mal?", rief Marc in diesem Augenblick, und ich zuckte erneut zusammen.

Ich legte mein Handy auf den Schreibtisch und eilte zu Marc hinüber. Was nützte es außerdem, mit der besten Freundin eine Beziehung in Einzelteile zu zerlegen, die schon gestorben war, bevor sie die Chance gehabt hatte, einen Atemzug zu machen?

... immer noch Dienstag, 16. Juni – 10.32 Uhr

Ich hatte kaum fünfzehn Minuten gearbeitet, als es an der Tür klingelte. Robert war noch am Telefonieren, und Marc hatte sich zu Nick und Flash hinter die Displays gesellt, von wo ich seine Stimme hörte. Wieso klingelte eigentlich jemand, wenn die Tür offen war? Ich stand auf, um nachzusehen, und staunte nicht schlecht, denn draußen stand George Clooney. Oder besser gesagt ein Mann, der aussah wie ein junger Clooney gekleidet in Jeans und hellblauem Hemd, mit Sonnenbrille und Aktentasche unter dem Arm. Als er zu sprechen begann, wurde mir bewusst, dass ich ihn mit offenem Mund anstarrte.

„Guten Tag, mein Name ist Patrick Rosenthal. Ich möchte gerne mit dem Inhaber dieser Agentur sprechen." Er nahm die Sonnenbrille ab, und sein Gesicht verlor ein wenig von der Ähnlichkeit, die aber immer noch verblüffend war.

„Gerne. Kommen Sie, ich bringe Sie zu ihm."

Rosenthal trat ein und zog die Tür hinter sich ins Schloss. Robert telefonierte immer noch mit aufgebrachter Stimme.

„Leider ist Herr Andresen derzeit beschäftigt", erklärte ich. „Wenn Sie vielleicht einen Moment warten möchten? Kann ich Ihnen zwischenzeitlich etwas anbieten? Ein Wasser? Kaffee?"

Clooney-Rosenthal verneinte. Sein Blick schweifte dabei durch die Agentur.

„Oder kann möglicherweise ich weiterhelfen?"

„Sind Sie für das Unternehmen weisungsbefugt?"

„Das kommt darauf an. Ich vertrete Herrn Andresens Interessen."

„Das trifft sich gut. Ich bin Vollzugsbeamter und habe eine

Liste mit Außenständen, die per Gerichtsbeschluss eingefordert werden."

Ich schluckte.

„Daher bin ich berechtigt, jede Ware zu konfiszieren, die der Erfüllung der Ansprüche meiner Mandanten dienlich ist. Falls verfügbar, wäre Bargeld von Vorteil. Ich muss den Vollzug unmittelbar durchsetzen, das heißt, ich werde nicht nächste Woche wiederkommen. Stehen Bargeldmittel oder pfändbare Wertgegenstände zur Verfügung?"

Ich atmete mindestens dreimal tief durch, bevor ich in der Lage war zu reagieren. Dann fragte ich: „Können Sie sich ausweisen?"

Er griff in seine Gesäßtasche und hielt mir einen Ausweis unter die Nase, der ziemlich behördlich und ziemlich echt aussah.

„Okay", sagte ich langsam. „Das kommt ein bisschen überraschend." Ich sah mich hilfesuchend nach Robert um und rief seinen Namen. Sein Kopf erschien gerade zwischen den Displays, den Hörer immer noch am Ohr, und ich winkte ihm hektisch zu.

„Was ist denn jetzt schon wieder?", knurrte er.

„Komm bitte mal! Es ist wirklich wichtig!"

„Und diese Displays zur Messe zu bringen, ist nicht wichtig, oder was?"

„Das hätte sich dann auch erledigt." Ich versuchte, ihm mit meinen Gesten klarzumachen, dass es um den Mann neben mir ging.

Robert zog die Augenbrauen zusammen und fixierte Rosenthal. Dann färbten sich Wangen und Hals dunkelrot. „Das kann ja wohl nicht wahr sein. Sie lassen uns den ganzen Tag auf heißen Kohlen sitzen?"

„Ich glaube, Sie haben da was falsch verstanden", antwortete Rosenthal.

„Ich? Falsch verstanden? Was glauben Sie eigentlich, wer Sie sind? In Düsseldorf stehen die Monteure, und der ganze Bau stoppt, weil die verdammten Displays fehlen. Die Zeit rennt uns davon, und ich verstehe was falsch?" Sein Gesicht glich zumindest farblich einer Tomate. Er wurde mit jedem Wort lauter.

„Stopp, Robert ..."

„Halt dich da raus, Kira. Wenn er nicht bei drei die Displays hier rausgeschafft und auf seinen Lkw geladen hat und es ist mir scheißegal, wie er das allein hinkriegen will, dann sorge ich dafür, dass er sich einen neuen Job suchen kann", brüllte Robert.

„Herr Rosenthal ist kein Spediteur, er ist Gerichtsvollzieher", zischte ich Robert so leise wie möglich zu, damit Marc es nicht mitbekam.

Robert wurde ebenso blass, wie er gerade noch rot gewesen war, und starrte den Mann an.

Erneut klingelte es an der Tür.

„Ich geh schon", erklang es dumpf hinter dem Display. Nick kletterte über das Sideboard und stürzte zur Tür, vermutlich, um sich in Sicherheit zu bringen. Ich hörte Marc, bevor ich ihn sah. Was machte der denn da draußen? Der sollte doch bei Nick sein.

„Lenk du Marc ab", flüsterte ich Robert zu, der immer noch wie erstarrt dastand. „Ich kümmere mich um Herrn Rosenthal und versuche, ihn hinzuhalten." Ich zog den Gerichtsvollzieher am Arm hinter ein Display, wo er außerhalb von Marcs Sichtweite war, sollte dieser den Raum betreten. „Kommen Sie."

„Was soll das bitte?", fragte er.

„Erkläre ich Ihnen gleich", flüsterte ich. „Wenn Sie das Geld haben wollen, dann seien Sie bitte leise."

Er schwieg, wenn auch sichtlich ungern. Ich spähte um die Ecke und entdeckte Marc. Er unterhielt sich mit Robert und Nick, dann wurden ihre Stimmen wieder leiser. Ich riskierte erneut einen Blick – die Luft war rein –, winkte Rosenthal, mir zu folgen, und huschte zur Eingangstür. Draußen bog ich mit ihm um die Ecke und atmete auf.

„Bitte entschuldigen Sie das Hin und Her", sagte ich, „aber das ist unser wichtigster Kunde, der dafür sorgen wird, dass wir unsere Rechnungen bezahlen können. Es wäre ungünstig, wenn er etwas davon mitbekommt. Also, über welche Summe sprechen wir?"

„48.473 Euro und 23 Cent", erklärte der Gerichtsvollzieher.

Das Lächeln zementierte sich in meinem Gesicht fest. Das war viel Geld. Sehr, sehr viel Geld. Bei dieser Summe war es mir nicht mehr möglich, einzuspringen. Ich fürchtete sogar, dass das gesamte Inventar der Agentur noch nicht mal die Hälfte davon einbrächte.

„Ich will Ihnen nicht verheimlichen, dass das Ganze gewaltig nach einer Insolvenzverschleppung riecht. Daher werde ich der Sache auf den Grund gehen und prüfen, welches Inventar ich mitnehmen kann. Ein Transportunternehmen ist bereits unterwegs." Er wandte sich wieder zum Eingang.

„Bitte!" Ich fasste ihn am Arm. „Warten Sie."

Er sah auf meine Hand, und ich ließ ihn hastig los.

„Ich versichere Ihnen, dass Ausreden und gute Worte nichts nützen, das habe ich alles schon tausendmal gehört. Lassen Sie mich also bitte meine Arbeit machen."

„Aber Sie haben doch selbst gesehen, dass bis auf ein paar PCs nicht viel zu holen ist. Die brauchen wir unbedingt, um den Auftrag zu beenden und aus diesem Schuldentief rauszukommen."

„Ich nehme heute mit, was da und pfändbar ist. Dazu zählt alles, was sich derzeit in dieser Agentur befindet."

„Moment noch! Wir finden etwas anderes, etwas viel Besseres, das versichere ich Ihnen." Ich dachte fieberhaft nach. Eine Hypothek auf das Haus, das noch nicht mal gebaut, geschweige denn bezahlt war? Unmöglich. Die Agenturräume waren auch nur gemietet. Und Roberts Eltern waren zwar pensionierte Beamte und hatten ein Reihenhäuschen, aber ein großes Erbe war da garantiert nicht zu holen. Mein Blick fiel auf Roberts Wagen, und die Lösung war plötzlich sonnenklar.

„Das Auto! Natürlich!", rief ich.

Clooney-Rosenthal folgte meinem Blick. „Diese weiße Rostlaube?"

„Nein, das ist meiner. Der Dunkelgrüne dahinter auf der anderen Straßenseite."

„Der Jaguar gehört dem Agenturinhaber?"

Ich nickte.

„Ist der bezahlt?"

„Aber so was von", sagte ich triumphierend. „Wäre das eine Möglichkeit, die Schulden zu begleichen?"

„Nun ja, das kommt auf den Schätzwert an. Sie müssten mir den Fahrzeugbrief und die Schlüssel aushändigen. Da die Agentur eine Personengesellschaft ist, zählen Privatgegenstände des Inhabers mit zum pfändbaren Gut."

„Ich hole die Papiere und den Schlüssel. Sie stellen mir in der Zwischenzeit die Quittung aus!"

Ich lief los, bevor er mir eine Antwort geben konnte.

In der Agentur hörte ich die Männer hinter den Displays debattieren. Nur Marc konnte mich aus diesem Winkel sehen, und als hätte er meine Gedanken erraten, verfolgte er mich mit seinen Blicken. Oder hatte er mich etwa mit dem Gerichtsvollzieher gesehen? Ich tat so, als bemerkte ich ihn nicht, und ging hinüber zum Tresor, der wie meistens offen stand.

Tatsächlich fand ich nach kurzem Suchen den Fahrzeugbrief und die Ersatzschlüssel. Dann machte ich einen Umweg über Roberts Schreibtisch, denn in der untersten Schublade lagen immer seine Autoschlüssel. Ich entfernte das rote Schlüsselband mit der Aufschrift *Liebster Kuschelbär* und ging wieder hinaus, Marcs Blicke in meinem Rücken. Rosenthal hatte bereits die Straße gewechselt und stand nun neben dem Jaguar.

„Der Abschleppdienst ist schon unterwegs. Von wann ist der Wagen? Aus den Siebzigerjahren, schätze ich."

Ich trat neben ihn und reichte ihm den Fahrzeugbrief. „Könnte sein. Wissen Sie, wie hoch der Marktwert dieses Oldtimers ist?"

„Laut Schwackeliste um die siebzigtausend. Aber ich sehe mir das noch genauer an." Er studierte den Brief.

„Könnte man den Wagen wieder auslösen?"

„Solange er nicht in die Auktion gegangen ist oder in der

Zwischenzeit keine anderen offenen Posten eingereicht werden, sollte das kein Problem sein." Er streichelte über den Kotflügel.

Mit einem unguten Gefühl hielt ich ihm die Schlüssel hin. Einen Moment lang sah er mir in die Augen, schüttelte fast unmerklich den Kopf und nahm sie entgegen. Dann schrieb er eine Weile etwas auf sein Klemmbrett und gab mir schließlich einen Zettel zurück, der den Empfang bescheinigte.

„Ah, da kommt er ja." Rosenthal winkte den gelben Abschleppwagen herbei, der gerade um die Ecke gebogen war. Er räusperte sich. „Haben Sie vielleicht mal Lust, mit mir essen zu gehen?" Ein verlegenes Grinsen erschien auf seinem Gesicht, und in diesem Augenblick wären garantiert viele Frauenherzen dahingeschmolzen. Aber mein Herz war in der Agentur zurückgeblieben, bei einem grünäugigen Kerl mit schwarzer Seele.

Ich schüttelte den Kopf. „Tut mir sehr leid."

„Schade. Habe ich doch den falschen Beruf gewählt."

„Daran liegt es sicher nicht. Alles Gute!"

„Ihnen auch." Rosenthal bedachte mich mit einem Lächeln, drehte sich dann zu dem Fahrer des Abschleppwagens um und gab ihm Anweisungen. Ich sah zu, wie der Wagen verladen wurde, und auch, wie er davonfuhr.

Er war noch nicht aus meinem Blickfeld verschwunden, da rief Robert hinter mir: „Mein Auto! Wieso fährt da mein Auto?" Er lief auf mich zu, blieb dann neben mir stehen und sah dem Abschleppwagen hinterher. Sein Gesichtsausdruck machte mir klar, was dieses Auto ihm bedeutete.

„Er hat es gepfändet", sagte ich müde.

„Das darf er nicht!"

„Und wie der das darf."

„Aber er hätte doch was anderes nehmen können. Nicht meinen Jaguar."

„Wovon sollten wir denn sonst fünfzigtausend Euro bezahlen?" Ich seufzte resigniert, und mir stiegen Tränen in die Augen.

Robert stand nur stumm da. Sein Atem ging stoßweise,

und ich sah ihm an, dass er um Fassung rang. Ich nahm seine Hand, er aber zog mich in seine Arme. „Tut mir leid, ich bin ein Esel. Du hast das einzig Richtige getan."

„Was ist hier los?", fragte Marc, und Robert ließ mich los. Keiner von uns antwortete.

„Kira?", hakte Marc nach.

„Privatsache." Ich wischte mir über die feuchten Augen.

„Mein Auto wurde gerade abgeholt. Totalschaden."

„Der Jaguar? Ach du Kacke", meinte Nick. „Den hast du echt geliebt."

Robert nickte.

Marc sah stirnrunzelnd zwischen Robert und mir hin und her, dann sagte er: „In einer halben Stunde kommt einer unserer Lkw und bringt die Displays zur Messe. Wir treffen uns morgen um Viertel nach sechs bei xTherm und fahren von dort nach Düsseldorf"

Der Kerl hatte vielleicht einen Feldwebel-Kommandoton drauf.

„Fragt sich nur, womit." Roberts Stimme klang hohl.

„Na, hiermit", meinte Nick seelenruhig und legte die Hand auf meinen alten, rostigen Käfer.

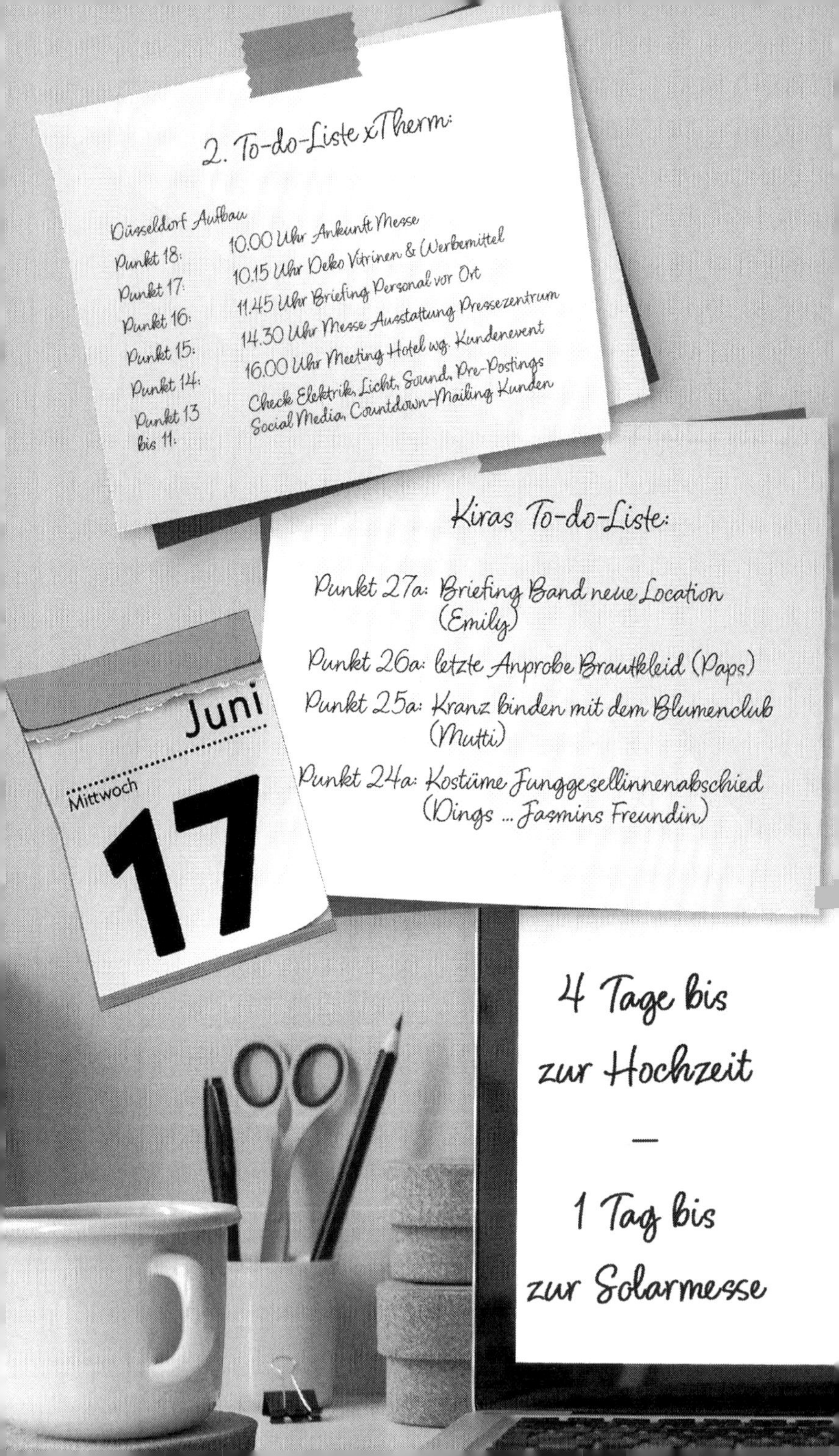
2. To-do-Liste xTherm:
Düsseldorf Aufbau
Punkt 18: 10.00 Uhr Ankunft Messe
Punkt 17: 10.15 Uhr Deko Vitrinen & Werbemittel
Punkt 16: 11.45 Uhr Briefing Personal vor Ort
Punkt 15: 14.30 Uhr Messe Ausstattung Pressezentrum
Punkt 14: 16.00 Uhr Meeting Hotel wg. Kundenevent
Punkt 13 bis 11: Check Elektrik, Licht, Sound, Pre-Postings Social Media, Countdown-Mailing Kunden
Kiras To-do-Liste:
Punkt 27a: Briefing Band neue Location (Emily)
Punkt 26a: letzte Anprobe Brautkleid (Paps)
Punkt 25a: Kranz binden mit dem Blumenclub (Mutti)
Punkt 24a: Kostüme Junggesellinnenabschied (Dings … Jasmins Freundin)
Juni
Mittwoch
17
4 Tage bis zur Hochzeit
—
1 Tag bis zur Solarmesse

Kapitel 17

Die Fahrt zur Messe verlief in angespannter Stimmung. Obwohl ich den Super-GAU mit dem Gerichtsvollzieher verhindert hatte, schien Robert nicht gut zu verkraften, dass er dafür sein Auto hatte opfern müssen. Ich versuchte, ihn damit abzulenken, dass wir noch einige letzte Punkte besprachen, während wir mit achtzig Kilometern pro Stunde Richtung Düsseldorf fuhren.

Zu allem Überfluss regnete es stark, und der Wind zerrte auf den Brücken und Höhen der Autobahn an meinem Auto. Marc fuhr mit seinem SLK hinter uns her. Er behauptete sogar, dass ihm das Fahren im Konvoi nichts ausmache. Was mich exakt so lange beeindruckte, bis er hinzufügte, dass meine Rostlaube es vermutlich kaum noch bis Düsseldorf schaffe und er das Abschleppseil schon griffbereit habe. Seinen Vorschlag, dass er uns mitnehmen könne, lehnte ich daraufhin rundweg ab.

Je näher wir unserem Ziel kamen, desto mehr krampfte sich mein Magen zusammen, denn ich erwartete die ultimative Katastrophe. Es schien mir nicht vorstellbar, dass einfach mal alles, wirklich *alles* glattging.

Als wir gute zwei Stunden später in die Messehalle traten, fiel mein Blick als Erstes auf den xTherm-Stand. Die Digitaldisplays hingen von Weitem sichtbar unter der Hallendecke und zeigten Ausschnitte von Flashs Film und Nicks animierter Produktpräsentation. Das war ein einzigartiger Hingucker, den sonst niemand hatte.

Je näher wir kamen, desto deutlicher wurde, dass dieser Stand im Vergleich zu den Ständen in der Umgebung viel moderner wirkte, wie eine Mischung aus Raumschiff und Szenebar. Illuminierte, kreisförmige Elemente in den Firmenfarben Rot, Weiß und Schwarz umgaben die zwei Stockwerke.

Im hinteren Bereich des Erdgeschosses entdeckte ich den fast anrüchig wirkenden Bar-Bereich in Schwarz und Rot mit organisch geformten Leuchten und einer kunstvollen Lichtprojektion an der hinteren Wand. Obwohl ich auf Zeichnungen schon einen Eindruck davon gewonnen hatte, was mich hier erwarten würde, war ich begeistert, das alles live und lebensgroß vor mir zu sehen.

„Unglaublich!“, entfuhr es Robert.

Ich sah zu Marc hoch, und auch seine Augen strahlten. Er erwiderte meinen Blick, hielt ihn fest und nickte dann lächelnd.

So perfekt es auch schon wirkte, waren doch noch zahlreiche Monteure in Blaumännern und mit Werkzeuggürteln bei der Arbeit. Auf den zweiten Blick wurde klar, dass offenbar noch eine Menge zu tun war. Nachdem wir uns vorgestellt hatten, wurde Bauleiter Clausen herbeigerufen, ein untersetzter Mann mit grauen Haaren, der uns herzlich begrüßte. Er verkündete nicht ohne Stolz, dass sie mit der Umbaugeschwindigkeit dieses Messestandes alle bisherigen Rekorde gebrochen hätten. Das war sicherlich keine Übertreibung.

Allerdings, so fügte er hinzu, sei durch die verzögert angelieferten Displays der Laufsteg noch nicht installiert, und somit seien auch die Bühne, die Küche und die Besprechungsräume immer noch nicht fertig. Aber sie arbeiteten mit Hochdruck daran.

Mit dem Stolz eines Hausbesitzers führte er uns auf die Galerie, die man über eine gläserne Treppe erreichte. Von oben hatten wir eine hervorragende Sicht über die Halle. Als aber mein Blick auf die andere Seite des Ganges fiel, setzte mein Herzschlag für ein paar Sekunden aus. Dort war der Messestand meines Arbeitgebers: ebenfalls mehrstöckig, aber kastenförmig, schlicht und seit zehn Jahren unverändert. Mein Chef ließ sich nun mal nicht gerne auf Neuerungen ein.

„Alles in Ordnung?“, fragte Marc hinter mir.

Ich fuhr wie ertappt herum. „Ja, sicher, wieso denn auch nicht?“

Als wir weitergingen, raunte Robert mir ins Ohr: „Mach

dir keine Sorgen, bei diesen Menschenmengen wirst du kaum auffallen."

Sein Wort in Gottes Gehörgang.

Eine Viertelstunde später begannen wir damit, den Stand einzuräumen. Robert reichte mir eine Baseballkappe mit xTherm-Logo, wie die meisten der Arbeiter hier eine trugen und unter der ich meine auffälligen Haare verstecken konnte. „Wenn du jetzt noch deine alte Brille aufsetzt, dann erkennt dich deine eigene Mutter nicht mehr", meinte er schmunzelnd. Mir aber war nicht zum Scherzen zumute.

Wir stürzten uns in die Arbeit, trugen Kartons herbei, staffierten die Vitrinen und den Lagerbereich aus. Um uns herum wurde unter Hochdruck gehämmert, gesägt, geschraubt und gestrichen. Mit der Zeit vergaß ich meine Nervosität, und um sechs Uhr abends hatten die meisten Monteure und Anstreicher die umliegenden Stände verlassen – nur an unserem Stand war der Feierabend noch lange nicht in Sicht.

In den folgenden Stunden zweifelte ich des Öfteren daran, ob unser Plan wirklich aufgehen konnte. An den steilen Falten auf Marcs Stirn erkannte ich, dass es ihm ähnlich erging, aber der entschlossene Zug um seinen Mund signalisierte jedem, dass ein „Geht nicht" ausgeschlossen war. Er hatte sein Jackett ausgezogen, die Ärmel seines schwarzen Hemdes hochgekrempelt und arbeitete gemeinsam mit den Männern im Akkord.

Die Sägen kreischten, es flogen Sägespäne, die sich überall auf dem schwarzen Teppich, mit dem der Boden des Standes ausgelegt war, verteilten. Zwischenzeitlich sah es eher so aus, als wolle ein Abbruchunternehmen den Stand dem Erdboden gleichmachen. Doch mit jedem neuen Element, das aufgebaut wurde, kamen wir ein kleines Stückchen weiter.

Robert und ich waren handwerklich so unbegabt, dass Clausen uns zum Staubsaugen und für die Kaffeeversorgung einteilen musste. Es dauerte eine halbe Ewigkeit, bis wir den Teppich von den Sägespänen befreit hatten – zumal immer wieder ein Handwerker des Weges kam und mit Spänen unter den Arbeitsschuhen über die bereits gesaugten Flächen latschte, bevor wir sie wieder abgedeckt hatten. Robert war selbst beim Kaffeekochen derart talentfrei, dass seine Mischung Tote wieder zum Leben erwecken könnte, und die Männer wurden dermaßen unter Koffein gesetzt, dass sie sowieso nicht hätten schlafen können. Um halb drei Uhr morgens wurde endlich die letzte Wand eingezogen. Die Männer arbeiteten wie Uhrwerke, und nach einer knappen Stunde waren die Schreiner und Elektriker fertig und brachen auf. Malermeister Ferdi hatte mittlerweile entdeckt, dass ich beim Streichen gar nicht so ungeschickt war, und mich dazu abgestellt, mit ihm die letzte Wand im Erdgeschoss zu verschönern: er von der Gangseite, ich von der Küchenseite. Um uns herum wurde es zunehmend ruhiger. Trotz des vielen Koffeins spürte ich die bleierne Müdigkeit in meinem Arm, mit dem ich die Farbrolle über die Wand führte. Zum Glück war das Ende absehbar.

„Wenn du mehr Farbe auf der Wand statt in deinem Gesicht verteilst, werden wir heute auch noch fertig", hörte ich Marcs Stimme vom Gang her.

„Wir wären schon ewig fertig, wenn der Chef mal selber Hand anlegen würde, anstatt nur herumzumosern", stichelte ich zurück und erntete ein leises, tiefes Lachen direkt hinter mir. Erstaunt drehte ich mich um. Wieso musste er sich nur immer so anschleichen! Auch in seinen Augen lag der Glanz der Müdigkeit, und in seinen Wangen, die vom Bartschatten ganz dunkel waren, erschienen tiefe Grübchen. Seine dunklen Haare waren zerzaust und ebenso wie sein Hemd mit Sägespänen gespickt. Ohne Vorwarnung zerstob ein Schwarm Schmetterlinge in meinem Magen und hinterließ ein kribbeliges Gefühl. Außerdem stimmte irgendwas mit meinem Herzschlag nicht, denn er pochte viel zu laut in meinen Ohren.

„Wie lange brauchst du noch?", fragte er und betrachtete die Wand.

Ich räusperte mich. „Höchstens fünfzehn Minuten. Wie sieht es sonst aus?"

„Alles so weit erledigt. Die anderen haben sich schon aufgemacht, um noch ein paar Stunden Schlaf zu bekommen. Robert lässt ausrichten, er wartet im Auto auf dich."

Ich nickte.

Das Lächeln in Marcs Gesicht erlosch, und er ging hinüber zur Küchentür. Ich drehte mich wieder um und tauchte die Farbrolle in den Eimer. Nur langsam beruhigten sich mein Herz und meine Nerven, was mir zeigte, dass es Zeit wurde, Marc Albrecht endlich aus meinem Leben zu verbannen. Er war schon viel zu tief in meine Gefühle eingedrungen. Und ich war eindeutig übermüdet, wenn mir ein solcher Schwachsinn durch den Kopf ging. Ich versuchte, an nichts anderes zu denken als daran, die letzten Quadratmeter hellgraue Raufasertapete mit glänzend weißen Bahnen Farbe zu überziehen. In einem beruhigenden Rhythmus fuhr die Rolle auf und ab, und ich musste mich auf die Zehenspitzen stellen, um die oberen zwanzig Zentimeter zu erreichen. Eine Hand umfasste die meine und verhinderte so, dass ich die Rolle vor Schreck fallen ließ. Marc! Ich spürte seine Wärme in meinem Rücken, so wie damals in der Agentur, als wir uns anschließend geküsst hatten. Die Schmetterlingskolonie in mir vermehrte sich explosionsartig und verteilte sich in meinem ganzen Körper. Marc führte die Rolle und meine Hand genauso, wie ich es zuvor getan hatte, aber die Bewegungen wirkten plötzlich viel zu intim. Ich atmete so flach wie möglich, damit es sich nicht wie ein Keuchen anhörte.

„Entspricht das deiner Vorstellung von *der Chef soll mit anfassen?*", erklang seine dunkle Stimme an meinem rechten Ohr.

„So ähnlich", krächzte ich und räusperte mich verlegen. Ich spürte seine andere Hand an meiner Taille. Er spielte mal wieder Katz und Maus mit mir. Leider war die dumme Maus gerade nicht in der Lage, der Katze zu entkommen.

„Ist das Tempo gut, oder sollen wir schneller werden?"

Gott steh mir bei! Ich nickte zögernd. Sprechen war nicht mehr möglich. Unsere Bewegungen wurden schneller. Etwas berührte meine Haare. Seine Lippen?

„Kira-Spatzerl? I hob's gleich gschafft", rief Ferdi von der anderen Seite der Wand. „Soll i dir noch helfe?"

„Brauche noch eine Minute", raunte Marc in mein Ohr.

„Brauche noch eine Minute", quakte der Frosch in meinem Hals, als ich Ferdi antwortete.

„Eine halbe", flüsterte er kurz darauf.

Marc ließ meine Hand nicht los, führte sie mit der Farbrolle auf und ab, obwohl wir längst fertig waren.

„Noch ein allerletztes Mal, dann lass ich dich gehen … vielleicht." Das war nicht mehr als ein Murmeln an meinem Ohrläppchen.

„I hob auch an zweiten Pinsel, wenn's den brauchen tut", rief Ferdi lachend hinter uns. Wir beide fuhren zusammen, und ich ließ die Farbrolle fallen, bevor Marc sie schnappen konnte. Sie klatschte in den Eimer. Farbe spritzte hoch – an die Wand, auf den Teppich, über meine Jeans und hinauf bis zu meiner Bluse. Mein Gesicht glühte.

„Wir sind fertig", stellte Marc fest.

„Das seh i wohl." Ferdi reichte mir grinsend einen Lappen, der vor Schmutz- und Farbflecken starrte, und ich begann gemeinsam mit ihm, an den weißen Sprengseln auf dem Teppich herumzureiben.

„Na, das passt scho. Host mi, wenn ihr die Klamotten einweichen tut, bevor die Farb trocknet, gehn's die Fleckerl wieder naus."

Wieso *ihr?* Erst jetzt sah ich, dass Marcs graue Anzughose und das schwarze Hemd ebenfalls einiges abbekommen hatten, aber das schien ihn nicht weiter zu kümmern. Er half ebenfalls, die Farbe wegzuwischen, und plauderte dabei mit dem Malermeister, als sei nichts passiert. Wenigstens gab mir das die Chance, meine Vitalfunktionen wieder auf normal zu bringen.

Während ich die Flecken auf meiner Bluse bearbeitete, reinigten die beiden die Rollen am Spülbecken der Küche und räumten die Malerutensilien zusammen. Auf Marcs Frage hin erklärte Ferdi, dass er sie in seinem Bus auf dem Ausstellerparkplatz verstauen wolle, und so klemmte sich jeder von uns ein paar Eimer unter den Arm, und wir verließen die wie ausgestorben wirkende Halle, vorbei an dem Security-Mitarbeiter, der seine Runden drehte.

Als wir auf dem Parkplatz ankamen, war es noch dunkel, aber man konnte die Dämmerung bereits erahnen, denn die ersten Vögel zwitscherten von den Bäumen herab. Wir halfen Ferdi beim Einladen, dann verabschiedete er sich von uns und fuhr davon. Eine beklommene Stille trat ein. Hatte die Katze genug gespielt und ließ die Maus jetzt laufen? Es waren nur ein paar Meter bis zu meinem Käfer, und mir fiel siedend heiß wieder ein, dass Robert dort auf mich wartete. Ich ging ein paar Schritte näher. Robert hing in sehr entspannter Haltung auf dem Beifahrersitz und schien tief und fest zu schlafen. Der Glückliche.

Marc war mir gefolgt.

Ich schaute zu ihm auf. „Tut mir übrigens leid wegen deiner Kleider."

„Daran bin ich selbst schuld." Marc vergrub die Hände in den Hosentaschen. Wieder folgte betretenes Schweigen. Schließlich sagte er: „Danke für deine Unterstützung. Ich werde besser mal …"

Ich nickte. „Okay, schöne Träume."

Marc drehte sich um und ging. Ich sah ihm nach, wie er auf seinen Wagen zuhielt. Das war es dann wohl. Vielleicht wechselten wir morgen bei der Eröffnung noch ein paar Worte, und danach war Marc Albrecht Geschichte – so wie ich es mir vor ein paar Minuten noch gewünscht hatte. Doch irgendwie fühlte sich das falsch an. Ich fasste den Griff, um die Fahrertür zu öffnen. Abgeschlossen. In meiner Handtasche fand ich ebenfalls keinen Schlüssel, auch nicht, nachdem ich deren Inhalt auf dem Autodach verteilt hatte. Stimmt, den hatte ich Robert je gegeben. Na gut, dann musste ich ihn eben wecken. Mein Klopfen an der Scheibe und meine Rufe hallten über den stillen Platz. Robert regte sich kein bisschen. Ich versuchte es erneut, rief dabei seinen Namen. Keine Reaktion. Das gab's doch gar nicht. Ich ging um den Wagen herum auf die Beifahrerseite und klopfte dort energischer, wieder mit Rufen. Aber nein, Robert schlummerte friedlich und zuckte noch nicht einmal mit der Wimper. Hatte der Mann einen Schlaf.

Ein Motorengeräusch erklang, und Marc fuhr an mir vorbei. Das Seitenfenster öffnete sich surrend. „Alles in Ordnung?"

„Na ja, eigentlich nicht. Robert wird nicht wach, und er hat meinen Schlüssel."

„Das haben wir gleich." Marc stieg aus, warf die Fahrertür zu und kam zu mir herüber. Er bollerte gegen die Scheibe und auf das Dach, rief und rüttelte. Ohne Erfolg, Robert schlief wie ein Toter. Marc wiederholte das Ganze mehrere Male. Nichts.

„So ein Schlaf ist echt beneidenswert", meinte er und spähte durch die Scheibe in das Innere des Wagens. „Ist das da dein Schlüssel?" Er deutete auf das Lenkrad. Mein Talisman baumelte im Schloss.

„Ja. Mein Haustürschlüssel hängt auch mit dran."

„Dann fährst du eben mit mir zurück."

„Du meinst, jetzt noch zwei Stunden ins Sauerland und um neun Uhr wieder hier sein? Da bleibt ja kaum Zeit, sich umzuziehen. Ich dachte, du hättest ein Hotelzimmer."

„Erst ab morgen. Ich wollte ja nachmittags zurückkehren. Aber es ist doch etwas später geworden."

„Und wenn du mit zu mir kommst? Ich hab ja noch meine alte Wohnung hier in Düsseldorf."

„Ich dachte, du wohnst bei deinen Eltern?"

„Eigentlich schon, aber ich hab noch nicht gekündigt."

„Da sehe ich nur das Problem, dass du keinen Haustürschlüssel hast."

„Ich komme schon rein."

„Du denkst also, das ist eine gute Idee?"

„Wieso nicht?"

„Hm … " Er zögerte kurz. „Wieso eigentlich nicht? Dann komm. Dein Schwager wird sich morgen mit Nackenschmerzen an sein komatöses Nickerchen erinnern."

Er ging zu seinem Wagen, ich folgte zögernd und stieg ein.

Wir fuhren vom Parkplatz und winkten im Vorbeifahren dem Parkplatzwächter zu.

„Ich muss dir noch was sagen", begann ich, nachdem ich mich angeschnallt hatte.

„Was denn?"

„Na ja, meine Wohnung …"

Er sah mich fragend an.

„Sie ist klein und nicht so toll ausgestattet. Ich wohne da seit meiner Studentenzeit und bin irgendwie dort hängen geblieben."

„Solange sie nicht aussieht wie meine erste Wohnung, ist alles gut."

„Du meinst das Rattenloch, in das du mich im Ballettkleid abgeschleppt hast?"

„Genau das meine ich. Mich kann nichts mehr schocken. Tief in mir steckt immer noch der alte Marc, egal, was ich nach außen zeige."

Ich sah ihn von der Seite an.

„Glaubst du mir etwa nicht?"

„Du hast dich sehr verändert."

„Deswegen habe ich noch lange nicht vergessen, wo ich herkomme."

Unsere Unterhaltung verstummte, und Marc lenkte den Wagen durch die leer gefegten Straßen Düsseldorfs. Kaum fünfzehn Minuten später waren wir da, und ich zeigte ihm meinen Parkplatz unter den Ahornbäumen gegenüber dem dreistöckigen Altbau, in dem sich meine Wohnung befand. Marc Albrecht war kurz davor, eine Viertelnacht in meiner Mini-Wohnung zu verbringen. Gemeinsam mit mir. Das konnte eigentlich keine gute Idee sein.

… eigentlich schon Donnerstag, 18. Juni – 4:13 Uhr

Ich nahm den Ersatzschlüssel aus dem Inneren des Keramikfrosches, der zwischen den Verandablumen stand, schloss die Haustür auf und gab Marc ein Zeichen, mir zu folgen. Im Flur mussten wir zunächst an den Kommoden vorbei, die meine Vermieterin mit einer Armee aus Barockengeln auf Spitzendeckchen verschönert hatte. Marc sagte nichts, aber ich spürte förmlich sein Grinsen in meinem Nacken. Ich öffnete die Tür zu meiner Wohnung und machte das Licht an. Aus dem Augenwinkel beobachtete ich, wie er auf meine – um es freundlich zu formulieren – Vintage-Einrichtung reagierte.

Er hängte den Ersatzanzug aus seinem Auto an die Garderobe und sah sich in meiner Zweiraum-Altbauwohnung um. Ich versuchte, die Räume ebenfalls mit den Augen eines Besuchers zu betrachten. Meine fünfundfünfzig Quadratmeter bestanden nur aus einem Schlafzimmer mit Bad und einem Wohnzimmer mit Kochnische. Zwischen Wohn- und Schlafraum gab es eine große Schiebetür mit Bleiverglasung, die ich offen ließ. In einem früheren Jahrhundert hatten das Schlafzimmer und der Salon als Privaträume der Dame des Hauses fungiert.

„Du magst Antikmöbel?“ Er deutete auf das schwere Mahagoni-Doppelbett mit Baldachin, das ebenso antiquiert war wie der Rest.

„Eigentlich nicht, aber die Räume waren möbliert und in der Nähe der Uni. Das war damals für mich die einfachste Lösung. Dabei ist es dann geblieben. Ich kann es Klärchen, meiner Vermieterin, einfach nicht antun, diese Möbel rauszuwerfen. Sie sind noch von ihrem verstorbenen Mann, und es hängen eben viele Erinnerungen daran.“

„Dann ist Klärchen entweder einhundertachtzig Jahre alt, oder sie hatte einen Mann, der ihr Großvater hätte sein können“, scherzte Marc.

Ich lachte. „Nein, sie ist sechsundneunzig und schon lange

Witwe. Ohne mich wäre sie einsam und ohne ihre Möbel unglücklich. Also bleiben wir hier, die Möbel und ich."

„Ich habe schon mal von Leuten gehört, die so etwas machen." Marc strich über das Holz der schweren Standuhr neben den Sesseln. „Das nennt man Helfersyndrom oder so ähnlich."

„Jetzt fang du nicht auch noch damit an." War denn jeder, der einem anderen zuliebe etwas tat, gleich ein Psycho? Ich ging hinüber zu meinem Schreibtisch, der seitlich vom Bett vor dem großen Fenster stand, und legte meine Handtasche darauf.

„Wer sagt das denn außer mir?"

Ich drehte mich zu Marc herum. Er betrachtete die Collage aus Familien- und Kinderbildern, die Jasmin mir zum Umzug geschenkt hatte und die nun im Wohnzimmer neben der Uhr hing.

„Die kennst du alle nicht", wiegelte ich ab.

„Alle? Also gibt es mehrere Menschen, die so was über dich sagen?"

„Nur ein paar, und die haben keine Ahnung."

„Wie dein Ex-Verlobter?"

„Ach der …" Ich stockte. Mein Blick flog zur Kommode auf der anderen Seite des Schlafzimmers hinüber, auf der ein paar gerahmte Bilder standen – fast alle von und mit Ingo. Er hatte mir ein Abbild seines strahlenden Lächelns in sämtlichen Lebenslagen geschenkt. Weil ich seit unserer Trennung noch nicht wieder hier gewesen war, hatte ich bisher keine Gelegenheit gehabt, sie wegzuräumen. Marc konnte sie von dort, wo er gerade stand, glücklicherweise nicht sehen, was sich aber spätestens dann ändern würde, wenn er ins Bad oder ins Bett wollte.

„Kann ich dir was anbieten?", fragte ich eilig und hechtete um das Bett herum zur Kommode. „Im Kühlschrank sind Bier, Wasser und Wein. Bedien dich einfach!"

„Viel lieber würde ich duschen und dann einfach nur schlafen."

War ja klar! Ich zog die oberste Schublade der Kommode auf

und ließ die Bilder so schnell wie möglich darin verschwinden, wobei die Glasrahmen verdächtig aufeinanderklapperten.

„Verrätst du mir, wo ich das Bad finde?“ Seine Stimme kam näher.

„Öh. Klar!“ Ich fegte mit dem Arm über die Oberfläche der Kommode, und die letzten drei Bilder von Ingo beim Drachenfliegen, Surfen und Skifahren klatschten scheppernd in die Schublade. Garantiert war das Glas zerbrochen. Egal. Als Marc ins Schlafzimmer kam, drückte ich die Schublade hastig zu.

„Was machst du da?“

„Nix!“ Ich lehnte mich mit dem Rücken gegen die Kommode. „Gar nichts. Badezimmer! Hier, hinter der Tür. Handtücher im kleinen Regal. Nimm dir, was du brauchst.“

Marc sah mich argwöhnisch an, dann schüttelte er den Kopf, ging an mir vorbei und verschwand hinter der Badezimmertür. Erleichtert atmete ich auf und sank auf mein Bett nieder. Puh, das war gerade noch mal gut gegangen. Aber statt die Augen zu schließen, sah ich mich um und hatte auf einmal das dringende Bedürfnis, meine Wohnung zu putzen. Außerdem: Ein Bett, zwei Personen – wie sollte das gut gehen? Ich hörte im Badezimmer das Wasser aus dem Duschkopf prasseln. Kopfschüttelnd erhob ich mich und fing an, Ordnung zu machen.

… immer noch Donnerstag, 18. Juni – 4.35 Uhr

Eine Viertelstunde später hatte ich ebenfalls geduscht und huschte schnell aus dem Bad unter die Bettdecke, bevor Marc meinem Outfit mehr Aufmerksamkeit schenken konnte. Aber diese Sorge hätte ich mir sparen können. Er saß in Boxershorts und T-Shirt an meinem Schreibtisch und tippte ganz vertieft auf seinem iPad herum. Ich schluckte, als ich seinen breiten Rücken und die dunklen, noch feuchten Haare betrachtete.

„Was Wichtiges?“, fragte ich. „Bist du nicht müde?“

Marc seufzte, klappte den Schutzdeckel des Tablets herunter und stand auf. „Klar bin ich müde. Aber Arbeit gibt es immer, und irgendwie kann ich oft einfach nicht anders. Ziemlich verkorkst, oder?“ Er blieb am Fußende meines Bettes stehen und sah mich nachdenklich an.

„Tja“, murmelte ich und zog trotz der Wärme im Raum die Decke hoch bis zum Kinn. Schlimm genug, dass ich in so einer armseligen Absteige hauste, da sollte er wenigstens nicht auch noch mein ausgeleiertes Shaun-das-Schaf-Nachthemd sehen – das einzige, das ich noch im Schrank gefunden hatte. Alle anderen befanden sich gerade auf dem Rückflug von Neuseeland, und das Negligé hätte ich ja schlecht anziehen können, ohne eindeutige Signale zu senden.

„Was ist mit deinen Wochenenden?“, fragte ich, um die beklemmende Stimmung aufzulockern. „Ich meine, was machst du in deiner Freizeit? Hast du Hobbys?“

Marc lachte freudlos. „Ach, Kira. Wenn man da hinkommen will, wo ich jetzt bin, darf man außer seinem Beruf und vielleicht einer täglichen Sporteinheit nicht viel anderes haben. Schon gar keine Hobbys. Selbst Freunde und Familie lassen sich schwer in den Tagesplan quetschen.“

„Ist es das wert?“

„Wenn ich das wüsste.“ Marc gähnte und streckte sich, dabei rutschte sein T-Shirt hoch. Ich sah das Resultat seiner täglichen Sporteinheit und eine feine Spur dunkler Haare über dem Rand seiner Boxershorts. Oh, Mann!

„Apropos schlafen“, murmelte ich in meine Bettdecke. „Willst du vielleicht die andere Betthälfte …?“

Er verschränkte die Arme hinter dem Kopf. Einen kurzen Moment sagte er nichts, sondern sah mich nur weiter mit diesem merkwürdigen Blick an. „Das macht die Sache nicht einfacher, oder? Ganz im Gegenteil …“

Das klang irgendwie traurig, aber er hatte recht. Es war so schon verworren und kompliziert genug. Ich nickte beklommen.

Er ließ die Arme sinken, ging hinüber zur Badezimmertür und probierte die Schalter durch, bis er das Deckenlicht gelöscht hatte, sodass nur noch meine Nachttischlampe leuchtete. Dann drehte er um und blieb vor meiner Sitzecke stehen. „Ich baue mir was aus deinen Möbeln zusammen. Das sollte gehen. Es sind ja nur drei Stunden."

Er schob die beiden senfbraunen Sessel ohne Armlehne und den niedrigen Couchtisch zusammen und betrachtete diese Architektur stirnrunzelnd.

Als ich das Kichern nicht mehr unterdrücken konnte, sah er zu mir herüber. „Was gibt es da zu lachen?"

„Mehr als eins vierzig ist das aber nicht", gluckste ich und fügte hinzu: „Sieht echt bequem aus!"

„Ist besser als der Fußboden." Er grinste ebenfalls und ging um mein Bett herum.

Hatte er es sich etwa anders überlegt? Aber statt sich hinzulegen, nahm er das Kissen, das zweite Oberbett und die Wolldecke vom Fußende. Die Bettdecke faltete er und legte sie dann wie eine Matratze über Tisch und Sesselflächen. Anschließend ließ er sich vorsichtig auf seiner Konstruktion nieder, die das mit einem bedrohlichen Knirschen quittierte, und deckte sich mit der Wolldecke zu. Er lag auf dem Rücken, und seine Füße hingen gut einen halben Meter über das Sesselende hinaus in der Luft. Es sah zum Schießen aus.

„Sollen wir tauschen?", bot ich an.

„Jetzt, wo ich mir das beste Bett aller Zeiten gebaut habe, willst du es haben. Vergiss es. Bleib du nur in deinem unbequemen Monstrum liegen."

„Wie du willst."

Marc drehte sich einige Male auf den ächzenden und knirschenden Möbeln hin und her, als versuche er, die erträglichste unter den unbequemen Positionen zu finden. Dann lag er still und schaute in Richtung Fenster. Im Schein der Straßenlaterne sah ich sein Profil, die gerade Nase, das energische Kinn.

„Am Montag gehe ich zu IKEA und besorge ein Schlafsofa", meinte ich.

„Mach dir keine Gedanken. Ich habe schon unbequemer geschlafen und bin wirklich dankbar, dass ich nicht noch hundemüde nach Hause fahren muss. Vielleicht hast du mir dadurch sogar das Leben gerettet."

„Kein Thema."

„Mir muss es allerdings leidtun."

„Was meinst du?"

„Ich habe dich unter Druck gesetzt, obwohl du dich gegen das Projekt gewehrt hast. Aber ohne eure und vor allem deine Unterstützung hätten wir das niemals so hinbekommen. Das war großartige Arbeit. Dafür habe ich dir noch gar nicht gedankt."

„Brauchst du nicht. Du kriegst eine gesalzene Rechnung."

„Stimmt auch wieder."

Eine Weile sagte keiner von uns etwas, und ich dachte schon, Marc sei eingeschlafen, aber dann hörte ich, wie er sich abermals regte. „Damals, nach unserer ersten Nacht, habe ich mich nicht bei dir gemeldet ..."

Ich hielt den Atem an. Über den Rand der Bettdecke hinweg betrachtete ich ihn im Schein der Nachttischlampe. „Du warst schuld, dass ich mir nächtelang die Augen ausgeheult habe", scherzte ich, auch wenn sich mein Magen zusammenzog. „Waschechter Teenie-Liebeskummer."

Marc lachte leise. „Ja, ging mir ähnlich. Wer hätte gedacht, dass der kleine Spatz im Glitzerkleidchen dem übelsten Rüpel der Stadt das Herz stehlen würde?"

Hatte ich richtig gehört? Plötzlich wurde es unerträglich heiß unter der dicken Decke.

Marc sah zu mir herüber und verzog den Mund zu einer Grimasse. „Tja, alte Zeiten. Schwamm drüber. Ich glaube, wir sollten wirklich versuchen, noch etwas Schlaf zu bekommen."

„Ja, sicher", murmelte ich und machte das Licht der Nachttischlampe aus. Die Dunkelheit hatte den Vorteil, dass ich endlich meinen Körper aus dem Daunengefängnis befreien und die Bettdecke zurückschlagen konnte. Aber statt zu schlafen, starrte ich mit offenen Augen in die Nacht. Ein Hund bellte, Autos fuhren vorbei, zeichneten mit ihrem Scheinwerferlicht skurrile Schatten auf die Wände und auf Marcs Silhouette.

Aber in Wahrheit horchte ich auf seinen Atem, den ich nur hören konnte, wenn es draußen still war. War es Einbildung, oder wurden seine Atemzüge tatsächlich ruhiger und tiefer? Mein Körper war bleischwer vor Müdigkeit, aber das Herz klopfte mir bis zum Hals, und meine Gedanken rasten durch die Vergangenheit, durch die letzten Wochen, fingen jeden Augenblick ein, den ich mit Marc erlebt hatte. Hatte ich damals wirklich sein Herz gestohlen? Bisher war ich davon ausgegangen, dass ich nichts als eine leichte Beute für den berüchtigten Marc Albrecht gewesen war – verliebt, arglos und einfach nur dumm mit meinen fünfzehn Jahren.

Marcs Bettzeug raschelte leise, und die Möbel ächzten, als er sich bewegte. Plötzlich zerriss ein lautes Knirschen und Krachen die Stille des Raumes. Holz splitterte, und ich hörte Marc stöhnen. Hektisch tastete ich nach dem Schalter der Nachttischlampe. Sie polterte klirrend zu Boden. Egal! Ich sprang aus dem Bett und lief zu Marc hinüber, wollte ihm helfen.

Dabei stolperte ich über etwas, das am Boden lag, strauchelte und fiel genau auf Marc. Ich landete – nicht mal unsanft – auf seiner Brust, inmitten von Kissen, Decken und Holzmöbeln. Mein Gesicht war nur wenige Zentimeter von seinem entfernt. Was für eine Slapstick-Einlage. Ich prustete los. Auch Marc konnte nicht mehr an sich halten, und wir lachten wie die Teenies, bis uns die Tränen über die Wangen liefen.

Marc beruhigte sich als Erster und atmete schwer, vermutlich auch, weil ich nach wie vor mit vollem Gewicht auf ihm lag. Er strich mir mit dem Daumen eine Lachträne von der Wange. Im schwachen Schein der Straßenlaterne sah ich seine Augen. Seine Arme umfassten mich, glitten meinen Rücken hinauf. Nichts davon beruhigte meinen Herzschlag oder meinen Atem. Ich versank in seinen Augen.

Als zöge er mich zu sich hinab, legte ich meine Lippen auf seine und küsste ihn. Wie ein Meer aus Benzin, in das ein brennendes Streichholz fiel, stand ich sekundenschnell in Flammen. Ich spürte seine Hände auf meinem Rücken, in meinem Nacken und meinen Haaren. Sein heißer Atem und seine Lippen strichen über meine Wangen und meinen Hals. Seine Berührungen waren wie ein Sog, der mich in eine Parallelwelt hineinzog, in der es weder Vernunft noch Verstand gab.

Marc flüsterte meinen Namen, schob mit einem Arm den verunglückten Tisch beiseite und rollte mich auf den Rücken. „Das sollten wir nicht tun", flüsterte er und strich mir eine Haarsträhne aus dem Gesicht.

„Stimmt."

Er umfasste mein Gesicht und küsste mich erneut. Meine Hände glitten seinen Rücken hinab und unter sein T-Shirt. Ich spürte sein Herz rasen.

Marc hob den Kopf, und sein Blick fiel auf mein Nachthemd, das er dummerweise im Licht eines vorbeifahrenden Autos erkennen konnte. „Shaun das Schaf? Du bist unglaublich", murmelte er, und bei seinem nächsten Kuss konnte ich sein Lächeln auf meinen Lippen spüren.

Wenn das hier ein Fehler war, dann war er jede Sekunde davon wert, ganz egal, welche Strafe und welches Leiden mich dafür treffen würden. Vielleicht wurde ich morgen entlassen, vielleicht verstieß mich meine Familie. Es war mir gleich. Das war der letzte halbwegs vernünftige Gedanke, den ich für die nächsten Stunden haben sollte.

Kiras To-do-Liste:
Punkt 23: Vorbereitung Empfang anreisende Gäste (Mutti)
Punkt 22: Junggesellenabschied Düsseldorf (Robert)
Juni
Donnerstag
18
2. To-do-Liste xTherm:
Messetag!!!
Punkt 10: 7.30 Uhr Briefing Standpersonal aktuell
Punkt 9: 7.50 Uhr Ausgabe Namensschilder
Punkt 8: 8.30 Uhr Empfang Reporter Exklusivreportage
Punkt 7: 8.40 Uhr weitere Postings Social Media
Punkt 6 bis 3: 8.50 Uhr letzter Check Sound, Licht, Modenschau, Backstage und DJ
Punkt 2: 8.55 Uhr Champagnertabletts und Aufstellung
Punkt 1: 9.00 Uhr Go!
3 Tage bis zur Hochzeit
—
Messetag

Kapitel 18

Der Müllwagen ratterte lautstark über meinen sonnengefluteten Traumstrand. Ich rekelte mich, und mit dem Traum verblasste auch der Strand. Musste diese Müllabfuhr eigentlich immer mitten durch mein Bett fahren?

Aber das war noch lange kein Grund, aufzustehen. Seufzend drehte ich mich um und spürte Marcs warmen Körper neben mir. Mmh, ein unglaubliches Glücksgefühl durchströmte mich. Lächelnd blinzelte ich zu ihm hinüber – und riss die Augen auf. Marc! So schlagartig, wie ich hochfuhr, kehrte auch die Erinnerung zurück. Mein Herz hämmerte gegen die Rippen. Jetzt war ich wach! Und Marc gleich auch, denn er regte sich. Splitternackt, wie ich feststellen musste, als die Bettdecke zur Seite rutschte. Der Anblick ließ mich nicht kalt. Dennoch vergrub ich das Gesicht in meinen Händen. Was hatte ich getan? Während mein Verstand mich geißelte, machten sich in meinem Körper Wärme und Sehnsucht breit. So ein dummer Körper aber auch!

„Guten Morgen, meine Schöne“, murmelte der nackte Mann neben mir. „Wie spät?“

Uhrzeit? Genau. Da war doch was. Mein Blick fiel auf die Uhr in der Kochnische. „Viertel nach neun.“

Die Messe!

Gleichzeitig sprangen wir aus dem Bett. Ich raffte die Decke an mich, um meine Blöße zu bedecken. Marc präsentierte mir sein gottgeschaffenes Hinterteil, als er seine Unterwäsche vom Boden klaubte.

„Kira! Heb dir das Schämen für später auf. Du hast fünf Minuten“, kommandierte er, während er auf einem Bein hüpfte, um sich die Socke anzuziehen. „Außerdem kenne ich jetzt sowieso jeden Quadratmillimeter von dir.“

Ich warf ihm einen tödlichen Blick zu, der leider nicht wirkte, und schlüpfte durch die Badezimmertür. Mein Spiegelbild sah mir entgegen, mit zerknautschtem Gesicht und wirren Haaren. Fünf Minuten … Wusste der Mann eigentlich, was er da von mir verlangte?

Es dauerte zehn. Erstaunlich, was Endorphine alles möglich machten. Wir verzichteten auf das Navi, und ich lotste Marc durch die Rushhour der Düsseldorfer Straßen. Das heißt, ich deutete in die entsprechende Richtung, wenn er abbiegen sollte, weil ich kaum zu Wort kam. Zuerst telefonierte er nämlich mit seinem Marketingleiter, der bereits am Messestand das Regiment übernommen hatte und seit Stunden vergeblich versuchte, seinen Chef – und mich – zu erreichen.

Als Nächstes – wir standen bereits kurz vor dem Ausstellerparkplatz im Stau – war seine Sekretärin Emily dran, die ihn über alle möglichen Anrufe informierte und fragte, ob sie sein Gepäck für die nächsten Tage ins Hyatt Hotel bringen lassen solle. Als Marc das bejahte, durchfuhr mich ein Stich der Enttäuschung. Aber was hatte ich erwartet? Dass er Lust hatte, erneut eine Nacht mit mir in meiner fürchterlichen Wohnung zu verbringen? Was für mich die Bergung des geheimsten Schatzes bedeutet hatte, war für Marc Albrecht offenbar nichts anderes gewesen als ein amüsantes Intermezzo, das er im Grunde zu verhindern versucht hatte.

Tränen schossen in meine Augen. Ich wandte den Blick aus dem Beifahrerfenster, blinzelte sie fort, bevor wir den Parkplatz erreichten. Der Motor war noch nicht verstummt, da hatte ich schon die Tür geöffnet. Marcs Hand hielt mich zurück. Ich erstarrte mitten in der Bewegung.

„Kira, auch wenn wir unter Zeitdruck sind. Du bist eine wundervolle Frau. Aber du weißt, es ist kompliziert, und wir sollten es in Ruhe angehen. Ich will dich keinesfalls verletzen oder zulassen, dass andere …"

„Nein, natürlich nicht", unterbrach ich ihn rasch. „Wir müssen los." Was ich gehört hatte, reichte voll und ganz für den Weltuntergang. So schnell hatte mich noch niemand abserviert.

„Danke." Marc drückte meine Hand und war schneller ausgestiegen als Houdini. Meine Innereien schmolzen zu einem schwarzen, hässlichen Klumpen zusammen. Trotzdem schaffte ich es irgendwie, aus dem Auto und an Marcs Seite in die Messehalle zu gelangen, obwohl ich mich viel lieber zwischen die Autos gehockt und geheult hätte. Wie oft würde dieser Mann eigentlich noch mein Herz brechen?

… immer noch Donnerstag, 18. Juni – 10.05 Uhr

In der Messehalle summte es wie in einem riesigen Bienenschwarm, und der xTherm-Stand schien die Wabe der Königin zu sein. Marc hatte meine Hand ergriffen und eilte im Laufschritt mit mir durch die Gänge am Rande der Halle, die noch nicht so bevölkert waren wie die Mittelwege, durch die sich bereits Menschenmengen wälzten. Am liebsten hätte ich ihm meine Hand entrissen, aber ich brachte es nicht über mich, denn sie gab mir ein bisschen Halt, und den konnte ich wirklich gebrauchen.

„Hast du was?", fragte er im Laufen mit einem Seitenblick.

„Nein", schnappte ich.

„Bist du sicher?"

„Ja!"

„Kira! Spiel nicht Katz und Maus mit mir!"

Das sagte der Richtige! „Ich …" Die restlichen Worte blieben mir im Hals stecken, denn von rechts bog auf Augenhöhe mein Ex-Verlobter Ingo, braun gebrannt und mit sonnengebleichten Locken, in den Gang ein. Vor sich her im Rollstuhl schob er niemand Geringeren als seinen Vater und meinen Chef Walter Kütting. Es war nur eine Frage von Sekunden, bis sie mich entdeckten und zwar an Marcs Hand. Ohne weiter nachzudenken, zerrte ich Marc nach links zu einem Notausgang an der Hallenwand, wo uns wenigstens die Seitenwände der Stände etwas verdeckten. Marc warf mir einen ärgerlichen Blick zu und versuchte, mich zurück auf den Gang zu ziehen.

„Bleib hier!", zischte ich ihm zu.

„Was ist denn? Wir haben keine Zeit!"

„Marc, bitte!", flehte ich und schob ihn weiter zur Glastür. Ingo und Kütting mussten jede Sekunde an diesem Durchgang vorbeikommen, und je auffälliger wir uns benahmen, desto größer war die Wahrscheinlichkeit, dass sie uns trotz der Seitenwände entdeckten. Aber Marc schien fest entschlossen, sich nicht von mir aufhalten zu lassen, außer vielleicht … Ich warf die Arme um seinen Hals und presste meine Lippen auf seinen Mund. Er zögerte kurz, dann zog er mich an sich und küsste mich schwindelig. Kurz kam mir in den Sinn, dass ich gerade das Dümmste gemacht hatte, was ich in dieser Situation hätte tun können, aber dann löschte sein Kuss diesen Gedanken aus.

Wenig später lösten sich Marcs Lippen von meinen. Kopfschüttelnd strich er mir eine Strähne aus dem Gesicht. „Du bist verrückt", murmelte er. „Und jetzt komm endlich." Er nahm meine Hand und zog mich zurück in den Gang.

Die Messe war kaum einen halben Tag alt, aber es zeichnete sich bereits ein riesiger Erfolg ab. Mit Beginn der Bikinishow verstopften Zuschauer die Gänge und den Stand, sodass es kaum noch ein Durchkommen gab. Eigentlich hätte ich mich darüber freuen sollen, doch stattdessen beschlich mich eher das Gefühl, schlecht Luft zu bekommen – vornehmlich, wenn ich Marc zufällig in der Menschenmenge entdeckte. Aber an diesem Dilemma war ich selbst schuld. Kleine Sünden bestraft der liebe Gott sofort – und die großen eben langsam und qualvoll.

So gut es ging, schob ich die Gedanken an Marc beiseite. Mein Job war es, heute zum Eröffnungsprogramm dafür zu sorgen, dass sich zu den einzelnen Programmpunkten die richtigen Leute an der richtigen Stelle aufhielten. Ich löste ungefähr hundert Probleme, suchte ständig irgendein Model oder sonst wen, der dringend auf oder hinter der Bühne gebraucht wurde, und lief wie ein Wiesel hin und her, immer ein halbes Auge auf das Programm und die Uhr gerichtet. Obwohl *laufen* zu viel gesagt war, meistens wühlte ich mich durch die Menschentrauben hindurch.

Im Augenblick stand ich neben den Produktvitrinen und hielt Ausschau nach dem DJ, den wir als einen der nächsten Programmpunkte mit seinem xTherm-Mix präsentieren sollten. Dummerweise hatte ich ihn heute noch nicht zu Gesicht bekommen. Dafür sah ich Marc neben den Besprechungskabinen, und er lächelte mir über die Köpfe der Leute hinweg aufmunternd zu. Mein Herz pochte wild. Ein paar Meter hinter Marc tauchte ein sonnengebleichter Blondschopf in der Menge auf. War das etwa Ingo!? Oder sah ich Gespenster?

Egal, ich musste rausfinden, wo dieser DJ steckte.

Vielleicht hatte Robert ihn gesehen. Ich schaute mich um und entdeckte ihn nicht weit entfernt in einem Gang, wo er sich Richtung Küche schob. Auf mein Rufen reagierte er nicht, und ich drängte mich an den Leuten vorbei, um ihm zu folgen.

Auf halbem Weg kam ich an den Besprechungskabinen vorbei und traf dort natürlich auf Marc, der sich mit einem kleinen, rundlichen Mann mit Halbglatze und Nickelbrille unterhielt. Himmel nein! Das nicht auch noch. Der Mann hieß Überlacker und war ein Großkunde meines Arbeitgebers Grandial.

Überlacker grüßte mich freundlich. Nachdem Marc mich vorgestellt hatte, meinte Überlacker: „Sagen Sie mal, junge Frau, wir kennen uns doch von irgendwoher."

Ich überlegte, was ich antworten könnte, um ihn von Grandial abzulenken. „Vielleicht haben wir mal miteinander geflirtet?", scherzte ich in lockerem Ton. Das passte zwar nicht hierher, war aber das Einzige, was mir auf Anhieb einfiel.

„Nein, nein." Überlacker kratzte sich an der Schläfe. „Letztes Jahr auf diesem Firmenjubiläum von …"

„Stimmt!", fiel ich ihm ins Wort. „Da war ich mit meiner Schwester, die dort Reportagen gemacht hat. Wir haben an einem Tisch gesessen, erinnern Sie sich? Wir haben getanzt, und Sie sind gestolpert, weil ich mich mit meinen hohen Absätzen so ungeschickt angestellt habe." Ich lachte gekünstelt, und mir brach der Schweiß aus.

„Sind Sie sicher? Ich tanze eigentlich nie. Waren Sie denn nicht die Assistentin …"

„Nein, da verwechseln Sie was. Hundertprozentig haben wir getanzt", unterbrach ich ihn erneut. „Wie könnte ich einen so interessanten Mann wie Sie vergessen? Aber wir waren ein bisschen angeschickert, wenn Sie wissen, was ich meine." Ich machte eine Geste, als würde ich ein Bierglas kippen, und zwinkerte Überlacker zu. „Sie sind sogar hingefallen. Wissen Sie das denn wirklich nicht mehr? Mir kommt es vor, als wäre es gestern gewesen. Unvergesslich!"

„Mir fällt auch gerade was Unvergessliches ein", murmelte Marc leise neben mir und sah mich an. Eine Hitzewelle schwappte durch meinen Körper. Was sollte das nun wieder bedeuten, Mr Es-ist-kompliziert-und-lass-uns-Freunde-bleiben?

Überlacker lächelte mich an. „Schöne Frau, wenn Sie das sagen, wird es auch stimmen. Sie haben garantiert das bessere Gedächtnis von uns beiden."

„Weise Worte", funkte Marc dazwischen. „Frauen sollte man niemals widersprechen, selbst wenn man im Recht ist."

Die beiden Männer lachten, fanden diesen dämlichen Spruch wohl auch noch witzig.

„Keinesfalls." Überlacker schmunzelte.

„Das lassen wir großzügig über uns ergehen." Marc grinste. In mir wuchs das Bedürfnis, ihm das Grinsen mit einer Ohrfeige aus dem Gesicht zu fegen.

„Niemand soll sich von meiner Anwesenheit belästigt fühlen", erwiderte ich hochnäsig. Marcs Lächeln erstarb.

Überlacker machte große Augen und sah von Marc zu mir und wieder zurück. „Oh, jetzt haben Sie es sich verscherzt, mein Guter", kommentierte er.

„Aber ich habe doch nur..."

Wortlos drehte ich mich auf dem Absatz um und stürzte mich ins Gewühl. Hauptsache, Abstand.

„Kira, du musst mir helfen!" Robert tauchte aus der Menge auf. „Dieser DJ ist nirgendwo zu finden, und seine Show soll in fünf Minuten beginnen. Zuletzt hat man ihn an der Bar gesehen, wo er angeblich einen Jägermeister nach dem anderen gekippt hat." Er stutzte. „Geht es dir nicht gut? Du bist leichenblass."

„Nein, nein. Alles in Ordnung. Nur ein bisschen schwindelig."

„Willst du eine Pause machen? Das war vielleicht alles zu viel für dich. Oder liegt es an Marc …"

„Quatsch!", widersprach ich und atmete tief durch. „Komm, lass uns den DJ suchen. In zwei Stunden ist unser Job getan, und dann will ich nur noch nach Hause."

„Okay", sagte Robert gedehnt und sah mich argwöhnisch an. „Ganz wie du meinst."

Juni
Freitag
19
Kiras To-do-Liste:
Punkt 21: 10.00 Uhr Brautkleid abholen (Paps)
Punkt 20: 12.00 Uhr Mittagessen mit Roberts Verwandtschaft
Punkt 19 bis 17: Maniküre, Pediküre, „Frisüre“
Punkt 16: 18.00 Uhr Junggesellinnenabschied, mein persönlicher Albtraum
2 Tage bis zur Hochzeit

Kapitel 19

Freitag, 19. Juni – 21.35 Uhr

Wir sahen einfach nur bescheuert aus – und das in aller Öffentlichkeit, zur Happy Hour im angesag- testen Pub der Stadt. Keine Ahnung, wer sich dieses Junggesellinnen-Motto und die Kostüme ausgedacht hatte, aber ich hatte noch nie etwas so Furchtbares getragen. Wir steckten in rosa Elfenoveralls mit Glitzer und Flügelchen, die am Bauch mit Unmengen von Schaumstoff aufgepolstert worden waren, damit wir wie schwangere Elfchen aussahen.

Wenn ich uns so im Spiegel betrachtete, hatten wir mehr Ähnlichkeit mit Tatortreinigern im rosa Ganzkörperanzug, die einen Mülleimer verschluckt hatten. Zumal der „Bauch" bei den meisten von uns nicht rund war, sondern verschiedene Formen von eckig bis wellig aufwies. Übrigens sahen wir nicht nur aus, als hätten wir Mülleimer verschluckt, sondern rochen bald auch so, denn der Polyester-Overall war alles andere als atmungsaktiv. Und das bei dem heutigen Hitzerekord.

Die Tür zum Pub öffnete sich, und eine weitere Elfe kam herein. Sabin! Ich stürmte auf sie zu und wollte sie in die Arme nehmen, aber unsere Bäuche hinderten uns daran. Sabin schob ihren kurzerhand auf den Rücken. Ich tat es ihr gleich, und wir lagen uns in den Armen.

„Gott sei Dank bist du endlich da!" Ich drückte sie und hielt sie dann auf Armlänge von mir. Ihr Gesicht war braun gebrannt, und in ihren klugen blauen Augen glitzerte der Schalk. „Du siehst fantastisch aus!"

„Und du siehst furchtbar aus", erwiderte sie. „Diese Augenringe wirst du noch Monate mit dir herumtragen. Ts, da ist man mal ein paar Tage nicht bei dir, und schon wirtschaftest du dich herunter. Sei froh, dass ich kein Jahr weggeblieben bin, sonst sähest du jetzt aus wie Mickey Rourke."

„Kannst du heute Abend bitte ein bisschen lügen? Mir zuliebe? Ich verkrafte im Augenblick nicht so viel Ehrlichkeit."

„Ah, die Nerven. Kein Wunder. Schatzi, in zwei Tagen ist der ganze Spuk vorbei, und du kannst wieder in dein altes, ruhiges Leben zurückkehren." Sie legte den Kopf schief. „Was guckst du denn so? Willst du das etwa nicht?"

Ich seufzte und ließ sie los. „Wenn ich nur wüsste, was ich will."

„Sollen wir uns verziehen und reden?"

„Nein, nicht reden. Vielleicht morgen. Heute Abend will ich einfach feiern, bis der Arzt kommt, und alles vergessen. Kannst du mir dabei helfen?"

„Nichts leichter als das – man reiche uns Wodka! Aber vorher brauche ich ein Update: Wie ist der letzte Stand?"

„Ich habe mich nach der Messe einfach abgesetzt. Und seither hab ich alle Anrufe ignoriert, weil ich zu feige bin, mir Marcs Standpauke anzuhören."

„Du bist einfach abgetaucht? Wie cool ist das denn!"

„Eher verantwortungslos."

„Ach was! Wir leben in einem freien Land, da kannst du so feige sein, wie du Lust hast. Komm, darauf trinken wir."

Sie hakte mich unter, und wir gesellten uns zu den anderen Monster-Elfen, die gerade mit der nächsten Runde lautstark anstießen.

Sabin schnappte sich ein Schnapsglas von dem Tablett, das auf dem Tisch stand, hielt es feierlich in die Luft und rief lautstark: „Es lebe die Feigheit!"

Auf meine Frage, warum sie so spät dran sei, erklärte Sabin, sie habe nachmittags schon kommen wollen, aber eine wichtige Sache auf dem Präsidium habe sie aufgehalten. Egal, Hauptsache, sie war endlich hier und hob mit ihrer Anwesenheit den Gruppen-IQ um dreihundert Prozent und den Spaßfaktor um ein Vielfaches davon.

Kurz darauf zogen wir in diesen unmöglichen Fräcken durch die Stadt, und überall, wo wir auftauchten, gab es ein großes Hallo. Der Apfelsaft in den Babyflaschen, die wir um den Hals trugen, wurde bald durch Sekt und Schnaps ersetzt, und die Feier wurde immer ausgelassener. Doch schon nach zwei Stunden bemerkte ich, dass Jasmin schwächelte. Migräne und der Kreislauf machten ihr zu schaffen, und wir beschlossen, sie nach Hause zu bringen.

Als wir um elf Uhr mit der gesamten Damentruppe dort eintrafen, brachten wir Jasmin in ihr Zimmer. Sie sank auf das Bett, nicht ohne uns zu befehlen, in ihrem Namen noch ausgiebig und ohne Rücksicht auf Verluste weiterzufeiern. Wir versprachen es ihr hoch und heilig, versorgten sie mit Wasser, Kühlpacks und Ohropax. Dabei kicherten wir leise und benahmen uns wie eine Meute alberner Mädchen, die bei einer Pyjamaparty nachts durchs Haus geistern.

Dann ließen wir sie allein und machten uns auf, in den Garten überzusiedeln. Sicherheitshalber warf ich noch einen Blick ins Schlafzimmer meiner Eltern, aber die schliefen tief und fest. Mutti hatte ebenfalls Ohropax eingesteckt – ihre Baldrian-K.-o.-Tropfen nahm sie zurzeit ja ohnehin –, und damit war sichergestellt, dass sie nichts von unserer Feier mitbekam. Paps schlief sowieso wie ein Stein und schnarchte dabei so laut, dass er es locker mit einem Airbus-Triebwerk aufnehmen konnte.

Wir machten es uns auf den Gartenstühlen am Teich bequem. Die Nachtluft war schwülwarm. Ich schloss die Gartenhütte neben dem Teich auf, machte leise Musik an und versorgte alle mit Getränken. Wir unterhielten uns eine Weile und lachten verhalten, aber es war eine viel friedlichere Stimmung als noch zuvor in den Pubs. Wenn das so weiterging, würde diese Feier ein frühes Ende nehmen, und vor mir läge eine weitere einsame und vor allem schlaflose Nacht. Obwohl man meinen sollte, dass mein Körper einen enormen Nachholbedarf hatte.

Doch diese Rechnung hatte ich natürlich ohne Sabin gemacht, die plötzlich strahlend aus der Gartenhütte kam. Ich sah ihr die teuflischen Hintergedanken an. Sie trug einen Eimer zu uns herüber und stellte ihn mitten zwischen uns. Er war randvoll gefüllt mit einer Flüssigkeit, in der lange Strohhalme steckten. Oh nein, sie hatte Paps' Mallorca-Vorräte gefunden, mit denen er einmal im Jahr mit seinen Kegelbrüdern eine „Inselparty" veranstaltete. Das war quasi der Ersatz für eine Ballermanntour, die seine Kumpel und er vermutlich nicht mehr überlebt hätten – die einen wegen ihres Alters, die anderen wegen ihrer Ehefrauen.

„Schluss mit der Trauerfeier", rief sie. „Jetzt ist Partytime, Ladys!"

Ich nahm einen der Strohhalme und wusste bereits nach dem ersten Schluck, dass sich meine Ahnung bewahrheiten würde. Was auch immer Sabin in diesen Eimer gemischt hatte, sah vielleicht wie Sangria aus, aber es war ein fruchtiges Teufelszeug, vermutlich aus allen Resten zusammengemixt, die sie in unserer Hütte gefunden hatte. Ziemlich schnell gelangte ich an den Punkt, an dem mein Gegenüber plötzlich vier statt zwei Augen hatte. Deshalb entsagte ich dem Elfentrank und nahm mir erst mal ein Wasser. In den letzten Wochen hatte ich schließlich genug Drogenerfahrung für ein ganzes Jahrzehnt gesammelt.

Sabin mimte den DJ, erst noch dezent, aber dann wurde die Musik immer lauter, sodass ich befürchtete, selbst Mutti und Jasmin würden davon wach. Man konnte fast dabei zusehen, wie der Pegel stieg. Anfangs wippten alle sanft zur Musik, doch mit der Zeit schwoll das Lachen an, und die ersten Elfen begannen zu tanzen. Sabin erschien mit einer weiteren Mischung Sangria Spezial in der Hüttentür.

Kurze Zeit später stellte Jasmins beste Freundin fest, dass es viel zu heiß sei für diese Kostüme, und außerdem seien wir doch unter uns. Sie pellte sich aus dem rosa Bratschlauch, und während sie lauthals mit Wolfgang Petry im Duett sang, tanzte sie in Unterwäsche um den Gartenteich. Es dauerte nicht lange, bis ich die Einzige war, die sich noch nicht ausgezogen hatte. Es platschte, und die Erste lag unter großem Hallo im Koi-Karpfenteich. Das musste ja so kommen. Eigentlich hätte ich die Ladys bremsen und die Musik leiser stellen müssen, aber meine Vernunft war ebenfalls schon längst in der Sangria ertrunken.

Sabin legte Karnevalslieder auf und befahl mir, einen schwimmenden Untersatz für den Sangriaeimer zu besorgen. Ab sofort würden wir im Teich weiterfeiern. Ich fand ein altes Baby-Planschbecken in der Hütte und pustete es auf. Als ich es Sabin reichen wollte, die sich schon im flacheren Bereich des Wassers auf einem Klappstuhl eingerichtet hatte, ich dachte nur kurz an mögliche Risse in der Teichfolie, zog sie mich einfach samt Anzug ins Wasser. Klatschnass rappelte ich mich wieder auf. Die anderen lachten mich aus, weil ich immer noch in diesem Scheusal steckte. Sie hatten ja recht, weg mit dem Ding! Ich krabbelte an Land und pellte mich aus dem Monstrum, das schlürfende Geräusche von sich gab. Es war tatsächlich eine Befreiung.

„Bring mehr Stoff, Kira!", rief Sabin vom Teich aus. „Und Kerzen! Und mach die Mucke lauter!"

Im Teich dümpelte der Eimer bereits samt Strohhalmen im Babybecken herum. Wenn Paps uns sehen könnte, würde er mich teeren, federn und vierteilen, so viel war sicher. Kichernd ging ich zur Hütte und bemerkte auf einmal eine Bewegung in der Einfahrt. Jemand kam auf mich zu. Das Licht der Außenbeleuchtung fiel auf sein Gesicht, und ich erkannte Marc. Wie vom Donner gerührt blieb ich stehen.

„Mir lasse de Dom in Kölle!", krähte der Damenchor im Teich.

„Coole Party", stellte Marc fest und blieb wenige Zentimeter vor mir stehen. „Braucht ihr noch einen Kellner?"

Ich schluckte. Mir wurde bewusst, dass ich nur in Unterwäsche vor ihm stand. Aber der Alkohol machte mich mutig, und ich antwortete: „Nur, wenn er nackt mit uns badet."

„Da kriege ich Angst."

„Frauen machen dir Angst? Das ist ja ganz was Neues!"

„Andere Frauen nicht, aber du. Vor allem, wenn du einfach verschwindest und nicht mehr an dein Handy gehst. Was war denn los?"

„Deswegen bist du hier? Weil du dir Sorgen gemacht hast?"

„Kiralein, wir verdursten!", grölte Sabin.

Ich reagierte nicht.

„Heute Abend nach der Kundenveranstaltung habe ich die Flucht ergriffen, um dich zu suchen, nachdem ich gestern schon vergebens probiert hatte, dich zu erreichen", erklärte Marc. „Robert meinte, du bräuchtest eine Auszeit. Aber als du heute wieder nicht ans Telefon gegangen bist …"

„Tut mir leid, ich dachte, du wärst sauer."

„Sauer? Wieso sollte ich? Nach allem, was du für uns … für mich getan hast?" Seine Hand wanderte meinen Arm hinauf, und mein Herz holperte in spastischen Anfällen vor sich hin.

„Wer ist der Typ?", rief Sabin über die lautstarke Intonation von *Flieger, grüß mir die Sonne,* die aus der Hütte hämmerte, hinweg. „Ach egal, er soll sich ausziehen und in den Teich kommen. Aber wehe, er bringt nichts zu trinken mit."

Marc grinste kopfschüttelnd. „Freunde von dir?"

„Die kenne ich nicht! Sitzen rein zufällig in unserem Gartenteich."

Dann wurde er ernst. „Hab ich was falsch gemacht?"

„Nein, ich … es liegt nicht an dir." Das war gelogen.

„Gut." Er hob mein Kinn und küsste mich sanft. Irgendwas passierte mit meinen Beinen, denn auf einmal waren sie ganz wackelig.

„Uuuuuhhhhh", jaulte der Damenchor im Teich, und ich konnte mir ein Grinsen nicht verkneifen.

„Woran liegt es dann?"

Ich seufzte. „Ach, du weißt ja, die ganzen Umstände, meine Familie …"

„Ich verstehe." Er ließ meine Hand los.

„Wie meinst du das?"

„Feiert noch schön." Marc wandte sich zum Gehen.

„Warte! Was soll das heißen? Gehst du wieder?"

„Die Entscheidung hast du getroffen. Kümmere dich erst mal um deine Familie."

War er etwa sauer, weil ich mich um die Hochzeit kümmern musste? Aber er war doch derjenige, der mich abserviert hatte! Morgens im Auto auf dem Weg zur Messe! Wieso drehte er auf einmal alles herum?

Als ich ein Blaulicht unsere Auffahrt heraufkommen sah, war Marc bereits in der Dunkelheit verschwunden, und ich hatte das Gefühl, heulen zu müssen.

Zwei Polizisten stiegen aus dem Streifenwagen und kamen auf mich zu – meine beiden Bekannten aus dem Energieladen. Der Ältere fragte sogleich: „Sie sind die Verantwortliche?"

Ich räusperte mich. „Ja?"

„Sieh an, die randalierende Schwangere", sagte der Jüngere. „Warum wundert mich das nicht?"

„Wir sind angerufen worden, dass hier ein Fall von öffentlicher Ruhestörung vorliegt. Bitte machen Sie die Musik leiser, oder wir nehmen Sie alle mit aufs Revier."

Stöhnend ließ ich mein Gesicht in meine Hände sinken.

„Ah, die heißen Jungs in Uniform sind da. Mädels, fertig machen für die Leibesvisitation!" Sabin stand plötzlich neben mir, die Hände trotz minimaler Bekleidung selbstbewusst in die Seiten gestützt, und betrachtete die Herren von oben bis unten. Die taten es ihr gleich.

„Und Sie sind …?", fragte der ältere Polizist ernst, aber in seinen Augen blitzte der Schalk.

„Wer ich bin? Also bitte! Polizeioberkommissarin Sabin Vogt, Landespräsidium Düsseldorf."

„Äh." Die Polizisten sahen sich an.

„Ich habe die Lage völlig im Griff. Machen Sie sich mal nicht ins Hemd. Einmal im Jahr darf man lautstark feiern. Diese Familie macht so eine Party sowieso nur einmal im Leben."

„Können Sie sich ausweisen?", fragte der jüngere Polizist.

Mit mehr Körperkontrolle, als ich ihr mit diesem Alkoholpegel zugetraut hätte, fischte Sabin ihre Handtasche aus der Dunkelheit, holte den Dienstausweis heraus, klappte ihn auf und hielt ihn erst dem Älteren unter die Nase, dann dem Jüngeren. Der aber stierte auf Sabins weißen BH, der vom Teichwasser fast durchsichtig geworden war.

„Kollege!“ Sie ließ das Etui des Ausweises so plötzlich vor dem Gesicht des Beamten zuschnappen, dass dieser erschrocken zurückzuckte. „Wenn Sie mir blöd kommen, dann verpfeife ich Sie bei der Gleichstellungsbeauftragten, weil Sie uns auf die Nippel geglotzt haben. Im Dienst! Und die Gute ist ein so scharfer Hund, die geht Ihnen damit ein ganzes Jahr lang auf die Nerven.“

Die Polizisten sahen sich an und zuckten mit den Schultern.

„Ich kann mich drauf verlassen, dass es ab sofort ruhiger wird, Frau Kollegin?“, hakte der ältere Polizist trotzdem nach.

„Klar. Aber eine Sache noch.“

Die Männer sahen Sabin erstaunt an.

„Nehmen Sie meine Freundin bitte ein Stück mit. Sie wollte gerade hinter ihrem Lover her, wurde von euch Granaten aber daran gehindert. Oder wollt ihr schuld sein, dass sie heute Nacht keinen heißen Sex hat?“

„Sabin, du bist unmöglich“, zischte ich glühend vor Scham. Außerdem wollte ich gar nicht …

„Aber Herzchen. Du musst heute leben, morgen kann alles vorbei sein.“

„Du sagst das so einfach. Er hat mich gestern noch abblitzen lassen – mal wieder. Soll ich ihm etwa nachlaufen?“

„Bitte, meine Damen, wir haben nicht die ganze Nacht Zeit“, drängelte der Jüngere.

„Ach, tun Sie doch nicht so“, fuhr Sabin die beiden an. „In diesem Kaff ist doch nichts los!“ Dann wandte sie sich mir zu. „Na los! Lauf ihm nach! Was ist so schlimm daran? Außerdem sah es gerade eher so aus, als wäre er dir nachgelaufen. Du hast dich nur wieder doof angestellt.“

„Oh, danke. Du bist so eine tolle Freundin!“

„Ich weiß! Und jetzt ab mit dir, Schatzi.“ Sie klatschte mir auf den nassen Slip. „Sonst ist Mr Loverman über alle Berge, bevor du ihn einholen kannst.“

„Kann ich mir nicht erst noch was über die Unterwäsche anziehen?“

„Hier!“ Sie rupfte mit einer Bewegung die Tischdecke unter

den Gläsern vom Gartentisch herunter und reichte sie mir. „Was Besseres hab ich nicht! Beeil dich lieber und quatsch nicht hier rum."

Ich wickelte mich notdürftig in den Stoff ein. „Aber die Party …"

„Darum kümmere ich mich. Du musst nur morgen deinen alten Herrschaften die Kollateralschäden erklären."

„Wir fahren dann jetzt. Wenn Sie mitwollen, müssen Sie kommen." Der ältere Polizist nickte mir zu und ging in Richtung Auffahrt.

„Viel Spaß!", rief Sabin mir nach. „Ladys! Platz machen für meine Arschbombe!"

… immer noch Freitag, 19. Juni – 23.05 Uhr

Ich fuhr zum ersten Mal in meinem Leben mit einem Streifenwagen – ungefähr fünf Meter. Dann entdeckte ich Marcs Mercedes am Straßenrand und bat die Polizisten, wieder anzuhalten. Marc saß hinter dem Steuer, den Kopf in den Nacken gelegt und die Augen geschlossen. Als der Wagen neben seinem hielt und ich ausstieg, sah er mich an, als habe er eine Erscheinung.

„Können wir Sie allein lassen, oder sollen wir noch warten?", fragte der Ältere zum Beifahrerfenster hinaus.

„Ich komme zurecht. Danke fürs Mitnehmen."

„Manche Bekloppten triffst du einfach immer wieder", kommentierte der Jüngere und fuhr los.

Marcs Scheibe glitt herunter.

„Könnten Sie mich ein Stück mitnehmen?", bat ich. Mein Herz hämmerte, als wolle es aus meiner Brust und direkt in seinen Schoß springen.

„Ist das eine Tischdecke, die du da trägst?"

„Das ist keine Antwort."

„Aber eine Feststellung."

„Also, genau genommen war es eine Frage. Was ist, lässt du mich erst betteln?"

„Hört sich verlockend an." Ein Auto bog in die Straße ein, und Marc wurde ernst. „Steig ein, bevor dich noch jemand so sieht."

„Schämst du dich etwa für mich?"

„Das nicht, aber du möchtest doch bestimmt nicht zum Stadtgespräch werden? Oder im Internet auf einem Filmchen zu sehen sein, wie du halb nackt in meinen Wagen einsteigst?"

„Das ist ein Argument." Ich ging um seinen Wagen herum. Die Scheinwerfer des anderen Autos erfassten mich trotzdem, bevor ich einsteigen konnte. Als ich mich auf den Beifahrersitz sinken ließ, rollte der andere Wagen im Schneckentempo an uns vorbei. Marc machte eine unfreundliche Geste, und der Wagen beschleunigte wieder.

Dann wandte er sich mir zu. „Wohin soll ich dich denn mitnehmen?"

„Zu dir."

„Okay." Er räusperte sich. „Was soll das dann werden?"

Ich beugte mich mit klopfendem Herzen zu ihm. Jetzt oder nie. „Wie wäre es mit einer unvergesslichen Nacht?"

„Klingt nach einem vielversprechenden Anfang." Als meine Hand über sein Bein wanderte, schluckte er. „Aber was kommt danach?"

„Das weiß nur Gott allein."

„Kira." Er seufzte. Aber gleichzeitig spürte ich seine warme Hand auf meinem Oberschenkel. „Bist du sicher, dass du damit klarkommst?"

„Du etwa nicht?"

Er sah mich lange an. „Wir werden sehen."

Auf der Fahrt zum Gutshof bohrte sich der Gedanke durch den Alkoholnebel in meinem Kopf, dass ich vielleicht doch gerade im Begriff war, die größte Dummheit meines Lebens zu begehen. Andererseits war ich fest entschlossen, heute Nacht das Leben zu genießen – als Super-GAU-Finale der letzten drei Katastrophenwochen sozusagen.

In der zur Garage umgebauten Scheune stiegen wir aus dem Wagen und gingen zum Haupthaus hinüber. Marc legte mir sein Jackett um die Schultern, und seine Hand lag warm auf meinem Rücken. Am Fuß der Treppe, die zu den Schlafzimmern hinaufführte, blieb ich stehen, aber er betrat die Küche und nahm etwas aus dem Kühlschrank. Langsam folgte ich ihm. Er kehrte mit zwei Gläsern Rosé und einer Flasche Wasser zurück, die er auf den Tisch stellte. Dann kam er zu mir. Allein seine körperliche Nähe brachte mich aus dem Konzept.

„Es wäre einfacher, wenn du vernünftig angezogen wärst. So kann ich mich kaum auf das konzentrieren, was ich sagen möchte."

„Dabei bin ich doch gar nicht zum Reden hier." Ich ließ meine Hände über seine Brust gleiten. Es war mir egal, dass ich mich nicht ladylike benahm. Wer wusste schon, ob wir uns jemals wiedersehen würden? Was hatte ich also zu verlieren?

Er seufzte tief und drehte sich zum Tisch um. Dort nahm er die Gläser und reichte mir eins. „Auf uns."

„Auf uns und diese Nacht." Ich nippte. Der Wein schmeckte ausgezeichnet. Ich nahm noch zwei große Schlucke.

„Trinkst du dir Mut an?"

„Quatsch!" Ich gab ihm das leere Glas zurück.

„Erzähl mir doch nicht, dass du über Nacht ein männermordender Vamp geworden bist. Dabei wärst du vorgestern noch fast in Ohnmacht gefallen, als ich dich ohne Bettdecke gesehen habe. Was treibst du für Spielchen?"

„Das ist kein Spielchen!" Wieso machte er es so kompliziert? Ich raffte die Tischdecke fester um meinen Körper und begann, in der Küche auf und ab zu gehen. „Was ist so schwer daran zu verstehen, dass ich einfach mal an mich denken möchte? Alle haben Spaß, flirten hier und turteln da, lösen Verlobungen und das für eine Affäre, die drei Wochen später schon wieder vorbei ist. Wieso darf ich das nicht?"

„Das verbietet dir ja niemand. Aber so bist du einfach nicht. Wenn du wirklich so denken würdest, wärst du nicht sang- und klanglos von der Bildfläche verschwunden."

„Das hatte nichts mit dir zu tun!"

„Hatte es nicht?"

„Es ist vollkommen in Ordnung, wenn du nichts Ernstes willst!"

„Nichts Ernstes?" Er sah mich prüfend an. „Davon habe ich nie gesprochen."

„Na klar, du hast gesagt, du willst nicht. Ich habe gesagt, okay. Daraufhin hast du gesagt, dann auch okay."

„Nein, ich habe gesagt, dass unsere Situation nicht einfach ist und ich nicht möchte, dass du verletzt wirst. Kira, jetzt bleib doch mal stehen. Du machst mich ganz irre!"

Ich stellte mich aufreizend vor ihn. „Besser?"

„Nein."

„Also Marc, was willst du mir eigentlich sagen? Dass du keine Lust auf mich hast und mich aus lauter Mitleid heute Abend mitgenommen hast? Dann ruf mir bitte ein Taxi!"

„Und womit willst du es bezahlen? Mit deinem nassen Slip oder in Naturalien?"

„Vielleicht lassen meine Reize ja wenigstens den Taxifahrer nicht kalt."

Er fasste mich am Revers seines Jacketts und zog mich an seine Brust. „Deine Reize habe ich jetzt seit dreißig Minuten vor Augen, und ich bin der König der Selbstbeherrschung, weil ich noch nicht über dich hergefallen bin. Und das schaffe ich nur, weil ich immerzu an Sauerkraut denke. Wenn du meinst, du … Was?"

Ich lachte, nein, ich wieherte, bis mir die Tränen die Wangen hinunterliefen. Sauerkraut!

Marc stand kopfschüttelnd vor mir. Offenbar fand er das nicht besonders lustig. Ich wollte ihm sagen, dass ich ihn nicht auslachte, aber immer, wenn ich zum Sprechen ansetzte, wieherte ich wieder los. Ich konnte es einfach nicht steuern. Wie ein Überdruckventil, das Luft ablässt, puffte das Lachen aus mir heraus.

Ich fasste Marc am Arm und wischte mir mit der anderen Hand die Tränen von den Wangen. „'Tschuldige", keuchte ich.

Er sah mich abwartend an. Zuckte da etwa sein Mundwinkel? „Immer, wenn ich dich küssen will, kriegst du einen Lachanfall. Das macht mich echt fertig."

„Ich hör auf, versprochen."

„Komm einfach her, du verrückte Nudel", murmelte er, zog mich an sich und küsste mich. Himmel, dieser Kuss war mein Anfang und mein Ende. Amor zerschoss mich mit seinen Pfeilen, und Thor schickte Blitz und Donner durch meinen Körper. Da wusste ich, dass alles eine Lüge gewesen war. Ich hatte keine Wahl mehr, denn ich hatte längst verloren.

Ungeduldig zerrte ich an seinen Kleidern, wollte ihn spüren, Haut auf Haut. Meine Ungeduld schien ansteckend zu sein, und der Gedanke an Sauerkraut hatte offenbar seine Wirkung verloren. Er schob mir das Jackett über die Schultern, und die Tischdecke sank zu Boden. Ich hätte es nicht anders haben wollen, konnte nicht eine Sekunde länger warten. Wir liebten uns auf dem Küchentisch, nicht ohne die beiden Weingläser samt Wasserflasche vom Tisch zu kegeln, sodass sie auf dem Holzboden zerbarsten.

Nachdem der erste Orkan vorüber war, gingen wir hinauf in sein Schlafzimmer, liebten uns noch einmal, doch dieses Mal ließen wir uns Zeit.

Es gibt in jedem Leben den perfekten Augenblick, den man festhalten und in einer Endlosschleife wieder und wieder und wieder erleben möchte. Diese Nacht gehörte für mich dazu. Aber auch meine Wünsche konnten die Zeiger auf Marcs Nachttischuhr nicht aufhalten.

Spät in der Nacht wurde ich wach. Mein Kopf lag auf seiner Brust, lauschte dem ruhigen Rhythmus seines Herzens. Ich spürte seine Wärme und atmete seinen Duft. Es war doch eine Strafe Gottes, dass ausgerechnet dieser Mann, gegen den alles sprach, was nur gegen einen Mann sprechen konnte, mein Herz erneut gestohlen hatte. Oder hatte er es mir nie zurückgegeben? Wohnte es seit zwölf Jahren bei ihm im Exil und war erst jetzt zu mir zurückgekehrt, als ich Marc wiedergetroffen hatte? Langsam fuhr ich mit den Fingerspitzen durch die Haare auf seiner Brust.

„In der Nacht, als sie meinen Bruder und mich nach Texas fortgebracht haben, da habe ich versucht, abzuhauen", sagte Marc leise, und seine Hand streichelte über meinen Rücken. „Ich bin aus dem Flieger gesprintet und wollte zurück zu dir. Das hätte ich auch geschafft, wenn mich nicht so ein blöder Flughafenpolizist gestoppt hätte. Und als ich erst in den USA war, hat es ewig gedauert, bis ich überhaupt raushatte, wie und wo ich Briefe verschicken konnte. Schließlich musste ich erst einmal deren Sprache lernen, bei meinem grottigen Schulenglisch. Mein Onkel wohnte auf dem Land, und da gab es weder Postamt noch Geschäfte noch ein Internetcafé. Außerdem haben sie mich in die Mangel genommen. Onkel Philippo hat mir eine ordentliche Gehirnwäsche verpasst."

„Aus dir ist ja auch was geworden. Du solltest deinem Onkel dankbar sein."

„Das bin ich auch, aber dass diese Sache zwischen uns so enden musste, hat mich trotzdem noch ewig verfolgt. Jedes Mädchen habe ich mit dir verglichen."

„Und festgestellt, dass die Ami-Mädels keine kleinen Spatzen mit Zahnspangen sind?"

„Nein, dass es keine Zweite gibt, die so ist wie du. Du warst meine erste große Liebe, Kira Spatz."

In mir platzte eine gigantische Glücksblase, und das Glück strömte in jede Faser meines Körpers.

„Was war mit deiner Ehefrau?", fragte ich.

„Ich bin mir gar nicht sicher, ob ich die überhaupt geliebt habe. Auf die war ich vermutlich einfach nur scharf."

„Ich weiß, was du meinst. Mir ging es ähnlich. Nie war einer gut genug."

„Ich dachte, du wolltest dich nur mit mir vergnügen?"

„Ich weiß gar nicht, wie das geht."

„Den Eindruck hatte ich aber nicht."

Ich lachte, doch dann wurde ich ernst. Vielleicht war es Zeit für die Wahrheit. Genug Restalkohol dafür schwamm noch in meinen Adern. „Du hast schon immer eine besondere Anziehungskraft auf mich gehabt. Bei dir schlage ich alle Zweifel in den Wind. Du kannst mich aufregen, durcheinanderbringen, in den Wahnsinn treiben und lieben wie kein anderer."

„Man beachte die Reihenfolge der Aufzählung."

„Blödi! Vielleicht sind wir ja Seelenverwandte."

„Oder Romeo und Julia."

„Das habe ich bestimmt hundertmal gelesen. Immer waren wir beide in meinen Gedanken die Hauptdarsteller."

„Onkel Philippo hat auch schnell erkannt, was mit mir los war, und mir unsere Geschichte in kleinen Würmern aus der Nase gezogen. Dann wurde er ganz nachdenklich, ich glaube, solche Gefühle hat er mir gar nicht zugetraut. Einige Tage später fand ich das Buch von Romeo und Julia auf meinem Kopfkissen."

Ich stützte mich auf meinem Ellenbogen auf und sah ihm ins Gesicht. „Eine ähnlich dumme Familienfehde haben wir jedenfalls auch am Hals. Weiß eigentlich irgendjemand, was damals wirklich passiert ist? Du hast gesagt, Paps sei der Betrüger. Paps behauptet, dein Vater wäre der Betrüger gewesen. Ich meine, die Sache ist vierzig Jahre her, wen interessiert das denn eigentlich noch?"

„Die Deutschen haben ein Gedächtnis wie Elefanten. Wir Italiener sind aber auch nicht zimperlich."

„Richtig, du bist ja ein halber Spaghettifresser!"

„Das hab ich jetzt nicht gehört." Marc verengte die Augen zu bedrohlichen Schlitzen.

„Ölauge, Itaker."

„Es reicht!" Marc packte mich, warf mich auf den Rücken und hielt meine Hände über dem Kopf fest.

Ich grinste ihm frech entgegen. „Pizzabäcker! Stupido! Stronzo!"

„Du wirst um Gnade wimmern, wenn ich mit dir fertig bin. Leg dich nie mit einem Italiener an." Marc küsste mich so leidenschaftlich, dass mir der Atem wegblieb.

Er sollte recht behalten, ich wimmerte, auch wenn ich keine Gnade wollte. Eine ganze Zeit später, als wir aneinandergekuschelt kurz vorm Einschlafen waren, hörte ich Marc murmeln: „Es muss einen Weg geben. Es muss einfach."

Samstag
Juni
20
Kiras To-do-Liste:
Punkt 15: 09.00 Uhr Aufräumen Junggesellinnenabschied
Punkt 14: 10.30 Uhr Bühnenaufbau & Elektrik & Flagge hissen (Emily)
Punkt 13: 13.00 Uhr Anlieferung Blumenschmuck
Punkt 12: 13.30 Uhr Aufbau und Deko Festsaal & Hof & Kapelle (Emily, Sophia & ich)
Punkt 11: Ankunft Gäste von außerhalb (Empfang Wintergarten)
1 Tag bis zur Hochzeit.

Kapitel 20

Samstag, 20. Juni – 8.35 Uhr

Ich schlüpfte durch die Eingangstür ins Haus. Niemand war zu sehen. Mit etwas Glück konnte ich mich hochschleichen, umziehen und zum Frühstück auftauchen, bevor jemand mitbekam, dass ich die Nacht nicht in meinem Zimmer verbracht hatte. Vorsichtig drückte ich die Tür hinter mir ins Schloss, und sie rastete mit einem leisen Klicken ein. Ich wollte gerade zum Treppenabsatz hinüberhuschen, als die Wohnzimmertür aufflog.

„Wo verflixt noch eins sind meine Gartenstühle geblieben?", rief Paps wutentbrannt. Er stapfte in den Flur, und als er mich an der Haustür stehen sah, wurde seine Miene nicht freundlicher.

„Hi, Paps." Ich lächelte vorsichtig.

„Aha, das Frollein erscheint auch mal wieder. Darf ich fragen, wo du jetzt herkommst?"

„Von draußen."

„Spar dir deine klugen Sprüche. Es wäre nett, wenn du uns vorher mitteilen würdest, dass du die Nacht nicht in deinem Bett verbringen willst. Deine Mutter war außer sich vor Sorge. Immerhin konnte deine Freundin sie inzwischen ein bisschen beruhigen."

„Sabin ist hier?"

„Ja, wenigstens sie. Nun, wo kommst du her?"

„Paps, ich bin siebenundzwanzig!"

„Ach, und warum benehmt ihr euch dann alle wie Zwölfjährige? Hast du eine Ahnung, wie mein Garten aussieht? Ganz zu schweigen von meinem Teich!" Sein Gesicht schwoll an vor Wut. „Ein Wunder, dass die Kois das überlebt haben. Du hattest die Verantwortung, aber nein, du verschwindest einfach und lässt diese Horde Wilder meinen Garten verwüsten!"

„Eigentlich war das Jasmins Feier!" *Eigentlich* …

„Jasmin und Verantwortung tragen – dass ich nicht lache. Aber von dir hätte ich das nicht gedacht, Kira. Du warst immer die Vernünftige. Ich bin wirklich enttäuscht." Er stutzte und betrachtete mich von oben bis unten. „Wie siehst du überhaupt aus? Was ist das für Kleidung?"

Ich sah an mir hinab. Diese Klamotten waren in der Tat gewöhnungsbedürftig, denn Marc beherbergte in seinem Schrank keine Kleidung für Zwerge, wie er es so charmant ausgedrückt hatte. Also war ich in hochgekrempelten Jogginghosen und einem vor dem Bauch geknoteten Hemd losgezogen. Alles Sachen, die angeblich eingelaufen waren. Das kam mir zwar nicht so vor, aber andererseits konnte ich auch schlecht mit einer Tischdecke hier antanzen, ohne bereits auf der Straße Aufsehen zu erregen.

„Das trägt man jetzt so!", gab ich frech zurück. „Ich hätte da auch mal eine Frage: Wie kommt es, dass Leute mir erzählen, du wärst der Schuldige an der Fehde zwischen den Albrechts und uns?"

„Ich?", polterte er los. „Blödsinn! Außerdem bin ich hier derjenige, der die Fragen stellt!"

„Hallo Süße, da bist du ja", ertönte Sabins Stimme von der Treppe. „Konntest du gut in meinem Bettchen schlafen? Eine ganz reizende Pension, nicht wahr? Ach, und mein Lieblingshemd hast du auch gleich mitgebracht." Mit einem strahlenden Lächeln und wippendem dunklem Lockenschopf kam sie die Stufen herunter. „Guten Morgen, Herr Spatz", zwitscherte sie, reckte sich auf die Zehenspitzen und hauchte meinem Vater ein Küsschen auf die Wange. „Sie sehen heute Morgen so frisch aus, dass man meinen könnte, Sie wären der Bräutigam. Beneidenswert."

Paps wirkte verlegen, aber geschmeichelt. Er räusperte sich. „Guten Morgen, Sabin." Seine Stimme klang plötzlich freundlich. „Wir waren doch schon beim Du. Nenn mich einfach Heinrich."

„Aber gerne – Heinrich!" Sabin drehte sich zu mir. Sie fasste mein kariertes Hemd am Revers und strich mit den Daumen darüber. Dabei zuckten ihre Mundwinkel verdächtig. „Diese Sachen habe ich eindeutig zu groß gekauft. Na ja, man will es auch mal bequem haben. Zudem ist alles besser, als in diesem Elfenkostüm herumzulaufen. Da wird man ja zum Gespött der Stadt, nicht wahr, Heinrich?"

„Sag ich doch", bekräftigte ich.

Paps brummte halb zustimmend, meckerte aber wenigstens nicht weiter mit mir herum. Sabin zwinkerte mir zu. Dann ging sie zu ihm und hakte sich bei ihm unter. „Wo wir gerade davon sprechen: Ich hoffe, wir haben nicht zu viel Unordnung in deinem Garten gemacht. In der Dunkelheit sieht man gar nicht, was alles so rumliegt. Aber wenn du mir verrätst, wo ihr den Kaffee versteckt habt, dann verspreche ich, dass ich danach sofort und ganz allein den Garten aufräume."

„Ich mache das schon. So schlimm ist es gar nicht. Bis auf die Gartenstühle ist auch alles noch da. Kaffee steht in der Küche, die silberne Thermoskanne. Ich wollte mir auch gerade einen genehmigen."

„Paps?", rief Jasmin mit schriller Stimme vom Wohnzimmer her. „Ist Kira wieder da?"

„Habt ihr Paviane im Haus?", fragte Sabin amüsiert.

„Sei bloß ruhig! Die hat sich am meisten darüber aufgeregt, dass Kira nicht da war", zischte Paps. „Ich höre mir das nicht noch mal an. Wenn ihr mich sucht, ich bin im Garten!" Er drängte sich an mir vorbei und verschwand durch die Haustür.

Prompt kam Jasmin in den Flur gewatschelt, und ihre rot geränderten Augen fixierten mich. „Da bist du ja! Wieso antwortest du nicht?" Sie musterte mich von oben bis unten.

„Du hast nach Paps gerufen", gab ich zurück. „Was ist los?"

„Du hast Männersachen an!" Jasmins Wangenmuskeln zuckten.

„Das ist bei euch ja schlimmer als ein Verhör mit einem Schwerverbrecher", kommentierte Sabin.

„So kommt es mir auch bald vor. Was habt ihr denn alle? Ich kann doch wohl anziehen, was ich will", erklärte ich.

„Nicht, wenn die Klamotten von Robert sind", fauchte Jasmin.

Ich lachte auf. „Wie kommst du denn darauf?“

„Weil da etwas zwischen euch ist. Ich weiß es, und du brauchst das gar nicht abzustreiten! Mich schiebst du ab, damit du mehr Zeit mit ihm verbringen kannst.“ Sie wurde mit jedem Wort hysterischer.

„Also gut“, gab ich resigniert zurück. „Du brauchst dir keine Sorgen machen. Die Sachen, die ich anhabe, sind von …“

„Mir!“, fuhr Sabin dazwischen. Nicht eine Sekunde zu früh, denn ich hätte aus Mitleid fast Marcs Namen genannt.

Jasmin starrte Sabin verärgert an, und die grinste zurück. „Du trägst Männerklamotten?“

„Ja“, äffte Sabin Jasmins Tonfall nach. „Und ich habe einen Männerberuf und treibe Männersport und saufe Männer unter den Tisch. Glaubst du, die würden auch nur einen Befehl von mir ausführen, wenn ich rosa Leggings anhätte?“

Jasmin schwieg, wenn auch sichtlich ungern.

„So, jetzt brauche ich einen Kaffee, sonst kriege ich wirklich schlechte Laune“, maulte Sabin. „Glaubt mir, das wollt ihr nicht erleben.“ Sie ging kopfschüttelnd an Jasmin vorbei in Richtung Küche. Ich nahm die Gelegenheit wahr und sprintete die Treppe hinauf.

Während ich aus Marcs Klamotten und in ein T-Shirt sowie kurze Hosen schlüpfte, checkte ich die Nachrichten auf meinem Handy.

MARC:
Bitte dringend um Terminierung einer Nachbesprechung zum Messeprojekt. Teilnehmer: Kira, Projektleiterin und Herzensbrecherin + meine Wenigkeit. Ort: mein Schlafzimmer.

ICH:
Soll der Agenturchef auch eingeladen werden?

MARC:
Der stört nur. Wollte Details in aller Tiefe und Gründlichkeit erörtern. Da fallen mir unglaublich viele Dinge ein … hmm, kann unter Umständen ein ziemlich langes Meeting werden.

ICH:
Sehr lobenswerte Arbeitsein-Stellung. Es geht doch nichts über eine gründliche Nachbearbeitung. Freue mich über jedes Detail! 😂

MARC:
Bist du am Montag wieder in der Agentur?

ICH:
Ich muss Montag früh erst nach Düsseldorf. Wenn also eine Nacht-Besprechung genehm wäre …

MARC:
Vielleicht brauche ich dringend eine Marketingreferentin. Auch wenn ich mich dann unbeliebt mache, weil ich von morgens bis abends mit hängender Zunge vor deinem Büro sitze.

ICH:
Würdest du nie tun.

MARC:
Du weißt nicht, wozu ich fähig bin!

ICH:
Ich ahne Fürchterliches 😂 Morgen nach der Feier?

MARC:
Trägst du dann Jogginghosen und die Stubenfliegen-Brille? Wir stellen unser Wiedersehen vor der Post nach.

ICH:
Du bist so was von fies!

MARC:
Ich habe kaltes Wasser in meiner Regendusche …

ICH:
Nennen wir das Rollenspiel dann „Vor dem Postamt“?

MARC:
Ich liebe dein „Du kannst mich mal!“, und das „Äh, äh!“ war auch ganz großartig.

ICH:
Mach so weiter, und ich brenne mit dem Postbeamten durch.

MARC:
Du entkommst mir nicht!

ICH:
Will ich auch gar nicht 😂😂😂😂😂

… immer noch Samstag, 20. Juni – 1415 Uhr

Drei Stunden später war ich so müde, dass ich sogar im Stehen hätte schlafen können. Aber die Glückshormone inklusive eines seligen Dauergrinsens, für das ich von Sabin einigen Spott erntete, hielten mich wach.

Wir hatten es Paps gleichgetan und waren in den Garten ausgewandert, um Jasmin und Mutti zu entgehen, die so kurz vor der Hochzeit völlig am Rad drehten. Dort halfen wir Paps, die Überreste der Party zu entsorgen. Ein ums andere Mal grummelte er Unverständliches vor sich hin, beispielsweise als er einen lila Stringtanga im Rhododendron fand.

Nach einer Weile gelang es Sabin und mir, ihn unter einem Vorwand in die Garage hinter dem Haus zu schicken, und wir fischten eilig mit einer Heugabel die Klappstühle aus dem Teich. Zum Glück bestanden sie aus Alu und Kunststoffgeflecht, sonst hätten sie das Bad nicht überlebt. Doch leider waren sie über und über mit Lehm und Schilfblättern bedeckt. Ich griff nach dem Gartenschlauch, um sie sauber zu spritzen. Ausgerechnet in diesem Moment kam Paps zurück.

„Heinrich, guck mal! Wir haben die Stühle gefunden." Sabin strahlte ihn an, während an ihrer Heugabel ein Exemplar hing, von dem ein großer Klumpen Schlamm-Blatt-Mischung zurück in den Teich klatschte. „Ich kann mir wirklich nicht erklären, wie die da hineinkommen. Aber ist ja kein Problem, Schlammpackungen sind gesund."

„Nicht für Gartenstühle", brummte Paps und nahm Sabin den Stuhl ab, wohl aus Sorge, dass er zurück ins Wasser fallen und einen seiner Kois erschlagen könnte.

Gemeinsam angelten wir weitere Stühle aus dem Teich und spritzten sie ab. Als der Garten wieder hergerichtet war, machte sich Sabin auf den Weg zur Pension, um sich noch etwas auszuruhen. Wir verabredeten uns für den frühen Abend beim Italiener.

Ich schlich durch die Haustür hinein und wollte gerade die Treppe hinauf, als Robert den Kopf in den Flur steckte. Gab es hier vielleicht eine Kamera? Oder woher wussten die Leute immer, wann ich an der Tür auftauchte?

„Kira! Wie schön, dich zu sehen!" Er schlüpfte aus dem Wohnzimmer und schloss sorgfältig die Tür hinter sich. Dann kam er näher und flüsterte: „Weißt du was? Ich habe vorhin meine Kontoauszüge geholt. Wir haben es geschafft!" Seine Augen glänzten vor Freude.

„Lass uns lieber woanders reden, damit Jasmin uns nicht hört."

„Die ist bei deiner Mutter in der Küche und kriegt nichts mit, keine Angst."

„Na dann, herzlichen Glückwunsch. Endlich mal gute Nachrichten. Ich hab schon fast vergessen, wie sich das anfühlt." Müde strich ich mir die Haare aus dem Gesicht und zupfte einen Algenfaden von meinem T-Shirt.

„Ja, und das habe ich nur dir zu verdanken! Wir müssen uns dringend über deine Provision unterhalten. Marc hat schon angekündigt, dass wir die gesamte Kampagne übernehmen. Komm her, kleine Schwägerin, ich weiß gar nicht, wie ich das wiedergutmachen soll. Ich bin so unendlich glücklich, dass wir das geschafft haben."

Er nahm mich in die Arme und drückte mich an sich. „Du hast nicht nur mich vor dem Untergang bewahrt, sondern auch unserer Familie viel Leid erspart. Wir stehen für immer in deiner Schuld, das ist dir hoffentlich klar."

Ein Klappern erklang im Wohnzimmer, und Robert ließ mich abrupt los. Gerade noch rechtzeitig, denn schon tauchte Jasmin im Türrahmen auf.

„Was macht ihr da?", fragte sie argwöhnisch.

Robert stand nur schweigend da, als habe es ihm die Sprache verschlagen.

„Robert hat sich bei mir bedankt", erklärte ich schnell.

„Wofür?"

„Wegen der Hochzeit und dass ich ihm in der Agentur geholfen habe." Jasmin starrte Robert und mich argwöhnisch an, aber bevor sie wieder irgendwelche haltlosen Vorwürfe auf uns abfeuern konnte, fügte ich entschieden hinzu: „Ich bin müde und lege mich jetzt hin! Wehe dem, der es wagt, mich davon abzuhalten!"

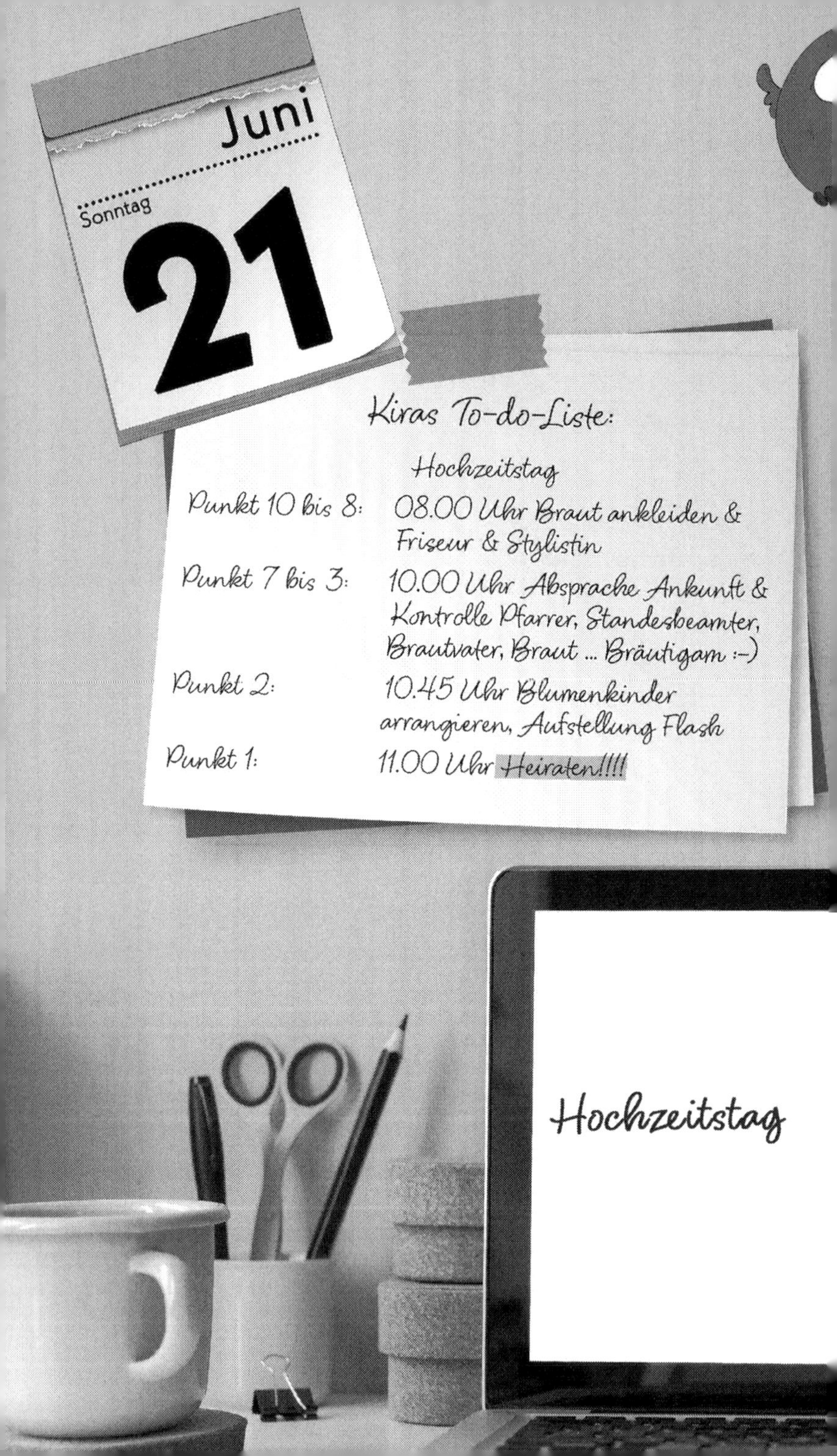
Juni
Sonntag
21
Kiras To-do-Liste:
Hochzeitstag
Punkt 10 bis 8: 08.00 Uhr Braut ankleiden & Friseur & Stylistin
Punkt 7 bis 3: 10.00 Uhr Absprache Ankunft & Kontrolle Pfarrer, Standesbeamter, Brautvater, Braut … Bräutigam :-)
Punkt 2: 10.45 Uhr Blumenkinder arrangieren, Aufstellung Flash
Punkt 1: 11.00 Uhr Heiraten!!!!
Hochzeitstag

Kapitel 21

Sonntag, 21. Juni – 10.25 Uhr

Da war er also endlich: der große Tag. Ich stand im pastellfarbenen Brautjungfernlook mit armlangen Seidenhandschuhen und einem kleinen Blumenbouquet in der Eingangstür des Wehrturms. Hinter mir im kühlen Halbdunkel des Turmzimmers, nur erhellt von den Fackeln an der Wand und dem Lichteinfall durch die Tür, machte sich Jasmin mit Muttis Hilfe bereit für die Zeremonie. Vor mir erstreckte sich der festlich geschmückte Burghof, über den die sanften Klavierklänge von Debussys *Claire de Lune* schwebten.

Dabei störte es überhaupt nicht, dass statt des Vollmondes die Sonne vom Himmel strahlte, begleitet von einem lauen Wind, der die Trauben aus Herzchenluftballons und die Familienflagge oben am Burgturm tanzen ließ. Schäfchenwolken schmiegten sich an den azurblauen Himmel. Es war schlicht und einfach perfekt. Was hatten die beiden für ein Glück. Gut gelaunte Gäste scharten sich bereits erwartungsfroh um die Tische und ließen sich auf den Stühlen vor der Leinwand nieder, auf der zuerst die standesamtliche und direkt danach die kirchliche Trauung übertragen werden sollte. Videokünstler Flash wurde hier und da mit seiner Kamera gesichtet und fing in seinem ganz eigenen Tempo die Stimmung ein.

Mit weißen Blumenranken geschmückte Bögen bildeten ein Spalier über dem roten Teppich, der vom Turm bis hinüber zur Kapelle reichte. Von hier aus sollte die Braut an Paps' Arm bis zum Eingang schreiten. Dort würde dann Robert auf sie warten, um gemeinsam mit ihr in die Kapelle einzuziehen. Ich schaute auf meine Armbanduhr. In spätestens dreißig Minuten sollte Robert an der Tür der Kapelle auftauchen und damit den Startschuss geben. Bisher lief also alles nach Plan.

Luisa und Sabin, ebenfalls in Traumkleidern, steuerten auf

den Turm zu. Ich ließ sie eintreten, und wir umringten die Braut, die mit dem Spiegel in der Hand auf einem Stuhl saß.

„Emily lässt fragen, ob bei euch alles startklar ist“, sagte Luisa. „Die meisten Gäste sind schon eingetroffen.“

„Startklar?“, murrte Jasmin. „Ich sehe absolut unmöglich aus. Ohne Schleier sieht jeder mein aufgedunsenes Gesicht. Wir hätten ja vielleicht noch einen neuen besorgen können, aber das war anscheinend nicht wichtig genug.“

Jasmin machte Theater, seitdem sie gestern Abend ihren Schleier in Fetzen auf dem Boden vorgefunden hatte. Es hatte verdächtig danach ausgesehen, als habe sich unsere Katze Lady damit vergnügt.

„Wo bitte hätte ich denn letzte Nacht noch einen Schleier herbekommen sollen?“, fragte ich genervt. „Außerdem ist dein Gesicht völlig normal.“

„Genau. Du bist wunderschön, Herzchen“, beruhigte Mutti sie und zupfte an Jasmins kunstvoller Lockenpracht herum. „So sieht man die tolle Frisur viel besser.“

Meine kleine Schwester warf den Handspiegel auf das Beistelltischchen neben sich. „Oh mein Gott, wenn Robert mich so sieht, dann rennt er schreiend davon.“

„So ein Blödsinn!“, fuhr ich auf. „Robert liebt dich. Nichts und niemand wird ihn davon abhalten, dich zu heiraten!“

„Das passt dir wohl nicht, weil du ihn für dich haben willst!“, zickte Jasmin.

„Das will ich nicht, und das wollte ich nie! Zum zweihundertsten Mal: Robert und ich sind wie Bruder und Schwester. Er liebt nur dich, und ihm ist außerdem völlig egal, wie du aussiehst!“

Und Luisa ergänzte fröhlich: „Selbst, wenn du lila Schleimpusteln im Gesicht hättest!“

„Luisa!“ Mutti stemmte die Arme in die Seiten. „Das ist nicht hilfreich. Nimm doch ein bisschen mehr Rücksicht!“

„Mutti, bei aller Liebe“, mischte ich mich ein. „Jeder von uns hat getan, was er konnte. Es wäre wirklich an der Zeit, dass Jasmin einfach mal glücklich und dankbar ist, anstatt immer nur herumzunörgeln oder sich und alle um sie herum verrückt zu machen."

„Du gönnst mir mein Glück doch gar nicht", flüsterte Jasmin mit Tränen in den Augen.

„Ach was, Kira gönnt dir alles Glück auf Erden. Das sind die Nerven. Ruhig, mein Liebes." Vorsichtig tupfte Mutti ihr mit dem Taschentuch eine Träne aus dem Augenwinkel. „Bloß nicht weinen! Dein Make-up verläuft noch. Schsch."

„Wird echt Zeit, dass die von zu Hause auszieht", murmelte Sabin so leise, dass nur ich es hören konnte.

Ich nickte, sagte jedoch nichts mehr, denn so langsam kam Bewegung in die Szenerie auf dem Burghof, und ich trat zur Turmtür hinaus.

Sofort stürmten die Blumenmädchen herbei, fluffig wie kleine Spitzenwölkchen auf zwei Beinen. Ich erklärte ihnen, wie und wo sie sich aufstellen sollten. Die Kleinste zappelte so nervös herum, dass Blüten aus ihrem Körbchen hüpften. Wir probten ein zweites Mal die Aufstellung. Dann erlaubte ich ihnen, noch ein bisschen herumzutollen, wenn sie in der Nähe blieben. Schließlich konnte ich nicht erwarten, dass sie stocksteif herumstanden, bis der Bräutigam auftauchte.

Als ich mich umsah, entdeckte ich unter den Gästen Onkel Rudis wallendes Haar. Er stand an einem der Stehtische und hielt Händchen mit Tante Elli. Nicht nur ich bemerkte das, auch einige andere warfen ihnen erstaunte Blicke zu. Offenbar funktionierte die wahre Liebe doch, wenn auch manchmal auf Umwegen.

Ein Lächeln stahl sich auf mein Gesicht, weil ich an Marc denken musste und an seine Frotzelei, heute Abend unser Wiedersehen nachzustellen. Ich zückte mein Handy aus dem Mini-Handtäschchen und begann zu schreiben.

ICH:
Freue mich schon, dich heute Abend zu sehen. Die Hornbrille ist auch schon ganz aufgeregt.

MARC:
Vielleicht musst du gar nicht mehr so lange warten. Und wenn die Brille erst zwölf Jahre alt ist, dann muss sie leider draußen bleiben. Nicht jugendfrei.

ICH:
Wieso nicht mehr warten? Die Brille hat das vor zwölf Jahren nicht gestört.

MARC:
OMG! Hab die Unschuld einer Hornbrille auf dem Gewissen. Muss dringend mit einem Therapeuten sprechen.

ICH:
Hab immer gewusst, dass du einen an der Klatsche hast.

MARC:
Deswegen sind wir uns auch so ähnlich.

ICH:
Soll das etwa ein Kompliment sein?

MARC:
Im Zweifelsfall immer!

ICH:
Kommt mir gar nicht wie eins vor.

MARC:
Doch, doch, das passt schon. Genau wie wir beide: das Helfersyndrom-Girl und der beziehungsunfähige Workaholic sind das absolute Traumpaar.

ICH:
Muss dich enttäuschen: Mein Helfersyndrom wird abgeschafft.

MARC:
Oh nein! Machst du vielleicht trotzdem weiterhin die Drecksarbeit?

ICH:
Keine Chance.

MARC:
Werde unglaublich hilfsbedürftig sein.

ICH:
Konkreter?

MARC:
Geht nicht. Dann sperren BND und NSA die Leitung. Was ich vorhabe, ist politisch nicht korrekt.

ICH:
Herr Albrecht, Sie bringen mich zum Erröten.

MARC:
Sieht man gar nicht.

ICH:
Ist auch ein bisschen weit weg.

MARC:
Kann man eigentlich so nicht sagen. Schau dich mal um!

Ruckartig hob ich den Kopf und starrte in die Menge. Er war doch wohl nicht … Nein, absolut unmöglich. Er wollte mich nur foppen!

„Wo bleibt denn Robert?", fragte Luisa hinter mir.

„Keine Ahnung. Kommt sicher jeden Moment", murmelte ich abwesend und schob mir eine Strähne aus der Stirn. Erneut spähte ich in die Runde, dann nahm ich mein Handy wieder zur Hand und begann zu tippen. Immer wieder schweifte dabei mein Blick über die Menge.

ICH:
Jetzt hast du mich fast drangekriegt.

MARC:
Nicht nur fast, Herzchen! Du hast dich umgesehen und nach mir gesucht.

ICH:
Das war leicht zu erraten.

MARC:
Stimmt. Zupf nicht an deinen Haaren herum. Sonst ruinierst du noch diese niedliche Hochsteckfrisur.

Unwillkürlich nahm ich die Hand von meinen Haaren. Das war unheimlich. Marc Albrecht würde sich niemals auf diese Hochzeit trauen. Oder doch?

Schlagartig rieselte eine fiese Gänsehaut über meinen Rücken. Sollte Marc wirklich hier auftauchen, würde meine Familie komplett ausflippen, so viel war sicher. Aber vielleicht – ganz vielleicht – würde Paps vor all den Leuten keinen Skandal riskieren.

Erneut piepste mein Handy.

MARC:
Freust du dich etwa nicht, mich zu sehen?

ICH:
Erstens sehe ich dich nicht, und zweitens würde mich mehr freuen, wenn ich dich an einem Ort wüsste, an dem dein Leben weniger in Gefahr ist.

MARC:
Geht dein alter Herr bewaffnet zur Hochzeit? Um den Bräutigam zu erschießen, falls der es sich anders überlegt?

ICH:
Was wäre, wenn?

MARC:
Keine Sorge. Ich fange die Kugel, bevor sie mein Herz trifft.

ICH:
Ein bisschen zu viel Superman geschaut ....

MARC:
Es kann ohnehin nix passieren: Mein Herz ist gar nicht mehr zu Hause. Es ist ja bei dir.

Mein eigenes Herz krampfte sich vor Freude zusammen, und mir traten Tränen in die Augen. Hinter mir im Turm wurde es plötzlich unruhig. Ich drehte den Kopf und sah, dass Paps und Jasmin Aufstellung nahmen. Okay, dann ging es wohl los.

Endlich entdeckte ich auch Robert. Er stand am anderen Ende des roten Teppichs neben dem Eingang zur Kapelle und wirkte ziemlich nervös. An seiner Seite ragte ein hochgewachsener Dunkelhaariger im Anzug auf, mit dem er sich unterhielt. Just in diesem Moment drehte sich der Mann um, und ich erkannte ihn: Leon Albrecht – und gleich hinter ihm Marc. Mein Atem stockte. Marc drehte den Kopf und blickte mir direkt in die Augen. Ein Grinsen breitete sich auf seinem Gesicht aus. Dieser Wahnsinnige. Und doch rührte es mich irgendwie zu Tränen, dass er hier war und bereit war, das Unmögliche zu versuchen, um uns eine echte Chance zu geben.

„Steckst du vielleicht mal das Handy weg?", zickte Jasmin hinter mir. „Oder soll ich heiraten, während meine Brautjungfer chattet?"

„Jasmin, mach mal halblang", knurrte Paps.

Ich sah von Marcs lächelndem Gesicht hinunter auf das Display in meiner Hand und las noch einmal seinen letzten Satz: *Mein Herz ist gar nicht mehr zu Hause. Es ist ja bei dir.*

Fast blind vor Tränen tippte ich: *Ich passe gut darauf auf,* schickte die Nachricht ab und steckte das Handy weg.

Die Musik hörte auf zu spielen, und erwartungsvolle Stille legte sich über den Burghof, nur unterbrochen von dem einen oder anderen Murmeln und leisem Gelächter. Alle warteten darauf, dass der Hochzeitsmarsch den Startschuss gab. Ich bildete die vorderste Front des Brautgeleits, den Strauß züchtig in beiden Händen haltend. Hinter mir kicherten die Blumenmädchen, und im Turm wartete die Braut an Paps' Seite auf ihren großen Auftritt. Die Sonne brachte mein Gesicht zum Glühen. Doch möglicherweise waren es auch Marcs Blicke, die das mit mir anstellten.

Noch vor drei Wochen hätte ich mir nicht vorstellen können, dass ich allein bei seinem Anblick in einer Glücksblase schweben könnte. Vor drei Wochen hätte ich mir allerdings auch nicht vorstellen können, dass ich gleichzeitig eine Produktinnovation und eine halbe Hochzeit auf die Beine stellen würde, die beide nicht in der totalen Katastrophe endeten.

Flash schlich um uns herum, schwenkte die Kamera von den Gästen zum Bräutigam, zu mir und verschwand dann aus meinem Blickfeld. Vermutlich widmete er sich nun voll und ganz der Braut. Vereinzelte Rufe unter den Gästen rissen mich aus meinen Gedanken. Verstohlen spähte ich hinüber, aber ich konnte nicht erkennen, was sich dort abspielte. Robert, der eigentlich voll freudiger Erwartung neben dem Kapelleneingang hätte stehen sollen, ging ein paar Schritte nach vorn und sah stirnrunzelnd in die Menge.

Ungefähr auf halber Höhe des roten Teppichs taumelte jemand zwischen den Gästen hervor. Ingo. Was zum Teufel machte der hier? Meine Glücksblase platzte wie ein Luftballon im Rosenstrauch.

„Kira?!" Ingo schwankte über den Teppich in meine Richtung – voll wie tausend Russen.

Vor Schreck war ich unfähig, mich zu rühren oder etwas zu sagen.

Robert tauchte hinter Ingo auf und griff beherzt nach dessen Arm.

„Lass mich!", krakeelte Ingo. „Da vorne steht meine Traumfrau, verstehste? Ich habe Fehler gemacht, aber sie wird mir verzeihen! Kira, heirate mich! Sag einfach Ja! Gleich hier. Eine Doppelhochzeit. Ihr seid alle eingeladen. Alle!" Er deutete schwungvoll auf die Gäste, dann wieder auf mich. Robert packte erneut zu und versuchte, ihn mit sich fortzuziehen. Ingo hielt dagegen.

Bitte, lieber Gott, lass Robert ihn fortschaffen, bevor Marc ihn erkennt, betete ich stumm und voller Inbrunst.

„Was soll der Scheiß, Mann? Finger weg!", rief Ingo. „Kira, komm schon, Schatz. Ich liebe dich. Sag Ja!"

Ich schluckte – und schüttelte den Kopf.

Ingos Gesicht verzog sich zu einer wütenden Grimasse. „Das ist nicht dein Ernst", brüllte er. Dann stieß er Robert so abrupt von sich, dass dieser stolperte, rücklings in die Spaliere flog und sie mit sich zu Boden riss. Empörte Rufe unter den Gästen und um mich herum wurden laut.

Unfähig, mich zu rühren, schloss ich die Augen und hoffte, dass alles nur ein böser Traum war. Doch als ich sie Sekunden später wieder öffnete, lagen die Spaliere immer noch. Marc, Leon und ein paar Gäste halfen Robert auf die Beine. Leon stützte Robert, der offenbar mit dem einen Fuß nicht mehr auftreten konnte. Auch Jasmin und Mutti eilten zu ihm, gefolgt von Flash, der gnadenlos die Kamera auf das Geschehen richtete.

„Was glotzt ihr denn so?", pöbelte Ingo die Gäste an. „Er hat doch angefangen. Er hat mich festgehalten!"

Dann nahm er wieder mich ins Visier, machte ein paar Schritte auf mich zu. Fast war er schon bei mir, und ich hielt vor Angst den Atem an. Marc aber packte ihn von hinten und drehte ihm mit dem Polizeigriff den Arm auf den Rücken.

„Die Show ist vorbei", sagte er in bedrohlich leisem Ton zu meinem Ex-Verlobten. Der versuchte, sich zu wehren, hatte aber keine Chance gegen Marc.

„Was zur Hölle geht hier vor?", hörte ich Paps' Stimme hinter mir. „Ingo Kütting! Du traust dich was."

„Heinrich! Deine Tochter macht einen schrecklichen Fehler." Ingo ächzte unter Marcs Griff. „Mein Vater schenkt ihr zu unserer Hochzeit zehn Prozent Anteile von Grandial und befördert sie zur Teilhaberin. Wir beide sollen Grandial in die Zukunft führen. Jetzt sag endlich der Bulldogge hinter mir, sie soll mich loslassen!"

Nein!

Marc wich die Farbe aus dem Gesicht.

Er wusste alles – es war vorbei!

„Das darf doch wohl nicht wahr sein!", sagte Paps heiser.

„Marc?" Endlich fand ich meine Stimme wieder, auch wenn sie dünn klang und ich vor Tränen kaum noch was sehen konnte. „Es ist nicht, wie du denkst. Lass es mich erklären!"

Er starrte an meiner Schulter vorbei Richtung Paps und hielt den stöhnenden Ingo, als wäre dieser eine Stoffpuppe.

„Bitte … ich liebe dich!"

Schweigen.

„Wie könnt ihr es wagen!", polterte Paps los. Er baute sich mit geballten Fäusten vor Marc auf. „Diese verdammte Missgeburt schon wieder!"

Marc hielt Paps' Blicken aus schmalen Augen stand, den zappelnden Ingo im eisernen Griff.

„Paps!", rief ich aufgebracht, hielt ihn zurück und versuchte, mich dazwischenzudrängen. Sie würden sich zerfleischen. „Lass ihn in Ruhe!"

„Du Abschaum wagst es auch noch, auf der Hochzeit meiner Tochter aufzutauchen!"

Sie standen sich gegenüber wie zwei Kampfhähne und duellierten sich mit Blicken – vorerst noch.

„Stopp!" Robert humpelte heran, ein Taschentuch voller Blutflecken an die Schläfe gepresst und eine besorgte Jasmin nebst Mutti an seiner Seite. „Ich habe Marc und Leon eingeladen. Sie sind meine Gäste und außerdem meine Kunden. Es wird Zeit, dass die Familien Spatz und Albrecht endlich

Frieden schließen. Was für eine großartige Geste von den beiden, dass sie meiner Einladung gefolgt sind." Er lächelte Jasmin zu. „Aber vor der Versöhnung werde ich meine wunderschöne Braut heiraten."

„Wieso sind ausgerechnet *die* deine Kunden?" Paps ließ Marc nicht eine Sekunde aus den Augen. „Du weißt genau, was die uns angetan haben."

„Ich hatte keine Wahl", gestand Robert.

„Man hat immer eine Wahl!", donnerte Paps.

„Ich brauchte diesen Auftrag wirklich dringend und bin dankbar, dass die Albrechts ihn mir anvertraut haben."

„Niemand braucht die Albrechts!"

Marcs Gesicht wurde zu Stein, aber er wich Paps' Blick nicht aus.

„Doch! Ich brauchte sie!" Roberts Stimme wurde energischer. „Mir stand das Wasser bis zum Hals. Ohne Marcs Auftrag und Kiras Hilfe hätte ich Konkurs anmelden müssen."

„Konkurs?" Jasmin gab einen merkwürdigen Laut von sich.

„Das ist alles seine Schuld!", bellte Paps und starrte Marc an.

„Natürlich!" Marc lachte bitter. „Generell schuldig – von Jesus' Kreuzigung bis zum Dritten Weltkrieg."

Jasmin hakte nach: „Dann war das also der Auftrag, an dem Kira die ganze Zeit gearbeitet hat? Für Marc Albrecht?"

„Kira, wie konntest du das nur tun!" Paps' Stimme brach.

„Halt Kira da raus!", rief Robert verärgert. „Schließlich habe ich sie dazu überredet. Sie hat mich vor dem Schlimmsten bewahrt!"

„Aber Robert … du hast nie was von Geldsorgen gesagt", stammelte Jasmin. „Das verstehe ich nicht."

„Weil ich dich damit nicht belasten wollte", erklärte er und legte den Arm um ihre Schultern. „Aber das gehört alles nicht hierher. Heute ist unser Hochzeitstag, Schatz! Lass uns das später klären. Hört bitte mit diesem Streit auf. Dort hinten warten der Standesbeamte und der Priester darauf, dass die Zeremonie beginnt."

Jasmin rückte von Robert ab und schlug seinen Arm weg.

„Nicht ein einziges Wort!“ Sie war leichenblass unter dem Make-up. In ihren Augen spiegelten sich Erkenntnis, Entsetzen – und Wut. „Du hast die ganze Zeit gelogen“, flüsterte sie. „Du hast meine Schwester benutzt. Du hast mich lieber die ganze Zeit glauben lassen, dass ihr eine Affäre habt, als mir die Wahrheit zu sagen!“ Ihre Stimme wurde mit jedem Wort lauter. „Wie konntest du mir das antun?“ Tränen schwammen in ihren Augen. Robert streckte die Hand aus, wollte sie halten, aber Jasmin bedachte ihn mit einem Blick, der ihn auf Abstand hielt. „Bin ich es nicht wert, die Wahrheit zu erfahren? Bin ich zu blöd? Und dich soll ich heiraten?“

„Jasmin, bitte!“, flehte Robert.

„Bring mich hier weg“, bat Jasmin Mutti, die sie stützte und zur nächsten Sitzbank geleitete.

„Na, großartig! Kira! Bist du jetzt glücklich?“ Paps' Gesicht hatte die Farbe glühender Kohlen angenommen. „Hast du genug Schaden angerichtet?“

„Schaden?“, flüsterte ich. „Ich wollte doch nur helfen.“

„Das war keine Hilfe!“ Paps atmete schwer. „Das war Hochverrat!“

„Hochverrat ist genau das richtige Wort“, sagte Marc leise.

Endlich löste er den Blick von Paps und sah mich an. Ich wünschte, er hätte es nicht getan, denn in seinen Augen lag nichts als Hass und Verachtung. Er ließ Ingo los, drehte sich um und ging.

Ich hatte ihn verloren. Kalter Schweiß brach mir aus. Mein Herz wollte aufhören zu schlagen, hatte keine Kraft mehr. Ich sah Marc zwischen den Gästen verschwinden. Es war, als würde er nun mein Herz mitnehmen und alles in mir kalt und dunkel zurücklassen.

„Du hättest mich nicht schlimmer enttäuschen können.“ Paps rieb sich mit einer verzweifelten Geste über das Gesicht. „Ausgerechnet du!“

„Ach so! Ausgerechnet ich! Ich bin also euer Sündenbock?“, brach es aus mir raus. „Und Marc natürlich auch! Weißt du was?“ Ich schleuderte Paps den Blumenstrauß vor die Füße und schrie: „Ihr seid so verlogen! Ihr seht doch nur, was euch gefällt. Jasmin hat schließlich nie gefragt, woher das ganze Geld kommt. Keiner von euch hat das!“ Meine Stimme überschlug sich.

Sabin ergriff meine Hand und versuchte, mich mit festem Griff zu beruhigen.

Ich aber schüttelte sie ab und brüllte weiter: „Weil es euch scheißegal war! Ihr habt nur eine Dumme gesucht. Für eure Drecksarbeit. Dafür war ich gut genug! Kira, mach mal hier und tu mal da! Aber jeder bekommt, was er verdient. Jetzt kommt eure Quittung!“ Ich ging einen Schritt auf Paps zu, aber Sabin fasste mich um die Taille und zog mich rückwärts. Ich versuchte vergebens, mich zu befreien. „Ihr lebt in eurer ach so heilen Welt. Was da nicht reinpasst, ist alles Mist! Wisst ihr, was ihr seid?“ Meine Freundin zog mich in den Turm hinein. Ich wehrte mich vergeblich und schrie weiter, weil ich sonst daran erstickt wäre: „Ihr seid heuchlerische, selbstgerechte, spießige …“

Sabin knallte mir die Tür vor der Nase zu.

Meine beste Freundin stellte sich breitbeinig vor die Tür. „Okay, Madame, jetzt komm mal wieder runter von deiner Palme.“ Sie verschränkte die Arme vor der Brust.

„Du predigst doch ständig, ich soll mir nicht alles gefallen lassen“, rief ich aufgebracht.

„Natürlich sollst du dich wehren, aber das heißt doch nicht, dass du deine Familie vor allen Gästen abkanzelst.“

„Paps hat angefangen!“ Ich begann, in dem kleinen, halbdunklen Raum auf und ab zu gehen. Meine Wut war noch lange nicht verraucht – ganz im Gegenteil, ich verspürte den Wunsch, irgendetwas an die Wand zu werfen.

„Ja schon, aber …“

„Es kotzt mich so an!“, unterbrach ich Sabin. „Ich tanze nach seiner Pfeife, seitdem ich denken kann! Der Rest dieser Familie macht es genauso mit mir.“

„Das erkläre ich dir seit Jahren.“

„Aber erst jetzt kapiere ich, wie recht du hattest.“

„Einsicht ist der erste Schritt …“

„Ja! Und Rache der zweite!“ Ich glühte dermaßen, dass es mich nicht gewundert hätte, wenn an meinen Fingerspitzen Flammen aufgelodert wären. „Ich werde allen zeigen, was ich von dieser verlogenen Familie halte.“

„Kira, komm mal wieder zu dir.“

Marc war gegangen – für immer. Wie konnte ich da zu mir kommen? Ich hatte ihn ein zweites Mal verloren. Wegen einer bescheuerten Fehde. Wegen meiner bescheuerten Familie. Wegen des bescheuerten Ehrgefühls meines Vaters. Mein Blick fiel auf die brennende Fackel an der Wand. Plötzlich wusste ich, was ich tun musste.

Kurz entschlossen schnappte ich mir die Fackel und hob sie aus dem Eisenring. Dann raffte ich mein Kleid und stürmte die Treppe hinauf zum Turm.

„Kira?“, rief Sabin von unten. „Verflucht, was machst du? Bleib stehen! Shit, wie soll man denn in solchen Schuhen rennen?“

Ich antwortete nicht, sondern hetzte weiter die abgetretenen Stufen hinauf. Oben angekommen drückte ich mich mit voller Kraft gegen die Holztür. Sie war nicht verschlossen, das machte die Sache einfacher. Ich schlüpfte durch die Tür und verriegelte sie von außen mit einem alten Holzkeil, der an einer Kette neben der Tür hing. Das sollte mir ein bisschen Vorsprung verschaffen. Dann drehte ich mich um, lief zur Balustrade und sah hinab. Teufel, ging das tief runter. Dabei wirkte der Burghof mit vielleicht zwanzig Metern Höhenunterschied noch vergleichsweise harmlos. Direkt unter mir begann jedoch die Schlucht, und die fiel unterhalb der Baumwipfel und der schroffen Felsen mehrere hundert Meter hinab bis ins Tal. Nicht gerade ein geeigneter Landeplatz.

Die ersten Hochzeitsgäste schienen mich bemerkt zu haben, denn ich vernahm Rufe, und mehrere Köpfe wandten sich mir zu. Flashs Kameralinse war auf mich gerichtet und blitzte im Sonnenlicht. Ja, schaut nur, ihr kleinen Marionetten. Ihr spielt in der Schmierenkomödie meiner Familie eure Rollen.

So wie ich. Aber dem werde ich gleich ein Ende setzen. Kira spielt nicht mehr mit.

Die Flamme der Fackel in meiner Hand loderte im Luftzug, und auch unsere Familienflagge flatterte im Wind, nur wenige Meter von mir entfernt. Allerdings konnte ich die Fahne nur über das ungesicherte Sims erreichen, das hinter der Balustrade rings um den Turm herumführte. Würde schon schiefgehen. Beim Aufhängen musste das ja auch irgendwie funktioniert haben.

Also schwang ich entschlossen mein Bein über die Balustrade. Im gleichen Moment polterte jemand hinter mir gegen die Tür.

„Kira!", brüllte mein Vater erschrocken vom Burghof herauf. Vor allem er konnte mich nicht mehr aufhalten. Ich schwang das zweite Bein hinterher.

„Kind. Nein! Tu das nicht!", flehte Mutti. Ihr Ruf ging in den Schreien der Gäste unter.

Ich packte die Fackel mit der linken Hand, hielt mich mit der rechten am Steingeländer fest und positionierte mich mit beiden Füßen auf dem Sims, das nicht breiter war als ein Schuhkarton. Dabei hielt ich mich mit dem Rücken zur Turmmauer gerade wie ein Brett und atmete möglichst flach. Ich ließ die Balustrade los und schob mich mit kleinen Seitenschritten nach links. Während ich den Blick starr auf das flatternde Wappen der Flagge gerichtet hielt, tat ich einen Minischritt nach dem anderen das Sims entlang. Die Schreie verklangen und gaben einer atemlosen Stille Raum.

„Kira, mein Schatz, es tut mir so leid", brüllte Paps zu mir herauf. „Lass uns vernünftig reden!"

Wieder bollerte es gegen die Turmtür, zwei-, dreimal. Sabin rief meinen Namen. Ich rückte unbeirrt weiter vor.

„Ich werde euch zeigen, was ich von eurer Doppelmoral und Selbstgerechtigkeit halte!", schrie ich, ohne den Blick von der Flagge, der ich mich nur langsam näherte, zu nehmen.

„Kira-Schatz, geh zurück." Paps klang verzweifelt. „Wir klären alles!"

„Ach was!", rief ich zurück. „Dann erzählst du mir wieder

die gleichen Ausflüchte wie immer. Du ziehst die Albrechts in den Dreck. Du trittst mein Glück mit Füßen im Namen deiner Gerechtigkeit! Aber die Wahrheit, die rückst du nicht raus. Was ist denn damals so Geheimnisvolles passiert? Warum darf ich Marc nicht lieben, auch wenn er der einzige Mann ist, der mir jemals etwas bedeutet hat? *Warum?*"

Entschlossen rutschte ich weiter, immer näher auf die Flagge zu. Ein brennendes Fackelstückchen löste sich und fiel hinab. Ich sah ihm hinterher und hörte aufgeschreckte Rufe. Scheiße, war das hoch! Zu hoch, um nur mit einem verstauchten Knöchel unten anzukommen. Nerven behalten, Kira!

Ich wandte meinen Kopf wieder der Flagge zu und arbeitete mich stückchenweise vor.

„Kira! Bitte komm da runter! Dann sag ich dir alles …" Paps' Stimme versagte. Weinte er etwa? Na, wenn schon. Ich rutschte weiter, Zentimeter für Zentimeter. Es war nicht mehr weit. Atemlose Stille herrschte, nur unterbrochen von dem Poltern an der Turmtür.

„Heinrich, es reicht!", hörte ich Onkel Rudis Stimme von unten. „Du sagst jetzt auf der Stelle die Wahrheit."

Ich hielt mitten in der Bewegung inne. Was wusste der denn davon? Hinter mir krachte es, als ob Holz splitterte.

„Rudi, halt dich da raus." Paps' Stimme klang gepresst.

„Meine Lieblingsnichte will sich in den Tod stürzen, da werde ich nicht danebenstehen und zuschauen. Entweder du sagst ihr augenblicklich die Wahrheit, oder ich tue es!"

In den Tod stürzen? Davon war doch gar nicht die Rede. Verwirrt sah ich hinab. Paps wischte sich über die nassen Wangen, und Mutti starrte mit kalkweißem Gesicht zu mir herauf.

„Wenn ich die Wahrheit sage, kommst du dann runter?", rief Paps heiser.

Die glaubten wirklich, dass ich springen wollte. Wie verrückt war das denn? Völlig perplex nickte ich.

Paps räusperte sich. „Ich war es, der damals Marcs Vater um die Firmenanteile betrogen hat. Er wollte keine Geschäfte mit diesem Alt-Nazi machen. Aber ich brauchte dringend das

Geld und die Aufträge, weil ich deine Mutter heiraten wollte. Als Habenichts hätte ich bei ihrer Familie keine Chance gehabt. Ich musste Marcs Vater nur deswegen loswerden, weil er so verdammt stur war."

Mir blieb die Luft weg. Es war alles eine Lüge? Mein ganzer Kummer … alles nur, weil *er* gelogen hatte?

„Ach du Kacke!", vernahm ich Sabins Stimme. Sie war auf dem Turm.

„Heinrich, das glaube ich jetzt nicht!", rief Mutti.

„Ich habe es doch für dich getan!", jammerte Paps.

„Darum habe ich dich nie gebeten! Kira! Du kommst jetzt sofort da runter, hörst du mich? Und dann klären wir das hier unten. Dein Vater hat uns alle belogen, nicht nur dich, aber deswegen können wir nicht alle vom Turm springen!"

„Kira." Auf einmal hörte ich Marcs Stimme neben mir.

Ich fuhr herum. Er kletterte über die Balustrade. Marc war da! Er war zurückgekommen! Mein Herz begann zu rasen. Plötzlich drehte sich die Welt um mich. Nein, nicht jetzt. Panik schnürte mir den Hals zu. Dann passierte alles gleichzeitig. Irgendwie geriet ich mit der Fackel an die Flagge. Ein Windstoß. Schlagartig schlugen mir die Flammen entgegen. Die Hitze versengte meine Haut. Schreie wurden laut. Ich lehnte mich nach hinten, gegen die Mauer, versuchte so, mein Gleichgewicht wiederzuerlangen. Ich musste weg von den Flammen.

Eine Bewegung neben mir. Marcs Stimme: „Nimm meine Hand!"

Inzwischen stand er selbst auf dem Sims, hielt sich mit einer Hand an der Balustrade fest und zog mich von der brennenden Fahne fort. Ich ließ die Fackel fallen und griff mit beiden Händen zu. Sein Griff war warm, fest wie ein Anker inmitten dieses Chaos. Er war da. Er war zurückgekommen. Ich würde nicht als Blutmatsch im Brautjungfernkleid vor den Füßen meiner Eltern enden.

Kaum hatte Marc mich über die Balustrade gehoben, lag ich in Sabins Armen, die mich erdrückte. So lieb ich meine Freundin hatte – ich hätte Marcs Arme bevorzugt.

„Du wolltest gar nicht springen, oder?", fragte Sabin atemlos.

„Natürlich nicht!" Ich war ebenfalls außer Atem. „Ich wollte nur diese doofe Familienflagge abfackeln, um es Paps heimzuzahlen."

Sie lachte und weinte gleichzeitig. „Versprich mir, dass du so was nie wieder tust."

„Kein Problem. Jetzt haben wir sowieso keine mehr."

„Du bist irre!" Sabin schob mich von sich. Dann fiel ihr Blick auf Marc, und sie ließ mich los, wischte sich die Tränen fort. „Ich sag unten mal Bescheid, dass alles in Ordnung ist." Schon war sie durch die Tür verschwunden.

In Ordnung? Und wie! Marc war zurück. Das war alles, was zählte.

... immer noch Sonntag, 21. Juni – 11.20 Uhr

Ich drehte mich zu Marc, der mich schweigend ansah. Meine Hoffnung, dass nach dieser Kamikaze-Aktion zwischen uns alles wieder gut sein würde, machte er mit einem einzigen Blick zunichte. Er wirkte nämlich weder erfreut, dass ich lebte, noch besonders liebevoll.

Eine Windböe trieb eine Rauchfahne an uns vorbei. Mit ihr wehte aufgebrachtes Gemurmel aus dem Burghof zu uns herauf.

Als ich sein regloses Schweigen nicht länger ertrug, sammelte ich die letzten Reste meines Mutes zusammen und ging einen Schritt auf ihn zu. „Danke, dass du im richtigen Moment für mich da gewesen bist."

Ohne ein weiteres Wort wandte Marc sich ab und ging Richtung Tür. Doch ich stürmte an ihm vorbei und versperrte ihm den Weg. „Marc! Nein, so nicht! Ich lasse dich nicht gehen, bevor wir diese Sache geklärt haben! Denn ich werde nicht wieder Wochen und Monate dasitzen und mich fragen, warum!"

„Du glaubst also ernsthaft, du könntest mich aufhalten?"

„Ja, mit den richtigen Argumenten."

„Argumente? Du meinst wohl mit Betrügen und Manipulieren!"

Seine Worte trafen mich wie Ohrfeigen.

„Marc, bitte … du weißt, wie viel du mir bedeutest." Ich streckte meine Hand aus und legte sie auf seine Brust. Sein Herz schlug hart und wütend gegen meine Handfläche. Doch immerhin stieß er mich nicht fort.

Marc schien irritiert und sah auf meine Hand, dann wieder in mein Gesicht. „Alles Lüge."

„Es war keine Lüge. Ich hatte nur einfach keine andere Wahl!"

„Du hast doch deinen Vater gehört: Man hat immer eine Wahl!"

„Dann wähle ich dich! Ich brauche dich!"

„Niemand braucht die Albrechts!", zischte er.

„Vergiss doch das dumme Gerede meines Vaters. Wenn einer gelogen und betrogen hat, dann er."

„Das liegt wohl bei euch in der Familie." Er kam näher und stützte sich mit den Armen links und rechts neben meinem Kopf an der Mauer ab. „Du hattest so viele Gelegenheiten, mir die Wahrheit zu sagen. Als ich dich gefragt habe, warum du nicht in meinen Nachforschungen über die Agentur auftauchst. Als ich dir von den Einbrüchen erzählt habe. Und als du mir von deinem vermeintlichen Verlobten erzählt hast. So viele Möglichkeiten … so viele."

„Aber wie hätte ich das sagen können? Ich hatte Angst, dich zu verlieren und Robert brauchte unbedingt diesen Auftrag. Der hat wegen seiner Finanzprobleme sogar an Selbstmord gedacht. Siehst du denn nicht, in welcher Zwickmühle ich gesteckt habe? Es stand zu viel auf dem Spiel. Die Agentur, die Hochzeit und dann du – der einzige Mann, den ich vom Fleck weg heiraten würde."

Sein Herzschlag unter meiner Hand setzte aus, nur wenige Augenblicke, um dann umso wilder zu schlagen. Seine Augen erforschten meine, als könne er allein dadurch den Wahrheitsgehalt meiner Worte prüfen. „Du hast echt Nerven, mir jetzt auch noch einen Heiratsantrag zu machen." Seine Stimme klang heiser.

„Einen Antrag? Hab ich gar nicht.“ Ich war verwirrt. „Hab ich doch?“

„Hast du.“

„Oh!“

„Und was glaubst du, ist die einzige Antwort, die du verdient hättest?“

„Ja?“

„Wer weiß …“

„Marc! Du bist so …“

Seine Lippen verschlossen meinen Mund. Sein Kuss war Antwort genug. Ein stummes Versprechen, das meine Fesseln löste. Schöner und wunderbarer als alles, was ich mir auch nur hatte vorstellen können. Ich schlang die Arme um seinen Hals, und er hielt mich, als wolle er mich nie wieder loslassen.

… immer noch Sonntag, 21. Juni – 11.43 Uhr

Als wir den Turm hinunterstiegen, klapperten meine Sandaletten bei jedem Schritt auf den unebenen Steinstufen, und die kühlen Mauersteine warfen das Geräusch zurück. Marcs Schritte klangen hinter mir. Am Absatz der Treppe erwartete mich zu meiner Überraschung Paps.

„Mein Kind!“ Er räusperte sich, und in seinem Gesicht arbeitete es. Schließlich nickte er auch Marc zu. „Marc.“

„Heinrich“, antwortete Marc schlicht.

Ich hielt unwillkürlich den Atem an, bereit zum Angriff.

Paps streckte ihm die Hand hin. „Ich … es tut mir leid. Alles. Vermutlich kann man gar nicht entschuldigen, was ich mit dieser Lüge angerichtet habe.“

Marc nahm Paps' Hand und hielt sie fest. „Ich kann zwar nur für mich sprechen, aber Entschuldigung angenommen.“

Paps schien aufzuatmen, und die beiden nickten sich zu. Damit war die Sache offenbar aus der Welt geschafft. Drei

Worte und ein Händeschütteln. Männer eben. Warum denn nicht gleich so? Ich schluckte die Tränen runter.

Marc trat neben mich und legte den Arm um meine Schultern. Diese vertraute Geste ließ die Schmetterlinge in mir tanzen.

„Und du?“ Paps wandte sich mir zu. „Kannst du mir auch verzeihen?“

Die Tränen ließen sich nun nicht mehr aufhalten, und ich fiel ihm um den Hals. „Ich wüsste nur gerne, warum das alles.“

Paps löste sich sanft aus meiner Umarmung und sah mich an. Seine Augen schimmerten ebenfalls feucht. „Ohne das Geld aus den Aufträgen dieses Nazis hätte ich niemals um die Hand deiner Mutter anhalten können. Und wir waren so verliebt, dass ich alles dafür getan hätte. Marcs Vater aber hatte seine ganze Familie im Konzentrationslager verloren.“ Er seufzte abgrundtief. „Er wollte auf keinen Fall mit diesem Typ Geschäfte machen. Also habe ich ihn ausgetrickst und es nachher andersherum dargestellt, um vor deiner Mutter nicht schlecht dazustehen. Das war unverzeihlich.“

Ich biss mir auf die Lippen. „Was sagt Mutti eigentlich dazu?“

Er verzog das Gesicht und zuckte die Schultern. „Sie hat mir fast den Kopf abgerissen. Dann meinte sie, wenn ich die Sache mit den Albrechts in Ordnung bringe, lässt sie mich zumindest weiterleben.“

Ich grinste unwillkürlich. „Das Hühnchen ist wohl noch nicht gerupft, fürchte ich.“

Er schüttelte den Kopf. „Da wird eine ganze Hühnerfarm Federn lassen. Aber damit muss ich wohl leben. Ich habe nichts anderes verdient.“

Plötzlich ging die Tür zum Turm auf, und Robert steckte den Kopf herein. Zu meiner Verwunderung strahlte er. „Alle leben noch? Prima! Wie sieht es aus. Bereit für eine Hochzeit?“

Ich sah verständnislos zu Paps und dann wieder zu Robert. Hatte Jasmin nicht alles abgeblasen?

„Jasmin will mich heiraten. Da wollen wir sie doch nicht warten lassen – ehe sie es sich wieder anders überlegt.“ Robert grinste.

„Gott bewahre!", sagten Paps und ich gleichzeitig. Ich ergriff Marcs Hand, und wir traten gemeinsam durch die Tür in den gleißenden Sonnenschein des Burghofs.

Roter Teppich, die Zweite! Wieder stand ich – dieses Mal mit einem zerfledderten Brautjungfernstrauß in der Hand – in der ersten Reihe und wartete auf den Hochzeitsmarsch. Jemand hatte die zerstörten Blumenspaliere fortgeräumt, sodass ich nun freien Blick auf die Kapelle hatte. Wie zuvor standen und saßen die Gäste am Rand und schauten zu uns – wenn auch weit weniger andächtig, denn ich hörte Zwischenrufe und Gelächter. Vermutlich hatten sie die Wartezeit mit Sekt und anderen Aperitifs überbrückt und sparten sicherlich nicht mit Kommentaren zu den Vorkommnissen der letzten halben Stunde. Keine Frage, diese Hochzeit würde noch lange Gesprächsthema bleiben.

Der Hochzeitsmarsch begann. Im Takt setzte ich einen Fuß vor den anderen und schritt langsam auf die Kapelle zu, die Blumenmädchen und Jasmin mit Paps im Gefolge. An der Kapelle wartete der strahlende Bräutigam, aber ich hatte nur Augen für Marc, der einige Meter neben Robert stand und mir entgegensah. Wie magnetisch zog er meinen Blick an. Um mich herum blendete sich die Welt aus, und es kam mir vor, als wären wir beide allein hier. Nur mit Mühe hielt ich mich zurück, nicht einfach zu ihm zu rennen.

Am Eingang der Kapelle hielt ich wie vereinbart kurz inne, bis Paps den Platz an Jasmins Seite mit Robert getauscht hatte. Dann trat ich durch den Eingang in die Kapelle, nicht ohne Marc vorher einen Seitenblick zuzuwerfen.

Der kleine Innenraum war atemberaubend schön geschmückt, wie eine Zauberhöhle mit Kerzenschein und einem Blumenmeer. Vor dem kleinen Altar bog ich unter den Argusaugen von Pfarrer Wiebke nach links ab und stellte mich neben Mutti, die dort in der vordersten Reihe wartete. Paps folgte mir in die Bank, nachdem Robert und Jasmin vor dem Pfarrer Aufstellung genommen hatten.

Die Musik verstummte und mit ihr das Lachen und die Flüstereien der Leute, die in die kleine Kapelle hineinpassten. Der Standesbeamte begrüßte das Brautpaar und die Gäste – natürlich nicht ohne einen Seitenhieb auf die Verspätung – und begann mit der Zeremonie, die nach der Unterschrift von Pfarrer Wiebke übernommen wurde, um die kirchliche Trauung vorzunehmen. Gerade setzte er zum Ehegelöbnis an, da hob Jasmin plötzlich die Hand, als säße sie auf der Schulbank und nicht vor dem Traualtar.

Pfarrer Wiebke hielt verwundert inne. Er warf Robert einen zweifelnden Blick zu, kniff die Lippen zusammen und nickte Jasmin zu. Sie stand auf und drehte sich zu uns um. Robert, sichtlich nervös, erhob sich ebenfalls und raunte ihr zu: „Schatz, mach das doch später. Nach der Hochzeit kannst du eine fünfstündige Rede halten."

„Nein, ich möchte das jetzt sagen." Jasmin drückte ihm den Brautstrauß in die Hand und lächelte in die Runde.

„Bitte, Liebling, ich will dich einfach nur heiraten."

„Da wirst du dich eben weitere fünf Minuten gedulden müssen." Sie straffte die Schultern. „Bevor wir zum Ehegelöbnis kommen – und glaub mir, Schatz, ich habe es damit noch eiliger als du." Sie strich sich über den runden Babybauch, und Lachen erfüllte die kleine Kapelle. „Also, vorher möchte ich etwas loswerden, das mir unglaublich wichtig ist. Kira, kommst du bitte zu mir?"

Ich sah sie fassungslos an. Was hatte sie vor?

Paps schob mich in Jasmins Richtung und flüsterte: „Mach lieber, was sie will – sonst wird das nie mehr was mit dieser Hochzeit."

Als ich neben Jasmin stand, ergriff sie meine Hand und drückte sie fest. Flash naherte sich mit der Kamera und machte ein Daumen-hoch-Zeichen. Was auch immer Jasmin vorhatte, alle Gäste sahen das nun auf der großen Leinwand. Mir wurde ganz anders.

„Meine Schwester Kira hat sich in den letzten Wochen Tag und Nacht dafür eingesetzt, dass wir heute diese großartige

Hochzeit feiern können. Ohne sie ständen wir heute nicht hier – sie hat all diese wunderbaren Dinge organisiert, jedes Detail durchdacht, einfach fantastisch! Dafür danke ich ihr aus tiefstem Herzen. Aber gerade habe ich erst erfahren, dass sie nicht nur das getan hat." Jasmin ließ meine Hand los und legte den Arm um meine Schultern. Mir wurde warm ums Herz. Meine liebe, kleine, völlig verrückte Schwester ließ Ehemann, Gäste und alle warten, nur um mir zu danken. So irre konnte nur sie sein.

Gegen den aufkommenden Applaus hob Jasmin die Hand und redete weiter: „Sie hat ihren Job und die Liebe zu einem ganz besonderen Mann aufs Spiel gesetzt, nur um die Agentur meines Bräutigams und damit meine Zukunft zu retten. Von alledem hatte ich keine Ahnung, und ich habe ihr dann auch noch Vorwürfe gemacht. Ich bitte dich aufrichtig um Entschuldigung!" Sie schlang die Arme um meinen Hals, und ich spürte eine Träne meine Wange hinabrollen. Einen Moment lang hielten wir uns umschlungen. Die Gäste applaudierten und tuschelten aufgeregt.

„Alles vergeben und vergessen", hauchte ich. „Tut mir leid, dass ich dir alles verheimlichen musste."

„Ich vergebe dir auch." Sie lächelte mich unter Tränen an. Dann ließ sie mich los. „Aber ich bin noch nicht fertig. Marc, hörst du mich?", rief sie in Flashs Kamera. „Könntest du bitte zu uns kommen?"

Flash schwenkte die Kamera zum Eingang, und dort erschien Marc. Wie so oft konnte man in seinem Gesicht nicht lesen, was er dachte. Langsam kam er den Gang herunter auf uns zu. Jasmin streckte die Hand nach ihm aus und zog ihn an ihre andere Seite.

„Heute, am wichtigsten Tag meines Lebens, will ich Marc Albrecht in unserer Familie begrüßen. Er wird es natürlich bereuen, sobald er uns alle kennengelernt hat." Gelächter kam auf. Auch ich lächelte, selbst wenn die Tränen schon wieder flossen.

Jasmin hob die Hand, und erneut verstummten alle. „Ab sofort spricht niemand mehr von dieser dämlichen Fehde, damit das klar ist." Sie warf Mutti und Paps einen Blick zu. Wieder erhob sich Applaus in der Kapelle, und von draußen drangen Jubelrufe herein.

„So! Jetzt schert euch beide in die Bank, ich habe zu heiraten!" Wieder Gelächter. Robert atmete hörbar auf.

Ich gab meiner Schwester einen Kuss auf die Wange. Verfolgt von Flashs Kamera nahmen Marc und ich in der Bank neben Mutti und Paps Platz. Dann schwenkte er wieder auf das Brautpaar, das sich nun endlich, endlich, endlich das Ja-Wort gab. Halleluja!

Ich trocknete die Tränen, die immer noch meine Wangen hinabkullerten, und spürte Marcs Arm um meine Taille.

„Ihr seid eine ziemlich verrückte Familie, kann das sein?", raunte er in mein Ohr.

„Da hast du recht", flüsterte ich zurück. „Meinst du, das stehst du durch?"

„Mit Vergnügen sogar. Du weißt ja: Lieber den Spatz in der Hand als gar keinen Vogel."

Genau in diesem Augenblick ertönte die Stimme des Pfarrers: „Sie dürfen die Braut jetzt küssen."

„Wird gemacht", flüsterte Marc und zog mich an sich.

Was es noch zu sagen gibt:

Ihr lieben Leserinnen und Leser,

alle Orte, Namen und Ähnlichkeiten entspringen meiner Fantasie, sind also frei erfunden. Das gilt nicht nur für die liebenswerten, sondern auch für die intoleranten und verbohrten Figuren. Hier im Sauerland gibt es übrigens sowieso nur nette Menschen!

Der Pfarrer – Gott sei mir gnädig – musste auch für eine Katastrophe herhalten. Wir haben hier im Ort einen sehr liebenswerten Pfarrer und einzig die „Kaplan-Geschichte“ soll sich auf eine ähnliche Art ereignet haben, wenn auch nur der Teil, dass sonntags der Tisch für den Hund mitgedeckt worden ist, weil niemand ahnte, dass er sich hinter dem Namen „Kaplan“ verbarg.

Erfunden sind auch die „Settings“, die hier beschrieben wurden, angefangen von der Agentur, dem Energieladen, der Messe, der Gutshof, der Bauernhof oder der Burg und andere. Wobei ich zugebe, dass die Burg Schnellenberg für viele Szenen Pate stand, ich allerdings die Räumlichkeiten und Gegebenheiten an die Bedürfnisse der Geschichte angepasst habe. Ich kann nur jedem ans Herz legen, die Burg einmal zu besuchen, es ist ganz wundervoll dort.

Den Stromausfall und die Pfändung habe ich nach bestem Wissen recherchiert, kann aber nicht garantierten, dass diese tatsächlich wie beschrieben ablaufen. Hier stand vor allem der Unterhaltungswert im Vordergrund.

Ach ja, zum Schluss noch … der Genitiv – er kam hin und wieder vor und flog dann raus. Ja, er ist (leider) nicht mehr Bestandteil unseres aktiven Sprachgebrauchs, dennoch fehlt er mir. Um der Lesbarkeit willen habe ich an der ein oder anderen Stelle von ihm Abschied genommen. Für alle, die den Genitiv ebenso vermissen wie ich, sei das hiermit erklärt. Der Dativ ist nun mal dem Genitiv sein Tod, vor allem im Sauerland.

Danke!

Du liebe Güte, wo fange ich an?

Zuallererst danke ich meinen Leserinnen und Lesern, dafür, dass ihr euch Zeit zum Lesen genommen habt, mit den Figuren Hochs und Tiefs durchlebt habt und für eure zahlreichen positiven Rückmeldungen dazu. Ihr seid unglaublich! Ihr ahnt ja gar nicht, wie wichtig das für uns Autoren ist, denn wir werden nur besser, wenn wir ein Feedback bekommen, was euch gefallen hat und was eben nicht. Ich hoffe sehr, wir sehen uns beim nächsten Roman wieder. Schaut doch bis dahin mal bei mir auf Facebook, Twitter oder Instagram vorbei.

Auch wenn jeder es behauptet, meine Familie ist tatsächlich die tollste Familie aller Zeiten.

Da ist der beste Ehemann von allen, der immer an mich geglaubt hat, und auch wenn er selbst keine Bücher liest … aber bis sie verfilmt werden, versorgt er mich mit guten Ideen, viel Verständnis und positiver Energie, tausend Dank dafür. I love you!!!

Meine Kinder, die mich genauso oft hinter dem PC verschwinden sehen, wie ich sie hinter ihren Handys … Ihr seid großartig, ich danke euch für eure Geduld. I love you too!!!

Meine weltallerbeste Mutter, die immer da ist, der es nie zu viel wird, die einfach unglaublich ist … danke für alles! Um das alles aufzuschreiben, bräuchte ich ein eigenes Buch.

Und Kaufi darf nicht fehlen, Seelenverwandter und sprachbegabter Redenschreiber, der sich bei viel Rotwein stundenlange Erklärungen zu meinen Romanen anhören durfte … na ja, musste. Und mir zuliebe meine Liebesromane liest, ob er will oder nicht.

Ihr lieben Kolleginnen, ihr habt Kira & Co von Anfang an mitbegleitet. Allen voran danke ich Lea für ihre Tipps, Ideen und ein hammerhartes Lektorat und noch für vieles vieles mehr. Antje und Carla ein riesiges Dankeschön für die tolle

Zusammenarbeit, und ebenfalls Pia, Gesine, Heike, Tanja, Susanne, Uli, Uschi, Franziska, Ornella, Maria, Caroline, Mascha, Sandra, Natascha und noch so viele mehr, die mit mir in den vielen Schreibwochen bei einem Gläschen Wein und Meerblick oder im Forum diskutiert haben. Ihr alle habt so viel dazu beigetragen haben, dass es eine runde Geschichte wurde. Tausend DANK!!!

Dann danke ich Silvie, Antje, Püppchen, Ramona und Connie, die immer wieder eine Inspiration für meine Geschichten sind und Thorsten, mit dem ich so gerne stundenlang über Romane rede – und ebenso Claudia für ihre tolle Idee mit der Lesung.

Meiner Agentur, vor allem Frau Kolf und Frau Hasselmann, ein herzliches Dankeschön, da sie an mich geglaubt und jahrelang ihr Bestes gegeben haben – hier nun das Ergebnis, das sich hoffentlich sehen lassen kann. Ihre Einschätzung hat mich immer wieder darin bestärkt, nicht aufzugeben.

Danke an Susanne Jauss für ihr tolles Lektorat, an die Agentur Zero für das wunderbare Cover und die vielen kreativen Vorschläge sowie an Gabi Schmid für den sensationellen Satz und den freundschaftlichen Zuspruch, als wir in die Endphase kamen.

Bestimmt habe ich wieder jemanden vergessen – ich vergesse IMMER jemanden!! Wer auch immer das ist, gerade dir gebührt mein Dank, weil du es mit Fassung trägst!

Die Autorin

Niemand in ihrer Sauerländer Familie konnte verstehen, dass Ella im Kindesalter freiwillig Geschichten schrieb. Aber so war das Kind wenigstens ruhig. Als sie ihre frühen Werke mit einem Eimer Ponal zu einem Buch gebunden hatte, wurde schnell klar, dass sie es wohl ernst meinte. Mit Worten verdiente sie als Journalistin und PR-Fachfrau jahrelang ihren Lebensunterhalt, bevor sie sich dann in der Babypause ihrer eigentlich Leidenschaft, dem Romanschreiben, widmete. Sie lebt mit einem Mann, zwei Kindern und zwei Katzen in einem kleinen Dorf im Sauerland.

Besuchen Sie die Autorin im Netz: www.ellamarcs.com und

https://www.facebook.com/ellamarcsautorin

https://twitter.com/ella_marcs

https://www.instagram.com/ella_marcs

Du willst regelmäßig Neues von Ella Marcs erfahren wie beispielsweise Gewinnspiele oder aktuelle Termine? Dann melde dich doch zum Newsletter an …
https://seu2.cleverreach.com/f/258739-254959/

Printed in Poland
by Amazon Fulfillment
Poland Sp. z o.o., Wrocław

77825975R00211